Mord aus gutem Hause

AF281761

Achim Kaul

Tausende Demonstranten strömen aufgewühlt durch Augsburgs Fußgängerzone. Aus dem Hinterhalt schießt jemand scheinbar wahllos in die Menschenmenge. Ein Mann stirbt im Kugelhagel. Erlebt Augsburg einen Terroranschlag? Tobt ein Amokschütze seine Wut aus? Oder handelt es sich um einen gezielten Mord? Kommissar Adam Zweifel hat es in seinem neuen Revier mit brandgefährlichen Gegnern zu tun, auch aus den eigenen Reihen. Außerdem erlebt Klaus-Peter Wolf, Autor der Ostfriesenkrimis, bei seinem Gastauftritt in diesem neuen Augsburg-Krimi sein »blaues« Wunder.

Achim Kaul (*1959) ehemals Vermögensberater veröffentlichte seit 2019 vier Kriminalromane mit dem Ermittlerduo Zweifel und Zick.

»Mord aus gutem Hause« ist ihr dritter Fall und gleichzeitig der erste, der in Augsburg spielt.

»Überwegs — Vonwegens Begegnungen«, der Roman einer abenteuerlichen Odyssee quer durch Europa, erschien 2022.

Kaul erhielt im selben Jahr den Spacenet Award in München für eine seiner Kurzgeschichten.

Zuletzt erschien im September 2024 die aktuelle Sammlung seiner Shortstorys: »Du sollst nicht langweilen«.

Mord aus gutem Hause

Krimi

Achim Kaul

Bibliografische Information der Deutschen
Nationalbibliothek:
Die Deutsche Nationalbibliothek verzeichnet diese
Publikation
in der Deutschen Nationalbibliografie;
detaillierte bibliografische Daten
sind im Internet
über dnb.dnb.de abrufbar.

Verlag: BoD • Books on Demand GmbH,
In de Tarpen 42, 22848 Norderstedt
Druck: Libri Plureos GmbH,
Friedensallee 273, 22763 Hamburg
ISBN: 978-3-759782-91-5

*Für Bettina, Julia und Adrian
und für Carla*

1. Kapitel

Zweifel wurde am Samstagmorgen von einem ungeduldigen Klopfen geweckt. Es war eher ein Hämmern, unrhythmisch und unangenehm laut. Er wälzte sich aus dem Bett und versuchte, die Augen offen zu halten. Er stand auf und tappte verschlafen den Flur entlang. Er gähnte. Das heftige Hämmern setzte wieder ein.

»Ja doch«, brummte er genervt und blieb mit den Zehen des rechten Fußes an seinem Bücherregal hängen. Der plötzliche Schmerz machte ihn hellwach. Er riss die Eingangstür auf.

»Seit wann hast du denn eine Glatze?« Zweifel war wie vom Donner gerührt. Sein Vater stand vor ihm.

»Dad …«, brachte er mühsam hervor und presste stöhnend die Augen zusammen, als er seine Zehen bewegte.

»Sag nicht Dad. Kannst du kein anständiges Deutsch?« Zweifel schüttelte heftig seinen Kopf. Einerseits um die nach Aufmerksamkeit brüllenden Zehen aus seinem Bewusstsein zu verscheuchen, andererseits, um die Fragen zu sortieren, die ihm kreuz und quer durchs Hirn schossen und schließlich, um die Fata Morgana in Gestalt seines Erzeugers als solche zu entlarven. Was nicht gelang. Sein Vater, den er mehr als nur eine Ewigkeit nicht mehr gesehen hatte, stand leibhaftig vor ihm. Er starrte auf den blankpolierten, schwarzen Schuh am linken Fuß seines Vaters und auf die arg ramponierte Sandale an dessen rechtem Fuß. Die Frage, die sich daraus ergab, schob Zweifel auf seiner Prioritätenliste ganz nach hinten. Sein Vater hatte ihn etwas gefragt.

»Die hatte ich schon bei meiner Geburt«, antwortete er fast automatisch.

»Bist du sicher? Hat Ed wohl vergessen. Ich wollte, den Rest hätte Ed auch vergessen.«

Zweifel hatte keine Ahnung, was genau sein Vater damit meinte. Sie standen einander in der offenen Tür gegenüber, wie ein Mann, der einen anderen Mann nach dem Weg fragt, den dieser nicht kennt.

»Kaffee wäre gut für Ed. Und eine Orange. Ja, ich denke, das wäre angemessen. Hast du so was im Haus?«, fragte Edwin Zweifel auf eine etwas irritierende Weise.

»Sicher«, sagte sein Sohn, »komm rein.« Kaum hatte er sie ausgesprochen, schwante ihm, dass er diese Worte noch bereuen würde.

Wenig später saß Ed unbequem auf einer Art Barhocker an der Küchentheke seines Sohnes. Zweifel war im Bad. Er hatte seinem Vater eine Tasse Kaffee durchlaufen lassen und ihm gezeigt, wie die Maschine zu bedienen war, falls er eine zweite wollte. Orangen hatte er zwar keine, schenkte ihm dafür aber ein Glas Saft ein.

Ed hatte sich schweigend an die Theke gesetzt, ein Tütchen Zucker aus einer Keramikschale herausgefischt, sorgfältig an einer Ecke aufgerissen und langsam in das Glas Orangensaft rieseln lassen.

Zweifel stand unter der Dusche und versuchte, sich zu erinnern, wann er seinen Vater das letzte Mal gesehen hatte. Zwanzig Jahre war das her, länger noch, es musste Anfang 1994 gewesen sein, im nasskalten Berliner Winter. Zweifel stellte die Dusche ab und blieb eine Weile tropfnass stehen. Die Bilder aus der Vergangenheit stürzten auf ihn ein und blockierten vorübergehend das Bewusstsein dafür, was als Nächstes zu tun war, nämlich, sich abzutrocknen und anzuziehen. Als er damit fertig war, hörte er, wie die Kaffeemaschine ihre typischen Geräusche von sich gab. Sein Vater schien sich also schon wie zuhause zu fühlen. Ein

Gedanke, der Zweifel zu beunruhigen begann. Er ging in die Küche.

»Der Saft ist Ed zu süß«, brummte sein Vater.

»Hast du immer noch diese Angewohnheit?«, erwiderte Zweifel, holte Brot aus dem Schrank und fütterte den Toaster mit zwei Scheiben.

Sein Vater zog die frisch gefüllte Tasse unter der Auslaufdüse hervor und stellte sie vorsichtig auf die Theke, auf der er vorhin schon etwas Kaffee verschüttet hatte. Er nahm ein weiteres Zuckertütchen, riss eine Ecke ab und versenkte den Inhalt in das volle Glas Orangensaft.

»Was willst du damit sagen?«, fragte er im gleichen brummigen Ton. Zweifel stellte seine Tasse unter den Koffeinspender.

»Der Saft ist Ed zu süß«, ahmte er seinen Vater nach. »Du redest von dir in der dritten Person. Du tust so, als ob dieser Ed jemand anders wäre. Das meine ich damit.«

Edwin Zweifel nippte an seinem Kaffee und schwieg. Dieses Schweigen kam Zweifel wie die Ankündigung großer Schwierigkeiten vor.

Er hatte seinen Vater nicht schweigend in Erinnerung. Im Gegenteil. Wenn er nicht gerade mit seinen Kunden telefonierte, selten kürzer als eine halbe Stunde, redete er mit Nachbarn, quatschte mit Bekannten, die zufällig am Haus vorbeiliefen, sprach Fremde an, die zufällig am Haus vorbeiliefen und anschließend zu den Bekannten zählten.

Einmal hatte Zweifel von seinem Fenster aus beobachtet, wie sein Vater einen Müllmann in ein Gespräch verwickelt hatte. Der Fahrer des Müllwagens hatte ungeduldig gehupt, war schließlich mit einem Fluch auf den Lippen ausgestiegen und lauschte wenig später fasziniert den Worten seines Vaters.

Zweifel hatte keine Ahnung, was Ed, so nannte ihn alle Welt, den Leuten erzählte. Aber es war seine Art, Geld zu verdienen.

Zweifels Mutter war früh gestorben. Eines Tages kam er nach Hause und fand seinen Vater im Wohnzimmer vor, wo er aus dem Fenster starrte und ihn nicht beachtete. Seine Mutter war in der Küche. Zuerst sah er die Flecken am Kühlschrank. Ein Stuhl war umgefallen, die Tischdecke halb heruntergezogen. Es roch säuerlich nach Essig und Zwiebeln, der Salat war auf dem ganzen Küchenboden verteilt. Die Schüssel war verkehrt herum auf ihrer Hand gelandet, zwischen den verkrampften Fingern lugte ein Stück rote Paprika hervor. Sie lag auf der Seite, als hätte sie auf dem Boden ein Schläfchen machen wollen, die Knie angezogen. Ihre Augen waren weit aufgerissen. Zweifel kniete neben seiner Mutter, die Hand unter ihrem Nacken, in dem fassungslosen Bemühen, sie ins Leben zurückzuwünschen, als er die Stimme seines Vaters hörte.

»Hirnschlag«, verkündete er so sachlich, als wäre nur eine Sicherung herausgeflogen.

»Warum hast du keine Hilfe …«

»Da kam jede Hilfe zu spät, Junge. Da war nichts zu machen.« Es war merkwürdig, aber im Rückblick kam es Zweifel so vor, als hätte sein Vater damals begonnen, von sich in der dritten Person zu reden.

»Ich rede, wie es mir passt«, sagte Ed und stellte seine Tasse auf die Theke. Zweifel war nicht nach einem Streit mit seinem Vater zumute. Nicht eine halbe Stunde, nachdem er seit ewigen Zeiten plötzlich wiederaufgetaucht war.

Ihm lagen viele Fragen auf der Zunge, die er mit einem großen Schluck Kaffee hinunterspülte. Es war Samstagmorgen und er hatte sich für das Wochenende vorgenommen, seine umfangreiche Sammlung an Kunst- und Fotobänden in aller Ruhe durchzusehen und vielleicht einen oder zwei ausgedehnte Waldspaziergänge zu machen. Außerdem musste er seinen Umzug nach Augsburg vorbereiten. Dieser Plan war nun in Gefahr. Er musterte seinen Vater über den Rand der Kaffeetasse hinweg. Wie alt war er jetzt eigentlich? Er stellte eine schnelle Berechnung an und kam auf 74 Jahre.

Im Gegensatz zu seinem Sohn hatte Ed Zweifel einen dichten, weißen Haarschopf, den er noch nie zu bändigen vermocht hatte. Die Haare standen wild in alle Richtungen ab, als wäre er in einem Doppeldecker ohne Helm hergeflogen. Die grünen, hellwachen Augen hatte er halb geschlossen. Er tat, als bemerkte er den Blick seines Sohnes nicht. Zweifel gab sich einen Ruck.

»Wie hast du mich überhaupt gefunden?«

»War nicht schwer«, war die lapidare Antwort.

»Ach was! Das will ich jetzt aber genau wissen.« Ed warf seinem Sohn einen langen Blick zu und drehte das Glas mit dem Orangensaft hin und her.

»Du warst in der Zeitung. Dein letzter Fall hat Aufsehen erregt.« Zweifel ahnte, dass er die Antwort auf seine Frage nicht in einem einfachen Satz serviert bekäme. Er musste nachhaken wie bei einem widerspenstigen Zeugen.

»Wo hast du darüber gelesen?« Ed tat, als konzentrierte er sich auf den Orangensaft, doch sein Sohn brachte an diesem Morgen keine Geduld für eine subtile Gesprächsführung auf. »Ist ja auch egal«, sagte er mehr zu sich. Der Toaster spuckte zwei Scheiben aus. Zweifel nahm eine und biss ab. Ed ließ das Glas los.

»Trockener Toast?«, fragte er und seine Stimme klang herausfordernd. Wortlos nahm Zweifel einen Teller vom

Regal über der Spüle und legte die andere Scheibe darauf. Aus dem Kühlschrank holte er Margarine und ein Glas Erdbeermarmelade und stellte beides vor seinen Vater hin. Mit dem Finger deutete er auf einen steinernen Bierkrug, in dem er sein Besteck aufbewahrte.

»Mehr hab ich nicht zur Auswahl.«

Er steckte zwei neue Scheiben in den Toaster und biss in seinen Toast. »Auf Besuch bin ich nicht eingestellt«, fügte er mit vollem Mund hinzu. Ed nickte und griff nach seiner Tasse.

»Du lebst allein? Ich dachte du bist verheiratet. Mit dieser Journalistin. Wie heißt sie nochmal?« Zweifel schoss das Blut in den Kopf. Eine barsche Antwort lag ihm auf der Zunge. Er schluckte sie hinunter zusammen mit dem Rest seines trockenen Toasts. Die neue Situation bereitete ihm zunehmend Kopfzerbrechen. Er trank hastig seine Tasse leer.

»Sie hieß Ella.«

»Ihr habt euch getrennt?« Zweifel schüttelte den Kopf.

»Sie wurde umgebracht. Ist schon lange her. Stand auch in der Zeitung«, antwortete er. »Aber das hast du wohl nicht gelesen.« Den Satz konnte er sich nicht verkneifen.

Sein Vater schaute ihn prüfend an. Dann griff er nach einem Messer und bestrich seinen Toast mit Margarine. Zweifel sah zu, wie Ed einen großen Klacks Erdbeermarmelade aus dem Glas pulte und auf der dicken Margarineschicht verteilte. Ihm entging das Zittern der Hand nicht.

»Kannst du mir sagen, wie es kommt, dass du nach mehr als zwanzig Jahren so mir nichts, dir nichts samstagmorgens bei mir hereinschneist?« Sein Versuch, ruhig und gelassen zu klingen, misslang. Die Frage hing genauso vorwurfsvoll in der Luft, wie sie im Grunde gemeint war. Ed blieb davon unbeeindruckt, warf einen langen Blick auf seinen Toast und biss herzhaft hinein. Zweifel schüttelte den Kopf und wartete ab. Eine Weile war nichts zu hören als das Kauen seines Vaters. Schließlich trafen ihn seine grünen Augen.

»Schlimm, was mit deiner Frau passiert ist.« Zweifel rührte sich nicht. Er wollte in Anwesenheit seines Vaters nicht länger an Ella erinnert werden.

»Kann Ed noch ein Brot haben?« Die Frage schien an seine Kaffeetasse gerichtet. Wie auf Kommando sprangen die zwei Scheiben aus dem Toaster. »Ed weiß, wie sich das anfühlt«, sagte er und zog die Margarine zu sich heran. Zweifel dachte an seine Mutter.

»Natürlich«, murmelte er und legte seinem Vater einen Toast auf den Teller und nach kurzem Überlegen auch den zweiten.

»Also — du bist mir noch eine Antwort schuldig.« Ed war mit der Margarine fertig und nahm das Marmeladenglas in die Hand. Er tat so, als kontrollierte er die Inhaltsstoffe.

»Ed ist pleite«, sagte er nach einer langen Pause. Das traf Zweifel wie ein trockener Kinnhaken. Er starrte seinen Vater an.

»Was soll das heißen? Was ist mit dem Haus?«

»Wurde versteigert.«

»Und?«

»Und was?«

»Na, da muss doch Geld geflossen sein.« Ed nickte und biss in das Marmeladen-Margarine-Gemisch, das er auf seinem Toast angerichtet hatte.

»Aber nicht in Eds Richtung«, antwortete er mit vollem Mund. Es schien ihn nicht weiter zu belasten. Zweifel vergaß vor Verblüffung, den Kopf zu schütteln.

»Und jetzt?«, fragte er.

Ed schluckte hinunter und wischte ein paar Krümel aus seinem Mundwinkel.

»Jetzt bin ich hier.«

Melzick wälzte sich auf die andere Seite und landete mit ihrer Nase an der Wand, die nach frischer Farbe roch. Es war kurz nach sieben. Das wusste sie, ohne die Augen zu öffnen. Sie hatte den Schuss gehört. Natürlich war es kein Schuss. Wie jeden Morgen um dieselbe Zeit hatte Frau Stalinke aus dem Erdgeschoss das Haus verlassen, um mit ihrem selbst gestrickten Kampfdackel das zu machen, was normale Hundebesitzer als „Gassi gehen" bezeichnen. Frau Stalinke fasste diese Tätigkeit eher militärisch auf: Sie ging auf Patrouille, nicht ohne zuvor die Tür zum Treppenhaus einer Belastungsprobe zu unterziehen.

Melzick hatte sich schon oft gefragt, woher diese Frau mit ihren dünnen Ärmchen die Wucht nahm, das ganze Haus erzittern zu lassen. Sie vermutete eine bisher unbekannte asiatische Kampfkunst.

Die frische Farbe roch angenehm. Melzick nahm einen tiefen Zug durch die Nase und wusste im selben Augenblick, dass an Schlaf nicht mehr zu denken war. Wie zur Bestätigung meldete sich ihr Handy. Auf ihr verschlafenes »Ja?« meldete sich Zacharias.

»Morgen Mel. Heute geht's rund. Bist du dabei?«

»Wobei?«, antwortete sie umrahmt von einem herzhaften Gähnen.

»Ach Schwesterchen! Ich hab dir doch den Link geschickt. Die Demo in Augsburg.« Melzick kratzte sich an der Nase, während sie in ihrem Gedächtnis kramte.

»Was für'n Link? Welche Demo? Wer spricht da überhaupt?«

Zacharias wollte schon empört loslegen. Im letzten Moment ging ihm ein Licht auf.

»Keine Chance, Mel. Wenn du mich reinlegen willst, musst du früher aufstehen.«

»Will niemand reinlegen, kleiner Bruder, will einfach nur liegenbleiben«, nuschelte Melzick und drehte sich auf den Rücken.

»Hätte ich mir denken können«, sagte Zacharias mit vollem Mund und legte noch eins drauf. »Kommst eben jetzt auch schon ins Ego-Alter.« Er schmatzte genüsslich. »Fängt bei den meisten ab dreißig an, bist wohl etwas früher dran.« Melzick setzte sich abrupt in ihrem Bett auf und blinzelte den letzten Rest Schlaf weg.

»Deine Provokationen waren auch schon mal cooler, Zack.«

»Da gehen die Expertenmeinungen auseinander.« Zacharias hatte den Mund schon wieder voll.

»Was kaust du mir da eigentlich andauernd vor?«

»Etwas, worüber die Experten sich einig sind.«

»Und das wäre?«

»Meine Mango-Maccadamia-Muffins.«

»Ok ok, Zack, heb mir welche auf.«

»Sind schon eingepackt. Wir treffen uns am Bahnhof. Vergiss dein Transparent nicht.«

»Was für'n Transparent denn?«

»Freiheit für Gluten««, »Nieder mit den freien Radikalen««, was man eben so fordern darf als Polizeibeamtin.«

»Ich denk das ist 'ne Klima-Demo.«

»Na dann eben: ›Inlandsflüge nur für Bienen‹.«

»Das ist mir zu lang.«

Zacharias ließ einen Stoßseufzer hören.

»Forget it. Hauptsache du machst mit.«

»Was ist mit deiner Freundin Jocelyn?«

»Was soll mit ihr sein?«

»Könnte riskant sein, als Illegale bei einer Demonstration erwischt zu werden.«

»Mel, es gibt keine illegalen Menschen.«

»Du weißt, wie ichs meine.«

»Weiß ich und Jocelyn weiß, was sie tut.«

»Na dann — man sieht sich.« Zacharias wollte noch etwas sagen, überlegte es sich anders und legte auf.

Melzick musste dran denken, wie Zacharias ihr die junge Frau aus Äthiopien vor ein paar Wochen vorgestellt hatte.

Sie beschloss, sich bei Gelegenheit um eine Rechtsberatung zu kümmern. Zacharias war ein unverbesserlicher Optimist. Seine rosarote Brille war zu oft beschlagen. Er weigerte sich einfach, Schwierigkeiten wahrzunehmen, bevor sie ihm im Genick saßen.

»Dafür hat er ja mich«, dachte Melzick, seufzte und sprang aus dem Bett.

2. Kapitel

Zweifel wollte sich auf nichts einlassen. Sein Vater hatte das Marmeladenglas in beide Hände genommen und drehte es hin und her.

»Eine Vater-Sohn-WG wär doch mal was anderes«, brummte er. »Ed hat da überhaupt kein Problem damit. Wichtig ist 'ne klare Aufgabenverteilung. Du gehst zur Arbeit, um den Rest kümmert sich Ed. Das ist er gewohnt.« Zweifel nahm ihm die Erdbeermarmelade aus der Hand und stellte das Glas demonstrativ in den Kühlschrank.

»Du fällst nicht mit der Tür ins Haus, du bretterst mit 'nem LKW in meine Küche. So funktioniert das nicht.«

»Käme auf einen Versuch an. Und was den LKW angeht — das bisschen Zeug, was Ed hat, passt in einen VW Käfer.« Ed fischte ein Zuckertütchen aus der Schale, riss eine Ecke ab und beglückte den Orangensaft mit einer weiteren Überdosis. Zweifel beobachtete irritiert, wie sein Vater das Glas mit der linken Hand drehte und suchte nach Worten.

»Es geht nicht. Ich will es nicht. Such dir bitte ein anderes Nest.«

»Machst du dir Sorgen um deinen Zuckervorrat?«

»Ich mach mir keine Sorgen. Ich ziehe um.« Eds rechte Hand verharrte mit dem inzwischen leeren Zuckertütchen zwischen Daumen und Zeigefinger über dem Orangensaft.

»Wohin?«, fragte er, ohne seinen Sohn anzusehen.

»Nach Friedberg.«

»Welches Friedberg?«

»Bei Augsburg.«

»Wann?«

»Ich bin mittendrin.«

»Sieht gar nicht so aus.« Zweifel seufzte.

»Liegt vielleicht daran, dass mein Zeug auch in einen VW Käfer passt.«

»Hast du einen?«

»Was?«

»VW Käfer.«

»Nein.«

»Sondern?« Zweifel stieß noch einen tiefen Seufzer aus.

»Cadillac Eldorado 1959.« Sein Vater warf ihm einen kurzen Blick zu und knüllte das Papiertütchen zusammen.

»Viel zu schade für die Straße«, meinte er.

»Das sehe ich anders. Ich sehe überhaupt vieles anders, als du, Dad, und deswegen würde es nicht funktionieren.« Ed warf ihm einen langen Blick zu.

»Das sehe ich anders.« Unwillkürlich mussten beide lächeln.

»Hört sich besser an, wenn du nicht in der dritten Person von dir redest«, sagte Zweifel und stellte die Margarine in den Kühlschrank. Sein Vater ließ sich von dem Frühstücks-Barhocker rutschen und hob einen Zeigefinger.

»Ich hab keine Ahnung, wovon du sprichst.« Er machte ein paar Schritte zur Tür hin, dann drehte er sich um. Seine grünen Augen musterten Zweifel.

»Nach Eds Erfahrung gibt es drei triftige Gründe für einen Umzug: Du brauchst einen neuen Chef, du bist einer Frau auf der Spur oder du hast was ausgefressen.« Zweifel verschränkte die Arme.

»Du hast einen Grund vergessen.«

»Und der wäre?«

»Flucht.«

»Bist du auf der Flucht?«

»Ich nicht, aber ich bin jetzt mal von dir ausgegangen.« Edwin Zweifel kam wieder zurück und stellte sich direkt vor seinen Sohn hin.

»Wenn du glaubst, dass ich damals vor irgendwas geflohen bin, dann …«

Er stockte, verlor die Konzentration. Er schloss die Augen und presste Daumen und Zeigefinger an seine Nasenwurzel. Als er den Satz beendete, war seine Stimme deutlich leiser geworden.

»… dann hast du vermutlich Recht. Aber«, und wieder der Zeigefinger, »nur aus deiner Sicht. Für Ed war das keine Flucht. Wovor hätte er auch fliehen sollen?«

»Vor mir.« Die Worte waren draußen, bevor Zweifel einen Gedanken fassen konnte.

»Du weißt, dass das Blödsinn ist.«

»Damals wusste ich es nicht. Mutter war tot und du bist drei Tage nach der Beerdigung verschwunden.«

»Du warst alt genug und Ed hat jeden Monat einen Scheck …« Zweifel winkte ab.

»Ich weiß, ich weiß.« Er seufzte zum dritten Mal an diesem Morgen. »Warum das alles wieder aufwärmen?«

»Ed hat nicht davon angefangen.«

»Wenn man davon absieht, dass du dein Comeback in meiner Küche probst.«

»Das hielt Ed für am effektivsten.« Zweifel ließ seine flache Hand auf die Küchentheke fallen. Das Problemlösungs-Räderwerk in seinem Kopf hatte bereits zu rattern begonnen. Er hatte jedoch keine Lust, die Probleme seines Vaters zu lösen.

»Effektiv vielleicht, was den Zuckerverbrauch angeht, aber nicht erfolgreich, Dad. Ich kann dir nicht helfen. Meine neue Wohnung ist nicht groß genug.«

»Das hat Ed schon begriffen. Du willst mich hier nicht. Trotzdem wäre es interessant, zu erfahren, warum dieser Ortswechsel …«

Zweifel unterbrach ihn.

»Das überlass ich deiner Fantasie. Ein paar Gründe sind ja schon gefallen. Such dir einen aus.« Edwin Zweifel fuhr mit beiden Händen durch seinen wirren weißen Haarschopf, dann schnalzte er mit der Zunge und wandte sich erneut zum Gehen.

»Falls du Hilfe brauchst«, sagte er, schon im Flur mit der Hand auf der Klinke und ohne seinen Sohn anzusehen, »wird Ed dich schon finden.«

Er öffnete die Eingangstür, trat ins Treppenhaus und zog sie hinter sich zu. Zweifel starrte in den Flur, der so leer war wie immer und ertappte sich bei dem Gedanken, dass Ed das gelingen möge.

Als er eine halbe Stunde später seine Wohnung verließ, entdeckte er die Visitenkarte auf der Matte vor der Eingangstür. „Ed Z." stand darauf, „Überlebenskünstler". Handschriftlich war eine Mobilfunknummer ergänzt.

Jocelyn sah Melzick als erste und winkte ihr mit einem zusammengerollten Transparent durch die offene Tür zu. In den beiden Großraum-Waggons des 9 Uhr 30-Zuges der Bayerischen Regio-Bahn von Bad Wörishofen nach Augsburg herrschte ein Gedränge wie in einem Airbus, nachdem der Pilot die Turbinen abgeschaltet und die Passagiere gebeten hat, sitzenzubleiben.

Etwa zehn bis fünfzehn Senioren, allesamt im neonfarbenen Radler-Dress bewachten mit grimmigen Blicken die E-Mountainbikes, mit denen sie eine Expedition ins Altmühltal wagen wollten. Der Anführer, der als einziger seinen Fahrradhelm aufbehalten hatte, erteilte seinem Trupp lautstarke Instruktionen. Keiner hörte ihm zu, außer den Fahrgästen, die die Gefahr zu spät erkannt hatten und aus

Platzmangel gezwungen waren, in seiner Hörweite für die nächste Stunde sitzenzubleiben.

Zacharias hatte den Wichtigtuer rechtzeitig bemerkt und mit Jocelyn einen Platz im vorderen Waggon ergattert. Melzick schloss ihr klappriges Dreigangrad ab und hastete den Bahnsteig entlang. Ein nerviges unerbittliches Piepen zeigte an, dass es höchste Zeit war. Zacharias blockierte wie zufällig die Lichtschranke der automatischen Tür. Mit dem letzten Piepton sprang Melzick auf.

»Zurückbleiben! Zefix!«, fauchte die Stimme des Zugführers aus dem Lautsprecher über ihnen. Zacharias grinste seine Schwester an und hob die Hand. Melzick schlug klatschend ein und nickte Jocelyn zu, die sie auf ihre scheue Art anlächelte.

»Jetzt nehmen Sie doch mal das Gelump aus meinem Gesicht!«, keifte eine Frauenstimme hinter dem Rücken der jungen Afrikanerin.

Jocelyn versuchte, das Transparent auf der Gepäckablage unterzubringen. Zacharias half ihr dabei und murmelte eine Entschuldigung in Richtung der etwa fünfzigjährigen, korpulenten Frau im hellblauen Kostüm, die den sorgfältig frisierten Kopf schüttelte.

»Dürfen die überhaupt mit dem Zug fahren?«, war dumpf eine zweite Stimme zu hören. Die Nägel der vorgehaltenen Hand waren korallenrot lackiert, passend zur lila überhauchten Kurzhaarfrisur der Fragestellerin.

»Ich dachte, die dürfen ihren festen Bereich, also ihr Reservat oder wie man das nennt, nicht so einfach verlassen«, schob sie hinterher.

»Die Frage ist doch, wer denen die Fahrkarte zahlt«, mischte sich ein blasser, hochgewachsener junger Mann im enggeschnittenen silbergrau glänzenden Anzug ein. Sein

Adamsapfel kämpfte gegen den straffgezogenen Knoten seiner schmalen Krawatte.

Melzick wechselte einen Blick mit Zacharias und berührte Jocelyn leicht am Unterarm. Am besten ignorieren, war zunächst die Devise.

»Ich geb euch bis Buchloe Zeit«, dachte Melzick jedoch für sich. »Bis dahin dürft ihr euch auskotzen, von mir aus. Wer uns danach noch mit einer derartigen Wortmeldung beglückt, wird eine Bewusstseinserweiterung erleben.«

Zacharias lehnte wegen der Enge lässig mit einer Schulter an der automatischen Tür.

Jocelyn neben ihm wirkte so, als wollte sie sich unsichtbar machen. Melzick fragte sich nicht zum ersten Mal, ob es eine gute Idee von Zacks Freundin war, an der Demo teilzunehmen. Sie musterte stirnrunzelnd ihren Bruder, der sich in seinen ausgebeulten Jogginghosen, dem Schlabbershirt und den viel zu großen Sneakers sichtlich wohlzufühlen schien.

»Was ist«, sagte er, »das sind meine besten Klamotten.«

»Schon klar. Wie viele Leutchen werden wir denn sein?«, fragte sie. Zacharias zog die Nase kraus.

»Also, angemeldet sind 2000, aber Phil rechnet mit fast 5000. Aus Berlin, Köln und Hamburg haben sich große Gruppen angesagt.«

»Phil ist wer nochmal?«

»Der hat die Demo initiiert und organisiert. Du hast ja keinen Schimmer, was für'n Aufwand das ist.«

»Doch, hab ich.« Zacharias verdrehte die Augen.

»Schwesterchen, du kennst doch nur die andere Seite.«

»Ich war mal in München dabei. 30000 Leute, Marienplatz, fünfunddreißig Grad im Schatten. Ich weiß, wie so was abläuft.«

»Ach ja? Wie viele ›Begleiter‹ waren denn da?«
Zacharias sprach die Anführungszeichen mit. Melzick zuckte mit den Schultern.

»Werden wohl so um die 800 Kollegen gewesen sein.«

»Und was, glaubst du, lässt sich leichter organisieren?« Bevor Melzick antworten konnte, meldete sich der blasse Anzugträger zu Wort, der direkt hinter ihr stand.

»Ich hab gelesen, dass diese Demonstrationen«, er sprach dieses Wort in Großbuchstaben, »den Steuerzahler jedes Jahr Millionen kosten. Millionen!« Die korpulente Dame in hellblau fühlte sich angesprochen.

»Es ist einfach unglaublich. Was gibt es denn überhaupt zu demonstrieren? Hier in Deutschland?«

»Nächster Halt Buchloe. Bitte in Fahrtrichtung rrrächts aussteigen«, mischte sich der Zugführer zackig ein.

»Und dann kommen welche von sonst woher und machen ihren grässlichen Zinnober hier bei uns. Zuhause, da wo sie hingehören, würden sie dafür ausgepeitscht«, meinte die Frau mit den grellroten Fingernägeln.

Jocelyn wusste nicht, wo sie hinschauen sollte. Ihre Gesichtsfarbe war noch einen Hauch dunkler geworden. Zacharias holte tief Luft. Melzick stupste ihn an und schüttelte den Kopf.

Der Zug hielt. Es stiegen nur wenige Fahrgäste aus. Aus dem hinteren Waggon waren empörte Stimmen zu hören. Die Mountainbike-Schwadron kam mit einer Gruppe rüstiger Wanderer, jeder mit einem Survival-Paket von der Größe eines Seesacks auf dem Rücken, ins Gehege. Die Woche über wurden die Egos gehätschelt und gepflegt, um an Samstagvormittagen in den Zügen der DB aufeinander zu prallen. Die Stimmung heizte sich auf. Melzick wartete auf die nächste Durchsage.

»Zurrrückbleiben«, blökte der Zugführer.

Der Zug nahm Fahrt auf und verließ den Bahnhof Buchloe.

»Man kann überhaupt nicht mehr ungestört einkaufen«, beschwerte sich die Dame in hellblau. »Ständig diese plärrenden Jugendlichen mitten in der Innenstadt zur Hauptgeschäftszeit.« Längst nicht mehr hinter vorgehaltener Hand gab die andere Diskussionsteilnehmerin ihren scharfen Senf dazu.

»Kein Deutsch können, aber dämliche Parolen grölen.«

»Wissen Sie, was das die deutsche Wirtschaft kostet?«, maulte der Anzugträger und zerrte an seiner Krawatte.

Der Zug machte einige ruckartige Seitwärtsbewegungen, bis er im richtigen Gleis nach Augsburg war.

Die Frau in hellblau verlor den Halt und rempelte Jocelyn an. Zacharias runzelte die Stirn.

Obwohl die Kostümträgerin sich nicht entschuldigt hatte, drehte sich Jocelyn zu ihr um und sagte in akzentfreiem Deutsch:

»Das macht doch nichts.« Es war einer der ersten Sätze, die sie gelernt hatte. Sie eignete sich die deutsche Sprache in ganzen Sätzen an. Zacharias brachte sie ihr bei. Sie hatte ein gutes Ohr und schaffte es spielend, jeglichen fremdartigen Tonfall zu vermeiden. Sie klang wie jemand, der nie etwas anderes als glasklares Hochdeutsch gesprochen hatte. Zacharias reagierte sofort.

»Hast du gewusst«, sagte er unüberhörbar für die Umstehenden, »dass 85 Prozent der Deutschen es nicht für nötig halten, sich zu entschuldigen, wenn sie jemanden anrempeln?« Melzick unterdrückte ein Grinsen und nickte.

»Hab ich auch gelesen. In Bayern sollen es sogar 95 Prozent sein. Ist 'ne ganz neue Studie.« Aus den Augenwinkeln bemerkte sie, wie die Frau hinter Jocelyn rot anlief. »Ja ja«, seufzte Melzick, »ist 'ne traurige Sache mit der Unhöflichkeit der Deutschen. So was ist in anderen Ländern einfach undenkbar.«

»Man sollte die Leute eigentlich davor warnen«, pflichtete Zacharias bei.

»Oh, das steht schon in vielen Reiseführern«, verkündete Melzick. »Das wird die Touristen ganz schön abschrecken.« Zacharias schnalzte mit der Zunge.

»Gar nicht auszudenken, wie sich das auf die deutsche Wirtschaft auswirkt. Was meinen Sie?«

Er hatte den blassen Anzugträger direkt angesprochen. Der rümpfte angewidert die Nase und blickte demonstrativ gelangweilt an Zacharias vorbei.

Sein Adamsapfel machte dabei allerdings ein paar heftige Klimmzüge.

Der Zug näherte sich seiner Höchstgeschwindigkeit. Die Klimaanlage war im Urlaub. Die Vormittagssonne brannte durch die großen Panoramascheiben.

»Hat jemand 'ne Ahnung, woher das Wort Arroganz kommt?«, fragte Zacharias in die Runde. Melzick hüstelte vornehm.

»Jo. Das wurde im 18. Jahrhundert aus dem Französischen entlehnt. Arrogant« (sie sprach es genüsslich gedehnt aus) »hat damals auch hochnäsig bedeutet, wird aber heutzutage mehr im Sinne von eingebildet verwendet«. Auf der Stirn des Schlipsträgers machte sich eine Zornesfalte bemerkbar, umrahmt von winzigen Schweißtropfen.

»Ursprünglich geht es auf das lateinische „arrogans" gleich anmaßend zurück«, fügte Melzick strahlend hinzu.

»Anscheinend gab es schon damals Zeitgenossen, die dieses Attribut verdienten«, sinnierte Zacharias. Melzick bemerkte, wie ruhig es plötzlich um sie herum geworden war. Sie fing ein scheues Lächeln von Jocelyn auf und ein freches Grinsen von Zacharias, der noch nicht genug hatte.

»Wie ist es mit borniert? Hört sich auch irgendwie französisch an.«

»Jep«, sagte Melzick. »Kommt von borne, der Grenzstein. Bedeutet engstirnig.« Sie sprach das Wort laut und deutlich aus mit unmittelbarer Wirkung auf einige in der Nähe befindliche Stirnen.

»Ja, dann fehlt eigentlich nur noch ignorant«, verkündete Zack fröhlich. Melzick nickte und wirbelte ihre hennaroten Dreadlocks durcheinander.

»Das ist ein besonders schönes Wort. Diesmal wieder aus dem Lateinischen.«

»Und bedeutet?«, fragte Zacharias.

»Ja, das musst du dir auf der Zunge zergehen lassen: von tadelnswerter Unwissenheit zeugend.« Zacharias hob eine Hand und Melzick schlug ein.

»Hätte ich nicht besser formulieren können«, meinte Zacharias und blickte freundlich in die Runde.

Hinter Jocelyns Rücken war ein undefinierbares Zischen zu hören.

Die Dame in hellblau flüsterte ihrer Begleiterin mit den korallenroten Fingernägeln ein paar deutsche Worte ins von goldenen Klunkern bewachte Ohr.

Der junge Mann im engen Designer-Anzug war zwischen Ignorieren und Reagieren hin- und hergerissen. Die schmale Krawatte bewahrte seinen Kragen nur mühsam vorm Platzen. Als die allerseits erleichtert aufgenommene Durchsage:

»Nächster Halt Augsburg Hauptbahnhof, Ausstieg in Fahrtrichtung lllinks«, ertönte, beugte er sich zu Zacharias herab.

»Für einen Hartz-IV-Schmarotzer reißt du dein Mäulchen ganz schön weit auf«, raunte er ihm zu. Zacharias schenkte ihm sein unverschämtestes Grinsen.

»Als selbständiger Unternehmer bin ich es gewohnt, Menschen sicher einzuschätzen, was ihre Fähigkeiten angeht. Ihre schmale Krawatte deutet da auf eine eher enge Bandbreite hin. Sie sollten außerdem an Ihren Vorurteilen arbeiten. Die sind irgendwie noch nicht ausgereift. Ich würde Ihnen ja gerne näher erläutern, wie das geht, aber ich fürchte, ich habe jetzt was Besseres vor. Es gibt da aber sicher einen auch für Sie erschwinglichen VHS-Kurs.« Melzick hatte ihrem Bruder staunend zugehört, während sie das Transparent aus der Gepäckablage fischte.

Der Zug hielt mit einem kräftigen Ruck, so als ob der Zugführer seinen Fahrgästen einen Schlag ins Genick mit auf den Weg geben wollte. Jocelyn drückte auf den grün leuchtenden Taster und war als Erste auf dem Bahnsteig. Melzick und Zacharias folgten ihr. An der Treppe warteten sie, bis sämtliche Fahrgäste an ihnen vorbei waren. Einige nickten ihnen zu. Ein schmalbrüstiger Herr mit abgewetzter Aktentasche, Typ Oberstudienrat, zwinkerte sogar in ihre Richtung. Die beiden pastellfarbenen Damen hatten es auffallend eilig, an ihnen vorbeizukommen. Von dem jungen Anzugträger war nichts zu sehen.

»Wahrscheinlich hat er sich aufs Klo verzogen und googelt den Unterschied zwischen impertinent und inkontinent«, meinte Zacharias.

»Seit wann hast du denn diesen Geschäftsführerton drauf?« Zacharias zwinkerte Jocelyn zu.

»Wir arbeiten viel daran«, meinte sie, ein weiterer Satz aus ihrem Repertoire. Melzick legte beiden eine Hand auf die Schulter, wobei ihr das Transparent herunterfiel.

»Ich bin schwer beeindruckt.« Zacharias bückte sich und hob es auf.

»Das lässt sich noch steigern, Mel, wait and see.«
Sie gingen langsam die Treppe hinunter, um zum südöstlichen Ausgang zu gelangen.

»Sind wir nicht ein bisschen früh dran?«, fragte Melzick.

»Was hast du denn gefrühstückt?«

»Eine halbe Grapefruit.«

»Dachte ich mir. Deswegen gehen wir jetzt zum Brunchen ins *Dreizehn*.

»Ins *Dreizehn*?«

»Genau. Bei der Kresslesmühle. Das beste vegane Restaurant Downtown. Wir sind bei der Demo locker drei Stunden auf den Beinen. Da brauchst du ordentlich Power. Da reicht dein Pampelmüschen nicht.«

»Schon gut, du hast mich überredet.« Sie drehte sich zu Jocelyn um, die versuchte, mit den beiden Schritt zu halten.

»Und du verrätst mir, wie du so schnell Deutsch gelernt hast.« Jocelyn warf Zack einen fragenden Blick zu. Der gab ihr ein Zeichen.

»Die deutsche Sprache ist ein wunderbarer Wald, aber ich kenne erst ein paar Bäume.« Melzick blieb vor Staunen der Mund offenstehen.[a]

»Aha.« Zacharias schaute angestrengt zur Seite, aber er wusste in diesem Moment, dass seine Schwester ihn zu diesem Thema bei Gelegenheit nochmal interviewen würde.

3. Kapitel

In der Annastraße war um diese frühe Stunde noch nicht viel los. Die meisten Läden öffneten erst um zehn.

Carlo war das egal. Er bezog seinen Stammplatz in der Fußgängerzone, schräg gegenüber vom „Weißen Hasen". Sokrates begleitete ihn mit der ganzen Gelassenheit seiner elf Hundejahre.

Seine Miene strahlte Zufriedenheit aus. Das machte die Routine. Sein Leben verlief in geregelten Bahnen, genauso wie das seines Herrchens.

Carlo setzte sich auf den Boden, lehnte den Rücken an die Fassade des Drogeriemarktes und streckte seine kurzen Beine auf einer Decke aus. Sie war grün und blau und gelb gemustert und glich mit ihren nach oben abgewinkelten Fransen einem fliegenden Teppich in Warteposition. Carlo legte das Etui mit seiner uralten Blockflöte sorgfältig rechts neben sich. Die schwarze, mit einem Schnappschloss versehene Holzschatulle stellte er offen ganz vorne auf den Teppich.

Sokrates drehte sich, behutsam wie eine Katze mit den Pfoten tapsend, ein paar Mal um sich selbst, bevor er sich auf seinem angestammten Platz neben der Schatulle niederließ. Er legte seinen Kopf vorsichtig auf seine alten Pfoten. Jedes Mal, wenn eine Münze auf Holz klapperte oder gar ein Geldschein raschelte würde er einen prüfenden Blick in die Schatulle werfen, so als wollte er im Kopf überschlagen, wieviel sie denn schon verdient hatten. Seiner Hundeerfahrung nach kam das beim Publikum besonders gut an.

Die Art und Weise, wie die beiden ihren Arbeitstag in aller Ruhe vorbereiteten, strahlte eine große Souveränität und

Weisheit aus. Sie beherrschten ihr Metier und wussten, was zu tun war. Vor allem wussten sie, warum sie es taten.

»Guten Morgen, Carlo, du bist aber früh dran«, sagte die junge Frau, die in dem Esprit-Laden gleich gegenüber arbeitete. Carlo nickte ihr freundlich zu.

»Alte Gewohnheit. Ich war immer schon der Erste im Büro«, sagte er.

Sie beugte sich zu dem schwarz-weißen Border-Collie herab und kraulte ihn sanft hinter den Ohren.

»Und was meint Sokrates dazu?« Sokrates blinzelte mit den Augen und gähnte ausführlich.

»Er nutzt die Zeit zum Nachdenken. Eine durchaus edle Art, den Tag zu beginnen«, antwortete Carlo. Die junge Frau, deren Namen er nicht kannte und die ihn seit einem halben Jahr jeden Samstagmorgen begrüßte, schenkte ihm ein strahlendes Lächeln, sagte »na dann«, und entfernte sich mit federnden Schritten in Richtung Personaleingang.

Carlo kramte seine verbeulte Thermoskanne aus dem speckigen Rucksack, schraubte den Deckel ab und gönnte sich die erste Tasse des Tages.

Sokrates schnüffelte flüchtig in seine Richtung, erkannte den vertrauten Kaffeeduft und nahm seine Denkerposition wieder ein. Carlo trank in kleinen Schlucken und hielt den Kopf dabei gesenkt.

Aus den Augenwinkeln beobachtete er eine Person in einem blauen Handwerkeroverall, eine Baseballmütze tief ins Gesicht gezogen, die vor der Seitentür zum „Weißen Hasen" stehengeblieben war.

Ein Trio älterer Damen mit großen Einkaufstaschen trippelte auf dem Weg zum Stadtmarkt einträchtig schnatternd an ihm vorüber. Sie hatten keinen Blick für ihn, geschweige denn einen Euro. Carlo sah es ihnen nach.

Er leerte seinen Kaffeebecher und wischte ihn mit einem Taschentuch sauber, bevor er ihn wieder aufschraubte. Dabei murmelte er wie stets dieselben Worte:

»Der Kaffee ist genau richtig. Wir haben unseren besten Platz bezogen. Heute wird ein guter Tag.« Sokrates nahm das vertraute Gemurmel als Beweis, dass alles wie immer war. Zufrieden blinzelnd schloss er die Augen.

Doch etwas war anders. Carlo war ein geübter Beobachter. Er tat fast nichts anderes. Dieser Mensch vor der Seitentür des „Weißen Hasen" benahm sich absolut unauffällig. Der Handwerkeroverall, die Werkzeugtasche, die verdreckten Sicherheitsschuhe — nichts daran war ungewöhnlich. Carlo hatte den Typen aus der Richtung des Rathausplatzes kommen sehen.

»Freiwillige Überstunden am Wochenende«, dachte er, »wahrscheinlich inoffiziell, das bringt am meisten Kohle.« Allerdings konnte er sich nicht erinnern, samstags jemanden in dem maroden Gebäude arbeiten gesehen zu haben.

Carlo nickte abwechselnd vor sich hin und schüttelte den Kopf, während er seine Visitenkarten sortierte. Der Typ im Overall mit der schwarzen Baseballmütze stellte seine Werkzeugtasche auf das Pflaster und machte sich am Vorhängeschloss des Bauzauns zu schaffen. Als Carlo wenig später hinübersah, waren die Tasche und der Typ verschwunden und das Schloss hing wie vorher am Bauzaun. Irgendetwas hatte Carlo trotzdem stutzig gemacht. Viel später an diesem Tag würde es ihm wieder einfallen.

Das Haus in der Annastraße, Ecke Welserplatz, mitten in der Fußgängerzone, war der ideale Ort für das Vorhaben. Seit dem Brand im Februar des vorigen Jahres stand der „Weiße Hase" leer. Die Restaurierungsarbeiten an dem zweistöckigen, historischen Gebäude mit dem riesigen Satteldach würden noch Jahre in Anspruch nehmen. Von den Fenstern im ersten Stock konnte man die Annastraße in beide Richtungen überblicken.

Die Stangen und Bretter des Baugerüstes schützten vor unliebsamer Entdeckung. Samstags hielt sich niemand in dem Gebäude auf. Wer es ohne aufzufallen außerhalb der üblichen Arbeitszeiten betreten wollte, musste authentisch wirken und für alle Fälle eine plausible Story auf Lager haben.

Es war fast ein Kinderspiel, in das Haus reinzukommen und es war niemand dagewesen, der sich hätte wundern können. Die Leute, die um diese Uhrzeit in der Fußgängerzone unterwegs waren, wollten entweder zum Bäcker, zum Stadtmarkt oder zum Königsplatz, wo sich Busse und Straßenbahnen drängelten. Sie alle hatten ein Ziel und keine Augen für irgendetwas anderes.

Selbst der Bettler mit seinem Köter hatte keinen Blick verschwendet. Er war viel zu sehr mit seiner Thermosflasche beschäftigt, die hundertprozentig mit Hochprozentigem gefüllt war.

Falscher Gedanke! Das war möglicherweise ein Irrtum. Vielleicht hatte er scharfe Augen, eine Kamera und war ein gut getarnter Polizist. — Auch falsch! Jetzt bloß keine Gespenster sehen am helllichten Tag.

Es war düster genug in diesem alten Bau. Er war vollkommen leergeräumt. Absolut nichts erinnerte daran, dass hier einmal ein traditionell bayerisches Wirtshaus residiert hatte. Es roch nach Kalk und Staub und irgendeiner chemischen Substanz. Auf die Wände waren pinkfarbene Markierungen und Zahlen gesprüht. Architekten-Graffiti.

Die Treppe machte einen stabilen Eindruck. Der erste Stock bestand aus einem einzigen riesigen Raum. Durch die verdreckten und teilweise beklebten Fenster drang spärliches Morgenlicht.

Die ungewohnten Arbeitshandschuhe ließen die Finger feucht werden. Das war nicht gut. Das war gar nicht gut. Also weg damit. In der Tasche waren sie am besten aufgehoben und konnten nicht vergessen werden. Die Schritte der zwei Nummern zu großen Sicherheitsschuhe hallten unangenehm laut.

Es war nicht einfach gewesen, geräuschlos bis zur Fensterfront zu kommen.

Aber dann gewann folgende Überlegung die Oberhand: Entweder befand sich niemand sonst im Gebäude, was zu 99 Prozent wahrscheinlich war, dann war Leisetreterei überflüssig. Wenn aber jemand da war, dann würde das vorsichtige Herumschleichen nicht zu der Aufmachung als Handwerker passen. Erst recht nicht zu der Story von der liegengelassenen, mit Bargeld, EC-Karte und Eintrittskarten gefüllten Brieftasche.

Wer angeblich auf der Suche nach einem solchen verlorenen Schatz ist, der läuft, ohne groß zu überlegen, kreuz und quer durch alle Räume und poltert die Treppe hinauf und hinunter. Genau! Das war der richtige Weg.

Also erstmal die Treppe hoch in den zweiten Stock. Hier war das Licht noch diffuser, da praktisch alle Fensterscheiben zugeklebt waren. Die Räume waren ebenfalls leer. Auf den mit Kalk bestäubten Bodenbrettern ein paar Spuren von Katzenpfoten, die mitten im Raum aufhörten, als hätte die Katze sich in Luft aufgelöst.

Innehalten. Konzentrieren. Lauschen. Die Werkzeugtasche in die andere Hand nehmen. Weiter, die schmaler werdende Treppe hinauf zum Dachgeschoss. Die Sicherheitsschuhe polterten schwer auf den Holzstufen.

Spätestens jetzt hätte sich ein zufälliger Besucher bemerkbar gemacht, sei es der Architekt oder jemand vom Bauamt oder ein Techniker oder ein Hausmeister, hätte „Hallo" gerufen, wäre ebenfalls die Treppe hochgekommen, um zu sehen, wer an einem Samstagmorgen in diesem riesigen Gebäude herumgeisterte. Aber da war niemand, auch nicht in dem Dachgeschoss. So viel war sicher. Ein Blick auf die Uhr. Der Countdown konnte beginnen. In etwa vier Stunden würde es in der Annastraße in Höhe des Welserplatzes sehr laut werden. Tausende würden ihre Wut und ihre Empörung herausschreien. Würden den Leuten, die brav ihre Konsumaufgaben erledigen wollten, im Weg stehen, sie ärgern, aufrütteln, verstören. Sie fühlten sich alle im Recht. Und einer davon fühlte sich besonders im Recht. Er stand besonders im Weg. In der Werkzeugtasche lag die Lösung für dieses Problem bereit.

Der samstägliche Brunch im *Dreizehn* war sehr beliebt. Das vegane Restaurant im Herzen der Altstadt boomte praktisch seit seiner Eröffnung. Die beiden jungen Betreiberinnen verwöhnten die Geschmacksnerven ihrer Gäste ebenso zuverlässig wie preiswert. Für 13 Euro konnte man sich am Buffet die Teller füllen, so oft man wollte.

»Habt ihr reserviert?«, fragte die eine der beiden Zacharias, nachdem der sich erfolgreich bis zur Kassentheke vorgedrängelt hatte.

Rings um ihn standen Hungrige jeder Altersgruppe mit einem Teller in der Hand und einer Mischung aus Gier und Vorfreude in den Augen.

Aus Platzmangel spielte sich der Kampf am kalten Buffet in der Nähe des Eingangs auf ein paar Quadratmetern ab. Zacharias setzte ein entwaffnendes Lächeln auf.

»Reservieren ist doch was für Spießer. Ist ja genauso, wie sein Handtuch an den Pool legen, bevor die Sonne aufgeht.« Sie schnalzte mit der Zunge und verdrehte kurz die Augen.

»Tja — dann seht mal zu, ob die Spießer für euch noch einen Platz freimachen.«

»Zack, trödele nicht rum und steh den Leuten nicht im Weg«, sagte eine tiefe Männerstimme direkt neben seinem Ohr. Zacharias fuhr herum.

»Phil! Was machst du denn hier? Ich dachte, du bist am Hauptbahnhof und flüsterst den Teilnehmern deine Regeln ins Ohr.« Phil war einen Kopf größer als Zacharias, bezeichnete das schüchterne blonde Kraut auf seinen Wangen als Backenbart und trug wie immer ein bunt gemustertes Stirnband.

»Hombre! Erstens sind das nicht meine Regeln, sondern die der Polizei. Zweitens muss ich ja nicht alles selbst machen. Delegieren ist eine Kunst und die musst du beherrschen, wenn du ein großes Ding durchziehen willst. Und drittens hab ich wie jeder vernünftige Spießer rechtzeitig einen Tisch reserviert.«

Phil nickte in Richtung des Nebenraumes, links von der Küche. Zacharias wurde von einem breitschultrigen, braungebrannten Jüngling unsanft zur Seite geschoben. Bevor Zacharias mosern konnte, fragte Phil:

»Du bist doch sicher nicht allein hier?« Zacharias war kurz davor, dem Jüngling seinen Ellbogen in die Seite zu rammen, besann sich aber eines Besseren und hob stattdessen seine Hand mit drei Fingern.

»Dann geht doch einfach mal ganz unauffällig zu meinem Tisch«, sagte Phil und schaffte es gleichzeitig, seinen rechten Stiefel wie zufällig auf einem Flipflop-bewehrten Fuß zu platzieren, der wie zufällig dem Jüngling gehörte.

»Ich geb dir ein Zeichen, wenn die Luft hier rein ist«, fügte Phil hinzu. Zacharias lotste Mel und Jocelyn, die draußen gewartet hatten, herein.

Er hörte Phils tiefe Stimme, die sich so überschwänglich bei dem Jüngling entschuldigte, dass aus den breiten, braungebrannten Schultern die Luft entwich wie aus einem kaputten Schwimmreifen.

Nach ein paar Minuten kam Phil mit zwei Tellern in jeder Hand an seinen Tisch.

»Ich denke, gegen Obst als Auftakt ist nichts einzuwenden.« Er stellte Melzick, Jocelyn und Zacharias einen Teller hin und ließ sich auf seinen Stuhl fallen. Aus der Brusttasche seiner Latzhose zauberte er vier Gabeln hervor und hielt sie in seiner kräftigen Faust über den Tellern.

»Erst der Name dann die Gabel«, grinste er in die Runde.

»Mel«, grinste Melzick zurück.

»Ah ja, du bist seine Schwester«, erwiderte er und wandte sich nach rechts. »Dann bist du …?«

»Jocelyn.«

»Schön, Jocelyn, du bist seine …?«

»Wir arbeiten zusammen«, kam Zacharias ihr zuvor und schnappte sich seine Gabel aus Phils Hand. Phil schmunzelte, sagte aber nichts dazu.

Jocelyn vermied es, ihn anzusehen und konzentrierte sich auf ihren Teller, der mit Grapefruit- und Orangenstücken, Kiwi-Scheiben und blauen Weintrauben beladen war. Die anderen taten es ihr gleich und für ein paar Minuten herrschte gefräßiges Schweigen.

Phil hatte in den letzten Tagen so viel reden müssen, dass er froh über die Stille am Tisch war. Melzick wartete einfach nur ab und beobachtete ihn aus den Augenwinkeln. Zacharias hatte einen Bärenhunger und stibitzte eine Kiwi von Jocelyns

Teller, die mit ihren Gedanken woanders war. Schließlich legte Melzick ihre Gabel hin.

»Glaubst du wirklich, dass da heute 5000 Leute kommen werden?«, fragte sie Phil.

Der schob seinen leeren Teller zur Seite und beugte sich über den Tisch.

»Nach meinen letzten Informationen werden es noch mehr.« Er flüsterte fast. »Das wird die größte Demo in Augsburg seit dem Sommermärchen.« Jocelyn hob verwirrt den Kopf.

»Sommermärchen?«, fragte sie und Melzick registrierte, dass es sich überhaupt nicht akzentfrei anhörte.

»Die Fußball-WM«, erklärte Zacharias mit vollem Mund. Er aß wie immer sehr langsam. »Da war die halbe Stadt auf den Beinen, und zwar jede halbe Stadt in Deutschland.«

»Fahnen und Transparente gab es da auch jede Menge«, warf Melzick ein, »aber mir will einfach nicht einfallen, wofür die damals protestiert haben. Was war es denn bloß?« Jocelyn entging die Ironie. Sie wurde immer verwirrter.

»Lass gut sein, Mel«, sagte Zacharias. »Die Leute waren einfach nur begeistert, das ist alles.«

»Ich glaube, das verstehe ich nicht«, sagte Jocelyn, diesmal wieder in perfektem Deutsch.

»Da bist du nicht die Einzige«, brummte Melzick. »Und jetzt möchte ich wirklich wissen, woher du so gut ...«, doch Zacharias kam ihr zuvor.

»Genau, ich möchte auch wissen, was es jetzt noch Leckeres gibt. Komm Jocelyn!« Er nahm ihre beiden Teller und stand auf. Jocelyn folgte ihm zum Buffet. Phil warf Melzick einen Blick zu.

»Du bist Polizistin? Zack hat mal so was erwähnt.«

»Du darfst ihn Zack nennen?«

»Wieso nicht?«

»Weil er es seiner großen Schwester verbietet.« Phil zuckte mit den Schultern und deutete kurz auf ihre hennaroten Dreadlocks. Bevor er etwas sagen konnte, hob Melzick abwehrend ihre Hand.

»Ich schlage vor, du machst keine Bemerkung über meine Haare, dann sag ich auch nichts über deinen Bart.«
Phil grinste und hob ergeben beide Hände.

»Ok, ok, hast ja Recht. Deine erste Demo als Polizistin?«

»Meine erste Demo als Demonstrantin.« Phil nickte anerkennend.

»Ich geb dir einen guten Rat als alter Hase: Sei freundlich zu den Bullen.« Melzick warf ihm einen Blick zu und griff nach ihrem Teller.

»Ich kann nur freundlich sein, wenn ich satt bin.« Phil stand ebenfalls auf.

»Da haben wir ja was gemeinsam.«

Zweifel saß auf dem Boden und lehnte mit dem Rücken an seinem Bücherregal. Die Romane von Hemingway, Faulkner, Dostojewski und Tolstoi hatte er schon aussortiert. Auch die Gesamtausgabe von Georges Simenon, die ihm seine Frau vor vielen Jahren geschenkt hatte.

»Schließlich musst du wissen, wie Kommissare in anderen Ländern arbeiten. Und da du noch nie in Frankreich warst, dachte ich, du fängst am besten mit „Kommissar Maigret" an.« Kurz danach war sie bei einem Banküberfall auf fürchterliche Art ums Leben gekommen.

Er hatte keine einzige Seite von Simenon zu Ende gelesen. Ihre Stimme wisperte in seinen Ohren wie in einer Endlosschleife, sobald er nur ein paar Zeilen zu lesen versuchte.

Schon lange spielte er mit dem Gedanken, die Bücher zu verkaufen und jetzt, während er die Umzugskartons zusammensteckte, war der Entschluss gefallen.

In seiner neuen Wohnung war kein Platz dafür, redete er sich ein und wollte rasch sämtliche Bände in den Kartons verstauen, bevor ihm eine Ausrede einfallen würde. Nur seine Kunstbände würde er mitnehmen.

Durch so viele Entscheidungen erschöpft, blätterte er gedankenverloren in einem Buch über die russischen Realisten.

Sein Blick fiel auf ein Gemälde Ilja Repins, das einen wüsten Haufen ausgelassener Kosaken darstellte, die dem türkischen Sultan einen Brief schrieben.

Er starrte auf das trostlose Ambiente seines Wohnzimmers. Hatte er wirklich jahrelang hier gewohnt? Wie oft hatte er Gäste gehabt? Wie oft hatte ein Fest die Wände gewärmt? Wie oft hatte es gute Gespräche gegeben? Er konnte sich an kein einziges erinnern.

Mit einem energischen Kopfschütteln verscheuchte er die trübseligen Gedanken. Er klappte die russischen Realisten zu. Dabei fiel ihm schlagartig sein Date ein. Er blickte auf die Uhr und sprang auf. Lucy durfte er nicht warten lassen.

4. Kapitel

»Das muss bestraft werden, Herr Kommissar.« Mit diesen Worten hatte sie Zweifel zu einem ausführlichen Mittagessen bei sich zu Hause eingeladen.

Er ahnte, dass sie dabei erfahren wollte, welcher kühle Grund ihn dazu bewogen hatte, aus heiterem Himmel nach Friedberg umzuziehen.

Die Entscheidung kam plötzlich. Die Vorstellung, weitere fünfzehn Jahre in Bad Wörishofen zu verbringen, bis zu seiner Pensionierung, überfiel ihn am Schreibtisch. Er sprang auf, wischte den Ausgangskorb mit dem unvermeidlichen Papierkram impulsiv vom Tisch und riss die Tür seines Büros auf. Lucy fiel vor Schreck die Kaffeetasse aus der Hand, mit der Folge, dass das neueste Rundschreiben des Innenministeriums hellbraun überflutet wurde.

»Das ist vollkommen unmöglich«, rief Zweifel. Lucy starrte ihn verdattert an und schnappte nach Luft.

»Aber das war doch jetzt Ihre Schuld. Lieber Himmel, was für eine Schweinerei!« Sie rieb hektisch am Ärmel ihrer rosafarbenen Bluse, der mit dunklen Tropfen gesprenkelt war.

Die Kaffeepfütze breitete sich rasch auf ihrem vollbeladenen Schreibtisch aus und saugte sich zwischen all den Blättern, die lose herumlagen, fest. Ein braunes Rinnsal lief an ihrer Schreibtischunterlage entlang, bis es die Kante erreichte und unerbittlich auf den hellen Teppichboden tropfte. Lucy brachte im letzten Moment Maus und Tastatur in Sicherheit.

Sie blickte Zweifel mit großen Augen an und fand keine weiteren Worte. Der schüttelte den Kopf und zwinkerte mit den Augen, als sähe er nicht richtig.

»Lucy! Mir ist gerade etwas klar geworden!«, rief er.

»Mir auch«, erwiderte sie trocken, zauberte eine Rolle Küchentücher unter ihrem Schreibtisch hervor und tupfte energisch und empört den Sumpf auf ihrem Schreibtisch trocken. Ein unangenehm säuerlicher Geruch nach feuchtem Papier und kaltem Milchkaffee machte sich bemerkbar. Zweifel legte beschwörend beide Hände flach auf ihren Tresen.

»Ich muss weg.« Lucy war sehr beschäftigt und hörte nur mit halbem Ohr zu.

»Wer muss das nicht?«, brummte sie. Zweifel winkte ab.

»Das meine ich nicht.« Etwas in seiner Stimme ließ sie aufhorchen. Sie unterbrach ihre Trockenlegungsmaßnahmen und sah ihn stirnrunzelnd an. Er lächelte sie an und nickte.

»So ist es. Ich muss weg.« Eine halbe Stunde später präsentierte er das Versetzungsgesuch seinem Chef Alois Klopfer. Der wäre normalerweise aus allen Wolken gefallen, aber da er selbst kurz vor einem Karrieresprung ins Ministerium nach München stand, blieb er gelassen.

»In Augsburg dürfte mordtechnisch gesehen mehr los sein als in Bad Wörishofen«, meinte er und unterschrieb das Gesuch.

»Ich bin nicht auf der Suche nach Morden, Chef. Ich brauche Veränderung.« Klopfer nickte.

»Variatio delectat«, wie der alte Lateiner Gerhard Polt in einem seiner Sketche im schönsten Premium-Bayerisch deklamierte. Aber warum gehen Sie dann nicht gleich nach München?« Zweifel schüttelte den Kopf.

»Ich will nach Augsburg zurück. Vor meiner Berliner Zeit hab ich dort ein paar Monate verbracht.« Er schloss für einen Moment die Augen. »Und die habe ich in bester Erinnerung. Ich glaube einfach, dass das jetzt das Richtige für mich ist.«

»Sie werden dort nicht so leicht eine vernünftige Wohnung finden.« Zweifel winkte ab.

»Ach was, da mach ich mir keine Gedanken.« Er hatte aber sehr bald eingesehen, dass Klopfers Behauptung zutraf. Eher würden Störche auf dem Perlachturm nisten, als dass er ein passendes Nest in der Altstadt fände. Mit viel Glück bekam er den Zuschlag für eine winzige Zweizimmerwohnung unter dem Dach im alten Kern von Friedberg, direkt an der Stadtmauer. Das Wittelsbacher Schloss war nur einen kurzen Spaziergang entfernt. Von seinem Fenster aus hatte er freien Blick in Richtung Westen auf die Silhouette von Augsburg: den Hotelturm, im Volksmund Maiskolben genannt, die Ulrichs-Kirche, den Perlachturm samt Rathaus, den Gaskessel.

Seine engste Mitarbeiterin, Melinda Zick, die er vom ersten Tag an Melzick genannt hatte, witterte die drohende Veränderung.

»Gibts irgendwelche Neuigkeiten, die ich wissen müsste?«, hatte sie zwei Wochen später Lucy gefragt.

»Was meinst du, Mel?«

»Na, was meinen Chef betrifft, Lucy. Du hörst doch sonst immer das Gras wachsen.« Lucy zuckte mit den Schultern.

»Was das angeht: Außer Rasenmähern und Laubbläsern hör ich nix mehr in letzter Zeit. Frag ihn doch einfach, deinen Chef.« Doch Zweifel kam ihr zuvor und sorgte für Klarheit, als er die beiden noch am gleichen Tag in sein Büro bat.

»Der Fall Kronberger«, begann er und räusperte sich. Unvermutet verlor er den Faden, als er Lucy und Melzick in die Augen blickte.

»Also — der Kronberger-Mord ...« Melzick verschränkte die Arme und zog die Augenbrauen hoch. Lucy ahnte schon etwas und legte eine Hand auf den Mund. Zweifel ärgerte sich über seine plötzliche Unsicherheit und klatschte einmal in die Hände, was die beiden zusammenzucken ließ.

»Um es kurz zu machen: Das war mein letzter Fall hier.« Melzick schluckte.

»Was soll das heißen?«

»Ich habe meine Versetzung beantragt. Ich gehe nach Augsburg.« Lucy schlug nun auch die zweite Hand vor den Mund.

»Sie haben das wirklich ernst gemeint«, flüsterte sie.

»Also hast du doch was gewusst«, stieß Melzick hervor. Lucy schaute sie aus großen Augen an und schüttelte den Kopf.

»Er hat nur gesagt, er muss weg, mehr nicht, Mel. Und vorher hat er mir so 'nen Schreck eingejagt, dass die Flecken nie mehr rausgehen aus meinem Schreibtisch.«

»Ich versteh kein Wort, Lucy. Und ich versteh überhaupt nur Bahnhof!«, rief Melzick und funkelte ihren Chef an. Der hob beschwichtigend beide Hände.

»Da gibt es gar nicht viel zu verstehen. Lucy, erinnern Sie sich an meine Worte? Was hab ich gesagt, nachdem Sie Ihren Schreibtisch mit Kaffee überschwemmt hatten?« Lucy starrte ihn an und dachte nach.

»Das ist vollkommen unmöglich.« Zweifel nickte.

»Genau.«

»Was ist unmöglich?«, wollte Melzick wissen. »Chef! Jetzt reden Sie doch mal Klartext!« Zweifel deutete mit beiden Händen vielsagend auf seinen Schreibtisch und auf den Rest seines Büros.

»Sehen Sie sich das an. Können Sie sich vorstellen, dass ich noch fünfzehn Jahre an diesem Tisch in diesem Büro hocke?«

»Klar!«, rief Melzick spontan.

Zweifel lachte kurz auf.

»Ganz ehrlich, Melzick«, er schüttelte den Kopf, »das glaub ich Ihnen nicht.« Lucy war schon ein Stückchen weiter.

»Er hat Recht, Mel.« Melzick kratzte wild auf ihrem Kopf herum.

»Aber, Herrgott nochmal, wer denkt denn so weit in die Zukunft? Ich denk höchstens bis zum nächsten Ersten.«

»Das tu ich auch«, sagte Zweifel. »Am nächsten Ersten bin ich woanders und viel mehr weiß ich auch nicht.«

Melzick schüttelte den Kopf. Sie ahnte, dass da nichts zu machen war. Außerdem fehlten ihr die Worte. Sie nahm Zweifels Entscheidung persönlich. Es war ein harter Schlag und sie wollte plötzlich nur noch weg. Ohne Lucy oder Zweifel auch nur eines Blickes zu würdigen, stürmte sie aus dem Büro.

Eine wilde Wut schlug in ihrer Brust. Eine schwere Enttäuschung hatte sie im Genick gepackt. Sie brauchte frische Luft. Sie riss ihr Fahrrad aus dem Ständer, sprang auf und trat mit voller Kraft in die Pedale. Zweifel beobachtete sie aus dem Fenster seines Büros. Lucy stand neben ihm. Sie seufzte. Er drehte sich zu ihr um.

»Sie wird schon drüber wegkommen«, brummte er und seine Stimme klang heiser. Lucy zuckte mit den Schultern.

»Da wäre ich nicht so sicher.« Zweifel war immer noch unwohl beim Gedanken an diese Szene. Aber nichts konnte ihn von seinem Entschluss abbringen. Er griff nach der Flasche Wein, die er Lucy mitbringen wollte. Dabei war er so in Gedanken, dass sie ihm aus der Hand rutschte, auf den Boden knallte und in tausend Scherben zersprang. Lucys Worte kamen ihm in den Sinn:

»Das muss bestraft werden.« Er fluchte laut, fischte die Scherben aus der Weinpfütze und warf sie in den Müll. Den Rest beseitigte er in aller Eile mit Papiertüchern. Er riss das

Küchenfenster auf, schnappte seinen Schlüsselbund und ließ die Tür hinter sich ins Schloss fallen.

»Sie sind zu spät, Herr Kommissar«, begrüßte ihn Lucy, »das verschärft die Sache noch.«

»Vielen Dank für die Einladung und die freundliche Begrüßung, Lucy. Welche Sache meinen Sie?« Lucy deutete mit einem soßenverschmierten Kochlöffel hinter sich.

»Chili con Chili sin Carne.«

»Mir schwant nichts Gutes«, erwiderte Zweifel und hielt ihr die Flasche Wein vor die Nase, die er noch rasch im Feinkostladen besorgt hatte. »Ist Melzick schon da?« Lucy nahm die Flasche entgegen, studierte das Etikett und meinte:

»Sieht teuer aus. Zufall oder Absicht? Sie brauchen nicht zu antworten. Folgen Sie mir einfach, Herr Kommissar.« In der geräumigen Wohnküche war für zwei gedeckt. Zweifel schnupperte nach dem köstlichen Duft, der in der Luft lag.

»Hab sie nicht eingeladen«, sagte Lucy beiläufig und rührte in der gusseisernen Pfanne, in der etwas sehr Scharfes vor sich hin köchelte. Zweifel setzte sich zwanglos an den Tisch.

»Das glaube ich Ihnen nicht.«

»Ah ja? Und wie lautet Ihre Theorie?« Er stand auf und fragte nach einem Korkenzieher. Lucy deutete auf eine Schublade.

»Ich bin sicher, Sie haben sie eingeladen, aber sie wollte nicht«, sagte er und zog mit einem satten Plopp den Korken aus der Flasche. »Melzick ist sauer«, fügte er hinzu und roch an dem Korken. »Liege ich richtig?« Lucy seufzte. Sie schaltete den Herd aus, wischte mit dem Handrücken über ihre Stirn und drehte sich zu ihm um.

»Sauer ist gar kein Ausdruck. Sie ist so aus dem Häuschen, dass sie durch die Straßen marschiert, Parolen skandiert und den Leuten mit ihrem Transparent auf die Nerven geht.« Zweifel schaute sie fassungslos an.

»Transparent? Nur weil ich nach Augsburg gehe?«

»Nee, weil das Klima den Bach runtergeht. Mit Ihnen hat das nix zu tun. Glaub ich wenigstens.« Zweifel machte ganz hinten in seiner Kehle ein Geräusch. Lucy konnte nicht heraushören, ob es ein erleichtertes oder ein empörtes Grunzen war. Er schenkte einen kleinen Schluck in sein Glas und füllte Lucys zur Hälfte. Sie nahm Zweifels Teller und häufte mit einem großen Holzlöffel eine riesige Portion darauf.

»Jedenfalls hat Mel heute was Besseres vor, als in meiner Küche die Reste wegzufuttern.« Zweifel warf einen skeptischen Blick auf den dampfenden Vulkan, den sie ihm gerade vor die Nase stellte.

»Das sind Reste?«

»Bei diesem Gericht bleibt immer was übrig. Sie werden es schon merken.« Zweifel wartete, bis sie ihren eigenen Teller gefüllt hatte und sich zu ihm setzte.

»Ihnen ist sicher bewusst, dass vorsätzliche Körperverletzung strafbar ist«, sagte er. Lucy strahlte ihn an.

»Ich habe keine Ahnung, wovon Sie reden.« Zweifel hob sein Glas.

»Vielleicht trinken wir erstmal, solange meine Geschmacksnerven noch bei Bewusstsein sind.« Lucy stieß mit ihm an.

»Auf die Geschmacksnerven. Mögen sie nie verloren gehen.« Sie nahmen jeder einen tüchtigen Schluck.

»Es duftet wunderbar, Lucy.« Sie hatte bereits eine Gabel voll „Chili con Chili sin Carne" zu sich genommen und antwortete mit vollem Mund.

»Wumbert miff niff.«

Sie schluckte runter. »Aber riechen allein macht nicht satt, Herr Kommissar. Nur zu!«

»Lassen Sie doch bitte den Kommissar weg.« Lucy zog die Augenbrauen hoch. »Ja, und den Chef und den Zweifel am besten auch«, sagte er und wagte einen Bissen.

Die Explosion auf seiner Zunge erfolgte zeitlich verzögert. Er fühlte, wie ihm das Blut ins Gesicht schoss.
Lucy warf ihm einen prüfenden Blick zu.

»Was bleibt denn dann noch übrig?«

»Adam«, hauchte Zweifel ganz vorsichtig, um nicht Feuer zu spucken.

»Also gut, Adam. Sie brauchen aber deswegen nicht rot zu werden.« Zweifel antwortete mit einem langgezogenen Zischen. Lucy schaute ihn ungerührt an. »Soll ich die Feuerwehr rufen?«

»Nicht nötig. Aber Melzick hat eine kluge Entscheidung getroffen«, sagte er und rieb sich mit dem Zeigefinger die Tränen aus den Augen. Lucy aß weiter, als hätte sie einen Eisbecher vor sich.

»So 'ne Demo wär nix für mich«, meinte sie.

»Weil man da zu Fuß geht?«

»Nee, wegen meiner latenten Aggressivität.« Zweifel verschluckte sich, obwohl er nur eine einzige Saubohne im Mund hatte.

»Sie und aggressiv?«, japste er und griff nach seinem Weinglas.

Sie nickte.

»Tausend Leute oder mehr um einen rum, die eine Energie rauslassen, dass die Sonne schwarze Flecken bekommt, die wie mit einer Stimme brüllen und schreien, die ihre Wut hinaustrommeln, was das Zeug hält — haben Sie eine Ahnung, was das mit einem macht?«

47

Zweifel hatte sich etwas erholt und fand zu seiner Überraschung allmählich Geschmack an Lucys Gaumenschmaus. Er nickte.

»Hab ich. Aber haben Sie eine Ahnung«, fragte er und nahm unerschrocken die nächste Gabel in Angriff, »was dieses Essen mit einem macht?« Lucy strahlte ihn wieder an.

»Freut mich, dass es Ihnen schmeckt. Wenn der Teller schön leer ist, gibts auch einen Nachtisch.«
Zacharias gab Jocelyn einen Stoß in die Seite, nahm seinen Teller und stand auf.

»Die haben superleckere Brownies hier.«

»Ziemlich rassistische Äußerung, Zack«, frotzelte Phil. Melzick sprang sofort auf den Zug auf.

»Hätte ich von dir nicht erwartet. Man sagt nicht „Brownie", man sagt „schokoladenartig gefärbter Kleinkuchen".«

»Von mir aus, große Schwester, soll ich dir ein politisch korrektes Schokoteilchen mitbringen?« Mel sah Phil an.

»Müssen wir nicht langsam los?« Sein Handy vibrierte im gleichen Moment.

»Lass dir die Dinger einpacken, Zack, wir sind spät dran. Ist ja schon zwölf vorbei«, rief er, während er die eingehende Nachricht stirnrunzelnd las. »Am Hauptbahnhof scheint es Ärger zu geben.« Er schob Melzick zwei Scheine hin. »Kannst du schon mal zahlen? Ich muss erst mal jemanden beruhigen«, sagte er und tippte gleichzeitig eine Nachricht. Wenig später eilten die vier quer über den Rathausplatz.

»Warum nehmen wir denn keine Straßenbahn?«, keuchte Zacharias und hielt Jocelyn die Tüte mit den Brownies hin. Sie schüttelte den Kopf.

»Erstens sind wir noch keine dreißig. Zweitens dauert es zu lang«, schnaufte Phil und verschärfte das Tempo. Melzick hielt locker mit. Immer öfter mussten sie größeren Gruppen ausweichen. Überall waren Papptafeln zu sehen, mehr oder weniger gekonnt beschriftet, an Holzstöcken befestigt, mit denen die Empörten mehr oder weniger herumwedelten.

Jocelyn und Zacharias folgten in einigem Abstand. Phil wollte dem größten Gedränge ausweichen und nahm die kurze Querstraße, die „Unter dem Bogen" hieß, und die vom Rathausplatz zur Annastraße führte. Von dort waren es nur wenige hundert Meter bis zum Königsplatz. Dann mussten sie nur noch die Bahnhofstraße entlang spurten. Zacharias sah die roten Dreadlocks seiner Schwester im Gewimmel auf dem Königsplatz verschwinden. Er packte Jocelyn am Arm.

»Lassen wir die zwei doch allein für die Olympiade trainieren. Wir warten hier«, sagte er. Jocelyn war kaum außer Atem. Sie hatte die Blicke einiger Passanten aufgefangen und fühlte sich nicht wohl in ihrer Haut.

»Geht's dir gut?«, fragte Zacharias und biss in einen Brownie. Sie nickte. Er wusste, dass das eine Lüge war.

»Wir können jederzeit abhauen«, raunte er ihr zu. Sie schüttelte energisch den Kopf.

»Ok, soviel ich weiß, treffen sich alle hier am Kö'. Phil wird eine Ansprache halten und dann geht's los.« Er schaute sich um. In allen Hauptverkehrsstraßen, die zum Königsplatz führten, standen Mannschaftswagen der Bereitschaftspolizei.

»Unsere freundlichen Begleiter sind auch schon bereit. Hast du Angst?« Jocelyn schaute ihn aus großen dunklen Augen an. Sie sagte nichts.

Er legte einen Arm um ihre Schulter. Trotz der hochsommerlichen Hitze kroch etwas Kühles in seinen Nacken.

5. Kapitel

In der Zwischenzeit war Phil zusammen mit Melzick auf dem Bahnhofsvorplatz angekommen. Dort beherrschte eine Großbaustelle das Bild. Der Umbau des Augsburger Hauptbahnhofs würde noch einige Jahre in Anspruch nehmen. Der Haupteingang war schon länger gesperrt. Die Reisenden mussten die südliche Unterführung nehmen, um zu den Bahnsteigen zu kommen.

Der schmale Weg dorthin war auf der einen Seite von einem modernen Postgebäude begrenzt und auf der anderen Seite von mehreren behelfsmäßigen Containern. Dort waren unter anderem die Bahnhofsbuchhandlung und eine Bäckerei untergebracht.

Über der Post befand sich im ersten Stock ein riesiges Fitnesscenter. Dessen Fenster gingen auf den Bahnhofsplatz und waren wegen der Hitze weit geöffnet. Die lautstarken Kommandos der Fitnessfeldwebelinnen gellten über den ganzen Platz bis hinüber zum Fuggerstadt-Center auf der anderen Seite des Bahnhofs und vermischten sich mit Trillerpfeifen und Trommelschlägen.

Hunderte von Teilnehmern belagerten das Gelände und machten sich warm für die Demo. Es waren viele Ältere darunter, wie Melzick feststellte, als sie Phil außer Atem folgte. Der bahnte sich ebenso höflich wie energisch seinen Weg durch die dichtgedrängten Massen.

Etwa ein Dutzend seiner engsten Helfer hatte jeweils eine große Gruppe um sich geschart und briefte die Leute. Keine Gewalt, keine Waffen, keine Glasflaschen, keine faschistischen Parolen. Sie wiederholten diese Selbstverständlichkeiten mit lauter Stimme und schier unerschöpflicher Geduld. Sie erklärten den Weg zum

Königsplatz, auf dem sich alle bis um 13 Uhr einfinden sollten. Sie tranken Wasser. Sie lächelten. Sie verbreiteten gute Laune. Phil hatte sie bestens vorbereitet.

Vor dem Buchhandlungs-Container stand eine kleinere Gruppe Männer um eine junge Frau herum. Sie entdeckte Phil und winkte ihm hektisch zu. Einer der Männer versuchte, sie am Arm zu packen. Phil war mit wenigen Schritten bei ihr und zwängte sich durch den dichten Ring, den die Männer um sie gebildet hatten.

»Hallo Chris«, rief er, »wo liegt das Problem?« Der Anführer der Männer drehte sich zu ihm um.

»Misch du dich nicht ein. Wir kommen ohne dich klar.« Der Mann war einen Kopf größer als Phil, Mitte fünfzig, trug eine grüne Anglerweste über schwarzem T-Shirt und olivgrüne Hosen, deren Taschen ebenso prall gefüllt waren, wie die seiner Weste. Seine Aggressivität waberte Phil entgegen wie eine üble Schweißwolke. Seine Begleiter ähnelten ihm in unangenehmer Weise. Phil fixierte sein Gegenüber unerschrocken.

»Ich bin sicher, Sie haben einen Grund für Ihre Verhaltensweise. Aber meine Kollegin hat den Eindruck gewonnen, dass sie nicht angemessen ist.« Phil sprach in freundlichem Ton. Der Mann verschränkte die Arme vor seiner mächtigen Brust.

»Da schau her! Meine Verhaltensweise ist nicht angemessen. Freundchen, ich sag dir jetzt mal was. Deine Kollegin hier hat uns saublöd angequatscht. Hat was gefaselt von: Kein Alkohol, keine Parolen und was weiß ich noch alles. Sind wir jetzt schon so weit, dass wir uns von kleinen Gretas rumkommandieren lassen müssen.«

Phil blickte in die rotunterlaufenen Augen und ihm war klar, dass er es mit einem besonderen Exemplar zu tun hatte.

Das war auch Melzick nicht entgangen, die sich unbemerkt herangepirscht hatte. Sie war gespannt, wie Phil reagieren würde. Der musterte der Reihe nach jeden einzelnen der Männer, die seinen Blicken höhnisch, hämisch oder dämlich grinsend begegneten.

»Sie sind zu siebt.« Es war mehr eine Feststellung als eine Frage. »Sie dürften bestimmt alle schon einiges im Leben durchgemacht haben.«

Der Anführer glotzte ihn sprachlos an. Er hatte keine Ahnung, worauf dieses Jüngelchen hinauswollte. »Sie wissen, wie man mit Krisen umgeht, wie man seinen Mann steht, wie man sich durchsetzt, stimmt's?«, fuhr Phil fort und knuffte ihn jovial in den Oberarm.

Der ein oder andere seiner Zuhörer ließ sich zu einem Nicken hinreißen. Chris stellte erleichtert fest, dass sie nicht mehr im Mittelpunkt des Interesses stand und bewegte sich ein paar Schritte seitwärts. Gebannt hörte sie Phil zu.

Der machte mit dem Zeigefinger eine verschwörerische Bewegung, so dass der Anführer sich unwillkürlich zu ihm runter beugte. Die Männer rückten noch enger um ihn zusammen, um kein Wort zu verpassen.

»Von mir aus«, raunte Phil, »können Sie weiterhin dem Alkohol frönen. Das ist ein freies Land.« Heftig zustimmendes Nicken ringsum. »Hier geht heute 'ne ziemlich große Party ab, das werden Sie ja schon mitgekriegt haben. Ist aber eine ganz besondere Party. Ich schätze mal, wir werden 6000 bis 7000 Gäste haben und ich bin der Gastgeber. Und außerdem bin ich Optimist. Ich vertraue auf die Vernunft der Leute. Die Polizei ist da anders. Die gehen vom Schlimmsten aus. Wenn es nach denen ginge, würden die uns am liebsten wieder nach Hause schicken. Aber das läuft bei mir nicht.«

Wieder blickte er reihum jedem tief in die Augen. Er hatte den richtigen Ton getroffen. Nur der Anführer schien sich noch nicht beruhigt zu haben.

»Deine Party interessiert mich einen feuchten Dreck.« Er tippte Phil mit seinem dicken Zeigefinger mehrmals heftig auf die Brust. »Ich lass mir von niemandem sagen, was ich zu tun und zu lassen habe!« Phil blickte ihn unbeeindruckt an.

»Wenn das so ist …« Er kramte in seiner Hosentasche und hielt ihm eine Münze mit Daumen und Zeigefinger unter die Nase. »Hier bitte. Ich geb Ihnen fünfzig Cent. Suchen Sie sich eine Parkuhr und unterhalten Sie sich mit der. Ich bin sicher, Sie werden sich gut verstehen.«

Er warf die Münze in die Luft, drehte sich um und ließ das Rudel stehen.

»Komm Chris, wir müssen los.« Er schnappte die junge Frau an der Hand und blickte sich suchend nach Melzick um, doch die war ihm schon ein paar Schritte voraus. Er grinste.

»Ich hab's nicht klimpern gehört. Hat er die Münze selbst gefangen?«

»Nee, einer seiner Kumpels.«, sagte Chris. »Du bist gerade rechtzeitig aufgetaucht. Die hatten sich schon richtig an mir festgebissen. Das wär irgendwann eskaliert.« Sie waren jetzt auf gleicher Höhe mit Melzick.

»Diese Art der Konfliktlösung hab ich so noch nicht erlebt«, meinte sie.

»Für ein therapeutisches Gespräch war keine Zeit«, gab er zurück.

»Ich kann sie nicht ausstehen, diese Profilneurotiker«, sagte Chris. Sie liefen zurück zum Königsplatz. Der Strom der Demonstranten überschwemmte die Bahnhofstraße in ihrer ganzen Breite. Ein beweglicher Wald aus Bannern und Transparenten wälzte sich an Kaufhäusern, Handyshops,

Konditoreien, Schuhgeschäften und Imbissläden vorbei. Es knisterte in der Luft vor Erwartung.

»Wird 'ne geile Party, wie es aussieht«, sagte Melzick.

Phil schüttelte den Kopf.

»Das wird viel mehr. Das kann ich dir versprechen.«

Sokrates war unruhig. Er spürte, dass etwas in der Luft lag. Carlo legte seine schwere Hand beruhigend auf den glatten schwarzweißen Fellrücken seines Kompagnons.

»Sind nur Leute, alter Junge. Jede Menge Leute«, brummte er und tätschelte Sokrates' Hinterkopf. Der gab einen Hundeseufzer von sich und blieb flach liegen, weil er Carlo vertraute.

Tausende Zweibeiner hatten sich inzwischen auf dem Königsplatz versammelt und verursachten Schwingungen, die die Annastraße entlang pulsierten und auf Sokrates' empfindliche Sinne trafen. Aber er war ein kluger Hund. Er war ein zufriedener Hund. Er hatte noch weniger als eine Stunde zu leben, aber das wusste er nicht. Er blinzelte träge, während seine Ohren wachsam auf Empfang blieben.

Carlo wagte ganz gegen seine Gewohnheit einen Blick in die Holzschatulle. Nach seiner Überzeugung brachte es Unglück, das vor der Mittagspause zu tun. Erfahrungsgemäß machten die Euros dann einen Bogen um ihn und die Geldbörsen blieben fest verschlossen, da konnte er noch so ergreifend „El Condor Pasa" auf seiner Flöte spielen.

Zuweilen weigerte er sich, darin einen Zusammenhang zu sehen und tat seiner Neugier keinen Zwang an, nur um dann wieder die gleiche Erfahrung zu machen.

An guten Tagen lagen sechzig Euro und mehr in seiner Schatzkiste. Aber es gab auch Tage, an denen er über zehn Euro froh sein musste.

An diesem Morgen lagen gerade mal ein paar 50-Cent-Stücke in der Schatulle. Carlo verzog seine Lippen, ließ sich aber sonst nichts anmerken. Nicht, dass es jemandem aufgefallen wäre, aber sein Stolz verbot es ihm, Enttäuschung zu empfinden. Er stellte sich stattdessen vor, am Abend genug verdient zu haben, um Sokrates und sich ein schönes Essen zu gönnen.

Er griff nach seiner Flöte, ohne zu ahnen, dass Sokrates kein Abendessen mehr brauchen würde.

»Lucy, der Nachtisch war zu viel für mich«, stöhnte Kommissar Zweifel. »Mir war nicht bewusst, dass Ihre Bestrafung so hart ausfallen würde.« Lucy nahm die beiden Dessertteller vom Tisch und stellte sie in die Spülmaschine.

»Jetzt nehmen Sie mal das mit der Strafe nicht so wörtlich, Herr Komm …, ach so, das darf ich ja nicht mehr sagen, Adam. Ich wollte Sie nur in einen Zustand versetzen, in dem Sie meinen Fragen wehrlos ausgeliefert sind.« Zweifel rülpste dezent hinter vorgehaltener Hand.

»Das scheint mir eine etwas teure Verhörmethode zu sein. Aber immerhin — sie hat ihren Zweck erfüllt. Ich verspreche, die Aussage nicht zu verweigern. Aber nur, wenn ich eine Tasse von Ihrem speziellen Koffeingetränk bekomme.« Lucy schüttelte den Kopf.

»Wie wollen Sie in Zukunft ohne mich auskommen?« Zweifel lehnte sich in seinem Stuhl zurück.

»Die Frage habe ich mir noch gar nicht gestellt.« Lucy hantierte an ihrer Kaffeemaschine und seufzte zum wiederholten Mal.

»Das ist typisch für Jungs in Ihrem Alter. Einfach mal so eine Entscheidung treffen, ohne sich groß Gedanken zu machen.«

»Ah, ah, ah«, widersprach Zweifel, »Sie meinen die Jungs in meinem Alter, die sich 'nen Porsche kaufen, obwohl sie nur in einen Fiat passen, oder die sich 'ne zwanzigjährige Zweitfrau zulegen, obwohl sie mit ihrer Erstfrau schon nicht klarkommen. Bei mir ist das was anderes.«

»Sicher, Sie haben 'nen Cadillac und der Rest ist Schweigen.«

Die Kaffeemaschine unterstrich mit ihrem röchelnden Fauchen Lucys Worte. Zweifel nahm sie wörtlich und schwieg so lange, bis sie ihm einen dampfenden, verführerisch duftenden Becher vorsetzte. Beide bliesen sie sachte eine Gänsehaut auf die goldbraune Flüssigkeit und nahmen einen ersten Schluck.

»Alles, was mich interessiert, Adam, ist, warum Sie ausgerechnet jetzt die Flucht ergreifen«, sagte Lucy ungewohnt ernsthaft. Zweifel nahm noch einen zweiten und einen dritten Schluck, dann setzte er seinen Becher vorsichtig ab.

»Es hat nichts mit Ihnen zu tun, Lucy.«

»Jetzt sagen Sie bloß noch, ich soll's nicht persönlich nehmen, dann nehm' ich Ihnen persönlich sofort den Becher weg.« Zweifel strich mit der rechten Hand über seinen kahlen Kopf.

»Es ist ganz einfach, Lucy. Mir wurde schlagartig bewusst, dass ich dringend eine Veränderung brauche. Ich hasse Routine. Die macht mich depressiv. Ich will nicht am Sonntagabend schon wissen, wie die Woche ablaufen wird. Bad Wörishofen ist mir zu klein geworden. Ich brauche mehr Auslauf.«

Lucy ließ sich das durch den Kopf gehen und pustete nachdenklich in ihren Kaffeebecher. Sie bedachte Zweifel mit einem langen Blick.

Dann zog sie die Nase kraus und schnalzte mit der Zunge.

»Ich geb's nicht gerne zu, aber ich glaube, ich kann Sie verstehen«, sagte sie und lächelte ihn resigniert an. Er nickte.

»Die Frage ist, ob Melzick es versteht. Aber da kann ich ihr nicht helfen.«

»Es kommen harte Zeiten auf uns zu. Ich sehe einen Tsunami von Problemen am Horizont meines Schreibtischs«, erwiderte sie und verdrehte die Augen. Er musste grinsen.

»Haben Sie schon mal überlegt, ein Buch darüber zu schreiben?«

»Worüber?«

»Über Ihren Schreibtisch.«

»Ha!«

»Lachen Sie nicht. Es gibt ein ganzes Buch über den Schreibtisch von Thomas Mann.«

»Wer liest denn so was?«

»Ich zum Beispiel.«

»Also gut, dann glaube ich das auch noch. Aber dann können Sie genauso gut ein Buch über Ihren Cadillac schreiben.«

»Wer würde denn so was lesen?«

»Ha! Ich bestimmt nicht.« Zweifel nahm noch einen Schluck. Lucy tat es ihm nach. »Machen Sie sich keine Gedanken um Melzick. Wenn es ihr zu blöd wird, schmeißt sie den Job hin, packt ihren Rucksack und geht nach Kanada.«

»Hat sie das gesagt?«

»Nicht wörtlich, aber ich kann zwischen den Zeilen hören. Immerhin müssen wir jetzt mit Ihrem Nachfolger klarkommen, der ja noch gar nicht feststeht und außerdem auch noch mit Frau Dr. Schimmelpfeng.«

»Wer ist das denn?«

»Klopfers Nachfolgerin.«

»Woher wissen Sie das?«

»Klopfers Post geht durch meine Hände, wie Sie wissen. Auf dem Umschlag stand: ›Herrn Polizeirat Alois Klopfer persönlich-vertraulich‹.«

»Und für das Vertrauliche sind Sie persönlich zuständig?«

»Wer sonst wohl würde dafür in Frage kommen? Die Frau Doktor Sch. hat unserem Noch-Chef eine Zehn-Punkte-Liste zukommen lassen. Oberste Priorität hat für sie demnach ein Namensschild an ihrem neuen Büro. Maße, Schriftart, Schreibweise — alles detailliert festgelegt. Sie hat sogar aus einem Katalog für Büroeinrichtungen ein Muster ausgeschnitten. Das Ding wird größer als mein Bildschirm.«

»Jetzt übertreiben Sie aber.«

Lucy schüttelte den Kopf.

»Das wird die härteste Nuss, die ich je zu knacken hatte. Möchten Sie noch ein Tässchen?« Zweifel sah auf die Uhr und wiegte den Kopf hin und her. »Haben Sie etwa noch einen Termin?«, wollte Lucy wissen.

»Ich muss noch ein paar Umzugskisten packen.«

»In meinen Augen hat das Zeit. Wieviel Zeug haben Sie denn? Denken Sie minimalistisch. Alles, was Sie nicht innerhalb einer Stunde eingepackt haben, brauchen Sie nicht.«

»Interessanter Gedanke. Den muss ich erst verarbeiten. Vielleicht hilft mir dabei doch ein zweites Tässchen. Und dann erzählen Sie mir mal, wie Sie der Frau Doktor Sch. das Ordnungssystem Ihres Schreibtischs erklären wollen.«

Die Wasserflasche war leer. Die staubige Luft im „Weißen Hasen", die Hitze, das Warten — eine Flasche war eindeutig zu wenig. Aber diese Einsicht kam zu spät. Nur noch etwa dreißig Minuten. Viel länger konnte es nicht mehr dauern.

Der Lärm, den die Demonstranten auf dem Königsplatz machten, war selbst hier, ein paar hundert Meter entfernt, durch die geschlossenen Fenster zu hören. Der Zeitablauf war klar. Um 13 Uhr startete das Ganze mit einer kurzen Ansprache. Dann würde sich der Zug Richtung Annastraße in Bewegung setzen. Eventuelle Verzögerungen durch die Polizei waren nicht auszuschließen. Es würde genügend Zeit bleiben, geeignete Ziele auszusuchen, sich zu konzentrieren und die Sache zum Abschluss zu bringen. Danach würde es ein Leichtes sein, das Gebäude unbemerkt zu verlassen und in dem zu erwartenden Chaos zu verschwinden.

»Da kommen sie!«, rief Zacharias. Er hatte Melzicks Dreadlocks rot leuchten sehen. Jocelyn nickte stumm. Sie hatte das Transparent noch nicht entrollt und hielt es krampfhaft in ihrer linken Hand.

Ihre Blicke gingen immer wieder hinüber zu einer etwa zwanzigköpfigen Gruppe von Männern unterschiedlichen Alters, die sich unter den großen Bäumen links von ihnen aufhielten. Sie hatten einen festen Ring gebildet, indem sie sich die Arme auf die Schultern legten.

Auch Zacharias waren sie aufgefallen, weil sie alle die gleiche gelbe Baseballmütze trugen, auf deren Schirm drei fette Buchstaben prangten.

»Scheint ein komischer Verein zu sein«, sagte Zacharias. Jocelyn drückte seine Hand. »Immerhin tragen sie keine Waffen«, versuchte er, sie zu beruhigen.

Was nicht gelang.

Melzick hatte sich zu ihnen durchgeschlängelt und gab ihrem Bruder einen Klaps auf die Schulter.

»Wie ich dich kenne, hast du die Schokodinger schon vernichtet, kleiner Bruder.«

»Falls du die Brownies meinst, einen hab ich noch. Aber der hat Einzelhaft.«

»Was soll das heißen?« Zacharias zeigte ihr eine winzige Blechdose.

»Eiserne Reserve. Den teilen wir uns, wenn die ganze Sache gut über die Bühne gegangen ist.« Irgendetwas an seinem Tonfall machte sie stutzig. Der kurze Marsch vom Bahnhof bis zum Königsplatz inmitten tausender Leute, die alle dasselbe Ziel hatten, hatte Schritt für Schritt eine Euphorie in ihr geweckt, die ihre meerblauen Augen leuchten ließ.

»Hast du etwa Zweifel daran? Phil hat doch alles profimäßig organisiert.« Jocelyn warf ihr einen dunklen Blick zu.

»Wollen wir das Transparent gemeinsam tragen?«, fragte Melzick. Jocelyn lächelte scheu und reichte ihr einen der Holzstäbe. In diesem Moment ließ ein schriller Pfeifton die riesige Menschenmenge zusammenzucken. Gleich darauf ertönte Phils Stimme aus gewaltigen Lautsprechern. Er stand auf einem hölzernen Podest Marke Eigenbau, das wie ein oben abgesägter Hochsitz aussah.

»Sorry Leute. Leiht mir euer Ohr für ein paar Sätze, bevor wir mit der Demonstration unserer Wut, unserer Empörung und unserer Forderungen loslegen. Ich bin Phil und ich bin hier verantwortlich. Ihr seid schätzungsweise achttausend und jeder einzelne von euch ist auch verantwortlich. Das wird die größte legale Demo, die Augsburg je gesehen hat.«

Ohrenbetäubender Jubel brach aus. Phils Ansprache wurde von einer Sambatrommelgruppe auf mindestens drei Dutzend Djemben in einem gleichmäßigen, langsamen Rhythmus begleitet. Wie von ihm beabsichtigt, verstärkte dieser Sound die Wirkung seiner Worte enorm.

»Lasst uns ein Experiment machen. Zeigt eure Wut, aber seid friedlich! Macht eurer Empörung lautstark Luft, aber bleibt sympathisch! Präsentiert eure Forderungen energisch, aber gewaltfrei! Seid kreativ, witzig, frech, aber ohne Alkohol! Seid unüberhörbar und unübersehbar, aber ohne falsche Parolen!«

Phil wusste, wann er eine Pause zu machen hatte. Melzick bewunderte im Stillen seine Fähigkeit, eine solche Menschenmenge mit wenigen Worten einzustimmen.

»Habt ein Auge auf eure Nebenleute! Wenn ihr in Kontakt mit der Polizei kommt, seid wortlos freundlich! Euer Lächeln ist die einzige Waffe, die erlaubt ist. Ich bin Phil und ihr seid achttausend und jeder von uns ist verantwortlich. Haltet euch an meine Empfehlungen. Dann wird das Experiment gelingen und das wird die beste Demo, über die je in der Tagesschau berichtet wurde.«

Phil legte das Mikro aus der Hand, reckte beide Daumen in die Höhe und kletterte vom Podest. Die Sambatrommeln verstummten abrupt und über dem menschenübersäten Königsplatz schwebten Jubelrufe, Beifallspfiffe, Trillerpfeifen und einige ohrenbetäubende Vuvuzelas.

Weit über hundert Polizisten in voller Montur, an strategisch wichtigen Punkten postiert, reckten die Schultern, atmeten tief durch, rümpften die Nase, blickten stoisch geradeaus, schwitzten und einige von ihnen wünschten, der ganze Zinnober wäre schon vorbei. Zacharias schlug Phil auf die Schulter.

»Tolle Performance, Mann, echt fernsehreif!« Phil wirkte angespannt und warf ihm einen ernsten Blick zu.

»Es geht heute nicht um Unterhaltung.«

»Schon klar. Aber du weißt, wie man die Leute richtig packt«, sagte Melzick. Sie fragte sich jedoch, ob all die Teilnehmer wussten, wie man friedlich seine Wut zeigt. Sie wusste es jedenfalls nicht.

Sie stand neben Jocelyn. Gemeinsam hielten sie ein weißes Transparent hoch, auf dem in grünen und blauen Buchstaben VEGAN FOR THE PLANET stand, neben einer grün und blau gemalten Planetenkugel.

Phil hustete kurz.

»Ich kann nur hoffen, dass mir alle zugehört haben und dass sich keine Faschos einschleichen. Ich hätte da noch ein deutlicheres Statement raushauen sollen.«

Zacharias musste an die Gruppe mit den gelben Mützen denken.

»Was können so ein paar Knallköpfe schon groß anrichten?«, fragte er, doch Phil war schon dabei, sich an die Spitze der Demo durchzukämpfen, quer über den Königsplatz bis zum Anfang der Annastraße. Dort begann die Fußgängerzone Augsburgs. Zacharias tauschte einen Blick mit seiner Schwester. Melzick zuckte mit den Schultern.

»Ist wie im Flugzeug: die besten Plätze sind nicht vorn. Ich glaub, wir halten uns irgendwo in der Mitte auf.«

Die Trommeln setzten mit Vehemenz wieder ein und legten einen scharfen Rhythmus vor. Die ersten Sprechchöre gellten über die Köpfe hinweg. Zacharias schaute sich suchend nach allen Seiten um.

Die riesige Menschenmenge bewegte sich in kleinen Schritten auf die Annastraße zu, die wie ein Flaschenhals am nördlichen Ende des Königsplatzes wirkte. Viele traten unruhig auf der Stelle. Nach schier unendlichen Minuten erreichte die Vorwärtsbewegung auch Melzick, Jocelyn und Zacharias. Sie streckten ihr Transparent in die Höhe.

»Denkt dran, was Phil gesagt hat«, rief Melzick den anderen beiden zu.

»Ja, ja«, gab Zacharias zur Antwort, »lass dein Grinsen eine Waffe sein, oder so.«

Jocelyn hielt sich zwischen den beiden und sah die meiste Zeit auf die Schuhe der vor ihnen Marschierenden.

Ihr war alles andere als nach Lächeln zumute.

6. Kapitel

Carlo saß zur selben Zeit am anderen Ende der Annastraße auf seinem fliegenden Teppich und lehnte mit dem Rücken an der Mauer eines großen Geschäftshauses. Er hörte die Trommeln näherkommen.

Sokrates lag vorne auf dem Teppich neben der Holzschatulle mit dem Kopf auf den Vorderpfoten und zuckte leicht mit den Ohren.

Carlo hatte seine Flöte weggelegt und beobachtete die Passanten. Viele trugen eine Plastiktasche mit ihren neuesten Konsumschätzen in der einen und etwas Essbares in der anderen Hand. Manchmal stellte Carlo in Gedanken eine Statistik auf und zählte die Döner, Wraps, Pizzen, Pommes und Brezen, die an ihm vorbeigetragen wurden. Wenn er genug davon hatte, packte er sein Brot aus dem Rucksack und gab auch Sokrates seine Ration. An guten Tagen legte jemand einen Hundekuchen neben die Holzschatulle. Den durfte Sokrates dann immer sofort vernaschen. Heute allerdings schien es einer von den schlechteren Tagen zu werden. Carlo nahm es gleichmütig hin.

Von links näherten sich drei auffallend gekleidete Damen mittleren Alters, die in ein reges Gespräch vertieft waren. Die Wortführerin hatte sich umgedreht und lief nun rückwärts auf Carlos Platz zu, während sie ihren beiden Begleiterinnen wild gestikulierend etwas Extraordinäres erzählte.

Dieses Wort war das erste, das Carlo aufschnappte. Sie gebrauchte es mehrmals und achtete nicht auf etwaige Hindernisse, im unerschütterlichen Glauben, für sie gebe es keine Hindernisse.

Carlo kannte die Sorte, aber er reagierte zu spät. Bevor er noch etwas rufen konnte, verfing sich ihr linker Stöckelschuh, von dessen Gegenwert Carlo einen Monat lang hätte leben können, in der etwas hochstehenden Ecke seines fliegenden Teppichs. Sie kam ins Stolpern, stieß einen Schrei aus und landete unsanft auf ihrem sündhaft teuren Hosenboden.

Sokrates bellte genau zwei Mal. Sofort stürzten ihre beiden Begleiterinnen auf sie zu und halfen ihr mit vereinten Kräften hoch. Carlo war so schnell er konnte auf den Beinen. Er hob beide Hände zum Zeichen seiner Unschuld.

»Oh, oh, haben Sie sich wehgetan, sind Sie verletzt? Kann ich Ihnen helfen?«, stammelte er.

Der bleistiftdünne Absatz lag leblos auf dem abgewetzten Teppich. Carlo griff danach und hielt ihn seiner Besitzerin vor die Nase.

»Mein Gott, Vera! Deine Hose!«, rief eine der Begleiterinnen. Vera hatte es für einige Momente die Sprache verschlagen. Sie starrte den Absatz in Carlos Fingern an. Sie starrte Carlo an. Sie starrte Sokrates an. Sie hatte sich nicht verletzt. Sie hatte keine Schmerzen. Aber sie hatte eine Mordswut.

Ihr Zeigefinger, ein dunkelroter Fingernagel, wegen des Sturzes hässlich abgesplittert, schoss auf Carlos Brust zu. Sokrates knurrte leise ganz hinten in seiner Kehle. Er hatte sich auf die Hinterpfoten gesetzt und ließ die Frau, die sein Herrchen angriff, nicht aus den Augen.

»So was wie Sie«, fauchte sie, »hat hier in dieser Stadt nichts verloren! Das war heute Ihr letzter Tag! Dafür werde ich sorgen!« Ihre dunklen Augen blitzten. Aus ihrem Zeigefinger wurde eine Faust und sie riss Carlo den Absatz aus den Fingern. Er musterte sie wortlos. Solche Sätze waren nicht neu für ihn.

Die Frau namens Vera humpelte, von ihren Freundinnen gestützt, ein paar Schritte, kam sich lächerlich vor, riss sich den defekten und den anderen Schuh von den Füßen und feuerte beide in Richtung Carlo. Den Absatz behielt sie aus nur ihr erfindlichen Gründen. Ein älterer Herr mit Stirnband und Pferdeschwanzfrisur beugte sich zu Carlo herab.

»Heute liegt irgendetwas Ungutes in der Luft.« Carlo nahm Sokrates den intakten Schuh ab, den dieser vorsichtig zwischen seinen Zähnen hielt. Fast wäre er von dem Wurf getroffen worden. Carlo wog das Teil prüfend in der Hand und zwinkerte dem älteren Herrn zu.

»Irrtum, heute fliegt was Teures durch die Luft.« Er wusste schon, wie er die Schuhe zu Geld machen konnte.

Sein Blick ging hinüber zum „Weißen Hasen". Ein Lichtreflex hatte ihn aufmerksam gemacht. Im ersten Stock stand ein Fenster leicht offen. Carlo sah genauer hin. Er würde sich später gut an das Gesicht erinnern. Überhaupt würde er diesen Tag sein Leben lang nicht vergessen.

Das Fenster hätte früher geöffnet werden müssen, als die Sonne noch nicht so hoch stand. Ein böser Fehler. Dieser verdammte Bettler auf der anderen Seite hatte sofort hergesehen. Das war sein böser Fehler. Die Sichtverhältnisse waren optimal und auf die kurze Entfernung von vielleicht zwanzig Metern würde kein Schuss fehlgehen. Die Waffen lagen gut und sicher in der Hand. Nur noch wenige Minuten.

Die Demo hatte begonnen. Wie ein unaufhaltsamer Lavafluss wälzte sie sich durch die Annastraße, vorbei an der Kreissparkasse, dem Martin-Luther-Platz, der Thalia-Buchhandlung.

Ein paar Herrschaften, die sich an den Bistrotischen von Feinkost-Kahn einen kleinen edlen Imbiss gönnten, verschluckten sich an dem exquisiten Weißwein angesichts der empörten Menschenmasse, die sich auf breiter Front näherte. Ein rotgesichtiger Mittvierziger, die Sonnenbrille auf die Stirn hochgeschoben, schlug mit den Flügeln, plusterte sich auf und beschwerte sich lautstark über die Herde Asozialer, die eine Schande für Augsburg sei. Die Herde ignorierte ihn und seine tief ausgeschnittene Begleiterin tätschelte ihm beruhigend den Rücken.

Links und rechts begleiteten Bereitschaftspolizisten mit Helm, Schlagstock und dem üblichen Werkzeuggürtel ausgerüstet den Marsch der Achttausend. (Der Polizeisprecher würde später von annähernd viertausend Personen reden).

Melzick, Zacharias und Jocelyn liefen im vorderen Drittel mit. Direkt hinter ihnen peitschte eine von mehreren Trommlergruppen einen unwiderstehlichen Sambarhythmus in die Arme, Beine und Köpfe der Demonstrierenden.

Zacharias ließ sich von der Stimmung anstecken, skandierte aus vollem Hals und achtete nicht weiter auf Jocelyn.

Melzick trug mit ihr zusammen das blaugrüne Banner. Sie spürte, was mit Jocelyn los war. Der Lärm ließ keine Unterhaltung zu. Sie blickte sie aufmunternd an, doch Jocelyn reagierte nicht darauf.

Ihr Blick war starr auf das Pflaster der Annastraße gerichtet. Ihre linke Hand umklammerte den Stecken, mit dem sie das Transparent hochhielt.

Melzick hatte beschlossen, gruppendynamisch immun zu bleiben und so wachsam wie möglich diesen ungewöhnlichen Marsch hinter sich zu bringen. Jocelyns Angst hatte sie in erhöhte Alarmbereitschaft versetzt. Sie sah die Polizisten. Sie sah deren Nervosität. Sie hörte die Sprechchöre lauter werden. Sie spürte die rasenden Trommeln hinter sich und sie blickte in die Gesichter der Menschen ringsum. In diesem

Moment wünschte sie, sie wäre zuhause geblieben und hätte Lucys Einladung angenommen.

Carlo räumte die Holzschatulle, in der nur wenige Münzen lagen, zur Seite und rollte seinen Teppich zur Hälfte zurück. Sokrates winselte unruhig. Die Trommeln und die Schreie der Menschen waren nichts für seine empfindlichen Ohren.

Carlo hatte beschlossen, den Platz nicht zu räumen. Er wusste, worum es bei der Demo ging. Mehrere Passanten dicht neben ihm hatten sich darüber unterhalten. Die meisten zeigten Unverständnis, Ärger, waren entsetzt und besorgt über die Auswirkungen auf die Wirtschaft, auf Augsburgs Ruf und witterten bürgerkriegsähnliche Zustände.

Carlo wäre nie auf die Idee gekommen, für oder gegen etwas zu demonstrieren. Das kam ihm so sinnvoll vor, wie den Lech um Augsburg herumzuleiten oder den Rathausplatz zu überdachen.

Aber er respektierte jeden, der sich für etwas einsetzte, der seine Meinung sagte und sich dafür auch beschimpfen ließ. Im beschimpfen lassen war er Experte.

Die Leute, die für das Klima kämpften, waren ihm sympathisch, vor allem wegen ihrer Naivität. Die Vorstellung, die Wirtschaft würde auf die Vernunft hören, wenn sie nur laut genug hinausposaunt wurde, belustigte ihn.

»Es wird etwas eng werden, Sokrates«, brummte er. Sokrates knurrte zustimmend und rollte sich an der Mauer neben Carlo zusammen.

»Bleibt nur, wo ihr seid«, murmelte die Stimme. »Bewegt euch nicht.«

Dieser Bettler schaute schon wieder herüber. Aber das war jetzt gleichgültig. Er würde ein leichtes Ziel sein, sofern die Demonstranten nicht zu dicht hintereinander herliefen.

Würden sie das tun? Nein, das war nicht zu erwarten. Solche Umzüge zogen sich erfahrungsgemäß auseinander. Da kommen ja schon die ersten. Diese albernen Gutmenschen und Wichtigtuer mit ihrer Mission. Er würde leicht zu erkennen sein. Er war ja nicht zu übersehen. Und höchstwahrscheinlich war er auch nicht zu überhören.

Die Frau, die direkt vor Melzick auf der linken Seite des Demonstrationszuges lief und sich bisher ruhig verhalten hatte, fing plötzlich an zu schreien.

»Hey Falk! Falk! Hier bin ich! Huhu, Falk! Hey Mann!«

Melzick schätzte sie auf etwa vierzig. Die leuchtend blonden Haare waren auf einer Seite kurzgeschoren, auf der anderen schulterlang. Sie trug ein kleines, braunes Pappschild, auf dem mit blauer Acrylfarbe in unbeholfenen Blockbuchstaben ALLE MACHT DER FREIEN ENERGIE gepinselt war.

Der Mann, den sie auf sich aufmerksam machen wollte, war fast zwei Meter groß. Er war Melzick schon vorhin auf dem Königsplatz aufgefallen, weil er auf die einsetzenden Trommelschläge mit wilden Zuckungen seiner Arme und Beine reagiert hatte.

Aber dann hatte sie ihn aus den Augen verloren. Er musste sich von weiter hinten nach vorne durchgedrängelt haben. Mit seiner schwarzen Afrolook-Frisur und dem schwarzen Vollbart war er alles andere als unauffällig.

Abgesehen davon gebärdete er sich, als wäre er mit hunderttausend Volt geladen. Seine Stimme war rau und kräftig. Er gab die Parolen vor und alle Teilnehmer in seiner Hörweite antworteten im Chor. HOCH MIT DEM KLIMASCHUTZ — RUNTER MIT DER KOHLE oder AUF DIE BARRIKADEN — AUF DIE BARRIKADEN oder WHAT DO WE WANT? — CLIMATE JUSTICE! —

WHEN DO WE WANT IT? — NOW! Wie ein Irrwisch zappelte er dabei mit seinen Armen und verscheuchte damit jeden in seiner unmittelbaren Nähe. Die blonde Frau versuchte es noch einmal.

»Verdammt nochmal, Falk! Hörst du nicht? Falk! Falk!!« Ihre Stimme überschlug sich. Er reagierte nicht darauf. Er lief rechts außen und war nicht zu bremsen.

»Der hört Sie nicht«, rief Melzick der Blonden zu. Sie drehte sich zu Melzick um.

»Der will mich nicht hören, der will mich nicht sehen, der will überhaupt nichts mehr, dieser …« Ihr Schimpfwort ging im nächsten Sprechchor unter. Melzick zuckte mit den Schultern. Die Frau warf einen kurzen Blick auf Jocelyn und dann nach rechts.

»Wo ist er denn plötzlich hin?« Melzick deutete nach vorn.

»Scheint ein Drängler zu sein.« Sie waren jetzt auf der Höhe des Teeladens „Eilles". Der schwarze, wilde Haarschopf war vier, fünf Reihen weiter vorn zu sehen. Er lief direkt auf den „Weißen Hasen" zu.

Die Trommelgruppe hinter Melzick schlug einen neuen Rhythmus an. Zacharias grinste zu seiner Schwester hinüber. Er legte den Arm auf Jocelyns Schulter, die zwischen ihnen ihre zaghaften Schritte machte.

»Läuft doch alles prima!«, rief er in ihr Ohr, um die Djemben zu übertönen. Melzick hörte weiter vorn die unverkennbare Stimme des Mannes, der Falk genannt wurde. Seine Energie war unerschöpflich, als hätte er eine doppelte Dosis Aufputschmittel genommen.

Der Demonstrationszug kam ins Stocken. Carlo hatte seine schwere Hand beruhigend auf Sokrates' Nacken gelegt. Inmitten der unzähligen Menschen fielen ihm zwei besonders auf: Dieser riesige verrückte Mann mit der gewaltigen Stimme und ein paar Reihen weiter hinten eine junge Frau mit einem Turm aus roten Dreadlocks auf dem Kopf. Nie im Leben wäre er auf die Idee gekommen, dass es sich dabei um eine Polizistin handeln könnte. Er sah, wie der Mann wild mit den Armen um sich schlug.

»WHAT DO WE WANT?«, schrie er

»CLIMATE JUSTICE!«, antwortete ihm die Menge.

»WHEN DO WE WANT IT?«

»NOW!«

Jetzt war die Sekunde gekommen. Den Mann ins Herz zu treffen, schien schwierig. Er zappelte herum wie ein Techno-Freak auf Ecstasy. Doch plötzlich hielt er inne, stand stocksteif im träge fließenden Strom der Demonstranten da, als hätte man dem unter Strom Stehenden den Stecker rausgezogen.

Er stand da, das Gesicht dem „Weißen Hasen" zugewandt, die Augen geschlossen. Seine breite Brust unter dem albernen T-Shirt eine Zielscheibe wie sie deutlicher nicht sein konnte.

Es klackte zweimal kurz hintereinander. Der erste Schuss war bereits tödlich. Der Griff nach der zweiten Waffe. Es waren noch ein paar Treffer erforderlich. Opfer gab es reichlich zur Auswahl. Es klackte noch drei Mal. Ein Geräusch, wie es große Kieselsteine machen, man sie aneinanderschlägt.

Die blonde Frau, die versucht hatte, den Mann auf sich aufmerksam zu machen, hatte es kurz davor aufgegeben, sich umgedreht und lief nun die Annastraße gegen den Strom zurück Richtung Königsplatz.

Melzick sah diesen Mann plötzlich stillstehen, als wäre er zu Eis erstarrt. Dann sah sie ihn fallen.

Jocelyn neben ihr schrie auf. Zacharias war im wilden Rhythmus der Trommelgruppe gefangen und begriff nicht, was geschah. Jocelyn sank zu Boden. Melzick sah das Blut an ihrem Bein. Jocelyn stöhnte vor Schmerzen und Angst, Tränen schossen aus ihren Augen. Sie hielt das verletzte Bein umklammert. Melzick ließ das Transparent fallen.

Die nachrückenden Demonstranten versuchten, der am Boden kauernden jungen Frau mit dem vor Schmerz verzerrten Gesicht auszuweichen und trampelten dabei über die blaugrüne Erdkugel hinweg. „VEGAN FOR THE PLANET" wurde mit staubigen Turnschuhabdrücken gestempelt.

»Zack! Hilf mir!«, rief Melzick und war dabei, Jocelyn hochzuhelfen. Zacharias starrte entsetzt auf das Blut, das aus einer fünf Zentimeter langen Wunde heraussickerte.

»Was ist denn los?«, schrie er fassungslos, »Jocelyn, was ist passiert? Was hast du?«

»Quatsch nicht, hilf mir lieber! Heb sie unter den Achseln hoch. Wir müssen hier weg!« Melzicks Befehlston wirkte. Gemeinsam hievten sie Jocelyn hoch. Sie schrie auf, als sie das verletzte Bein belastete.

»Da rüber, in den Laden rein!«, rief Melzick. »Schaffst du es allein? Jocelyn, stütz dich auf seine Schultern. Zack hilft dir. Ruf einen Notarzt. Es ist wahrscheinlich nur ein Streifschuss.«

»Ein was?«, kreischte Zacharias, doch Melzick war schon in Richtung des nächsten Opfers unterwegs.

»Ruf mehr Notärzte!«, schrie sie Zacharias über die Schulter hinweg zu.

Die Sambatrommler hämmerten unvermindert laut und rasend schnell ihren mitreißenden Rhythmus, begleitet von unzähligen Trillerpfeifen. Die aufgeheizte Stimmung trieb die

Menge an, einfach weiter zu marschieren. Nur wenige hatten Jocelyns Sturz überhaupt mitbekommen.

Melzick drängelte sich zu dem Mann durch, der ein paar Meter weiter vorn auf dem Pflaster lag. Sie hatte eine böse Ahnung und blickte sich suchend um. Von den Bereitschaftspolizisten war keiner zu sehen. Später würde sie erfahren, dass der Einsatzleiter die meisten rund um den Rathausplatz beordert hatte, da er dort am ehesten mit Ausschreitungen rechnete. Und weil dort die meisten Kameras und Reporterteams versammelt waren. Nur wenige seiner Männer patrouillierten an den Rändern des Demonstrationszuges durch die Annastraße.

Als Melzick den Mann erreichte, kniete ein junger Polizeibeamter neben ihm. Er hatte den Helm abgesetzt und wendete sein schweißüberströmtes Gesicht ihr zu.

»Weitergehen! Nicht stehenbleiben!«, rief er ihr entgegen. Melzick zückte ihre Dienstmarke.

»Was ist mit ihm?« Wortlos deutete der Polizist auf zwei kleine, kreisrunde Löcher auf dem verschwitzten Superman-T-Shirt. Sie saßen genau da, wo die letzten zweiundvierzig Jahre bis vor wenigen Minuten ein Herz geschlagen hatte.

Der tote Riese blickte aus erloschenen dunklen Augen verwundert in den blauen Sommerhimmel über Augsburg. Auf seiner Stirn klebten schweißfeuchte Haare. Seine schwarze Afrolook-Mähne wirkte wie eine Perücke. Sein schwarzer, ungepflegter Vollbart verstärkte die wilde Erscheinung.

Melzick spürte immer noch die unbändige Energie, die bis vor wenigen Minuten in diesem Körper gelodert hatte. Sie hatte einen Moment lang den verrückten Eindruck, der Mann könnte urplötzlich mit einem Wutschrei hochfahren, sie an den Schultern packen und durchschütteln, weil sie nicht besser aufgepasst hatte. »Drei Schüsse«, dachte Melzick, »und ich habe keinen einzigen gehört.«

»Wir müssen ihn hier wegschaffen«, rief der junge Polizist. Melzick schüttelte den Kopf.

»Auf gar keinen Fall. Er darf nicht bewegt werden! Holen Sie Verstärkung! Wir müssen die Stelle absperren.« Er starrte sie an und rührte sich nicht. »Der Mann ist erschossen worden. Das hier ist Mord! Er bleibt liegen! Ist das klar? Und jetzt ruf endlich die Verstärkung!« Er nickte etwas verwirrt und griff nach seinem Sprechfunkgerät.

Melzick zögerte kurz, dann griff sie dem toten Falk in die Hosentasche, um zu sehen, ob er einen Ausweis bei sich hatte. Außer einem flachen Kieselstein mit einem perfekt ausgeschnittenen Loch fand sie nichts. Vermutlich ein Talisman, dachte sie und überlegte, ob sie den Körper umdrehen sollte, um seine Gesäßtaschen zu untersuchen. Sie entschied sich jedoch anders. Sie wollte seine Lage nicht verändern. Es war immerhin möglich, dass sich daraus ableiten ließ, von wo die Schüsse abgefeuert wurden.

Melzicks Blick ging hinüber zur anderen Seite der Annastraße. Zwischen all den Vorbeimarschierenden, die unvermindert energisch ihre Sprechchöre schmetterten, sah sie einen alten Mann auf dem Boden sitzen, neben sich einen Hund.

»Hat es den etwa auch erwischt?«, dachte sie und fühlte ein Kribbeln im Nacken.

Der Lärm der Demonstranten drang hoch in den ersten Stock des „Weißen Hasen". Der Blick ging durch den riesigen Raum, in dem diffuses Licht den Eindruck vermittelte, es sei alles in bester Ordnung. Die Werkzeugtasche wog merkwürdigerweise schwerer. Aber das war Einbildung.

Das wichtigste Ziel, und darauf kam es an, war erreicht. Er war beseitigt und würde nun vielleicht die Engel nerven. Auf Erden würde ihm niemand nachweinen. Also war alles in Ordnung. Nur dieser unselige Bettler. Warum hatte der sich auch im letzten Moment bewegen müssen? Das Risiko für weitere Schüsse war zu groß gewesen. Bei dieser großen Menschenmasse konnte es immer einen geben, der seinen Blick nach oben gleiten ließ. Sicherheit hatte absolute Priorität.

Das Problem mit diesem Bettler musste anders gelöst werden. Diese junge Frau aus dem Esprit-Laden hatte ihm eine Schale Wasser für seinen Hund gebracht. Und sie hatte ihn am Morgen begrüßt. Sicher hatte er seinen Stammplatz vor diesem Laden. Das haben diese Bettler doch meistens. Möglicherweise wusste sie, wo er wohnte. Es war sicher nicht schwer, sie zum Reden zu bringen. Ja — das war sicher nicht schwer.

Der Blick ging noch einmal durch den Raum. Es gab unzählige Spuren. Und keine einzige würde die Polizei zum Ziel führen.

Es war Zeit, zu gehen. Den „Weißen Hasen" unbemerkt zu verlassen, war ein Kinderspiel bei dem Tumult, der auf der Annastraße herrschte. Nur noch kurz den Bauzaun wieder zurechtrücken und alles war gut.

7. Kapitel

Melzick sah, wie sich der Alte zu seinem Hund hinunterbeugte. Sie atmete erleichtert auf und hörte im gleichen Moment einen markerschütternden Schrei. Zwei Schülerinnen, vielleicht vierzehn Jahre alt, mit Greta-Zöpfen in Rot und Schwarz und mit weit aufgerissenen Augen rannten direkt auf sie zu. Melzick breitete die Arme aus und stoppte sie.

»Halt, halt, halt, Mädchen!« Die beiden sahen den jungen Bereitschaftspolizisten, der sein Sprechfunkgerät ans Ohr hielt. Melzick beachteten sie gar nicht.

»Er ist getroffen! Sein Bein! Sie müssen kommen! Das Bein ist kaputt! Schnell! Schnell!«, schrien sie wild durcheinander und zerrten an der Uniform des Polizisten. Er schüttelte sie ab und drehte sich weg.

»Ruhig, Mädels, ganz ruhig. Ich bin auch von der Polizei. Was ist passiert?« Endlich beachteten sie Melzick. Zum Glück hatten sie keinen Blick für die Leiche, vor der Melzick breitbeinig und mit verschränkten Armen stand. Melzicks Ton wirkte beruhigend auf die beiden. Die Rothaarige antwortete.

»Mein Papa! Er liegt da vorn. Etwas ist mit seinem Bein. Er blutet ganz stark, es hört nicht auf. Und ich glaube, er ist bewusstlos.« Das schwarzhaarige Mädchen nickte heftig.

»Den hat was getroffen. Ganz plötzlich. Und ich war direkt daneben.«

»Wo ist er?« Beide deuteten mit ausgestreckten Armen auf eine Stelle etwa sieben oder acht Meter rechts von dem alten Mann mit dem Hund.

»Ok, mein Kollege[a] geht mit euch rüber. Wir holen sofort einen Arzt. Wir helfen euch. Wir helfen deinem Vater, ok?«

Beide nickten heftig. Melzick drehte sich zu dem jungen Bereitschaftspolizisten um, der sein Sprechfunkgerät einsteckte.

»In zwei Minuten ist Verstärkung da«, sagte er. Melzick schaffte es, ein Lächeln auf ihr Gesicht zu zaubern.

»Wie heißen Sie eigentlich?«

»Griebl, wie der OB, nur mit e.«

»Gut. Zu mir kann man Melzick sagen«, sagte Melzick, die keine Ahnung hatte, wie der Oberbürgermeister von Augsburg hieß. »Gehen Sie mit den zwei Mädchen mit. Irgendwo da drüben liegt der Vater von ihr hier. Höchstwahrscheinlich hat er einen Schuss abbekommen.« Griebl reagierte sofort, ohne unnötige Fragen zu stellen, wie Melzick erleichtert feststellte.

»Guter Mann«, dachte sie. »Was geht heute bloß hier ab? Schießt da ein Irrer auf die Demonstranten? Zum Glück hat die Masse nichts davon mitbekommen. Aber wo hat er sich versteckt? Sicher irgendwo erhöht, um einen besseren Überblick zu haben.« Melzick prüfte rasch die Möglichkeiten ringsum, entdeckte aber nichts Verdächtiges.

Die Trommelgruppe war nun schon ein gutes Stück entfernt. Augenblicklich bewegte sich ein etwas ruhigerer Teil der Demonstration an ihr vorbei. Die Leute waren zwar gut mit Bannern und Plakaten bestückt, schienen aber den stillen Protest vorzuziehen. Sie waren aber auch aufmerksamer, was Melzick gar nicht recht war. Immer häufiger zog sie die Blicke auf sich. Irgendeine Decke oder ein Mantel, um den Körper des toten Mannes zu verbergen, wäre gut gewesen. Auch wenn ihn die meisten wohl für eine Schnapsleiche hielten.

Sie sah den Klamottenladen, in dem Zacharias mit Jocelyn verschwunden war. Ihr Bruder kam heraus und entdeckte sie sofort. Eilig kam er heran. Er war kreidebleich im Gesicht.

»Ist er …«, fragte er mit Blick auf den Mann namens Falk. Melzick nickte.

»Wir müssen ihn irgendwie zudecken. Vielleicht …«

»Ich weiß wie.« Er war schon auf dem Weg zurück zu dem Laden.

»Und Jocelyn?«, rief Melzick ihm nach. Er antwortete nicht, sondern reckte nur den Daumen in die Höhe.

»Nur ein Streifschuss«, dachte Melzick, »nichts Ernstes. Oder doch?« Was hier passierte war vielleicht ernster, als sie sich vorstellen konnte. Wieso hatte sie die Schüsse nicht gehört? Und was, wenn es noch mehr Schüsse gab? Es war auf die Schnelle nicht möglich, festzustellen, von wo geschossen worden war. Wie sollte man die Leute schützen? Wird das ein Amoklauf werden? Sie musste an Phils Worte denken: »Das wird viel mehr, das kann ich dir versprechen.«

Dieser Falk war erschossen worden, Jocelyn war getroffen und der Vater des rothaarigen Mädchens. Die Wahrscheinlichkeit, dass über diese Demo in der Tagesschau berichtet werden würde, wuchs mit jedem weiteren Opfer. Was für ein zynischer Gedanke. Melzick schüttelte ihre wilde Haarmähne und zum ersten Mal an diesem Tag dachte sie an Zweifel.

Lucy war gerade dabei, ihrem Gast eine dritte Tasse einzuschenken, als ihr Telefon läutete.

»Mel! Schön, dass du anrufst. Willst du etwa doch noch vorbeikommen? Es ist noch jede Menge übrig von meinem Resteessen. Wenn du …« Den Rest verschluckte sie. Melzick brauchte nur wenige Worte. »Adam!«, rief Lucy und ihr Ton ließ ihn sofort aufspringen. Er nahm Lucy den Hörer aus der Hand.

»Melzick, was gibt es?«

78

Er lauschte etwa dreißig Sekunden und sah dabei Lucy an, die eine Hand vor den Mund hielt.

»Wer hat die Einsatzleitung? Verstehe. Bin schon unterwegs.«

Er legte auf.

»Was ist…?«, fragte Lucy. Zweifel war schon an der Tür.

»Melzick spricht von einem Amoklauf.«

»Bei der Demo?«, hauchte Lucy fassungslos.

»Tun Sie mir einen Gefallen, Lucy. Von den Augsburger Kollegen kenne ich noch niemanden. Könnte sein, dass ich Ihre spezielle Hilfe brauche.«

Sie nickte, wenn sie auch keine Vorstellung davon hatte, was genau er damit meinte. Er suchte in der Jackentasche nach seinem Autoschlüssel.

»Ihr Menü war unvergesslich. Ich werde mich revanchieren.« Schon war er draußen.

»Oh Gott!«, rief sie ihm nach.

Der Strom der Demonstranten riss immer noch nicht ab. Die Spitze mit Phil am Megafon war schon längst durch die Steinstraße zum Rathausplatz marschiert. Sie konnte seine Stimme hören, die durch die kurze Querstraße „Unter dem Bogen" verzerrt herüberschallte.

Melzick sah den jungen Polizisten Griebl in einiger Entfernung auf der anderen Seite der Annastraße. Er kniete neben einem Mann, der dort an der Mauer auf dem Boden lag, und sprach in sein Funkgerät.

Sie sah auch die beiden Mädchen. Eines hielt sich die Hände vor das Gesicht und weinte, das andere stand hilflos daneben und wusste nicht, wie es die Freundin trösten sollte.

»Nicht noch ein Todesopfer«, dachte Melzick. Zacharias kam mit zwei kleinen Decken an.

»Wir sollen keine Flecken reinbringen«, sagte er.

»Das glaub ich jetzt nicht«, stöhnte Melzick. »Wissen die überhaupt, was passiert ist?«

»Natürlich nicht, Mel. Ich geh doch da nicht rein und sag ›haben Sie mal was zum Zudecken, wir hätten da 'ne Leiche‹«, zischte er. »Die denken, das ist ein bewusstloser Penner.«

»Ok, das hat du gut hingekriegt.« Er nickte und war immer noch so blass wie Milchschaum. Sie legten die beiden buntkarierten Decken auf den leblosen Körper.

»Die sind zu kurz«, sagte Zacharias, »die Schuhe schauen raus.«

»Ist unauffälliger, wenn wir den Kopf freilassen«, sagte Melzick. Zacharias starrte sie an.

»Was ist da los, Mel? Verdammt, was ist da passiert?«

»Ich weiß es nicht. Ich weiß nur, dass jemand in die Menge geschossen hat. Wie geht es Jocelyn wirklich?« Zacharias schüttelte den Kopf.

»Wir haben 'nen Druckverband gemacht und ihr Aspirin gegeben. Die Wunde ist wahrscheinlich nicht so schlimm. Aber sie dreht fast durch vor Angst.«

»Dann geh zu ihr. Die Ärzte müssen gleich da sein. Bleib auf jeden Fall in ihrer Nähe.«

»Du meinst doch nicht etwa, dass sie absichtlich angeschossen wurde, weil sie eine Schwarze …«

»Ich sag doch, ich weiß es nicht. Behalt die Nerven. Bleib ruhig. Denk nicht zu viel nach.« Zacharias schnaufte verächtlich und ließ Melzick allein.

»Was ist hier los? Wer sind Sie und was tun Sie hier?«, schnarrte eine unangenehme Stimme hinter Melzick. Sie drehte sich um und stand einem Polizisten gegenüber, der sie in Haltung und Gesichtsausdruck irritierend deutlich an den Verkehrs-Cop aus Hitchcocks *Psycho* erinnerte. Sogar die verspiegelte Sonnenbrille schien er aus dem Filmfundus beschlagnahmt zu haben. Melzick war weit davon entfernt, sich einschüchtern zu lassen. Sie zückte ihren Dienstausweis.

»Kriminalobermeisterin Zick. Wird Zeit, dass Sie kommen. Ich sichere den Tatort. Wir brauchen dringend einen Sichtschutz. Dieser Mann wurde vor etwa einer Viertelstunde auf offener Straße erschossen, Herr …«, sie studierte sein Namensschild, »Herr Keitel.« Er nahm ihr den Ausweis aus der Hand und hielt ihn misstrauisch so dicht vor seine Sonnenbrille, dass Melzick ihr Foto darin sehen konnte. Nach schier endlosen Sekunden gab er ihr den Ausweis zurück.

»Die korrekte Anrede ist Kriminalhauptmeister Keitel. Wer hat Sie gerufen?«, schnarrte er.

»Niemand.« Melzick hatte keine Lust auf irgendwelche Kompetenzstreitigkeiten, aber sie hatte auch keine Lust, sich rechtfertigen zu müssen.

»Wie kommt es, dass Sie so schnell am Tatort waren?« Der vorwurfsvoll misstrauische Ton ließ ihren Geduldsfaden reißen.

»Da gibt es drei Möglichkeiten. Sie wissen sicher aus Ihrer Ausbildung an der Polizeihochschule, dass es immer drei Möglichkeiten gibt«, antwortete sie und schlug den Oberlehrerton an.

»A: Ich habe den Mann selbst erschossen, B: Ich weiß im Voraus, wann und wo ein Mord geschieht, C: Ich habe an der Demonstration teilgenommen und lief nur ein paar Meter hinter dem Mann.«

Melzick verschränkte die Arme. »Dies ist der richtige Zeitpunkt«, dachte sie, »an dem du dem Gespräch eine konstruktive Wendung geben kannst, zum Beispiel durch ein Lächeln oder auch nur, indem du diese verdammte Brille von deiner großen Nase nimmst.«

Sie musterte unverhohlen den Rest seines Gesichts und wusste, dass Humor nie weiter von einem menschlichen Wesen entfernt war.

Er schien alle drei Möglichkeiten für durchaus gleich wahrscheinlich zu halten. Melzick machte kurzen Prozess.

»Zu meiner Zeit war Vorsagen nicht erlaubt. Ich geb Ihnen trotzdem eine kleine Hilfestellung, damit wir nicht noch mehr Zeit verplempern. Wenn A zuträfe, würde ich wohl kaum an der Seite meines Mordopfers warten, bis die Polizei geruht, einzutreffen. Träfe B zu, hätte ich den Mord verhindert.«

Sie konnte förmlich hören, wie es hinter dieser hohen Stirn ratterte und knirschte. Ohne ein weiteres Wort an Melzick zu verschwenden, gab er den Beamten, die ihn begleiteten, die Anweisung, sich um die unter den karierten Decken verborgene Leiche herum zu postieren.

»Das reicht als Sichtschutz.«

»Ihr Kollege Griebl kümmert sich da drüben um ein weiteres Opfer«, sagte Melzick und ging voraus.

»Wer hat ihm den Befehl dazu gegeben?«, fragte Keitel.

»Niemand, er tut es aus reiner Nächstenliebe«, flötete Melzick. »Guter Mann übrigens«, fügte sie hinzu.

»Die Beurteilung meiner Mitarbeiter fällt nicht in Ihren Aufgabenbereich.«

»Mir egal«, erwiderte Melzick. Sie fand langsam Gefallen an diesem Gespräch. Keitel fühlte sich endlich veranlasst, seine Brille abzunehmen. Er warf Melzick einen stechenden Blick aus engstehenden Augen zu, der jeden seiner Untergebenen zu Eis hätte erstarren lassen. Melzick beachtete ihn nicht. Die Hierarchie hatte sie noch nie sonderlich beeindruckt und die Tatsache, dass Keitel einen höheren Rang als sie hatte, war für sie etwa so bedeutend, wie ihre unterschiedlichen Schuhgrößen.

Griebl kam ihnen entgegen. Als er Keitel sah, nahm er unbewusst eine straffe Haltung ein.

»Der Mann ist nicht in Lebensgefahr, sagt der Notarzt. Er hat einen Schuss in den Oberschenkel bekommen, die Kugel ist noch drin. Er steht unter Schock.«

»Wo war er, als er getroffen wurde?«, fragte Melzick bevor Keitel reagieren konnte. Griebl deutete auf dieselbe Stelle wie die Mädchen vorhin.

»Ist er ansprechbar?«

»Ähm ...«, Griebl blickte von Melzick zu Keitel, »ich glaube schon.« Keitel schob Melzick zur Seite und schritt energisch auf den etwa vierzigjährigen Mann zu, der bereits auf einer Sanitätsliege festgeschnallt war.

Er hatte das Bewusstsein zurückerlangt. Seine Tochter stand verstört und tränenüberströmt daneben. Der Arzt klappte seine Notfalltasche zu.

Das Mädchen hielt die Hand des Vaters umklammert. Keitel verlor keine Zeit.

»Sie heißen?«. Der Mann sah ihn aus glasigen Augen an, als wäre er bei etwas ertappt worden.

»Fabian«, sagte er und verzog den Mund vor Schmerzen, die ihn trotz der Spritze, die er bekommen hatte, peinigten.

»Vor- oder Nachname?«, fragte Keitel ungerührt.

»Lassen Sie den Mann in Ruhe!«, fuhr ihn der Arzt an. »Er steht unter Schock.«

»Wo bringen Sie ihn hin?«

»Ins Zentralklinikum. Da können Sie sich morgen nach ihm erkundigen, nicht eher.« Der Arzt gab den Sanitätern ein Zeichen, die sich sofort daran machten, den Mann in den Notfallwagen zu verfrachten.

»Ich will aber mit«, schluchzte das Mädchen. Der Arzt nickte kurz.

Keitel beorderte Griebl zu den anderen Beamten, die die Leiche bewachten, holte einen Block hervor und notierte etwas.

Dann warf er Melzick einen scharfen Blick zu.

»Gibt es weitere Opfer?« Melzick rang mit sich. Sie wusste, es würde Ärger geben, aber sie konnte Jocelyn die Begegnung mit der Polizei nicht ersparen.

»Eine junge Frau hat einen Streifschuss abbekommen. Sie ist dort in dem Klamottenladen.« Er setzte seine verspiegelte Sonnenbrille wieder auf.

»Wer hat das veranlasst?« Es schien eine Marotte von ihm zu sein, immer die Frage nach dem Verantwortlichen zu stellen, so als würde er ständig nach einem Schuldigen suchen. Wer angreift, ist im Vorteil und vermeidet damit, sich selbst rechtfertigen zu müssen. Diese Strategie schien Keitel verinnerlicht zu haben. Melzick hatte für derlei strategische Spitzfindigkeiten keinen Nerv.

»Der gesunde Menschenverstand. Wir mussten die junge Frau an einen ruhigen Ort bringen. Vermutlich steht sie auch unter Schock.«

»Wer ist wir?«

»Mein Bruder und ich.«

»Ihr Bruder hat also auch an der Demonstration teilgenommen?« Sie nickte.

»Fragen Sie mich nicht, wer das veranlasst hat. Womöglich die Regierung mit ihrer Klimapolitik.«

»Sie sind mit der Regierung nicht einverstanden?«

»Wird das jetzt eine politische Debatte oder haben Sie auch noch andere Fragen auf Lager? Zum Beispiel: Wie finden wir raus, von wo geschossen wurde? Woher wissen wir, dass nicht noch mehr Kugeln auf ihre Opfer warten? Wie schaffen wir es, eine Panik zu vermeiden?«

Er richtete seine engstehenden, hinter der Sonnenbrille verschanzten Augen auf ihre hennaroten Dreadlocks.

»Panik? Unwahrscheinlich. Fünfundneunzig Prozent der Demonstranten sind auf dem Rathausplatz versammelt, außer Sicht- und Hörweite. Apropos — wie viele Schüsse haben Sie gehört?«

»Keinen einzigen. Zum Glück.«

Er hob die Augenbrauen so hoch, dass sie über dem Rand der Sonnenbrille zum Vorschein kamen. »Ist doch logisch, Kollege. Wir würden kaum so gemütlich hier rumstehen, wenn es vorhin ordentlich geknallt hätte.«

Keitel passte es nicht, von einer jungen Frau mit einer Frisur, die jeden Rauschgiftspürhund hätte aufjaulen lassen, als Kollege angeredet zu werden. Doch vorerst wusste er nicht, wie er das unterbinden sollte.

Melzick war bereits vorausgegangen. Von der Demonstration waren nur noch ein paar Nachzügler unterwegs, die es eilig hatten, zum Rathausplatz zu kommen. Sie achteten nicht auf das halbe Dutzend Polizisten, die um irgendetwas herumstanden. Sie nahmen die Abkürzung durch die kurze Querstraße „Unter dem Bogen".

Keitel warf einen missmutigen Blick auf den Bettler mit seinem Hund, bevor er Melzick folgte.

Carlo wusste nicht, was er tun sollte. Mit der Polizei wollte er auf keinen Fall etwas zu tun haben. Aber er brauchte dringend Hilfe. Sokrates blutete und winselte leise vor sich hin, schon seit ein paar Minuten. Das Blut hatte Carlo gerade eben erst entdeckt. Er kam mühsam auf die Beine und folgte dem großen Polizisten mit der Sonnenbrille.

Sokrates hing schwer in seinen Armen und wurde ruhiger. Beide ahnten sie, was los war. Carlo murmelte ein paar Worte.

»Bald ist alles gut, mein Alter.«

Er fühlte, wie sich eine Klammer um seine Kehle legte und riss sich zusammen.

Als er das Modegeschäft betrat, kam ihm die junge Frau entgegen. Sie machte ein ernstes Gesicht.

»Tut mir leid, Carlo, aber meine Chefin sieht es nicht gern, wenn …« Er schüttelte den Kopf und unterbrach sie.

»Vielleicht kann jemand etwas für meinen Hund tun.« Weiter hinten im Verkaufsraum hatte Carlo die grellorangene Kleidung eines Rettungssanitäters oder Arztes gesehen.

»Was ist mit ihm?«, wollte die junge Frau wissen. »Du hast ja Blut an den Händen!«, rief sie erschrocken.«

Alarmiert drehten sich die Personen im Hintergrund nach ihr um. Melzick kam nach vorn, dicht gefolgt von Keitel und der Geschäftsinhaberin.

»Nina, ich habe Ihnen doch oft genug gesagt, dass ich keine Hunde …«

»Er ist verletzt! Wir müssen ihm helfen.«

»Wie — verletzt?«

»Er blutet.« Carlo unterbrach den Disput zwischen der jungen Frau und ihrer Chefin.

»Ich weiß nicht, was mit ihm passiert ist.«

»Vielleicht hat der Hund auch einen Schuss abbekommen«, sagte Melzick.

Sokrates atmete ganz flach und fing plötzlich an, wie wild zu zappeln. Carlo konnte ihn kaum festhalten und legte ihn vorsichtig auf den Boden.

Der Geschäftsinhaberin blieb der Protest im Halse stecken, als sie Carlos Blick auffing.

»Wer sind Sie?«, wollte Keitel wissen, der seinen Notizblock schon wieder in der Hand hatte. Carlo beachtete ihn nicht. Er saß in der Hocke neben seinem vierbeinigen Compagnon und streichelte mechanisch seinen Rücken. Sokrates hatte die Augen geschlossen.

»Darf ich mal?«, fragte der Mediziner, der Jocelyns Wunde versorgt und ihr ein Beruhigungsmittel gegeben hatte. Zacharias blieb bei ihr im Hintergrund. Im Augenblick hatte er nur eine Sorge.

»Ich bin zwar kein Veterinär«, brummte der Arzt leise, nachdem er Sokrates untersucht und ein kleines Loch in der Vorderbrust ertastet hatte, »aber …«. Er legte Carlo eine Hand auf die Schulter und brauchte kein weiteres Wort zu sagen.

Durch Sokrates' Körper lief ein heftiges Zittern. Dann lag er still. Er war tot.

Carlo stand auf. Er wusste nicht, wo er hinsehen sollte und begann, über seinen rechten Unterarm zu streichen, immer wieder, als wollte er sich trösten.

Keitel räusperte sich und wollte seine Frage wiederholen. Carlo riss sich zusammen und schaute dem Polizisten gerade ins Gesicht. In der Spiegelung der riesigen Sonnenbrille bemerkte er, dass er ganz blass geworden war.

»Mein Name ist Karl, Eberhard Karl.« Leise fügte er hinzu: »Und das ist Sokrates«.

»Du heißt gar nicht Carlo?«, hauchte die junge Verkäuferin.

»Doch«, erwiderte Carlo, »für meine Freunde schon.« Melzick fühlte mit dem alten Mann, aber sie musste die Frage stellen.

»Sie saßen drüben auf der anderen Seite, gegenüber vom „Weißen Hasen". Ich hab Sie gesehen. Ein paar Meter neben Ihnen wurde ein Mann angeschossen. Und Sokrates ist wohl auch von einer Kugel getroffen worden. Haben Sie keine Schüsse gehört?«

Carlo schüttelte den Kopf.

»Die verdammten Trommeln waren doch so laut und zwar pausenlos. Von dem Mann neben mir hab ich nichts mitbekommen. Ich hab die ganze Zeit nur auf die Demonstration geachtet. Und Sokrates beruhigt.« Melzick nickte und sah Carlo lange in die Augen.

»Er war schon sehr alt, nicht wahr?«

»Ja.«

»Ist Ihnen denn an der Demonstration etwas aufgefallen? Hat sich jemand auffällig benommen? Ist vielleicht plötzlich weggerannt oder in eine andere Richtung gelaufen?«

Carlo überlegte und während er die Augen schloss und nachdachte, spürte sie deutlich, wie Keitel neben ihr unruhig wurde. Das Verhalten dieser jungen Kollegin ging ihm entschieden gegen den Strich. Er schob sich an ihr vorbei und baute sich vor Carlo auf.

»Also, Mann, Sie haben die Frage doch verstanden, oder? Was ist nun?« Carlo öffnete die Augen und sah ihn ruhig an. Er hatte das Gefühl, nicht mehr vor der Polizei auf der Hut sein zu müssen. Jetzt, wo Sokrates tot war, konnte ihm nichts Schlimmeres mehr passieren.

»Ich rede nicht gern mit meinem Spiegelbild«, brummte er und deutete auf die Sonnenbrille. Keitel nahm sie mit einer raschen Bewegung ab.

»Ist es so besser?« Carlo strich mit seiner Hand über die Augen.

»Da war ein Mann«, sagte er, unbeeindruckt von Keitels Aggressivität. »Ziemlich groß. Ich konnte ihn sehen, obwohl er drüben auf der anderen Seite lief. Der benahm sich wie verrückt. Dann stand er plötzlich stocksteif vor dem „Weißen Hasen." Wegen der vielen Demonstranten verlor ich ihn aus den Augen. Später sah ich an derselben Stelle jemanden auf dem Boden liegen. Ein Polizist kniete daneben. Und sie hier.«

Er deutete auf Melzick. Ihr fiel seine gepflegte Sprechweise auf. Sie passte so gar nicht zu seinem Aussehen.

»Wieder mal ein Vorurteil erledigt«, dachte Melzick.

8. Kapitel

»Mel, kommst du mal?«, ertönte Zacharias' Stimme aus dem Hintergrund. Sie legte Carlo kurz die Hand auf die Schulter und überließ ihn dann wohl oder übel Keitel.

Jocelyn lag auf einem kurzen, blauen Sofa, das üblicherweise für Kunden zur Verfügung stand. Ihre Jeans war kurz über dem rechten Knie abgeschnitten. Die Kugel hatte ihre Kniescheibe knapp verfehlt. Sie hatte Glück gehabt, es war nur eine Fleischwunde.

Der Arzt hatte den provisorischen Druckverband, den Zacharias mit Hilfe der jungen Frau angelegt hatte, durch einen professionellen Verband ersetzt. Er bestand darauf, dass sie ins Zentralklinikum gebracht wurde.

Doch das war nicht das Problem. Keitel hatte sie gerade erst nach ihren Personalien und ihrem Reisepass gefragt, als Carlo auftauchte und für Ablenkung sorgte.

»Geht's einigermaßen?«, fragte Melzick. Jocelyn schaute sie aus müden Augen an. Die Beruhigungsspritze wirkte sehr stark auf sie. Zacharias saß vor dem Sofa auf dem Boden und hielt ihre Hand.

»Du musst uns hier rausholen, ohne dass dieser Superbulle was merkt. Wenn der erfährt, dass Jocelyn keine gültigen Papiere hat, dann ..., dann ...« Melzick versuchte, seine Rede zu dämpfen. Sie ging davon aus, dass Keitel Augen und Ohren überall hatte, was zutraf. »Mel, die werden sie abschieben, verstehst du das nicht?« Melzick ging in die Hocke und tat so, als würde sie sich den Verband genauer ansehen.

»Wie soll ich euch denn hier rausbringen? Vergiss es! Das funktioniert nicht«, flüsterte sie.

»Mel ...!«, ihr Bruder sah sie flehend an.

»Beruhig dich. Ich überleg mir was.« Sie stand auf und gesellte sich zu Carlo, Keitel und den beiden Frauen. Der Arzt war bereits gegangen mit dem Hinweis, dass ein Sanitätswagen in Kürze Jocelyn abholen würde.

Keitel hatte Carlos Personalausweis in der Hand und notierte sich die Daten peinlich genau.

»Warum machen Sie nicht einfach ein Foto von dem Ausweis?«, fragte Melzick. Er antwortete, ohne sich zu ihr umzudrehen.

»Ich mache das auf meine Weise. Auf die — «, er machte eine unnötige Pause, »korrekte Weise.«

»Aha«, antwortete Melzick.

»Der Hund muss hier raus«, sagte die Geschäftsführerin, die von den Ereignissen genug hatte. Carlo bückte sich, um ihn aufzuheben.

»Wo bringt man denn einen toten Hund hin?«, fragte Nina, die junge Verkäuferin. Carlo zuckte mit den Schultern. Er kannte jemanden mit einem Stück Wald. Den würde er fragen, ob er Platz für ein Hundegrab hätte. Er wandte sich an Melzick.

»Kann ich jetzt gehen?«

»Sie sind ein wichtiger Zeuge«, kam ihr Keitel zuvor. »Sie haben sich jederzeit für weitere Fragen zur Verfügung zu stellen«, blaffte er.

»Jedenfalls wäre das sehr hilfreich für uns«, ergänzte Melzick. Carlo ignorierte Keitel und nickte Melzick zu.

»Sie finden mich entweder hier in der Annastraße oder in Friedberg in der Ludwigstraße neben dem offenen Bücherschrank. Wir arbeiten auch an den Wochenenden. Das heißt …«, plötzlich wurde ihm bewusst, dass es kein „wir" mehr gab. Er ließ den Satz unvollendet und verließ sie mit Sokrates auf den Armen ohne ein weiteres Wort.

Die Sirene eines Krankenwagens kam näher. Zacharias stand vom Boden auf.

Keitel drehte sich zu ihm und Jocelyn um. Melzick fiel nichts Besseres ein, als zu sagen:

»Was machen wir jetzt?« Bevor Keitel antworten konnte, meldete sich sein Funkgerät.

Während er konzentriert zuhörte, fixierte er Melzick mit seinen engstehenden Augen. Sie ballte die Fäuste und bestellte ein Wunder, das ihn von Jocelyn fernhalten würde. Es wurde sogleich geliefert.

»Ich muss sofort zum Rathausplatz. Wie erwartet, gibt es Krawall«, sagte er und es hörte sich an, als verkündete er einen Bürgerkrieg. »Sie bleiben hier und nehmen die Personalien der verletzten Zeugin auf. Fotografieren Sie meinetwegen den Reisepass. Die Spurensicherung und der Polizeiarzt müssen jeden Moment eintreffen. Die sollen fix machen, damit wir die Leiche so schnell wie möglich von hier wegkriegen.«

Er setzte seine Brille auf und war weg, ehe Melzick tief durchatmen konnte.

Zacharias kam nach vorn.

»Wie hast du das hingekriegt, Mel? Du bist ein Schatz.« Sie wischte den Schatz mit einer Handbewegung beiseite.

»Gar nichts hab ich hingekriegt. Ich soll Jocelyns Reisepass fotografieren.«

»Aber ...«

»Genau! Ihr müsst euch endlich mal darum kümmern!«

»Was soll ich denn tun?«

»Du fährst jetzt erstmal mit ihr ins Krankenhaus. Da hat sie für die nächsten vierundzwanzig Stunden Ruhe. In der Zwischenzeit will ich versuchen, einen Rechtsanwalt aufzutreiben, der sich in der Materie auskennt.«

»Und dieser Superbulle?«

»Polizeihauptmeister Keitel hat gerade anderweitig zu tun. Mit dem werde ich schon fertig.«

Der Krankenwagen kam mit Blaulicht und ausgeschaltetem Martinshorn vom nördlichen Ende der Annastraße her. Innerhalb weniger Minuten war Jocelyn zusammen mit Zacharias auf dem Weg ins Zentralklinikum.

»Und wer bezahlt mir bitte schön die beiden Decken und die Reinigung? Schauen Sie sich doch mal das Sofa und den Boden an«, maulte die Geschäftsinhaberin.

»Da wenden Sie sich bitte schriftlich an meinen Kollegen, Polizeihauptmeister Keitel. Der sorgt dafür, dass alles korrekt erledigt wird.«, gab Melzick zur Antwort und begab sich nach draußen.

Die Bereitschaftspolizisten schützten immer noch die Leiche mit ihrer Anwesenheit vor Schaulustigen. Melzick blickte hinüber, wo Carlos Platz gewesen war. Der Teppich war verschwunden, die Holzschatulle, das Etui mit der Flöte, der alte Rucksack. Plötzlich fiel ihr etwas ein. Carlo konnte noch nicht weit sein. Sie rannte aufs Geratewohl in Richtung Königsplatz. Wahrscheinlich würde er dort die Straßenbahn nach Friedberg nehmen. Sie musste ihn unbedingt finden.

Sie hatte die Kugel vergessen, die in Sokrates steckte.

Die Frau mit der asymmetrischen, blonden Frisur hatte ein Ziel. Sie stand allein an einem der Bistrotische vor „Feinkost-Kahn" und konzentrierte sich auf ihr Rotweinglas, das sie soeben zum dritten Mal gefüllt hatte. Sie trank das Glas zur Hälfte aus und stellte es klirrend auf den Tisch.

Mit glasigen Augen studierte sie das Etikett auf der edlen Flasche. Sie hatte keine Ahnung, wie man den ellenlangen französischen Namen des Weines aussprach. Es war ihr auch egal. Hauptsache er war teuer. Achtunddreißig Euro waren ausreichend, um sich auf hohem Niveau zu betrinken. Das Niveau musste unter allen Umständen gewahrt werden.

Die ersten beiden Gläser waren bereits bis in ihre Kniekehlen gesunken. Sie fühlten sich an, als wären sie aus Watte. Die Frau holte tief Luft und stützte sich mit beiden Armen auf die winzige Tischplatte. Der Tisch kippte, das Glas rutschte und sie fing es mit einem unwahrscheinlichen Reflex im letzten Moment auf. Der im Glas befindliche Wein suchte, solcherart beschleunigt, das Weite und fand es auf der Schulter des Herrn am Nachbartisch.

Melzick, kaum zehn Meter vom Ort des Geschehens entfernt, spähte angestrengt in alle Richtungen, um Carlo zu finden. Kurz vor dem Martin-Luther-Platz stolperte sie über ein Plakat, das jemand mitten auf der Annastraße hatte liegen lassen. Sie las die blaue Schrift: ALLE MACHT DER FREIEN ENERGIE. In diesem Moment machte es klick.

Sie blickte suchend in die Runde und was sie sah, ließ ihren Atem stocken. Ein blutüberströmtes weißes Hemd, das im grellen Kontrast zu dem dezenten Beige und Hellgrau der übrigen Gäste an den Bistrotischen stand.

Sie hatte schon ihr Handy in der Hand, als sie den Mann, der das Hemd trug, schimpfen hörte. Und da sah sie auch die blonde Frau, die das Schild mit der blauen Schrift getragen hatte. Es war dieselbe, die nach Falk gerufen hatte, dem Demonstranten, der wenig später erschossen worden war.

Die Blondine war sichtlich damit überfordert, sich gegen den fuchsteufelswilden Mann zu wehren. Melzick kam näher und begriff: Der Typ war nicht blutüberströmt, sondern mit Rotwein begossen.

»Verdammte Scheiße! Können Sie nicht aufpassen?! Wie kann man nur so dämlich sein! Das wird teuer, das sag ich

Ihnen! Sie ersetzen mir das auf der Stelle.« Die Frau starrte ihn an. Sie hatte keine Worte und wischte mit einer Stoffserviette den Rest des Rotweins vom Tisch, wobei sie ihr Glas umwarf.

Rotwein ist eine gefährliche Flüssigkeit. Diese Erfahrung machte nun auch die edle Leinenhose des Erbosten, der nun völlig die Fassung zu verlieren drohte. Der Chef des Feinkosttempels, Herr Kahn höchstpersönlich, kam in aller Gelassenheit hinzu und sah sich die Bescherung an.

»Reg dich ab, Elmo, wo bleibt deine Contenance? Die Dame hat doch nichts gegen dich. Oder? Haben Sie?«, fragte er in ihre Richtung. Sie schüttelte heftig den Kopf. »Na siehst du.«

Er befühlte mit flinken Fingern und Kennermiene die besudelte Kleidung. »Ein van-Laack-Hemd, feinste ägyptische Baumwolle, eine Leinenhose von Cerrutti, zusammen 400 Euro. Kommt das hin?«

Elmo starrte ihn verdutzt an und nickte. »Wären Sie damit einverstanden?«, fragte er die Blondine, worauf er ein weiteres Nicken erntete.

Melzick bekam diese Verhandlung mit und sah sprachlos zu, wie die Blondine mit einem Achselzucken ihre Brieftasche hervorholte und mit einer gleichgültigen Geste vier grüne Scheine auf den Tisch knallte. »Steck das Geld ein, Elmo und komm mit. Auf den Schrecken trinken wir einen Chivas«, sagte Kahn. Er legte den Arm um die vom Rotwein verschonte Schulter und schob Elmo mit sanfter Gewalt ins Innere des Lokals. Melzick trat auf die Blondine zu.

»Ist wohl nicht Ihr bester Tag?« Die Frau warf ihr einen kurzen Blick zu, während sie ihre Brieftasche verstaute und kritisch den Rest in ihrer Flasche musterte. Dann schien sie sich zu erinnern und sah Melzick ausführlicher an.

Ihr Zeigefinger stach in die Luft.

»Sie warn hinter mir inner Demo, stimmt's?«

»Ja, Sie haben nach Falk gerufen.«

»Rischtisch — der Falk.« Ihre Aussprache litt unter einer etwas schwerfälligen Zunge, die immer noch mit dem Rotwein beschäftigt war. »Isch würd sagen s'is eher 'n überdurschnittlischer Tag.«

Melzick überlegte kurz. Die Frau wusste nicht, was passiert war, aber sie kannte das Mordopfer. Sie musste unbedingt mit ihr reden.

Gleichzeitig musste sie Carlo einholen, der wahrscheinlich irgendwo auf dem Königsplatz mit dem toten Sokrates auf seine Straßenbahn wartete.

»Es gibt immer drei Möglichkeiten«, dachte sie. »Blödsinn«, murmelte sie leise.

»Bidde? Sie nuscheln so. Auch egal, isch muss jetzt gehen. Meine Schrassenbahn«, sie verlor für einen Moment den Faden. »Genau — die Sechser. Geht nach Friedberg. Mussisch hin.«

»Kann ich Sie begleiten? Ich meine bis zur Haltestelle. Ich würde mich gern mit Ihnen unterhalten.« Die Blondine zog die Augenbrauen hoch und musterte Melzicks Dreadlocks.

»Und worüber?«

»Äh ja, nun — über die freie Energie. Sie haben Ihr Schild verloren.« Die Blondine machte eine wegwerfende Handbewegung.

»Das kann liegnbleim. Brauchisch nisch mehr. War sowso nur'n Alibi.«

Sie wog die Rotweinflasche prüfend in der Hand und hielt sie dicht vor die Augen. Ihre Lippen verzogen sich zu einem verächtlichen Grinsen. Sie setzte die Flasche an und nahm drei tiefe Züge, was mit einem kollektiven Kopfschütteln der übrigen Gäste quittiert wurde. »Man darf nix verkomm lassn. War teuer genuch.«

Melzick nahm ihr kurzentschlossen die fast leere Flasche ab, stellte sie zurück und hakte sich bei der beschwipsten Dame unter. Allmählich bekam sie Zweifel, ob sie mit ihr in diesem Zustand überhaupt ein vernünftiges Gespräch führen konnte. Melzick drängte vorwärts, aber die Frau riss sich los.

»Halt, halt, schdopp, dopp, dopp, nich so schnell bidde.«

»Ich dachte, Sie müssen Ihre Straßenbahn erreichen.« Die Blonde winkte ab.

»Fährt ja alle Viertelschdunde. Alls halb so wild.« Sie bekam einen Schluckauf und schwankte leicht. Außerdem hatte sie Mühe, die Augen offen zu halten. Melzick zückte ihren Dienstausweis.

»Also gut, hören Sie bitte zu. Ich bin von der Kriminalpolizei. Aus Gründen, die Sie noch erfahren werden, muss ich dringend mit Ihnen reden.«

»Krimnalbolisei? Binnisch verdächtisch oder verhaffd?«

»Nein, nein, Sie sind eine Zeugin und ich brauche Informationen von Ihnen. Aber zuerst muss ich nach einem toten Hund suchen, bevor er … ach, das führt jetzt zu weit.«

»Totn Huund? Von dem Schdraßenmussiker?« Die Blonde riss die Augen auf und äußerte hinter vorgehaltener Hand ein dezentes Bäuerchen.

»Genau. Ich muss mich beeilen. Sie sagen mir jetzt Ihren Namen, Adresse, Telefonnummer.« Die Blonde hickste, hielt den Zeigefinger an die Nase und schien zu überlegen, wie sie hieß. Sie kramte in ihrer Handtasche, die sehr teuer aussah, förderte ihre Brieftasche zu Tage und streckte sie Melzick entgegen.

»Hier isses.«

»Ich will kein Geld.«

»Quatsch. Vissenkarte. Nehms eine. Geht schneller. Oh Mann, mirs schwindlisch.«

Sie packte Melzick an der Schulter. Die zog eine der Visitenkarten heraus.

»Sina Rothko? Sie wohnen in Friedberg? In der Gutenbergstraße?« Die wichtige Zeugin schwankte einen Schritt rückwärts und zog Melzick mit sich.

»Soooo isses.« Melzick kam in den Genuss eines dicken Rotweinatems von höchstem Niveau, der ihr den Magen umdrehte.

»Gut — Sie kommen allein nach Hause — hoffe ich. Schlafen Sie ein paar Stunden. Essen Sie trockenes Brot. Ich rufe Sie an. Heute noch.« Sina Rothko nickte mit schwerem Kopf.

»Ssin Ordnung. Schwartauffssie.« Melzick löste die mit einigen teuren Ringen von ausgesuchter Qualität geschmückte Hand von ihrer Schulter und rannte los.

Bis zum Königsplatz waren es nur knapp zweihundert Meter. Dort wimmelte es von Menschen. Vereinzelt waren auch Demonstranten darunter, die die Kundgebung auf dem Rathausplatz schwänzten.

Melzick versuchte, sich so schnell wie möglich zu orientieren. Die Straßenbahn Nr.6 nach Friedberg fuhr vom Bahnsteig C4. Sie hastete zwischen den Menschen durch und hatte in wenigen Minuten alle zehn Bahnsteige, die in einem großen, rechtwinkligen Dreieck angeordnet waren, abgesucht. Im Innern des Dreiecks befanden sich die üblichen Imbissbuden, Cafés, Geldautomaten, Ticketschalter und Kioske. Nirgends eine Spur von Carlo.

Melzick drehte sich im Kreis und dachte nach. Vielleicht hatte Carlo es sich anders überlegt. Mit einem toten Hund auf dem Arm in eine Straßenbahn voller Menschen einzusteigen — vielleicht hatte ihn diese Vorstellung abgeschreckt. Melzicks Blick fiel auf die hohen Bäume, die in einer kleinen parkähnlichen Anlage westlich des Gleisdreiecks standen. Dort gab es jede Menge Bänke und einige kleine Brunnen.

Instinktiv lenkte Melzick ihre Schritte in diese Richtung. Auf einer Bank am äußersten Ende des kleinen Parks saß Carlo mit Sokrates auf dem Schoß im Schatten und starrte auf den Asphalt. Er hatte seinen Rucksack nicht abgelegt.

Melzick näherte sich behutsam. Wie sollte sie dem Mann klarmachen, was sie von ihm wollte? Am besten so kurz und knapp wie möglich.

»Darf ich mich dazusetzen?«, fragte sie ihn. Er hob müde den Kopf.

»Ich kann Sie nicht daran hindern. Aber Sie können sich denken, dass ich jetzt allein sein will.«

»Ich werde Sie nicht lange belästigen«, erwiderte Melzick. »Sie wissen, dass ich Polizistin bin?«

»Das war nicht zu übersehen.«

»Ich bin bei der Kriminalpolizei und ich will es kurz machen. Der Mann, den Sie vorhin beschrieben haben, der sich so auffällig benommen hat, wurde erschossen. Zwei weitere Menschen wurden ebenfalls getroffen. Und Sokrates.« Sie machte eine kurze Pause. »Wir brauchen die Kugel.« Carlo drehte sich langsam zu ihr um.

»Sie brauchen die Kugel?«

»Hören Sie, Herr Karl …« Er schüttelte den Kopf, als hätte sie ihn mit dem falschen Namen angeredet. »Darf ich Carlo sagen?« Er warf ihr einen Blick aus traurigen Augen zu. »Also, Carlo, bei der Kugel, die Sokrates getötet hat, handelt es sich um ein Beweismittel. Wir haben es mit Mord zu tun. Jemand hat wahllos auf Menschen geschossen. Und dabei auch

Sokrates ermordet.« Melzick schloss nicht aus, dass die Kugel in Sokrates' Körper für Carlo bestimmt gewesen war. Aber diesen Gedanken sprach sie nicht aus. Carlos Stimme klang gefasst, als er fragte:

»Und was soll jetzt geschehen?«

»Sie begleiten mich zurück zu meinen Kollegen, die im Augenblick das andere Mordopfer untersuchen. Es wird nicht lange dauern. Und Sokrates wird es nicht spüren«, fügte sie unnötigerweise hinzu.

Carlos Hand lag auf dem noch warmen Fellrücken. Sein Blick ging ins Leere. Er strich mit den Fingerspitzen über den leblosen Hundekopf. Melzick gab ihm Zeit.

Ohne ein weiteres Wort zu verlieren, stand er mühsam auf und ging los. Melzick atmete durch und folgte ihm.

Kommissar Adam Zweifel hatte ein ungutes Gefühl. Seit er auf der B17 war, formulierte er in Gedanken pausenlos Rechtfertigungen. Aber sie klangen allesamt albern. Schließlich gab er es auf. Die neuen Kollegen konnten seinetwegen denken, was sie wollten. Wahrscheinlich würden sie sich genüsslich das Maul zerreißen über diesen neuen Kommissar, der zu seinem ersten Augsburger Tatort in einem Cadillac Cabrio vorfuhr.

Um das zu vermeiden, hatte er sein Alltagsauto, einen unscheinbaren Toyota, nehmen wollen. Doch der Gott des Zufalls hatte entschieden, dass dessen Batterie mit einem Ausdruck des Bedauerns im falschesten Moment, den er sich denken konnte, den Geist aufgab.

Zweifel war sicher, dass er durch diesen Auftritt vom ersten Tag an Gegner unter den Kollegen haben würde.

Aber im Augenblick machte ihm Melzicks Bericht mehr Kopfzerbrechen. Ein Amoklauf in der Innenstadt von

Augsburg? Ein Psychopath, der Menschen während einer Demo abknallte? Während sein Radio lief, gingen ihm zweistellige Zahlen durch den Kopf: Die Opferzahlen berüchtigter Amokläufe. Würde Augsburg sich in diese fürchterliche Rangliste einreihen? Unvorstellbar.

Er wartete jeden Augenblick auf eine Sondersendung, auf Hubschrauber, auf SEK-Fahrzeuge. Aber die Sender nervten unentwegt mit penetrant-fröhlicher Werbung oder grottenschlechter Musik. Im Himmel über ihm flappten statt Rotorblättern frühe Wildgänse und anstelle von SEK-Bussen wurde er von SUVs überholt.

Möglicherweise hatte Melzick die Lage falsch eingeschätzt. Zweifel kam an Augsburgs Bundesligastadion vorbei. Er hatte zwar einige Monate in der Stadt am Lech verbracht, aber er hatte die Schleichwege und Abkürzungen nicht mehr im Kopf. Wohl oder übel musste er seinem Navi vertrauen.

Lieutenant Kojak pflegte sein mobiles Blaulicht aufs Autodach zu setzen, bevor er zu seinem nächsten Einsatz in Manhattan raste.

Obwohl er sehr angespannt war, musste Zweifel bei diesem Gedanken grinsen. Er hätte gar kein Dach für ein Blaulicht gehabt.

9. Kapitel

Phil stand auf einer provisorischen Bühne vor dem Perlachturm und sah zu, wie sein Albtraum Realität wurde.

Der wunderbare Rathausplatz war prädestiniert für eine Großkundgebung. Von einigen tausend Demonstranten bevölkert, die unzählige Schilder, Banner und Transparente schwenkten, gab der Platz zu Beginn der Schlusskundgebung ein Bild ab, dass sich in das Gedächtnis aller, die dabei waren, einbrennen würde.

Das galt aber auch für die anderen Bilder, die Phil unbedingt hatte vermeiden wollen.

Ihm war von vornherein klar gewesen, dass es für Krawalleure, Chaoten und Faschos leicht war, sich unbemerkt unter tausende sogenannter oder so beschimpfter Gutmenschen zu mischen. Da konnte er seine Rede noch so lange polieren und eindringlich vortragen. Gegen Dummheit gepaart mit Aggression war im Wald der Argumente kein Kraut gewachsen.

Das wusste Phil, aber er hatte es nicht wahrhaben wollen.

Polizeihauptmeister Keitel, der neben ihm stand, wusste es auch. Er hatte kein Kraut, aber er konnte eine Hundertschaft Bereitschaftspolizisten einsetzen. Er würde es nie zugeben, nicht einmal vor sich selbst, aber diese Situation war doch sehr nach seinem Geschmack

Dabei hatte es friedlich begonnen. Die Sambatrommelgruppen hatten sich zu einem mitreißenden Rhythmus vereinigt, so lange, bis der ganze Rathausplatz im gleichen Takt bebte. Nach Phils Vorstellung sollten sie ihn lange, lange, lange beben lassen. Das würde Aggressionen abbauen und die Aufmerksamkeit erhöhen. Schließlich nahm er sein Megafon und erklomm die kleine Bühne, die immerhin so hoch war, dass ihn auch die Leute in den allerletzten Reihen sehen konnten.

Er begrüßte die Menge, die lautstark antwortete. Er begann seine Rede. Klare Hauptsätze. Fakten, frei von Aggression. Forderungen, frei von Vorwürfen.

Dem einen oder anderen mochten seine Worte zu zahm sein. Aber er wollte auch die erreichen, die heute morgen nicht mit dem Vorsatz aufgestanden waren, auf eine Demo zu gehen, sondern die auf ihrer samstäglichen Konsumtour waren.

Er kannte seine Rede schon lange auswendig, dennoch hatte er sie auf 8 Din-A4-Blättern bei sich. Sobald er an der entsprechenden Stelle angelangt war, wie immer, ohne einen Blick auf das Skript werfen zu müssen, ließ er das jeweilige Blatt demonstrativ zu Boden fallen.

Nach dem zweiten Blatt bemerkte er eine Unruhe unter seinen Zuhörern, die er sich nicht erklären konnte.

Von seiner erhöhten Position aus verfolgte er mehrere Gruppen, die von drei verschiedenen Seiten aus in die Menge drängten. Er konnte das so gut erkennen, weil diese Drängler gelbe Mützen trugen. Sie gingen koordiniert vor. Sie schoben rücksichtslos jeden zur Seite, der ihnen im Weg stand. Sie skandierten eigene Sprechchöre. Immer lauter, immer störender, immer provozierender.

Phil musste seine Rede unterbrechen. Die wenigen Wortfetzen, die er aus dem Gebrüll der Eindringlinge aufgeschnappt hatte, genügten ihm. Er drehte sich zu Chris um, die schräg hinter ihm stand und bat sie, sich nach dem Einsatzleiter umzusehen.

Doch der war bereits per Sprechfunk von einem seiner Leute alarmiert worden.

Da machte Phil einen Fehler.

»Auf unserer Demo haben Faschos und Chaoten nichts verloren!« Er wiederholte den Satz, der von wütendem Protestgeheul und gellenden Pfiffen begleitet wurde, drei Mal. Daraufhin entstand an vielen Stellen gleichzeitig ein Gerangel zwischen den Störern und zumeist jüngeren Demonstranten. Das war es, worauf die Gelbmützen gewartet hatten.

Fäuste flogen, Tritte landeten an empfindlichen Körperstellen, es brodelte an allen Ecken. Wüste Prügeleien zwischen einzelnen arteten zu einer Massenschlägerei aus.

Phil blickte entsetzt über den Platz. Unzählige Fotos und Videos wurden in dieser Sekunde aufgenommen und waren garantiert noch heute Abend im Netz zu sehen. Da brauchte es keine Tagesschau mehr.

Nach wenigen Minuten kam Keitel, der Einsatzleiter zu ihm auf die Bühne, in der Hand ein Megafon. Was er sagte, klang wie Hohn in Phils Ohren.

»Hier spricht die Polizei. Bitte bewahren Sie Ruhe. Halten Sie sich fern von jeder Gewalt. Wir werden die Auseinandersetzungen friedlich beilegen. Ich wiederhole: Halten Sie sich fern von den gewalttätigen Personen. Mischen Sie sich nicht ein. Lassen Sie sich nicht provozieren. Wir werden die Lage rasch kontrollieren.«

Keitel schaltete sein Megafon ab und gab seine Anweisungen per Sprechfunk weiter. Sie waren unmissverständlich. Und sie klangen alles andere als friedlich.

Seine Männer schwärmten aus. In ihrer gepanzerten Montur und mit den Helmen und Schlagstöcken wirkten sie wild entschlossen und gewaltbereit. Abgesehen davon schwitzte jeder von ihnen fürchterlich. In der Sonne mussten es bald fünfunddreißig Grad sein und es war windstill. Einer der heißesten Tage des Jahres. Bluthochdruckwetter.

Phil bekam mit, wie Keitel einen Wasserwerfer anforderte. Das gab ihm den Rest. Er lief auf ihn zu und hob beschwörend die Hände.

»Das können Sie nicht machen! Soll das friedlich sein? Das eskaliert doch immer mehr! So geht das nicht!«

Keitel würdigte ihn keines Blickes und keiner Antwort. Phil sah, wie einzelne Polizisten von ihren Schlagstöcken Gebrauch machten.

»Stoppen Sie das! Herrgott nochmal! Stoppen Sie Ihre Leute!! Ich fass es nicht.« Phil riss ihn an der Schulter herum und starrte in Keitels eiskalte, unangenehme Augen.

»Noch einmal und Sie haben eine Anzeige am Hals wegen Widerstands gegen die Staatsgewalt«, schnarrte Keitel.

»Genau das ist ja das Problem.«

»Was?«

»Die Staatsgewalt. Die Betonung liegt bei Ihnen auf Gewalt.« Keitel deutete mit der Hand in Richtung der prügelnden Chaoten mit den gelben Mützen.

»Sie haben die eingeladen und wir haben das auszubaden!«

»Ich habe ausdrücklich auf allen Social-Media-Kanälen betont, dass Autonome, Faschos und Rechtsradikale unerwünscht sind«, antwortete Phil empört.

»Sicher. Das hat die ja auch wahnsinnig beeindruckt.« Keitel ging einen Schritt auf Phil zu, so dass er dicht vor ihm stand. Phil bemerkte den Schweißgeruch. »Wer zu so einer Demo aufruft, lädt automatisch diesen Abschaum ein, Mann, das muss Ihnen doch klar sein! Da kriegen die doch die größtmögliche Aufmerksamkeit.«

Phil wusste darauf keine Antwort. Er schnappte sein Megafon und versuchte, den Lärm aus Trillerpfeifen, wütendem Gebrüll und Vuvuzelas zu übertönen. Er hatte keine Ahnung, was er sagen würde. Er fing einfach an.

»Achtung, Achtung, hier spricht nicht die Polizei. Diese Situation wurde bewusst und in böser Absicht herbeigeführt. Wer auch immer dahintersteckt, hat keine Chance. Wir lassen uns nicht anstecken.«

Beifall brandete auf.

»Wer auf unserer Seite ist, hält die Fäuste still.«

Der Beifall wurde stärker.

»Geht den Polizisten aus dem Weg. Geht den Chaoten aus dem Weg. Wir wollen eine friedliche Demo. Wir gehen hier nicht weg, bevor sie beendet ist und sie ist noch nicht beendet.«

Tobender Beifall. Phil spürte, dass die Lage zu kippen begann. Er wischte sich den Schweiß von der Stirn.

»Ich wende mich direkt an die Leute mit den gelben Mützen, die den ganzen Stress hier angezettelt haben. Ihr seid ungebetene Gäste. Auf jeden von euch kommen hunderte von uns. Wir wollen euch hier nicht haben!«

Die Trillerpfeifen gellten ohrenbetäubend. Sprechchöre wurden laut und lauter. Zunächst noch wild durcheinander, doch dann gab Phil mit seinem Megafon die Richtung vor.

»Faschos raus! Faschos raus!«

Der Rathausplatz bebte und das Unerwartete geschah: Die gelben Mützen zeigten Wirkung angesichts der Übermacht. Die Polizisten hatten kaum noch Mühe, die Prügeleien zu beenden. Aber sie hatten Mühe, alle Krawalleure dingfest zu machen. Plötzlich war von den gelben Mützen nichts mehr zu sehen. Außer etwa einem Dutzend, das sich für unbesiegbar hielt und sich höhnisch lächelnd festnehmen ließ. Interessanterweise befanden sie sich alle in unmittelbarer Nähe der Fernsehkameras.

So war an diesem Abend auf Millionen Bildschirmen zu sehen, welche Buchstaben auf den gelben Mützen standen.

Und mit einem Schlag wurde die Bundesrepublik auf eine neue Partei aufmerksam. „Die Aktive Mitte" nannte sie sich, doch davon hatte Phil zu diesem Zeitpunkt noch keine Ahnung. Genauso wenig wie von den Schüssen in der Annastraße und von den Opfern seiner Demo.

Zweifel hatte sich verfahren. Es gab zu viele Umleitungen und Baustellen in Augsburg.

Anstatt die B17 bei der Ausfahrt Richtung Messe zu verlassen, hatte er die nächste Ausfahrt über die Eichleitnerstraße genommen, war am Polizeipräsidium vorbei Richtung Innenstadt und über die Brücke beim Hauptbahnhof gefahren.

Die Ampel vor dem Königsplatz hatte eine extrem lange Rot-Phase. Er wusste, dass er am Theater vorbeikommen musste. Irgendwo auf der Straße Richtung Jakober-Vorstadt in Höhe des Hotels Augusta zweigte rechts die Annastraße ab, so viel wusste er noch.

Er wollte es vermeiden, direkt in der Fußgängerzone mit seinem Prachtstück zu parken. Doch weder auf der Grottenau noch in der Ludwigstraße, die er, das Theater passierend, nacheinander im Dreißig-Kilometer-Tempo entlangschlich, fand er eine Möglichkeit. Da er keine Zeit mehr verlieren wollte, setzte er zähneknirschend den Blinker und bog im Schritttempo von der Ludwigstraße rechts in die Annastraße ab.

Er hatte wütende Demonstranten erwartet. Er hatte Notarztwägen erwartet. Er hatte Blaulicht, Verletzte und Chaos erwartet. Nichts von alledem. Ein paar Fußgänger, mit Einkaufstüten beladen, kamen ihm entgegen und er wurde von einem Fahrradkurier überholt, der ihm beinahe den Außenspiegel abriss.

Während er die Fußgängerzone entlangrollte, schnappte er die Kommentare einiger Halbwüchsiger auf, die ihre Smartphones in einer synchronen Bewegung auf sein Oldtimer-Cabrio richteten.

Im gleichen Moment entdeckte er Melzick. Sie hatte die Hände in den Hosentaschen und kam ihm entgegen. Ein paar Meter hinter ihr stand ein größeres Einsatzfahrzeug. Mehrere Beamte in Uniform ließen keinen Zweifel daran aufkommen, dass Gaffer unerwünscht waren.

Zweifel drehte den Zündschlüssel um und brachte das tiefe Blubbern seines Cadillacs zum Verstummen. Melzick klopfte zur Begrüßung auf den in der grellen Nachmittagssonne blitzenden Kotflügel. Zweifel stieg aus und ließ die Fahrertür mit einem satten Plopp zufallen. Sein Hemd klebte am Rücken. Er nickte ihr zu.

»Kein Amoklauf?«, waren seine ersten Worte.

»Hallo Chef, also — richtig, mein Chef sind Sie ja jetzt nicht mehr, äh ...«

»Seien Sie nicht albern, Melzick. Offiziell fang ich ja hier erst am Montag an. Sie müssen sich also nicht verbiegen.«

»Ok, das liegt mir sowieso nicht. Dafür hab ich kein Talent.«

»Das ist mir bekannt.« Sie warf einen Blick auf das in Türkis strahlende Cabrio, dessen Haifischflossen sich in der heißen Sommerluft räkelten, und runzelte die Stirn.

»Sie halten das für eine gute Idee, mit Ihrer amerikanischen Schönheit hier vorzufahren?« Zweifel wusste natürlich, worauf sie hinauswollte, aber er hatte keine Lust, sich auf eine Diskussion darüber einzulassen.

»Ich halte es für eine gute Idee, wenn Sie mich kurz und prägnant ins Bild setzen würden. Was ist passiert? Wie ist die Lage? Wer ist der Täter?«

Melzick schmunzelte und wirbelte ihre Dreadlocks durcheinander.

»Dann sperren Sie mal die Ohren auf und lockern Sie Ihre Gehirnzellen. Klimademo. Sechstausend Leute. Achttausend Leute. Irgendwo dazwischen liegt die Wahrheit. Friedlich das Ganze bis circa 13 Uhr 25.

Um diese Zeit wird Jocelyn von einem Streifschuss am linken Bein erwischt.«

»Wer ist Jocelyn?«

»Die Freundin meines Bruders. Wir sind nebeneinander gelaufen. Fast zur gleichen Zeit bricht ein Mann zusammen. Falk mit Vornamen. Zwei Schüsse ins Herz. Hat sich als Demonstrant sehr auffällig benommen. Gleich darauf wird noch jemand getroffen.«

»Tot?«

»Nein, ein Steckschuss in den Oberschenkel. Das Opfer heißt Fabian.«

»Hat es einen speziellen Grund, dass Sie von allen Opfern nur die Vornamen kennen?«

»Ja, aber Sie wollten ja die Kurzfassung haben.«

»Wo sind die Opfer?«

»Zwei im Krankenhaus. Genauer gesagt im Zentralklinikum. Die beiden anderen werden dahinten noch untersucht.«

»Die beiden anderen? Demnach gibt es ein viertes Opfer. Kennen Sie da etwa auch nur den Vornamen?« Melzick nickte.

»Sokrates.«

»Ein Grieche?«

»Nein, ein Hund.«

»Was?«

Melzick seufzte.

»Ja, sowas hatten wir noch nicht. Ein elf Jahre alter Border Collie. Schuss in die Vorderbrust. Die Kollegen sichern gerade die Kugel.«

»Und wem gehört der Hund?«

»Carlo, einem Straßenmusikanten, Bettler, Philosoph, was Sie wollen. Von ihm kenne ich immerhin den kompletten Namen. Eberhard Karl.«

»Was ist mit den Schüssen? Gab es denn keine Panik?«

»Es waren keine Schüsse zu hören. Ich vermute einen Schalldämpfer. Außerdem war der Lärmpegel durch die Sambatrommeln sehr hoch. Da keiner was bemerkt hat, lief die Demo ganz normal weiter.«

»Das heißt?«

»Schlusskundgebung inklusive vorprogrammierter Randale.«

»Die üblichen Verdächtigen?«

»Nein. Diesmal war es eine Gruppe, die sich „Die Aktive Mitte" nennt. Mehr weiß ich noch nicht.«

»Weitere Verletzte?«

»Nur, was bei einer Massenschlägerei üblicherweise anfällt.«

»Also keine weiteren Schüsse?«

»Davon gehe ich aus.« Zweifel atmete tief durch. Er rieb mit einer Hand über seine Glatze.

»Nach Ihrem Anruf bin ich von einem Amoklauf während einer Großdemonstration ausgegangen.«

»Und jetzt sind Sie enttäuscht?«

»Melzick!«

»Ja, ja, schon gut, ich nehme es zurück. Aber Sie haben vollkommen recht — es hätte zu einer fürchterlichen Katastrophe kommen können. Ich war sozusagen mittendrin und fragte mich: Wer schießt aus dem Hinterhalt auf Demonstranten? Wie viele Schützen gibt es? Haben Sie

Pistolen, Gewehre, Maschinengewehre oder noch Schlimmeres? War das nur der Anfang? Soll evakuiert werden? Schauen Sie sich den Tatort an. Stellen Sie sich einen Zug von tausenden vor. Es war ...«

Sie brach ab und schüttelte den Kopf.

»Verstehe. Sie haben vermutlich alles richtig gemacht, Melzick.«

Zweifel schaute sich um. »Zeigen Sie mir, wo es die Opfer erwischt hat.«

»Wollen Sie sich nicht erst mal bei den Kollegen vorstellen?« Zweifel stutzte.

»Richtig. Aber Sie sagten am Telefon, Sie wüssten nicht, wer der Einsatzleiter ist.« Melzick deutete mit dem Daumen über die Schulter.

»Der kleine Kugelblitz dahinten, der neben dem Polizeiarzt kniet, scheint etwas zu sagen zu haben.«

»Keine diskriminierenden Äußerungen, Melzick.«

»Ja, ja, schon gut. Schreiben Sie es meinem Minuskonto gut.«

»Ihrem Minuskonto?« Sie zuckte mit den Schultern.

»Klar, was sonst? Die Katholiken gehen zur Beichte und ich hab mein Minuskonto.«

»Aha. Und was passiert, wenn das voll ist?«

»Das Limit lege ich selbst fest.« Zweifel kratzte sich hinter dem Ohr.

»Sie verblüffen mich immer wieder, Melzick.« Sie schnalzte einmal kurz mit der Zunge.

»Also: Der Kugelblitz heißt Siebental und ist derzeit der Stellvertreter des Stellvertreters des Leiters des K1 der Kripo Augsburg.«

»Vier Genitive hintereinander in einem Satz. Thomas Mann bekäme Zustände, müsste er sich so was anhören.«

»Thomas Mann hatte sechs Kinder«, konterte Melzick, »den würden vier Genitive nicht zum Schwitzen bringen.«

»Gut, lassen wir die Hypothesen«, sagte Zweifel und klatschte einmal in die Hände. »Könnten Sie mir was zum Trinken besorgen? Lucys Menü hat Nachwirkungen. In der Zwischenzeit werde ich mich mal bekannt machen.«

»Aye aye, Chef.« Sie verschwand in dem naheliegenden Drogeriemarkt. Der Mann, den sie als Kugelblitz bezeichnet hatte, blickte auf. Auch den Beamten in Uniform war Zweifels Wagen schon ins Auge gesprungen. Siebental machte sich nicht die Mühe, aufzustehen. Der Arzt achtete nicht auf Zweifel. Er beugte sich über einen leblosen Hundekörper. Beim Näherkommen sah Zweifel den etwas schäbig gekleideten, alten Mann, der daneben stand und den Arzt nicht aus den Augen ließ.

»Kriminalhauptkommissar Adam Zweifel«, sagte Zweifel und nickte Siebental zu. Siebental stand flinker auf, als man ihm zugetraut hätte. Zweifel bemerkte ein Schimmern in den Augen des kleinen, rundlichen Beamten. Waren das Tränen? Siebental holte ein Taschentuch hervor und schnäuzte sich kräftig, wobei seine hellblauen Augen nach links und rechts huschten.

Zweifel konnte nachvollziehen, warum Melzick den Kollegen als Kugelblitz tituliert hatte. Siebental tupfte sich rasch beide Augen trocken und ließ das Taschentuch verschwinden, während er sich räusperte. Er machte einen Schritt auf Zweifel zu und streckte ihm die Hand hin.

»Wer tut so etwas?«, fragte er anstelle einer Begrüßung.

»Wir werden es herausfinden«, antwortete Zweifel und schüttelte ihm die Hand.

»Sie sind der Kollege Siebental, wie ich von Melzick erfahren habe.« Siebental wirkte verwirrt.

»Von wem?«

Zweifel deutete auf Melzick, die gerade mit zwei Wasserflaschen aus dem Drogeriemarkt gegenüber kam.

»Äh ja. Sicher. Ich bin etwas …, aber Sie wissen ja noch gar nicht …« Siebental redete langsam, bedächtig und in halben Sätzen.

Zweifel schrieb das der Nervosität des Kollegen zu, der kaum älter als Melzick war. Er ahnte noch nicht, dass Siebental ein unübertrefflicher Meister des Halbsatzes war.

»Ganz recht«, fiel Zweifel ihm ins Wort, »ich weiß noch gar nicht alles über die Vorfälle bei dieser Demo. Vielleicht lassen Sie mich an Ihrem Wissen teilhaben?« Siebentals Stirn war trotz der Hitze trocken. Er rieb mit zwei Fingern an seiner Nasenwurzel und blickte Zweifel ratlos an.

»Tja, wo soll ich da bloß …, das ist gar nicht so …, am besten wird es sein, Sie fragen …, aber vielleicht wollen…«

»Ich falle Ihnen nur ungern ins Wort, Siebental, aber es fällt mir schwer, da nicht hinzufallen.« Melzick war da und streckte Zweifel eine Wasserflasche entgegen. Sie hatte seinen Satz mitbekommen. Sie schraubte ihre Flasche auf und löschte ihren Durst mit langen Zügen.

»Macht er bei mir auch immer«, sagte sie und musste aufstoßen. Zweifel nahm seine Flasche und hielt sie spontan Siebental hin, der erschrocken abwehrte.

»Melzick lügt. Hören Sie bitte nicht auf sie. Ich will jetzt nur wissen …« Siebental fiel nun seinerseits Zweifel ins Wort, als hätte er erst jetzt seine Frage verstanden.

»Kriminalhauptkommissar Finke liegt wegen einer Operation im Krankenhaus, Kriminalhauptkommissar Keller ist derzeit irgendwo in Lappland mit seinem Wohnmobil unterwegs, daher wurde ich …, soll ich …« Melzick konnte das Ende des Satzes nicht abwarten. Sie nickte Siebental zu.

»Sie sind der leitende Beamte des K1 vor Ort, wie das so schön heißt. Und der Kollege Keitel ist für den Einsatz der Bereitschaftspolizei zuständig, stimmt's?«

»Äh, ja, … sicher …«

»Mit dem hatte ich auch schon das Vergnügen, Chef. Der ist drüben auf dem Rathausplatz und hält die Randalierer unter Kontrolle. Falls da überhaupt noch welche sind. Stimmt's?«

Siebental schluckte.

»Äh, ja.«

»Gut, mit dem werde ich mich später unterhalten«, meinte Zweifel, »wenn wir hier fertig sind.«

10. Kapitel

»Fertig«, mischte sich der Arzt ein und hielt triumphierend eine Kugel zwischen Daumen und Zeigefinger in die Höhe.

»Sie irren sich, Doktor, wir fangen erst an«, erwiderte Zweifel. »Die Kugel sofort ins Labor.« Er wandte sich an Melzick. »Sie sagten, es gibt auch ein Opfer mit einem Steckschuss.«

»Ich hab schon veranlasst, dass dessen Kugel ebenfalls ins Labor kommt.«

»Der Mann ist ins Zentralklinikum gebracht worden, richtig?« Sie nickte. »Rufen Sie dort an. Das ist ein riesiges Krankenhaus und es handelt sich um eine kleine Kugel. Ich will nicht, dass sie dort irgendwo verlorengeht, weil irgendjemand etwas nicht gewusst oder falsch verstanden hat. Am besten schicken wir jemanden hin, der sie persönlich abholt. Wen schlagen Sie vor, Siebental?« Sichtlich beeindruckt von Zweifels beiläufiger Übernahme des Kommandos, war Siebental überfordert, eine schnelle Entscheidung zu treffen.

»Ja, das …, ich denke wir …, obwohl das eigentlich …«

»Griebl soll das machen, der Mann ist zuverlässig«, warf Melzick lässig ein. »Außerdem steht er bereits hinter Ihnen, Chef.« Zweifel drehte sich zu der Gruppe von Beamten um, die während der Untersuchung einen Sichtschutz rund um das Mordopfer gebildet hatten, bevor es in einen Leichensack verpackt und eingeladen wurde.

»Gut, reden Sie mit dem Mann, Melzick.«

»Wem soll ich meinen Bericht schicken?«, fragte der Polizeiarzt in die Runde.

»Ich möchte noch einen Blick auf den Toten werfen«, sagte Zweifel und stieg zusammen mit dem Arzt in das

Einsatzfahrzeug. Mit einem Rest von Behauptungswillen rief Siebental:

»Der Bericht geht an mich, Doktor, an Kriminaloberkommissar Sid Siebental.« Melzick gluckste.

»Sie heißen Sid? Wie das Faultier aus Ice Age?« Siebental warf ihr einen verwirrten Blick zu.

»Welches Faultier?«

»Kann ich Sokrates jetzt mitnehmen?«, wollte Carlo wissen. Er blickte von Siebental zu Melzick. Bevor sie antworten konnte, kam Zweifel aus dem Wagen heraus, ließ die seitliche Schiebetür zufallen und schlug einmal mit der Hand aufs Blech, um dem Fahrer das Signal zur Abfahrt zu geben. Er wäre beinahe mit Carlo zusammengestoßen. Melzick machte sie miteinander bekannt.

»Es tut mir leid, was mit Ihrem Sokrates passiert ist«, sagte Zweifel, »so hieß er doch?« Carlo nickte. Er hatte seinen toten Freund auf den Armen.

»Wo wollen Sie jetzt mit ihm hin?«

»Nach Friedberg.«

»Sie wohnen da?«

»Sagen wir, ich kenne jemanden, bei dem ich wohnen kann.«

»Ich nehme an, Sie haben kein Auto.« Carlo schaute den Kommissar wortlos an, der sofort verstand. »Ich könnte mir vorstellen, dass der eine oder andere Busfahrer oder Straßenbahnschaffner ein Problem damit hat, einen toten Hund zu transportieren. Mit Sicherheit gibt es da entsprechende Vorschriften oder Richtlinien. Dem gehen wir lieber aus dem Weg. Ich sorge dafür, dass Sie nach Hause gebracht werden. Aber vorher habe ich ein paar Fragen. Ist das für Sie in Ordnung?«

Carlo zuckte mit den Schultern.

»Ihre Kollegin mit den roten Haaren hat doch schon mit mir geredet.«

»Es wird nicht lange dauern.« Carlo schloss ergeben die Augen.

»Ich bin etwas müde«, sagte er mit einem Seufzen. »Was dagegen, wenn ich mich setze?«

»Hier?«, fragte Zweifel.

»Ich sitze von Berufs wegen auf der Straße«, erwiderte Carlo und ließ sich ächzend im Schneidersitz nieder. Sokrates bettete er auf seinen Schoß. Zweifel ging neben ihm in die tiefe Hocke. Sid Siebental wollte etwas sagen, hob zaghaft einen Zeigefinger und blickte sich nervös nach den übrig gebliebenen Beamten um, die Zweifels Cabrio aus der Nähe begutachteten. Er überlegte es sich anders, stellte sich hinter Zweifel und beschloss, sich keine seiner Fragen entgehen zu lassen.

»Wann waren Sie heute hier?«

»Etwa um neun.«

»Also lange, bevor die Annastraße bevölkert war?« Carlo nickte. Zweifel legte einen Finger an die Nase.

»Wenn man so den ganzen Tag auf dem Boden sitzt, laufen eine Menge Leute an einem vorbei. Würden Sie sagen, dass Sie ein guter Beobachter sind?« Carlos Mund verzog sich, doch er verbot sich ein Lächeln. »Haben Sie im Laufe des Tages Leute gesehen, die Sie kennen?«

»Die junge Verkäuferin aus dem Esprit-Laden da drüben. Die kommt meistens kurz vorbei, um Sokrates und mich zu begrüßen.« Zweifel bemerkte die Reihenfolge.

»Haben Sie etwas beobachtet, was Sie stutzen ließ, was Sie gewundert hat, was Sie geärgert hat oder …«

»Ich hab schon verstanden. Warten Sie.« Zweifel wurde es in der tiefen Hocke zu anstrengend. Er ließ sich einfach auf den Hintern fallen und streckte die langen Beine auf dem heißen Asphalt aus.

»Eine Frau ist über meinen Teppich gestolpert und hat mit einem Schuh nach mir geworfen.«

Melzick hatte den Kollegen Griebl auf die Reise geschickt und kehrte nun zu den beiden zurück. Sie setzte sich neben Carlo.

»Dann war da dieser Mann, der wie verrückt herumgezappelt hat, aber das habe ich ihr ja schon erzählt.« Er deutete mit dem Kinn auf Melzick. Man sah ihm an, dass er sehr erschöpft war. Er ließ die Schultern hängen und starrte auf Sokrates.

»Was ist mit den Häusern ringsum?«, fragte Zweifel. Carlo sah ihn verständnislos an.

»Den Häusern?«

»Na ja — von irgendwo müssen die Schüsse abgegeben worden sein. Aus einem Versteck, meine ich.« Carlos Blick irrte die Annastraße entlang, streifte die Fassaden der umliegenden Gebäude und blieb am „Weißen Hasen" hängen. Etwas Gelbes schimmerte dort an dem Gitter, das als Bauzaun diente.

»Da war so'n Typ, 'n Handwerker.«

»Wo?« Carlo nickte zum „Weißen Hasen" hin.

»Der war schon sehr früh da. ›Überstunden am Wochenende‹, dachte ich.« Zweifel wartete ab.

»Und weiter?«, fragte Melzick. »Was war komisch?«

»Komisch?«

»Ja, was war ungewöhnlich? Wieso ist der Ihnen aufgefallen?«

»Er hat Arbeitshandschuhe getragen. So dicke Dinger, wie auf dem Bau eben üblich. Und er hatte einen merkwürdigen Gang. Schleppend. Als ob seine Schuhe sehr schwer wären.«

Zweifel und Melzick wechselten einen Blick und schauten dann hinüber auf die Fassade mit den beklebten Fenstern. Carlo schnaufte hörbar. »Ich hab Durst.« Wortlos reichte Melzick ihm ihre halbvolle Flasche. Er trank sie bedächtig aus und nickte ihr dankbar zu. Zweifel erhob sich. »Und er trug eine dunkle Arbeitstasche.«

»Arbeitstasche?«, fragte Zweifel.

»Ja 'ne Werkzeugtasche eben. Sah jedenfalls so aus.«

»Warum sind Ihnen die Handschuhe aufgefallen? Trägt die nicht jeder auf so 'ner Baustelle?«, wollte Melzick wissen.

»Heute morgen waren bestimmt schon fünfundzwanzig Grad. Ich kann mir nicht vorstellen, dass er an den Fingern gefroren hat und außerdem musste er ja noch aufschließen. War doch unpraktisch mit Handschuhen.«

»Er hatte Schlüssel?«

»Wie hätte er denn sonst reinkommen sollen? War ja sonst keiner da.«

»Sind später noch weitere Arbeiter gekommen?«

»Keine Ahnung. Mir sind keine aufgefallen.« Zweifel ging die paar Schritte hinüber zu dem Bauzaun. Er prüfte die Kette mit dem massiven Vorhängeschloss. Er steckte den Arm durch das Gitter und konnte die Eingangstür mit den Fingerspitzen erreichen. Schließlich nahm er die gelbe Baseballmütze, die zwischen die Gitterstäbe geklemmt war, in Augenschein, ohne sie zu berühren. D.A.M. stand auf ihrem Schild.

Er ging zu Carlo und Melzick zurück und setzte sich Carlo gegenüber wieder auf den Boden.

»Der Mann, den Sie für einen Handwerker halten, kam also heute früh, öffnete die Kette, mit der der Bauzaun gesichert ist, schloss die Eingangstür auf und verschwand in dem Gebäude?« Carlo nickte.

»Muss wohl so gewesen sein. Jedenfalls hab ich später ein Gesicht gesehen.«

»Wo?«

»Im ersten Stock. Das Fenster hat mich geblendet, wahrscheinlich hat er es aufgemacht. Kein Wunder bei der Hitze?«

»Er hat im ersten Stock ein Fenster geöffnet?« Carlo seufzte.

»Muss ich wirklich alles zwei Mal sagen?«

»Entschuldigung. Würden Sie das Gesicht wiedererkennen?«

Carlo rümpfte die Nase.

»Möglich. Es war kein besonderes Gesicht. Ziemlich schmal. Bart hat er keinen gehabt.«

»Und die Augen?« Carlo verlor langsam die Geduld.

»Zwei Stück hat er gehabt. Haben zu mir rüber gesehen. Die Farbe hab ich nicht erkannt, er hatte ja 'ne Mütze auf.«

»Eine gelbe?«

»Nee, gelb nicht, die war dunkel, schwarz wahrscheinlich oder dunkelblau oder dunkelgrau.« Er sah Zweifel aus halbgeschlossenen Augen an. »Hören Sie — mehr kann ich nicht sagen. Mehr hab ich nicht gesehen. Nur noch die Demonstranten und die Trommler und was weiß ich …« Er brach kraftlos ab.

»Und die Schüsse?« Der alte Mann hob abwehrend eine Hand.

»Ich hab keinen einzigen gehört. Und jetzt will ich …«

»Moment, ich helfe Ihnen«, rief Melzick. Gemeinsam stützten sie Carlo, der Sokrates nicht aus den Armen ließ, beim Aufstehen.

Zweifel warf Siebental, der das Gespräch schweigend verfolgt hatte, einen Blick zu. Er reagierte sofort.

»Ja, wir brauchen jetzt ein …, ich denke, wir sollten …, wahrscheinlich wird es am besten …,« murmelte er, während er sein Mobiltelefon hervorholte.

Melzick warf Zweifel einen Blick zu und verdrehte dann die Augen.

»Siebental hier. Es wäre gut, wenn …, also wir sind hier alle der Meinung, dass ein Fahrzeug …, weil der Hund tot ist und nicht mehr …, er soll nach Friedberg …, ja genau, in der Annastraße, da wo der Welserplatz …, wir alle warten …, ein Auto …, genau, sofort …, die Verantwortung außerdem …, ich übernehme alles …, aber möglichst schnell …, verbindlichen …, ja.« Siebental legte auf und kratzte sich an der Nase.

»Sind Sie sicher, dass der Kollege Sie verstanden hat?«, fragte Melzick. Siebental schaute sie mit großen blauen Augen an.

»Er kennt mich. Er hat.«

»Aha.«

Zweifel berührte Melzick am Arm und gab ihr mit einem Kopfnicken zu verstehen, dass er allein mit ihr reden wollte. Sie gingen ein paar Schritte bis ans Ende der Annastraße.

»Wie hat der Mensch bloß die Prüfungen geschafft?«, fragte Melzick.

»Urteilen Sie nicht voreilig. Er denkt eben viel schneller, als er reden kann«, erwiderte Zweifel. »Zeigen Sie mir die Stellen, wo Jocelyn, dieser Fabian und der Hund getroffen wurden.«

Siebental folgte den beiden mit den Augen. Er wusste, dass dieser Kommissar herausfinden wollte, ob es möglich war, dass die Schüsse aus dem ersten Stock des „Weißen Hasen" abgefeuert werden konnten. Für Siebental stand das bereits fest. Für einen Attentäter war dieses Gebäude ideal, sofern er unbemerkt rein- und wieder rauskommen konnte.

Wie sich nun herausstellte, war ihm dies nicht gelungen. Dieser Bettler hatte ihn beobachtet, hatte ihm sogar in die Augen gesehen. Für Siebental war klar, dass der Zeuge sich ab sofort in Lebensgefahr befand. Im Grunde grenzte es an ein Wunder, dass nicht noch ein Schuss auf ihn abgegeben worden war. Die Kugel, die den Hund tötete, war für ihn bestimmt gewesen. Das bedeutete zweierlei: Der Täter war berechnend und kaltblütig, alles andere als ein schießwütiger Wirrkopf. Und er war extrem vorsichtig. Das alles ging Siebental durch den Kopf, als er verfolgte, wie Melzick Zweifel herumführte.

Er war neugierig auf die Schlussfolgerungen der beiden. Zweifel kam auf ihn zu.

»Was halten Sie von Carlos Aussagen? Ist er glaubwürdig?« Siebental rieb die Hände aneinander.

»In meinen Augen ist er …, wer den ganzen Tag über Leute beobachtet …, aber ihm ist nicht klar, in welcher Gefahr …, seine Redeweise deutet …, wir sollten herausfinden, welchen Beruf …«

Siebental verstummte und blickte auf den Boden. Melzick schaute ihn ungläubig an. Zweifel begann, sich an die sechzigprozentige Ausdrucksweise des neuen Kollegen zu gewöhnen.

»Sie meinen, Carlo ist absolut glaubwürdig. Wer auch immer die Schüsse abgegeben hat, ist davon überzeugt, dass Carlo es gesehen hat. Sokrates wurde aus Versehen erschossen, gemeint war sein Herrchen«, sagte Zweifel.

»Er braucht Polizeischutz, aber damit wird er nicht einverstanden sein«, sagte Melzick.

»Zwei Schüsse ins Herz, dicht nebeneinander«, sinnierte Zweifel, »die anderen waren glücklicherweise nicht so präzise, wenn man von dem Hund absieht. Halten Sie das für Zufall?«

Zweifel hatte die Frage so gestellt, dass sowohl Melzick als auch Siebental sich angesprochen fühlten. Beide schüttelten den Kopf.

»Es könnten mehrere Täter gewesen sein«, sagte Melzick. »Wir haben fünf Kugeln und werden bald wissen, ...« Siebental unterbrach sie.

»Die Spurensicherung muss sich den „Weißen Hasen" ..., ich ruf die Kollegen gleich nochmal ..., die hätten nicht so schnell verschwinden ..., murmelte er und tippte bereits auf seinem Mobiltelefon.

»Die sollen sich auch die gelbe Mütze an dem Bauzaun vornehmen«, sagte Zweifel und wandte sich an Melzick. »Wie nennt sich dieser Verein, der für die Randale auf dem Rathausplatz gesorgt hat?«

»Die Aktive Mitte«, antwortete Melzick, »wieso?«

»Sehen Sie sich mal an, was auf dem Schirm der Mütze steht.«

»Etwa D.A.M.?«

Zweifel nickte. Melzick rümpfte die Nase.

»Von solch plumpen Hinweisen wollen wir uns doch nicht beeinflussen lassen, Chef, oder?« Zweifel wiegte den Kopf. »Ach kommen Sie«, sagte Melzick, »die kann doch sonst wer dahin gesteckt haben. Was ist, wenn wir im „Weißen Hasen" einen Personalausweis finden? Ist das dann automatisch der Täter?«

Zweifel ließ die Frage unbeantwortet und sah zu, wie Carlo mit Sokrates auf den Armen in den Wagen stieg, der ihn nach Friedberg bringen sollte. Siebental hatte seinen Anruf beendet. Zweifel richtete beide Zeigefinger auf ihn.

»Wer ist der Bauherr? Wem gehört der „Weiße Hase"? Wer hat die Bauleitung? Wer hat die Schlüssel zu dem Gebäude? Fallen Ihnen noch weitere Fragen ein, Siebental?«

Der kleine, rundliche Mann steckte sein Mobiltelefon bedächtig ein und zog ein Notizbuch aus der Gesäßtasche. Er blätterte kurz darin und als er vorlas, waren dies die ersten vollständigen Sätze, die Melzick und Zweifel aus seinem Mund hörten.

»Wer ist der Tote? Er hatte keinen Ausweis bei sich. Wer kennt ihn? Warum hat er sich so auffällig benommen? Welchen Hintergrund hat er privat und beruflich?«

Melzick sah ihm an, dass er noch nicht fertig war, doch Zweifel nickte ihm anerkennend zu, hob die Hand und brachte ihn zum Schweigen.

»Vielleicht sollten wir für Melzick noch ein paar Fragen übriglassen.«

»Ups — also gut, ok, mal kurz überlegen.« Sie warf einen raschen Blick auf das Notizbuch, das Siebental geschlossen in der Hand hielt. »Also: Wer ist das Opfer mit dem Steckschuss, dieser Fabian Dingsbums? Gibt es eine Verbindung zwischen ihm und dem Toten? Kennt Phil die Opfer?«

»Wer ist Phil?«, fragte Zweifel.

»Der hat die ganze Chose ins Leben gerufen, ist quasi der Veranstalter dieses besonderen Events.«

»Sie kennen ihn?«

»Mein Bruder kennt ihn. Wir waren zusammen essen vor der Demo.« Siebental hob einen Zeigefinger.

»Die junge Afrikanerin …, was ist …?« Melzick winkte ab.

»Die kenne ich auch. Sie ist die Freundin meines Bruders.«

»Sieht so aus, als ob Sie ganz schön mit drinstecken«, sagte Zweifel.

»Klaro. Ich kenne sogar jemanden, der den Toten kannte.«

»Wenn ichs nicht schon wäre, würden Sie mich jetzt neugierig machen«, sagte Zweifel.

Melzick berichtete von ihrer Verabredung mit Sina Rothko.

»Diese Frau wohnt in Friedberg?« Melzick nickte. »Ich schlage vor, dass Sie nach dem Gespräch mit ihr noch bei Carlo vorbeischauen. Lassen Sie sich dessen Adresse von dem Kollegen geben, der ihn nach Hause gebracht hat.« Melzick warf Siebental einen Blick zu und runzelte die Stirn.

»Von mir aus gern, Chef, aber sollten Sie vorher nicht was klären?«

»Wieso? Weil Wochenende ist? Schreiben Sie die Überstunden auf, ich rede mit Klopfer.«

»Äh, Chef, was das angeht, müssten Sie mit Frau Dr. Schimmelpfeng reden. Klopfer ist weg. Wenn man es genau nimmt, sind Sie, was mich betrifft, auch weg. Ich Wörishofen — Sie Augsburg, wenn Sie verstehen, was ich meine. Wenn ich an diesem Fall mitarbeiten soll, sind mir die Überstunden egal. Bei der Hitze hätte ich ohnehin nichts Besseres vorgehabt.« Sie fing Siebentals erstaunten Blick auf und zwinkerte ihm zu. »Sie wissen ja, dass die Worte Dienstweg und Hierarchie und Kompetenzen bei mir so beliebt sind, wie Dauerwellen. Aber irgendein Großmufti vom hiesigen Polizeipräsidium sollte wohlwollend mit seinem weisen Haupt nicken, wenn er von meinem geplanten Einsatz erfährt.«

Siebental glotzte auf Melzicks rote Dreadlocks.

»Sind das …? Das sind doch keine …« Auch Melzick war allmählich in der Lage, jedes Wort zu verstehen, das Siebental nicht sagte.

»Nein, das sind keine Dauerwellen. Googeln Sie mal nach Dreadlocks.« Er starrte erst sie an und dann Zweifel. Seine Stirn rötete sich. Sein Husten klang verlegen.

»Wir haben keinen …, also im Moment wenigstens …«

»Was? Google?«

»Großmufti.«

»Wie darf ich das verstehen?«, mischte sich Zweifel ein. »Was ist mit dem Polizeidirektor?«

Auf Siebentals Stirn bildeten sich feine, horizontale Linien, ein deutliches Zeichen für seinen verzweifelten Versuch, sich verständlich auszudrücken. Am liebsten hätte er den Sachverhalt seinen neuen Kollegen schriftlich mitgeteilt. Per E-Mail ein Memo verschickt. Diese Form zu kommunizieren, kam seinem Wesen am meisten entgegen. Er musste dabei niemandem in die Augen sehen. Er konnte sicher sein, verstanden zu werden, denn er konnte fabelhaft formulieren.

Diese Fähigkeit löste sich wie Nebel in der Morgensonne auf, sobald er sich mündlich mitteilen sollte. Sobald er mit Zwischenfragen rechnen musste, mit der Gefahr, unterbrochen zu werden.

Vor allem, wenn ihm seine Gesprächspartner nicht vertraut waren. Wenn er deren Ungeduld spürte, fühlte, wie kurze, klare und vor allem vollständige Sätze von ihm erwartet wurden. Trotzdem hatte er im Augenblick den Eindruck, dass dieser Kommissar von anderem Kaliber war, als die Kommissare, mit denen er bisher in Augsburg zu tun gehabt hatte.

Und dieses schräge Fräulein Melzick? Musste er sich vor der fürchten, wenn sie ihn so herausfordernd ansah? Er kam nicht darum herum, mit diesen beiden in der nächsten Zeit zusammenzuarbeiten, so viel stand fest. War das vielleicht nicht besser als mit Kommissar Keller? Oder als mit Kommissar Finke?

All dies ging Siebental in Sekundenbruchteilen durch den Kopf, während er mit einer Hand die feinen Linien auf seiner Stirn wegwischte. Er riss sich zusammen und beschloss, im Telegrammstil zu antworten.

»Polizeidirektor Spahn: Kongress bei Interpol in Paris. Telefonisch derzeit nicht erreichbar. Stellvertreter nicht vorhanden. Personalsituation äußerst angespannt.«

Er machte eine Pause und holte tief Luft. »Dieser Fall ist unser Fall. Mitarbeit von Melzick erwünscht. Übernehme Verantwortung.«

Zweifel und Melzick tauschten einen Blick. Sie wirbelte ihre Dreadlocks durcheinander.

»Melzick an Siebental: Alles Roger. Melde mich ab.«

Sie hob einen Daumen und machte sich auf den Weg zum Königsplatz.

11. Kapitel

Siebental sah Zweifel unsicher an.

»Alles gut, Kollege. Wir sollten zum Rathausplatz. Wie heißt nochmal der Einsatzleiter der Bereitschaftspolizei?«

»Kriminalhauptmeister Keitel.«

»Will er etwa mit seinem Titel angeredet werden?« Siebental beschränkte sich auf ein kurzes Nicken, dem man das Bedauern ansah. Als sie gemeinsam an dem Bauzaun vor dem „Weißen Hasen" vorbeiliefen, fiel Zweifel etwas ein.

»Wissen die Kollegen von der Spurensicherung, dass das Gebäude verschlossen ist?«

Siebental sah ihn überrascht an.

»Aber sicher …, das ist doch …, die knacken jedes …, natürlich erst nachdem sie die Spuren …« Zweifel nickte und wandte sich an die wenigen Beamten, die müßig herumstanden.

»Sie lassen niemanden in die Nähe des Zauns, bis die Spurensicherung da ist.«

Die Männer kannten Zweifel nicht, aber die Aussicht, sich vom Rathausplatz und damit auch von Polizeihauptmeister Keitel fernhalten zu können, überwog jeden Zweifel an Zweifels Befehlsgewalt und so nickten sie einfach nur und sahen wichtig aus.

Die Menschenmenge vor dem Rathaus hatte sich gelichtet. Die meisten Leute standen rund um den Augustusbrunnen und direkt vor dem Perlachturm. Sie diskutierten über die Vorfälle und über Phils Schlussansprache, die er am Ende wie geplant ohne weitere Störungen gehalten hatte.

Helfer waren damit beschäftigt, die provisorische Bühne abzubauen.

In der Karolinenstraße, die nördlich vom Rathausplatz wegführte, parkte etwa ein Dutzend Mannschaftswagen. Wer genau hinsah, erkannte hinter den Scheiben die bleichen Gesichter der vorläufig Festgenommenen.

Keitel hatte mit seinen Leuten dafür gesorgt, dass die Randalierer und Provokateure gestoppt wurden. Der Wasserwerfer war nicht zum Einsatz gekommen. Die Lage hatte sich vorher beruhigt.

Neben dem vordersten Mannschaftswagen stand Phil im Gespräch mit dem Einsatzleiter. Siebental führte Zweifel rasch zu ihnen. Phil starrte schreckensbleich ins Leere. Er war dabei, Keitels Worte zu verarbeiten.

»Sie haben diese Veranstaltung ins Leben gerufen, junger Mann. Ein Mann wurde dabei erschossen, zwei weitere schwer verletzt. Wir hatten eine Massenschlägerei mit ein paar Dutzend Verletzten. Das ist keine Bilanz, auf die Sie sehr stolz sein können.«

Sichtlich zufrieden, die Lage in den Griff bekommen zu haben, für die er diesen jungen Mann verantwortlich machte, richtete Keitel den Blick auf einen großen, glatzköpfigen Mann, der geradewegs auf ihn zusteuerte.

Er verschränkte die Arme und entdeckte auf den zweiten Blick, wer diesen Mann begleitete.

»Gut, dass Sie sich mal herbemühen, Siebental«, schnarrte er. »Der Zirkus ist vorbei. Ich habe die Chaoten allesamt festnehmen lassen. Meine Männer haben ganze Arbeit geleistet.«

Dieser Keitel war Zweifel auf Anhieb so sympathisch wie ungewaschene Socken.

Er zog die Nase kraus, aber er war Profi und beschloss, seinen ersten Eindruck zu ignorieren. Siebental hatte es erwartungsgemäß die Sprache verschlagen.

»Kriminalhauptkommissar Adam Zweifel. Sie haben es künftig mit mir zu tun, wenn wieder mal ganze Arbeit zu leisten ist«, sagte Zweifel so freundlich, wie es seine Mundwinkel zuließen.

Keitel starrte ihn aus seinen engstehenden Augen misstrauisch an. »Möchten Sie meine Marke sehen, Polizeihauptmeister Keitel?«, schob Zweifel nach und sprach den Dienstrang betont deutlich aus.

Keitel zögerte einen Augenblick, zwinkerte ein paar Mal und runzelte die Stirn, als er antwortete:

»Ich weiß gern ganz genau, mit wem ich es zu tun habe.« Zweifel hatte diese Reaktion erwartet und hielt ihm seine Marke vor die Nase. Keitel zeigte sich gut informiert. »Sie waren bisher in Bad Wörishofen, habe ich gehört.«

Er sprach den Ortsnamen betont deutlich aus. Es war die Retourkutsche für Zweifels ironische Aussprache seines Dienstrangs. »Sie werden sich auf die Gegebenheiten einer Großstadt einstellen müssen. Da ist manches anders als in der Provinz.« Zweifel schenkte ihm ein strahlendes Lächeln.

»Ich bin sicher, Sie werden mir dabei behilflich sein.« Keitels Blick wurde eisig.

»Wir fahren jetzt ins Präsidium. Zehn Mann bleiben hier. Für alle Fälle.«

»Das hört sich nach einer guten Idee an«, erwiderte Zweifel. Keitel schob sein Kinn vor und schaute an Zweifel vorbei in Richtung des Augustusbrunnens.

»Was den Mord angeht und den Rest ...«

»Um den Rest kümmere ich mich«, fiel Zweifel ihm ins Wort. »Um den Mord natürlich auch. Ich habe kompetente Unterstützung mitgebracht und Kollege Siebental ist ja auch noch da.« Keitel warf Siebental einen abschätzigen Blick zu.

»Reden Sie von dieser rothaarigen ...«

»Von Kriminalobermeisterin Zick, ganz recht.« Keitels Kiefer malmten. Er war hin- und hergerissen, ob er seinen Kommentar für sich behalten sollte. Aber dieser Provinzkommissar trat für seinen Geschmack allzu großspurig auf.

»Soviel ich weiß, ist diese Frau Zick der Dienststelle in« — Pause — »Bad Wörishofen unterstellt. Ich weiß nicht, ob es korrekt ...«

»Aber ich weiß es«, unterbrach ihn Zweifel unverändert freundlich. »Ich weiß Ihr Kopfzerbrechen zu schätzen, aber es ist alles geregelt. Und jetzt will ich Sie nicht länger aufhalten.« Keitel stieß seinen Unwillen durch die Nase aus, unterdrückte aber weitere Reaktionen.

Er warf einen abschließenden Blick über den Platz, drehte sich ohne ein weiteres Wort um und gab das Zeichen, abzufahren. Siebental meldete sich zu Wort.

»Ich weiß nicht, ob es klug ..., Keitel ist nicht so leicht ..., er kennt viele ..., also wirklich wichtige Persönlichkeiten ..., ich wäre nicht so ...« Er verzog den Mund wie jemand, der gerade den Zug verpasst hatte und kniff die Augen zusammen. Zweifel musterte ihn.

»Wissen Sie, was wir gemeinsam haben, Kollege?« Siebental riss die Augen wieder auf. »Wir legen beide keinen Wert darauf, mit unserem Dienstrang angeredet zu werden. Ich finde, das sagt viel aus. Es macht uns unabhängiger, finden Sie nicht?« Zum ersten Mal an diesem Tag huschte so etwas wie ein Lächeln über Siebentals Gesicht.

Melzick hatte beschlossen, nicht mit der Straßenbahn, sondern mit dem Zug nach Friedberg zu fahren. Auf dem Weg zum Bahnhof rief sie Siebental an und ließ sich die Nummer des Kollegen geben, von dem sie anschließend

Carlos Adresse erfuhr. An ihrem westlichen Ende traf die Bahnhofstraße auf die Viktoriastraße, die im stumpfen Winkel quer zu ihr verlief. Sie musste man überqueren, um zum Bahnhof zu gelangen. Doch so weit kam Melzick nicht. In Gedanken war sie bereits bei den Fragen, die sie Sina Rothko stellen wollte. Sie bemerkte die Gruppe von etwa zwanzig Personen erst, als sie praktisch umzingelt war.

Die Leute, die vor Melzick liefen, drehten sich plötzlich um, blieben stehen und riefen jemandem hinter ihr etwas zu. Sie standen so dicht nebeneinander, dass für Melzick kein Durchkommen war. Auch rechts und links von ihr drängten sie sich. Melzick drehte sich um und sah sich einer weiteren geschlossenen Reihe von Menschen gegenüber.

Niemand beachtete sie, so schien es. Im Nu war eine heftige Diskussion im Gange. Melzick sah die Mützen in den Händen der Umstehenden. Sie waren gelb.

»Wir hätten nicht kneifen sollen, auf gar keinen Fall!«, war eine erregte Männerstimme zu hören.

»Exakt«, pflichtete ein junger Mann bei, der so dicht hinter Melzick stand, dass sie seinen unangenehm heißen Atem im Genick spürte. »Mit den paar Zecken wären wir locker fertiggeworden.«

»Du hast nichts begriffen. Absolut nichts!«, warf ihm eine Frau entgegen. »Wir haben jede Menge Bildmaterial und nur darauf kommt es an. Wir werden mit einem Schlag bekannt.«

Beifallrufe wurden laut, einige klatschten. Melzick prägte sich das Gesicht der Frau ein. Sie war schätzungsweise Ende Dreißig, sehr schlank und ihre schwarzen Augen blitzten angriffslustig, als sie rief:

»An D.A.M. kommt ab heute keiner mehr vorbei.« Lautstarkes Gejohle antwortete ihr, das in rhythmische „D.A.M."-Rufe überging. Melzick musste ihre Ellbogen energisch einsetzen, um sich aus der Umzingelung zu befreien.

Wenig später saß sie im Zug nach Friedberg, der nur schwach besetzt war. Während sie aus dem Fenster auf die vorbeifließenden Gebäude sah, rekapitulierte sie die Ereignisse, versuchte, sich in Ruhe ein Gesamtbild zu machen und ein Gefühl für diesen Fall zu kriegen.

Am unmittelbaren Ort des Geschehens war ihre Erleichterung, dass es zu keinem Amoklauf gekommen war, groß gewesen. Aber jetzt, im räumlichen und zeitlichen Abstand, wurde ihr klar, dass diese Gefahr wohl nie bestanden hatte. Es wäre so einfach gewesen, die Leute reihenweise aus dem sicheren Versteck heraus abzuknallen.

Der Schalldämpfer deutete auf einen Profi hin. Ebenso die beiden Treffer mitten ins Herz des „Falken", wie sie das Opfer bei sich nannte. Melzick spann den Gedanken weiter. Wenn es ein Profi war, dann hatte er, was seine Trefferquote anging, entweder einen schlechten Tag erwischt oder aber — und diese Möglichkeit elektrisierte sie — die scheinbaren Fehlschüsse auf Jocelyn und Fabian waren absichtliche Fehlschüsse, um zu verschleiern, wem in Wahrheit das Attentat galt, nämlich diesem Falk. Sie mussten unbedingt dessen Hintergrund unter die Lupe nehmen. Der erste Anhaltspunkt war Sina Rothko.

Sie musste auch an Carlo denken. Er hatte den Täter gesehen. Sie musste ihn unbedingt von der Gefahr, in der er schwebte, überzeugen. Und sie dachte an Jocelyn. Eine Sekunde später wählte sie bereits Zacharias' Nummer.

»Mel?«

»Wie geht es Jocelyn?«

»Sie schläft. Beruhigungsmittel. Sie hat großes Glück gehabt.« Seine Stimme klang wie die eines alten Mannes.

»Und du?« Sie hörte ihn tief atmen. Er sprach sehr leise.

»Weißt du, sie hat mir mal erzählt, wie ihr Bruder auf offener Straße erschossen wurde.« Er stockte.

»Du musst nicht mehr erzählen, Zack«, sagte Melzick. »Wie lange bleibst du bei ihr?«

»Solange es geht. Aber die schmeißen mich heute Abend sicher hier raus.«

»Ruf mich an.«

»Mel?«

»Was?«

»Was ist da heute passiert?«

»Ich weiß es nicht. Noch nicht. Wir finden es raus, Zack.« Sie hörte ihn immer noch schwer atmen.

»Es ist nur …«

»Ja?«

»Plötzlich ist alles so anders.«

»Ja.«

»Rufst du Ma an?«

»Mach ich. Bis später.« Sie legte auf. Ihr Bruder hatte heute seine rosa Brille verloren. Er würde sie nie wiederfinden.

Phil war während der Konfrontation Zweifels mit dessen Kollegen Keitel ein paar Schritte abseits gegangen. Er stand mit hängenden Schultern auf den Treppenstufen vor dem Rathaus. Zweifel hatte ihn nicht aus den Augen verloren und ging auf ihn zu.

»Mein Name ist Zweifel, ich bin Kommissar bei der Kripo und habe den Mord an einem der Demonstranten aufzuklären«, stellte er sich vor. »Und Sie sind?«

»Philipp Zorn«, sagte Phil ohne Zweifel anzusehen. Er starrte unverwandt auf die Straßenbahnschienen, die vor dem Rathaus vorbeiliefen.

»Was hat mein Kollege Ihnen gesagt?«, wollte Zweifel wissen.« Phil reagierte nicht. Zweifel tauschte einen Blick mit Siebental. »Herr Zorn, was hat mein Kollege Ihnen gesagt? Sie haben doch mit ihm gesprochen.«

Da war irgendetwas in Zweifels Tonfall. Phil drehte sich zu ihm um. Er war sehr blass.

»Sie sind von der Kripo? Dann wissen Sie ja, was passiert ist. Er macht mich verantwortlich.« Zweifel rieb mit der rechten Hand über seine Glatze.

»Dann hätte er Sie gleich verhaften müssen. Aber das hat er nicht getan. Was schließen Sie daraus?« Phil machte eine wegwerfende Handbewegung.

»Juristisch gesehen bin ich vielleicht nicht verantwortlich. Moralisch schon. Und so fühle ich mich auch. Wenn ich diese Demo nicht organisiert hätte, dann …« Er brach ab.

»Ich denke, Sie sind genauso weit weg von der Verantwortung wie derjenige, der die Waffe verkauft hat, mit der heute auf die Demonstranten geschossen wurde.« Phil schnaubte durch die Nase.

»Ja klar. Sicher.« Er schüttelte den Kopf. Zweifel klatschte einmal in die Hände.

»Also Herr Zorn, wie ich das sehe, haben Sie zwei Möglichkeiten, mit der Sache fertig zu werden: Erstens — Sie schütteln den Kopf, starren auf die Straßenbahnschienen und gönnen niemandem außer sich selbst die Verantwortung für all das, was heute passiert ist. Zweitens: Sie schütteln den Kopf, aber nur, um diese Gedanken zu verscheuchen, Sie starren nicht mehr Löcher in die Luft, sondern sehen mir in die Augen und helfen mir, den Fall aufzuklären.«

Phil runzelte die Stirn und warf Siebental einen Blick zu. Dann sah er Zweifel an und räusperte sich.

»Und wie zum Beispiel?«

Zweifel schob die Unterlippe vor und kniff die Augen zusammen.

»Zum Beispiel, indem Sie mir verraten, ob Ihnen folgende Namen etwas sagen: Falk, Jocelyn, Fabian, Carlo beziehungsweise Eberhard Karl.« Phil blies die Backen auf und schaute den Perlachturm hoch.

»Sind das die Opfer?« Zweifel nickte.

»Es handelt sich um die Vornamen.«

»Die Vornamen?«

»Mehr wissen wir noch nicht.« Phil ließ sich Zeit beim Nachdenken.

»Der einzige Carlo, den ich kenne, sitzt oft in der Annastraße mit seinem Hund. Den meinen Sie aber sicher nicht.«

»Doch.«

»Aber der war heute da. Ich hab ihn gesehen. Ist er etwa auch getroffen worden?«

»Sein Hund.«

»Oh, shit.«

»Wie gut kennen Sie Carlo?«

»Ich weiß seinen Namen, weil ich ihn mal angesprochen habe. Wir haben uns gut unterhalten. Der hat einiges auf dem Kasten.«

»Worum ging es bei dem Gespräch?«

»Philosophie in der Hauptsache. Wir haben ein bisschen gefachsimpelt. Ist kein Zufall, dass er seinen Hund Sokrates genannt hat.«

»Demnach studieren Sie Philosophie?«

»Und Germanistik.«

»Und was ist mit den anderen Namen?«

»Tut mir wirklich leid, aber ich kenne niemanden, der so heißt.«

»Das Mordopfer ist sehr groß, ein langer, dürrer Mann. Schwarze Haare, schwarzer Vollbart. Er hat sich während der Demonstration sehr auffällig verhalten. Sie haben ihn nicht bemerkt?«

»Ach mein Gott, Herr Kommissar. Ich war in der ersten Reihe, ein paar tausend Leute hinter mir. Wie soll ich mitkriegen — ich meine, von diesen Chaoten hab ich ja auch nix mitgekriegt. Erst, als es zu spät war.«

»Sie meinen die Leute von der D.A.M.«

»Sie kennen die?«

»Nein, ich habe noch nie von denen gehört. Aber meine Kollegin hat mir davon berichtet.« Phil verschränkte die Arme.

»Er hat gesagt, ›wer zu so einer Demo aufruft, lädt automatisch solche Leute mit ein.‹ Das hat er gesagt, Ihr Kollege. Aber wir haben uns unmissverständlich ausgedrückt, Herr Kommissar, auf allen Social-Media-Kanälen. Wir haben postuliert, dass diese Demo friedlich verlaufen soll, dass wir keine radikalen Parolen, keine Querulanten, keine Chaoten dulden werden.«

»Tja, das genügt offensichtlich nicht.« Phils Augen blitzten.

»Aber wenn das nicht genügt, wenn man das zu Ende denkt, dann heißt das, dass keine Demonstrationen mehr stattfinden dürften.«

»Es gibt eine Menge Leute, die dem zustimmen würden, glauben Sie nicht?«

»Natürlich. Das kann ich mir gut vorstellen. Aber«, er reckte sein Kinn, »dazu wird es nicht kommen. Wir lassen uns nicht mundtot machen. Wir …«

»Davon bin ich überzeugt«, fiel Zweifel ihm ins Wort. »Sie haben doch sicher Leute, die Ihnen geholfen haben.«

»Ja, wir sind ein gutes Team.« Zweifel gab ihm seine Karte.

»Dann tun Sie mir einen Gefallen. Fragen Sie herum, ob jemand die Opfer kennt. Die Namen haben Sie sich gemerkt?« Phil nickte. »Rufen Sie mich an, wenn Sie etwas erfahren. Jede Information ist wichtig. Das ist Ihnen doch klar? Kann ich mich darauf verlassen?« Phil nickte nachdrücklich und reichte Zweifel die Hand. Als er gegangen war, sagte Siebental, der das Gespräch schweigend verfolgt hatte:

»Der junge Mann hat ..., ich meine ..., vielleicht sollten wir besser..., mein Büro ..., Kaffee ist auch da ..., ein Plan wäre sicher eine gute ...« Zweifel nickte nachdenklich vor sich hin.

»Sie schlagen mir gerade eine Besprechung in Ihrem Büro vor, um unsere weitere Vorgehensweise zu koordinieren?«

»Äh — ja.«

»Gute Idee, das machen wir. Sobald Melzick sich gemeldet hat. Und wir sollten Keitel mit dazu nehmen.«

»Äh — ja.«

»Gut, dann würd' ich mir vorher gern den „Weißen Hasen" von innen ansehen. Meinen Sie, die Spurensicherung ist schon da?«

»Äh — ja.«

»Eins sollten Sie wissen, Siebental: Ich mag keine Jasager.« Siebental sah Zweifel mit großen Augen an.

»Äh ... ich denke, das ist durchaus ...«

»Gut, dann sind wir uns ja einig.«

12. Kapitel

Melzick sprang aus der klimatisierten Regionalbahn. Der Bahnhof in Friedberg war menschenleer. Niemand war ausgestiegen außer ihr. Keiner da, den sie nach dem Weg fragen konnte. Sie ging um das Bahnhofsgebäude herum und blieb etwas unschlüssig vor dem kleinen Kreisverkehr stehen, in dessen Mitte eine flache Metallskulptur in der Nachmittagssonne glühte.

Ein paar Meter seitlich entdeckte sie einen Stadtplan und orientierte sich im Nu. Zu Fuß war etwas mehr als ein Kilometer zu laufen. Sie schaute auf die Uhr. Sina Rothko hatte zwei Stunden Zeit gehabt, sich von dem Rotwein zu erholen.

Melzick beschloss, sich Zeit zu lassen. Die Temperatur betrug gefühlte fünfunddreißig Grad und sie wollte nicht total verschwitzt in der Gutenbergstraße ankommen. Sie schlenderte die Bahnhofstraße entlang und bog nach links in die Münchner Straße ab. In dem Edeka-Laden an der Ecke Ludwigstraße kaufte sie sich zwei vollreife Bananen und eine Flasche Mineralwasser.

Dann lief sie die Aichacher Straße entlang, am Hallenbad vorbei, bog nach links in die Zeppelinstraße ab, überquerte an einer Ampel die B300 und erreichte rechter Hand schließlich die Gutenbergstraße, die in einem leichten Bogen verlief, bis sie einen Knick nach links machte.

Dort war das Haus Sina Rothkos. Melzick klingelte mit der rechten Hand, in der linken hielt sie die beiden Bananenschalen. Nichts rührte sich. Sie klingelte noch einmal, ohne Erfolg.

Die Tür zum Vorgarten war nicht verschlossen. Melzick drückte sie auf und ging einen schmalen, mit Steinplatten belegten Weg um das Haus herum. Der Rasen machte einen verwilderten Eindruck. Das Gleiche galt für den kleinen Garten hinter dem Haus, dessen Unkraut bis dicht an die mit Holzpaneelen bedeckte Terrasse wucherte.

Auf der Terrasse stand ein kleiner Glastisch neben einem Liegestuhl aus Teakholz. Dort lag Sina Rothko unter einem dunkelgrünen, schon leicht ausgebleichten Sonnenschirm. Auf dem Glastisch stand eine große Kaffeetasse neben einer silbernen, schlanken Thermoskanne. Die Tasse war leer und Sina Rothko schlief.

Melzick blieb einen Moment stehen. Die blonde Frau trug immer noch die gleichen Klamotten: Eine teuer aussehende dunkelbraune Leinenhose, ein einfaches weißes T-Shirt mit kurzen Ärmeln, sie war barfuß.

Melzick ließ den Blick über den Garten und die Terrasse schweifen, sah durch die offene Verandatür ins Innere, lauschte. Es schien niemand im Haus zu sein.

Sie hustete, um sich bemerkbar zu machen, jedoch ohne Erfolg. Vom Liegestuhl her war ein leises Schnarchen zu hören. Melzick ging näher und berührte den Arm der Frau, die immer noch nicht reagierte. Sie rüttelte leicht an ihrer Schulter. Sina Rothko gab ein unwilliges Grunzen von sich. Melzick hatte immer noch die Bananenschalen in der Hand und hielt sie nun kurzentschlossen Sina Rothko unter die Nase. Die drehte den Kopf weg und schlug die Augen auf.

»Hallo Frau Rothko. Wir haben eine Verabredung. Was macht der Rotwein?« Sina Rothko starrte Melzick verständnislos aus geröteten Augen an. Sie machte ein paar Bewegungen mit der Zunge, als hätte sie etwas im Mund, das dort nicht hingehörte. Etwas stach in ihre Nase, das sie zu einem explosionsartigen Niesen verleitete. Sie hielt ihre Hand vors Gesicht und tastete mit der anderen nach einem

Taschentuch, um die Spuren zu beseitigen. Melzick zog eines aus ihrer Hosentasche.

»Danke. Ich …«, Sie schnäuzte ausführlich und knüllte das Taschentuch zu einer kleinen Kugel zusammen. Dann setzte sie sich aufrecht hin. »Ich hab Sie nicht vergessen, aber wollten Sie vorher nicht anrufen? Wie sind Sie hereingekommen?« Melzick hob nur die Schultern. »Ach na ja — ich weiß, blöde Frage, das war sicher nicht schwer.«

»Wo kann ich denn die Bananenschalen …?«

»Geben Sie her. Ich bin gleich wieder da.« Sie verschwand im Innern des Hauses und war tatsächlich nach höchstens dreißig Sekunden wieder da. »Er hat einen miesen Nachgeschmack«, sagte sie und schnalzte mit der Zunge.

»Obwohl er so teuer war?«

»Na ja, vielleicht liegt's auch am Kaffee.« Sie schüttelte die Thermoskanne. »Ich mach uns einen frischen und ich glaub wir gehen besser rein.« Melzick folgte ihr.

»Also meine Erfahrung mit Rotwein ist eher passiv. Sie beschränkt sich auf Flecken, die andere mir geschenkt haben.«

»Ach ja? Bedauern Sie das?«

»Nö, aber ich wundere mich, wie schnell die Wirkung bei Ihnen verflogen ist.«

»Also — ich war ja nicht im Vollrausch, um das klarzustellen. Aber Sie sind sicher nicht hergekommen, um mit mir über Bordeaux und Co. zu reden.« Sina Rothko hatte Melzick durch das Wohnzimmer, dessen Glastüren auf die Terrasse gingen, einen kleinen Flur entlang in ihr Arbeitszimmer geführt. »Setzen Sie sich einfach hin, wo Sie wollen«, sagte sie schwungvoll, »nur nicht hinter meinen Schreibtisch.« Sie schob einige Stapel Papiere zusammen und ließ sie flugs in einer Schublade verschwinden.

»Caffelatte, Cappuccino, Espresso?«

»Ein einfacher Schwarzer genügt mir.«

»Na das hört sich aber politisch nicht korrekt an.« Melzick verzog die Lippen.

»Wir sind ja unter uns.« Während Sina Rothko in die Küche ging, verschaffte sich Melzick im Stehen einen Eindruck von der Arbeit ihrer Gesprächspartnerin.

An den hellgrau getünchten Wänden hingen mehrere Diplome, eines davon in englischer Sprache. Rechts von dem rotbraunen Schreibtisch stand ein schmales Bücherregal, das mit dicken, grünen Bänden gefüllt war. Ein Stapel Fachzeitschriften hielt auf einer Ecke des Schreibtisches eine kritische Balance. Es war das Arbeitszimmer einer Einzelkämpferin, die ihre Schlachten von zu Hause aus vorbereitete.

An Melzicks Ohren drang leises Zischen und Geschirrgeklapper. Sie setzte sich in den bequemen Sessel, der schräg vor dem Schreibtisch stand. Kurz darauf kam Sina Rothko mit einem Tablett herein. Melzick nahm dankend ihre Tasse entgegen.

»Sie sind Rechtsanwältin?«

»Ich will es nicht leugnen«, sagte die Rothko und ließ sich auf ihrem Chefsessel hinter dem Schreibtisch nieder.

»Haben Sie ein Spezialgebiet?« Sina Rothko nippte an ihrem doppelten Espresso.

»Die Frage möchte ich erstmal zurückstellen, wenn Sie das nicht aus dem Konzept bringt.« Melzick ließ sich ihre Überraschung nicht anmerken. Sie schlug die Beine übereinander und blies in ihre Tasse.

»Woher kennen Sie Falk?«

»Geht es um ihn? Sind Sie deswegen hergekommen? Das kann ich nicht glauben.« Melzick holte ihren Notizblock hervor. Sina Rothko quittierte das mit einem Lächeln. »Oho! So wichtig ist das also. Sie machen ein Protokoll über unsere Unterhaltung.«

»Nein, ich hab nur ein schrecklich schlechtes Gedächtnis, deswegen schreibe ich alles auf.«

»Lügen Sie mich gerade an? Sie arbeiten bei der Kripo? Mit diesem Handicap?« Irgendwie lief das Gespräch nicht so, wie Melzick sich das vorgestellt hatte. Sie änderte ihre Strategie.

»Frau Rothko ...«

»Sina, sagen Sie einfach Sina.«

Melzick atmete tief aus, um ihre Ungeduld zu zügeln.

»Also gut, Sina, können wir uns darauf einigen, dass ich frage und Sie antworten?« Sina Rothko nickte einmal kurz und lehnte sich bequem zurück.

»Von mir aus gern. Aber das gilt nur für die erste Hälfte unseres Palavers.«

»Von mir aus, aber ich bestimme, wann die Hälfte rum ist.«

»Tja, dann müssen wir uns nur noch darüber einigen, wer den Abwasch macht.«

»Frau Rothko, äh — Sina, ich will keine WG mit Ihnen gründen, sondern nur ein paar Informationen, falls Sie das nicht aus dem Konzept bringt.« Obwohl sie es unbedingt vermeiden wollte, klang Melzick eindeutig genervt, mit der Folge, dass Sina Rothko die Arme verschränkte, die Lippen spitzte und schwieg.«

»Also?«

»Was also?«

»Woher kennen Sie Falk? Und wie heißt er mit Nachnamen?«

»Grabinger. Ich hab ihn mal vor Gericht vertreten.«

»Anklage oder Verteidigung?«

»Falk möchte am liebsten die ganze Welt verklagen, aber in

dem Fall war er selbst der Angeklagte.«

»Können Sie mir sagen, worum es dabei ging?«

»Schweine.«

»Wie bitte?«

»Er hat Schweine befreit. Nachts den Stall eines Großbauern aufgebrochen und die Schweine vom Hof gejagt. Aus Tierschutzgründen. Das wäre für die Richterin ja noch nachvollziehbar gewesen. Aber der gute Falk hat es wie so oft übertrieben. Er hat die Tiere so nachhaltig mit seinem Lärm verschreckt, dass sie panisch querfeldein die Flucht ergriffen. Dabei haben sie nicht ausreichend auf den Straßenverkehr geachtet. Wahrscheinlich weil der ihnen völlig unbekannt war. Die armen Viecher verbringen ja ihr ganzes Leben hinter verschlossenen Stalltüren.«

»Was ist passiert?«

»Ein Mercedesfahrer bremste zu spät, desgleichen ein weiterer Mercedesfahrer sowie eine Porschefahrerin. Vier Vierbeiner haben die Begegnung nicht überlebt. Die Zweibeiner kamen mit dem Schrecken davon.«

»Sie plaudern so offen über die Angelegenheit, als gäbe es keine anwaltliche Schweigepflicht«, warf Melzick ein. Sina Rothko winkte ab.

»Falk sieht das nicht so eng. Im Gegenteil, er will ja, dass bekannt wird, wie er seinen Kampf gegen — na ja — gegen Gier, Geiz und Gewissenlosigkeit führt. Das sind so seine Schlagworte. Damit erschlägt er jeden. Eigentlich bewundere ich ihn für seinen Mut und seine Konsequenz. Im Grunde genommen hätte er Anwalt werden sollen. Aber das Studium der Jurisprudenz verklebt den gesunden Menschenverstand, sagt er immer.«

»So wie Sie von ihm reden, gewinne ich den Eindruck, dass Sie sich nähergekommen sind.«

»Ist das so?« Melzick nahm einen Schluck Kaffee.

»Ja, das ist so«, bestätigte sie. Sina Rothko blickte nachdenklich auf ihre Bücherwand und antwortete mit den gleichen Worten.

»Ja, das ist so.«

»Sie sind also liiert?«

»Was für ein altmodisches Wort. Aber wenn Sie das meinen, wovon ich denke, dass Sie es meinen, dann meinen Sie richtig. Allerdings können Sie die Vergangenheitsform verwenden.«

»Es ist vorbei?«

»Sie haben ihn doch heute erlebt. Und jetzt will ich endlich wissen, warum Sie sich so sehr für ihn interessieren.«

»Oh, das ist rein beruflich.«

»Also das dachte ich mir schon? Hat er es wieder mal übertrieben mit seinem Protest?«

»Ich weiß nicht, ob man das so ausdrücken kann.« Melzick leerte ihre Tasse und stellte sie auf den Schreibtisch neben den wackligen Turm aus Zeitschriften. Sie sah Sina Rothko fest in die Augen. »Er wurde heute am frühen Nachmittag während der Demo erschossen.« Die Rechtsanwältin starrte sie an.

»Was? Aber das kann nicht sein. Ich hab ihn doch gesehen. Sie haben ihn auch gesehen. Wann soll das denn passiert sein? Und wie denn?«

»Es ist passiert, kurz nachdem Sie umgekehrt sind. Als er auf Ihre Rufe nicht reagierte, sind Sie doch umgedreht, oder?« Sina Rothko griff an ihre Schläfen und schloss die Augen, als hätte der Rotwein ihre Erinnerung gelöscht. Sie nickte langsam.

»Ich bin zurück«, murmelte sie, »ich hatte keinen Bock mehr und bin Richtung Königsplatz zurück. Ich wollte nach

Hause.« Sie öffnete die Augen wieder und sah Melzick an. »Aber ich hab keinen Schuss gehört. Wie kann das sein?«

»Niemand hat einen Schuss gehört. Es wurde wahrscheinlich ein Schalldämpfer verwendet. Außerdem dürfen Sie die Sambatrommeln nicht vergessen.«

»Die Sambatrommeln — richtig.« Wieder nickte Sina Rothko. Dann fiel ihr plötzlich etwas ein. »Aber Sie haben doch auch von einem toten Hund geredet. Den von dem Straßenmusiker. Was ist mit dem?« Melzick klopfte mit dem Ende ihres Bleistiftes ein paar Mal auf ihren Notizblock und überlegte, wieviel sie preisgeben konnte.

»Nun ja, der wurde ebenfalls tödlich getroffen, kurz danach.« Sina Rothko presste ihre Lippen verärgert zusammen.

»Sie hätten mir das alles sofort sagen müssen.« Melzick nahm den Bleistift zwischen die Lippen und kaute nachdenklich darauf herum.

»Wissen Sie, Sina, wir fangen bei null an. Wir wissen nichts, gar nichts. Und nach meiner Erfahrung reden Zeugen leichter, wenn sie von nichts abgelenkt werden.« Sina Rothko legte eine Hand vor den Mund, Melzicks Nachricht sickerte in ihr Bewusstsein, es hielt sie nicht auf ihrem Sessel. Sie sprang auf und begann, ruhelos hin- und herzugehen.

»Falk ist tot, Falk ist tot«, murmelte sie immer wieder. Melzick wartete ab. Sie schätzte die Rechtsanwältin so ein, dass Sie sich bald wieder beruhigen würde. Schließlich blieb diese vor ihrem Bücherschrank stehen, zog wahllos einen Band heraus, schlug ihn auf, blätterte ziellos darin herum und stellte ihn wieder zurück. Sie drehte sich zu Melzick um, als hätte sie einen Entschluss gefasst.

»Ok, was müssen Sie wissen?« Melzick nahm den Bleistift aus dem Mund.

»Alles, was Sie mir zu seinem privaten und beruflichen Umfeld sagen können. Wo hat er gewohnt? War er verheiratet? Sind Kinder da? Wie ist der Prozess mit diesem Großbauern eigentlich ausgegangen?«

»Wir haben verloren. Vor dem Gefängnis hab ich ihn bewahren können, aber Falk musste den Schaden natürlich ersetzen. Alles in allem knapp 80.000 Euro.«

»Für vier Schweine?«

»Sie vergessen die beiden Mercedes und den Porsche.«

»Hatte er denn das Geld?«

»Nein, er hatte es nicht.«

»Aber?«

»Seine Frau, eigentlich seine Ex-Frau.«

»Er ist geschieden?«

»Nein, das nicht, sie haben sich getrennt. Er ist ausgezogen.«

»Ihretwegen?« Sina Rothko lachte kurz und bitter auf.

»Nein, ganz bestimmt nicht meinetwegen.«

»Wollen Sie mir erzählen, dass seine Ex-Frau ihm 80.000 Euro gegeben hat?«

»Damals waren sie ja noch nicht getrennt.«

»Also — jetzt mal der Reihe nach.« Sina Rothko seufzte genervt. Sie war vor dem Fenster stehengeblieben und sah hinaus.

»Erstens: Falk verliert den Prozess. Zweitens: Er bringt seine Frau dazu die 80.000 Euro für ihn zu zahlen. Drittens: Er trennt sich von ihr und zieht aus. Viertens: Er wird erschossen.«

Melzick schloss irritiert die Augen.

»Schön, das ist also die Reihenfolge. Aber ich steige da nicht ganz durch.«

»Das kann ich mir denken.«

»Können Sie mir den zweiten und den dritten Punkt etwas ausführlicher erläutern?« Sina Rothko setzte sich wieder hinter ihren Schreibtisch.

»Das hört sich unglaublich an, nicht? Falk lässt seine Frau ein Vermögen bezahlen für etwas, was er in seiner typischen Art verbockt hat. Und anschließend gibt er ihr den Laufpass.«

»Was ist das für eine Frau?«

»Falsch. Ganz falsch! Zuerst müssen Sie fragen: Was ist das für ein Mann?«

»Gut, dann erklären Sie es mir.«

Sina Rothko warf Melzick einen langen Blick zu.

»Trinken Sie einen Whisky mit?« Melzick zögerte einen Moment mit der Antwort.

»Sie können mir gerne einen einschenken, wenn es Ihnen das Gefühl gibt, nicht allein zu trinken. Aber ich werde das Zeug nicht anrühren.«

»Ok, Sie kriegen einen halben Finger breit, dann können Sie wenigstens mal dran schnuppern.« Ohne Melzicks Antwort abzuwarten, sprang Sina Rothko auf und verließ das Zimmer.

»Jetzt kommt die Rechtsanwältin in ihr zum Zug«, dachte Melzick, »Zeit gewinnen, auf der Hut sein, nicht zu viel verraten, warum auch immer.« Sie verzog die Lippen. »Von mir aus. Wer so viel Alkohol trinkt, ist leicht zu knacken.« Sie lauschte auf Geräusche im Haus, aber es waren keine zu hören. Wie lang konnte es denn dauern, zwei Whiskygläser und eine Flasche zu holen? Melzick stand auf, ging aus dem Arbeitszimmer den kurzen Flur entlang bis ins Wohnzimmer, das sehr aufgeräumt wirkte. Sie warf einen kurzen Blick um die Ecke in die vom Rollladen abgedunkelte Küche, aber keine Spur von Sina Rothko.

Melzick drehte sich um. Die Terrasse lag verlassen in der heißen Nachmittagssonne. Sie sah ein Taschenbuch, das aufgeschlagen unter dem Liegestuhl lag und in dem der Sommerwind blätterte. Vom Nachbargrundstück drang plötzlich der Lärm eines Rasenmähers herüber. Melzick wurde es zu dumm.

»Frau Rothko? Sina? Kann ich Ihnen helfen? Wo sind Sie?«, rief sie laut und lauschte. Der Lärm des Rasenmähers überdeckte alles.

»Hier muss es doch irgendwo eine Treppe geben«, dachte Melzick, »aber die kann eigentlich nur …«, murmelte sie und betrat die Küche. Der Rollladen war vollständig geschlossen, um die Hitze abzuhalten. Beim ersten Blick hatte sie übersehen, dass der Raum L-förmig war.

»Ha!«, entfuhr es ihr unwillkürlich, als sie die Wendeltreppe entdeckte, die sich in dem kurzen L-Stück um die Ecke befand. Sie war aus Metall, die engen und schmalen Stufen waren mit dicken, grünen Teppichbodenstücken belegt, um die Schritte zu dämpfen.

Melzick stand mit einem Fuß schon auf der ersten Stufe, als sie hörte wie im oberen Stock eine Tür geschlossen wurde. Sie zögerte. Gleich darauf hörte sie eilige Schritte. Sina Rothko kam die Treppe herunter. Als sie Melzick bemerkte, wirkte sie einen Moment lang verdutzt. Sie drehte sich auf der Treppe kurz um, als vergewisserte sie sich, dass ihr niemand folgte. Melzick wurde misstrauisch und reagierte sofort.

»Entschuldigung, kann ich kurz oben Ihr Bad benutzen?«, fragte sie harmlos.

»Ich fürchte, das wird nicht gehen. Sie können das Gäste-WC nehmen, gleich neben der Eingangstür«, sagte Rothko und kam eilig die Treppe herunter.

Melzick blieb nichts anderes übrig. Als sie ins Arbeitszimmer zurückkehrte, stand Sina Rothko mit dem Rücken zum Fenster, das Whiskyglas in der linken Hand.

Melzicks Glas stand auf dem Schreibtisch, bleistiftdünn gefüllt.

»Sind wir eigentlich allein im Haus?«, wollte Melzick wissen. Sie nahm das Glas in die Hand, beäugte die goldbraun schimmernde Flüssigkeit und hielt es unter die Nase.

»Warum fragen Sie?«

»Vermutlich, weil ich es wissen will«, lag Melzick schon auf der Zunge, aber sie beherrschte ihre Ungeduld.

»Oh, nur so ein Gedanke. Ich, äh, dachte, ich hätte etwas gehört.«

»Das ist vollkommen ausgeschlossen«, sagte Sina Rothko und nahm einen Schluck.

»Aha.« Melzick stellte ihr Glas wieder auf den Schreibtisch und setzte sich in ihren Sessel. Sie glaubte Sina Rothko kein Wort, aber das war im Moment Nebensache. Sie sah ihr Gegenüber herausfordernd an.

»Falk Grabinger war kein einfacher Mensch«, begann die Rechtsanwältin. »Er war ein Getriebener. Er wusste, was alles falsch lief und er wusste, was zu tun war und zwar sofort.«

»Wo?«

»Auf diesem Planeten, in Europa, in Deutschland, in Bayern und in Friedberg. Ich mag die Bezeichnung nicht, aber er war ein Gutmensch, und zwar von der penetranten Sorte, der allen in seiner Umgebung auf die Nerven ging.«

»Wie äußerte sich das?« Sina Rothko schnaubte durch die Nase.

»Man konnte kein normales Wort mehr mit ihm reden. Bei ihm drehte sich alles um die Rettung des Planeten. Er fragte jeden, den er kennenlernte als erstes nach seinem ökologischen Fußabdruck. Und dann ballerte er einen mit seinen Themen zu: Mikroplastik, fossile Brennstoffe, Massentierhaltung, Regenwaldvernichtung … Er schlug einem die Zahlen um die Ohren, rieb einem die Prognosen unter die Nase. In einem Ton, der Widerspruch zugleich provozierte und nicht zuließ. Wenn man ihm nur fünf Minuten zuhörte, war man so weit, von der nächsten Brücke zu springen.«

Melzick schaute sie nachdenklich an.

»Wie haben Sie es nur mit ihm ausgehalten?« Sina Rothko drehte sich um und starrte aus dem Fenster.

»Wie hab ich es mit ihm ausgehalten? Mein Gott, ich weiß es nicht. Am Anfang ging es ja nur um seinen Fall, um diese Anklage. Ich weiß gar nicht, wie er auf mich gekommen ist. Wir waren jedenfalls auf derselben Seite, hatten einen gemeinsamen Gegner, haben zusammen eine Strategie ausgetüftelt — da kommt man sich zwangsläufig näher.«

»Tatsächlich? Das heißt, Falk Grabinger hatte auch eine andere Seite?«

»Hören Sie, die Sache ist lange vorbei. Sie fangen an der falschen Stelle an zu buddeln.«

»Sie wussten aber von Anfang an, dass er verheiratet ist?« Sina Rothko nickte. Sie leerte ihr Glas und setzte sich hinter ihren Schreibtisch. Melzick beugte sich nach vorn.

»Was ist mit seiner Frau?« Rothko antwortete mit einem Schulterzucken. »Etwas ausführlicher hätte ich es schon gern, Frau Rothko.«

»Sie wissen genau, dass ich Ihnen gar nichts sagen muss, Frau Zick.« Melzick schenkte ihr ein millimeterdünnes Lächeln.

»Es ist schon komisch, dass ich diesen Satz immer wieder von Leuten höre, die besonders viel zu sagen hätten.« Rothko griff nach ihrem leeren Glas und wollte aufstehen. Mitten in der Bewegung hielt sie inne, als sei ihr ganz plötzlich etwas eingefallen. Sie warf Melzick einen prüfenden Blick zu.

»Wer ist eigentlich Ihr Chef? Ich meine, wer leitet die Ermittlungen?«

»Kommissar Adam Zweifel.«

»Noch nie gehört, den Namen.«

»Er ist erst seit Kurzem in Augsburg.«

»Ein Anfänger?« Melzick schmunzelte. Die Bezeichnung amüsierte sie. Doch möglicherweise war es von Vorteil, die Rothko in dem Glauben zu lassen.

»Er hat ja mich«, sagte sie mit einem Zwinkern. Sina Rothko warf ihr einen abschätzigen Blick zu. »Sie werden ihn sicher noch kennenlernen«, sagte Melzick, »da können Sie sich selbst ein Bild machen. Aber wir schweifen ab. Sie wollten mir noch etwas über Falk Grabingers Frau erzählen.« Sina Rothko lehnte sich in ihrem Chefsessel zurück und verschränkte die Arme.

»Stadtgraben 45, Pulverturm.«, sagte sie kurz angebunden.

»Äh, wie meinen?«

»Das ist die Adresse. Sie werden seine Witwe dort kennenlernen, da können Sie sich selbst ein Bild machen.«

13. Kapitel

Zweifel stolperte auf der schmalen Treppe, die ins Dachgeschoss des „Weißen Hasen" führte. Sein rechtes Knie machte die Bekanntschaft mit Hartholz. Er musste sich mit beiden Händen auf einer Stufe abstützen und fluchte laut vor Schmerz. Das Echo ließ nicht auf sich warten.

»Wer zum Donnerwetter hat diese Trampeltiere hier reingelassen?«

Der Leiter der Spurensicherung, Adrian Grünfeld, hatte eine durchdringende Stimme. Er stand oben auf der Treppe, einen durchsichtigen Plastikbeutel in der linken, eine Pinzette in der rechten Hand. Aus seinen Augen sprühten Funken. Zweifel richtete sich ächzend auf, so gut es ging, eine Hand an der höllisch schmerzenden Kniescheibe.

»Kommissar Adam Zweifel«, stieß er hervor.

»Wer soll das sein?«, tönte Grünfeld ungeduldig und gleich darauf: »Siebental!« Er hatte erst jetzt den Kollegen entdeckt, der hinter Zweifel praktisch unsichtbar auf der Treppe stand. »Kennen Sie den Mann?« Siebental zwängte sich an Zweifel vorbei.

»Er ist tatsächlich …, ich habe ihn unten …, wir führen gemeinsam die …« Adrian Grünfeld stieß ein verächtliches Grunzen aus.

»Ja, ja, schon gut, Siebental, überanstrengen Sie sich nicht.«

»Wer ist der Kollege?«, raunte Zweifel Siebental zu. Der flüsterte ihm den Namen ins Ohr. Zweifel biss die Zähne zusammen und ignorierte für ein paar Sekunden sein ramponiertes Knie.

»Sie haben eine kräftige Stimme, Grünfeld«, sagte er und wischte mit der linken Hand die Schweißperlen von seiner Glatze.

Grünfeld stand da in seinem weißen Schutzanzug aus Plastik, starrte auf ihn herab und wartete auf weitere Bemerkungen. Doch Zweifel erwiderte seinen Blick seelenruhig mit hochgezogenen Augenbrauen und schwieg.

Das Augenduell dauerte etwa dreißig Sekunden. In dieser Zeitspanne hatte Zweifel Grünfelds Respekt gewonnen, was dieser nie offen zugeben würde.

Er hielt den Plastikbeutel neben sein Gesicht und schüttelte ihn leicht.

»Wissen Sie, was da drin ist, Kommissar Zweifel?«

»Nein, dazu müsste ich es mir aus der Nähe ansehen«, erwiderte Zweifel und begann, die restlichen Stufen, ein Stöhnen unterdrückend, zu erklimmen. Ihm brach der Schweiß aus allen Poren.

Die Temperatur hier oben unter dem Dach musste weit über dreißig Grad betragen.

Grünfeld kam nicht auf die Idee, Zweifel entgegenzukommen. Schließlich stand Zweifel ihm auf Augenhöhe gegenüber. Er nahm Grünfeld den Beutel mit Daumen und Zeigefinger aus der Hand und versuchte, den Inhalt zu identifizieren.

»Also — von einer Katze stammt das nicht, ebenso wenig von einem Meerschweinchen. Wie sollte das auch hier hochkommen? Wären wir im Wald, würde ich sagen, das ist die Hinterlassenschaft eines Eichhörnchens.« Grünfeld nahm ihm den Beutel wieder ab und brummte:

»Es ist von einem Eichhörnchen. Wir haben einige hier in der Stadt.«

»Das bringt uns aber in diesem speziellen Fall nicht weiter, was meinen Sie?«, sagte Zweifel. Er verlagerte das Gewicht auf sein linkes Bein und wollte sich mit einer Hand am Geländer abstützen.

»Ah, ah, ah, nicht anfassen!«, raunzte Grünfeld und funkelte ihn an. »Was uns in einem Fall weiterbringt oder nicht, werde ich nicht entscheiden«, sagte er mit Nachdruck.

Zweifel nickte und da er für den Augenblick nicht wusste, wohin mit seinen Händen, streckte er sie dem strengen Kollegen entgegen.

»Das halte ich für eine gute Idee, Grünfeld. Sie finden einfach die entscheidenden Mosaiksteinchen und ich mache ein schönes Muster daraus.« Grünfeld zwinkerte einmal mit beiden Augen.

»Ok, Zweifel, wenn Sie dann noch lernen, Ihre Finger bei sich zu behalten und ein paar Zentimeter über dem Boden eines Tatortes zu schweben, kann es was werden mit uns.« Er legte den Beutel mit dem verdächtigen Eichhörnchenkot in etwas, das aussah, wie ein Pilotenkoffer.

»Ein Zeuge hat ausgesagt, dass er eine verdächtige Person an einem Fenster im ersten Stock gesehen hat«, sagte Zweifel. »Vorerst, das heißt, bis die Schusskanäle analysiert sind, gehen wir davon aus, dass von dort die Schüsse abgegeben wurden. Derselbe Zeuge hat beobachtet, wie die Person sich Zutritt zu dem Gebäude verschafft hat. Sie muss Schlüssel gehabt haben.«

Grünfeld warf ihm einen kurzen Blick zu.

»Dass derjenige Schlüssel hatte, habe ich bereits festgestellt. Aber der erste Stock wird ein Problem werden.«

»Wieso?«

»Weil da so viele Spuren sind, als wäre die Demo dort durchmarschiert. Ist Ihnen das nicht aufgefallen?«

»Nein, ich war zu sehr damit beschäftigt, die Treppe hier hochzufallen.«

»Richtig. Da Sie das jetzt erledigt haben, besteht kein Grund, mir noch länger im Weg zu stehen.«

»Verstehe. Je schneller wir verschwinden, desto eher höre ich von Ihnen. Wie ist Ihre Nummer?« Grünfeld ratterte eine zwölfstellige Zahl herunter. Zweifel holte sein Smartphone hervor und tippte, ohne zu zögern Grünfelds Nummer. Dessen Handy klingelte prompt. »Rufen Sie mich heute noch an — Sie haben ja jetzt meine Nummer.«

»Zweifel — es ist Samstag!«

»Tatsächlich? Tja, da hab ich wohl was vergessen. Rufen Sie mich — bitte — heute noch an.« Adrian Grünfeld kratzte sich am Kopf.

»Na ja, ein kurzer Anruf liegt wahrscheinlich schon drin. Das wars dann aber auch. Meine Überstunden türmen sich zu Monaten.«

»Sie Glücklicher. Ich fang hier wieder bei null an«, erwiderte Zweifel und drehte sich um. Er humpelte vorsichtig die Treppe hinunter mit Siebental im Schlepptau.

Die Männer in den weißen Schutzanzügen fielen ihm erst jetzt auf. Sie arbeiteten still, konzentriert und bewegten sich so behutsam, dass Zweifel sie vorhin nicht wahrgenommen hatte. Wie viele es waren, konnte er nicht genau feststellen, da sie sich überall verteilt hatten. Nur der erste Stock mit seinem einzigen Raum bot Klarheit. Hier waren zwei Männer in ihre Arbeit an der Fensterfront vertieft.

»Irgendetwas gefunden?«, rief Zweifel ihnen zu. Einer der beiden drehte sich um und hob beide Hände.

»Hier wimmelt es überall von Fingerabdrücken an den Wänden, auf dem Fußboden, den Fensterrahmen.«

»Darf ich mal sehen?« Zweifel wollte schon auf ihn zugehen, als der Mann ihn mit einem energischen »Stopp!« daran hinderte.

»Gehen Sie nah an der Wand entlang. Dort haben wir einen Weg markiert, den Sie nehmen können.«

Zweifel folgte den Anweisungen und entdeckte die Klebepunkte, die in einem Abstand von dreißig Zentimetern von der Wand auf dem Boden angebracht waren. Siebental blieb nahe der Treppe stehen. Zweifel erreichte die Fensterfront und sah hinaus auf die Annastraße, den Welserplatz und die umliegenden Gebäude. Er sagte nichts, nickte den beiden Männern zu und kehrte auf dem gleichen Weg zu Siebental zurück.

»Ich bin sicher, dass von einem der Fenster die Schüsse abgegeben wurden«, sagte er.

»Ein guter Platz für ein Attentat«, sagte Siebental langsam.

»Ein vollständiger Satz«, dachte Zweifel und ließ sich seine Überraschung nicht anmerken.

Melzick hatte Sina Rothko verlassen.

»Kennen Sie die Schützenstraße, den Hof, wo Islandpferde gehalten werden?«, war ihre letzte Frage an die Rechtsanwältin gewesen.

»Das muss an der „Lechleite" sein.« Sie beschrieb Melzick den Weg. »Ich nehme an, Sie wollen unter den gegebenen alkoholischen Verhältnissen nicht von mir chauffiert werden.« Melzick hatte den Kopf geschüttelt und einen Moment daran gedacht, sich Rothkos Wagen auszuleihen, diese Möglichkeit aber als Schnapsidee verworfen.

Sie machte sich zu Fuß auf den Weg zur „Lechleite", einer steilen, bewaldeten Böschung, an deren Fuß die Schützenstraße entlanglief und in den „Wanderweg Lechleite" mündete.

Ein leichter Wind kam auf, doch er brachte keine Abkühlung. Melzick brauchte zwanzig Minuten, bis sie den Hof mit den Islandpferden erreichte. Sie passierte ihn. Die schmale Straße machte einen scharfen Knick nach links.

Geradeaus zweigte ein schmaler Schotterweg ab, der am Waldrand entlangführte. Das war der Wanderweg. Nach etwa zweihundert Metern bemerkte sie auf der rechten Seite ein nicht besonders hohes Gittertor, das leicht offenstand. Sie drückte es ein Stück weit auf. Ein Trampelpfad führte dahinter bergauf durch den kleinen Wald.

»Was ham Sie da verlor'n? Gehn's weg da!« Melzick hatte den Radfahrer nicht bemerkt. Er war mit seinem E-Bike aus der entgegengesetzten Richtung gekommen. Melzick drehte sich zu ihm um. Er stieg ab und ließ sein Rad achtlos ins Gras fallen. Der Mann mochte vierzig sein und trug trotz der Hitze einen Overall, der mit Sägemehl bestäubt war. Die Ärmel hatte er hochgekrempelt, die blonden Haare standen in wilden Wirbeln von seinem Kopf ab. Sein Gesicht war schweißüberströmt. Er stampfte ein paar Schritte auf Melzick zu, die ihm unerschrocken in die wütenden Augen blickte.

»Ich suche jemanden«, sagte sie. Er wedelte mit der Hand vor ihrer Nase herum.

»Da is keiner! Noch nie gewesen! Das is privat. Alles privat! Gehn's weg!« Er war vom Radfahren außer Atem und versprühte Speichel. Er benahm sich, als würde er einen streunenden Hund verscheuchen.

»Da muss aber einer sein«, sagte sie, »wir haben ihn ja hierhergebracht.«

»Was für ein Schmarren!« Er fuchtelte mit den Händen in der Luft herum. »Wer soll das überhaupt sein: *Wir*?«, raunzte er. Melzick nahm die Bierfahne wahr, die blutigen Kratzer an den groben Händen, die hervortretende Ader mitten auf der Stirn.

»Meine Kollegen von der Augsburger Polizeidirektion waren das. Vor höchstens einer Stunde.« Melzick zog ihren Dienstausweis hervor und hielt ihn dem Mann so dicht vor die Augen, dass er zurückwich. Er drehte den Kopf zur Seite, spuckte aus und wischte mit der rechten Hand über den Mund.«

»Polizei? Sie sind von der …? Ja verreck!«

»Ich möchte zu Herrn … ich will mit Carlo sprechen.« Instinktiv nahm sie an, dass sie mit der Frage nach einem Herrn Eberhard Karl bei ihrem Gegenüber nicht weit gekommen wäre.

»Der Carlo? Freilich. Wenn Sie den meinen, dann …«

»Sie kennen ihn?« Der Mann schaute sich nach allen Seiten um, bevor er antwortete.

»Freilich kenn ich ihn. Ich lass ihn ja bei mir wohnen. Also — das heißt, nicht bei mir daheim. Aber da.« Er nickte zu dem kleinen Wald hin. Melzick hatte den Giebel eines kleinen Hauses bereits zwischen den Bäumen hervorschimmern sehen.

»Sie heißen?«

»Sepp, äh, das heißt, Brenner, Josef Brenner.«

»Also gut, Herr Brenner, Sie lassen den Carlo in dem Haus da im Wald wohnen?«

»Äh, Haus kann man nicht direkt sagen. Ist mehr so eine Hütte. Ganz einfach. Ohne Strom und fließend Wasser. Der Carlo ist sehr genügsam. Aber dafür zahlt er ja auch nix.«

»Kann ich mir das mal anschauen?« Brenners anfängliche Aggressivität war in der Sonne verdunstet, sein Misstrauen nicht.

»Das können Sie sich sparen. Da gibts wirklich nix zu sehen. Ist halt 'ne Bretterbude. Außerdem ist der Carlo gar nicht da.«

»Wieso?«

»Er will heute keinen mehr sehen. Seinen Hund ham's erschossen, aber das wissen Sie ja bestimmt schon. Jedenfalls

— er ist ziemlich fertig, mit den Nerven runter. Ich hab ihm versprochen — also, wenn's mit ihm reden wollen, dann probieren Sie's morgen. Heut geht da nix mehr.« Melzick betrachtete das Gittertor und dachte nach, dann fasste sie einen Entschluss.

»Schön, Herr Brenner, richten Sie Carlo aus, dass er sich in der Öffentlichkeit nicht blicken lassen soll. Vorerst. Zu seiner eigenen Sicherheit.«

»Was soll das denn heißen?«

»Er wird schon wissen, wie es gemeint ist. Sagen Sie es ihm?«

»Von mir aus. Der lässt sich aber nix vorschreiben.«

»Sagen Sie ihm, dass ich morgen Vormittag wiederkomme.«

»Morgen ist Sonntag.«

»Die Polizei arbeitet auch sonntags.«

»Das meine ich nicht. Morgen ist verkaufsoffener Sonntag. Da isser sicher in der Ludwigstraße.«

»Ohne seinen Hund?« Brenner zuckte nur mit den Schultern. »Die Ludwigstraße ist die Fußgängerzone in Friedberg?«, fragte Melzick.

»Also Fußgängerzone kann man nicht direkt sagen. Aber da gibts die meisten Läden. Und Carlo hat da seinen Stammplatz.« Melzick erinnerte sich an Carlos Worte und nickte. Sie zückte ihr Smartphone, um nach einem Taxi zu telefonieren. Brenner hob sein Rad auf.

»Aber der Carlo ist doch nicht wirklich in Gefahr, oder? So wie Sie das gesagt ham, könnte man glatt glauben, dass …«

»Fragen Sie ihn doch selbst, Herr Brenner. Sie sehen ihn ja sicher heute noch.«

Brenner runzelte die Stirn, dann fiel ihm etwas ein. Er zog ein massives Fahrradschloss aus der Brusttasche seines Overalls und sicherte damit das Gittertor.

Melzick beobachtete ihn dabei.

»Ist Ihr Grundstück in Gefahr?«

»Schmarren! Ich habs nur ganz gern abgeschlossen.« Er schwang sich auf sein Rad und fuhr ohne ein weiteres Wort davon. Melzick bestellte ein Taxi. Während sie in Richtung des Pferdehofes ging, meldete sich Zweifel.

»Hallo Chef, gerade wollte ich Sie anrufen«, sagte sie.

»Sie müssen lügen üben«, war seine Antwort.

»Das ist wahr«, gab sie zu.

»Wie lief es in Friedberg?«

»Ich hab mir gerade ein Taxi gerufen.«

»Ach was. Dann lassen Sie sich mal ins Präsidium chauffieren. Wir treffen uns im Büro von Kollege Siebental.«

»Aye aye, soll ich was mitbringen?«

»Zum Beispiel?«

»Na, was zu futtern.«

»Wenn Sie nicht anders können.«

»Nee, kann ich nicht. Wer ist denn alles dabei?«

»Siebental, Keitel, Zweifel und Melzick.«

»Geben Sie mir dreißig Minuten, Chef«, sagte sie und legte auf.

Eine dreiviertel Stunde später sprang Melzick aus dem Taxi, in den Armen zwei braune Papiertüten. Sie stieß eilig die gläserne Eingangstür des Polizeipräsidiums Schwaben Nord in der Gögginger Straße mit einer Schulter auf und kam ins Stolpern. Ein uniformierter Beamter erwischte gerade noch eine der beiden Tüten. Die andere klatschte mit einem hässlichen Geräusch auf den Boden. Melzick unterdrückte einen Fluch, als sie die dunkelbraune Pfütze sah, die sich um die zerrissene Tüte herum ausbreitete.

»Sie sind's!«, rief der Beamte und riskierte ein Lächeln.

»Oh, Griebl, Sie sind's«, sagte Melzick. Er nickte und hielt ihr die heile Tüte hin.

»Wenn Sie beim nächsten Mal die Tüten nacheinander werfen, kann ich beide fangen«, meinte er. Melzick kam nicht zum Antworten.

»Was ist denn das für eine Riesensauerei?«, keifte eine hochgewachsene Rothaarige im dunkelgrünen Businesskostüm und machte demonstrativ einen großen Bogen um die beiden.

»Ich kümmere mich schon darum, Frau Trump«, sagte Griebl.

»Das will ich hoffen, Griebl, das will ich stark hoffen«, sagte Frau Trump und klackerte auf hohen Absätzen davon.

»Wie heißt die?«, wollte Melzick wissen, während sie in ihrer Jeans nach Taschentüchern suchte.

»Wie Donald. Wird aber deutsch ausgesprochen. Also — offiziell wenigstens. Und was ist das nun für eine Sauerei?«

»Soja-Kakao.«

»Das hatten wir hier noch nicht. Lassen Sie nur, ich mach das weg.« Melzick schnaufte erleichtert.

»Sie haben was gut bei mir, Griebl, ich bin nämlich eh schon viel zu spät dran.«

»Wohin müssen Sie denn?«

»Büro von Siebental. Manöverkritik.« Er beschrieb ihr den Weg. »Haben Sie Fabians Kugel?«, wollte Melzick wissen. Er nickte.

»Nehmen Sie sich vor Keitel in Acht«, rief er ihr nach, dann kniete er sich hin und begann den Kakao aufzuwischen.

»Wenn sie das tut«, dachte er, »steig ich auf Sojamilch um.«

162

14. Kapitel

Siebentals Büro war im dritten Stock. Melzick hastete die Treppen hoch und ignorierte die fragenden und misstrauischen Blicke, die ihr begegneten.

Ihr war klar, wie das aussehen musste: Eine unbekannte junge Frau, die verschwitzt und gehetzt wirkte, noch dazu mit einer Tüte unter dem Arm, deren Inhalt unklar und damit verdächtig war. Melzick rechnete jeden Augenblick damit, unsanft aufgehalten zu werden.

Der Flur im dritten Stock war glücklicherweise menschenleer. Die vierte Tür auf der rechten Seite, hatte Griebl gesagt. Sie atmete tief durch und stürmte darauf zu. Ohne sich Zeit für einen Blick auf das Türschild zu nehmen, klopfte sie zwei Mal kräftig. Fast im gleichen Augenblick wurde die Tür heftig aufgestoßen. Sie konnte nur mit Mühe ausweichen und bekam den Rest eines Satzes mit.

»... geruht diese Frau Zick denn heute noch zu kommen?« Sie erkannte auf Anhieb, wem diese unangenehme Stimme gehörte. Kriminalhauptmeister Keitels Geduldsfaden war gerissen. »Ich habe weiß Gott Besseres zu tun, als hier auf das Erscheinen dieser ...«

Melzick ließ ihn den Satz nicht zu Ende bringen. Sie stellte sich ihm in den Weg. Die plötzliche Konfrontation brachte ihn aus dem Konzept. Sie griff in ihre Papiertüte und hielt ihm eine überreife Banane unter die Nase.

»Bei der wird's höchste Zeit«, sagte sie. Er grunzte widerwillig.

»Kann man von Ihnen auch behaupten.« Sie hatte sich einen Apfel aus der Tüte geangelt und biss hinein.

»Könnten Sie Recht haben.« Während der Fahrt mit dem Taxi war sie zu dem Entschluss gekommen, Keitel möglichst wenig Angriffsfläche zu bieten. Zumindest in dieser frühen Phase ihrer Zusammenarbeit. Er ließ ihr den Vortritt.

»Hallo Chef.« Zweifel stand mit verschränkten Armen am Fenster und ließ sich seine Anspannung nicht anmerken. Sie nickte Siebental zu, der an seinem Schreibtisch saß und irgendetwas Eiliges aufschrieb.

»Ich hab Äpfel, Birnen und ein paar Trauben«, rief sie. Keitel schloss die Tür und legte die Banane mit einem Ausdruck des Abscheus auf Siebentals Schreibtisch. Der starrte verwirrt darauf.

»Oh, nicht auf die Papiere …, ich mag eigentlich keine …, warum haben Sie nicht vorher …«

Zweifel hörte sich das an und addierte insgeheim die Eigenschaften seiner anwesenden Kollegen. Profilneurotisch; unfähig, in ganzen Sätzen zu reden; ungeduldig; schüchtern; eigensinnig; obstfixiert; pedantisch; aggressiv; scharf im Beobachten; teamfähig; nicht teamfähig … An dieser Stelle zog er einen Schlussstrich, um sich nicht selbst zu blockieren. Er blieb am Fenster stehen.

»Werfen Sie mir mal 'ne Birne zu, Melzick.« Etwas Gelbes flog durch die Luft. »Danke.« Keitel griff sich an den Kopf.

»Läuft das bei Ihnen immer so ab?«, wollte er wissen.

»Was meinen Sie?«, fragte Zweifel freundlich.

»Na, machen wir jetzt einen Stuhlkreis, oder was?«

»Ihnen gefällt das Klima nicht, Polizeihauptmeister Keitel?« Keitel verschränkte seine Arme und reckte das Kinn.

»Hören Sie zu, Zweifel. Sie sind neu hier. Augsburg ist zwanzig Mal größer als Bad Wörishofen. Ihre Methoden funktionieren vielleicht in der Provinz. Hier sind sie zum Scheitern verurteilt. Hier zählen nur Ergebnisse. Effektivität. Schnelligkeit. Für faule Bananen und weiche Birnen ist hier kein Platz!«

Keitel hatte sich in Rage geredet. Zweifel biss in seine Birne und betrachtete nachdenklich das Innere, bevor er antwortete. Melzick ahnte, was kommen würde und warf Siebental einen verschwörerischen Blick zu, der schnell wegschaute.

»Danke für die vermutlich wohlgemeinten Hinweise. Mit Erleichterung stelle ich fest, dass Sie darauf verzichten, mich mit meinem Rang anzureden. Das lassen wir also ab sofort, Keitel. Schließlich sind wir nicht beim Militär. Schnelligkeit ist gut. Effektivität. Ergebnisse. Ja, das kenne ich alles aus meiner Zeit in Berlin. Da hab ich mal gearbeitet. Etliche Jahre. Das können Sie natürlich nicht wissen. Berlin ist sicher zehn Mal, ach was, fünfzehn Mal größer als Augsburg. Das müsste ich jetzt erst googeln, aber dafür haben wir keine Zeit. Wenn Sie vom Scheitern meiner Methoden reden, urteilen Sie ohne ausreichendes Wissen. Das ist nicht klug in unserem Geschäft, Keitel. Ich versuche jedenfalls immer, vorschnelle Schlüsse zu vermeiden. Ab und zu ein Apfel oder so bringt oft überraschende Ergebnisse.«

Zweifel nickte Keitel zu, der mit versteinertem Gesicht zugehört hatte. »Wir sind uns also einig, denke ich. Und jetzt reden wir nicht mehr über Obst.« Melzick hob den Finger.

»Eins muss ich aber noch loswerden, nur fürs Protokoll: Die Banane war nicht faul.« Sie warf Keitel einen Blick zu. »Und das kann man auch von mir behaupten.«

»Packen Sie sie weg und setzen Sie sich. Sie auch, Keitel. Siebental?«

Zweifel deutete auf die kleine Besprechungsecke, in der sich vier altmodische Holzstühle um einen kleinen Tisch drängelten, nicht viel größer als ein Frühstückstablett. Melzick saß als erste und stellte ihre Tüte unter ihren Stuhl.

»Sieht aus hier wie vom Flohmarkt«, sagte sie.

»Äh, nein«, widersprach Siebental, »das ist ..., das hab ich alles selbst ..., wir müssen ja praktisch ...«

Er setzte sich mit seinem Notizblock neben Melzick, so dass Keitel stirnrunzelnd neben Zweifel Platz nehmen musste.

»Also gut«, sagte Zweifel, »es gibt eine Menge Fragen, die wir klären müssen. Siebental, schreiben Sie bitte auf: Wem gehört der „Weiße Hase"? Wer leitet den Umbau? Wer hat die Schlüssel für das Gebäude? Ist es üblich, dass dort auch samstags gearbeitet wird? ...«

Zweifel hatte die Punkte an den Fingern abgezählt. Er hielt inne. »Warum schreiben Sie nicht?« Siebental deutete auf seinen Block.

»Äh, das hab ich alles schon ..., einen Moment, ich muss nur kurz ...« Er blätterte ein paar Seiten zurück, bis er zu einem Blatt kam, das mit seiner winzigen Schrift zur Hälfte gefüllt war. Zweifel kratzte sich an der Nase.

»Richtig, wir hatten vorhin schon einige Fragen gesammelt. Sehr gut, Siebental. Was haben Sie denn noch aufgeschrieben?« Wie immer, wenn es darum ging, einen geschriebenen Text vorzulesen, gelang es Siebental, ohne zu stocken.

»Wer ist das Opfer mit dem Steckschuss? Wer ist das Opfer mit dem Streifschuss? Gibt es eine Verbindung zwischen ihnen und dem Toten? Kennt Philipp Zorn die Opfer? Warum hat sich dieser Falk so auffällig benommen? Welchen Hintergrund hat er privat und beruflich? Wer kennt ihn?« Siebental verstummte. Zweifel nickte.

»Sina Rothko«, sagte Melzick.

»Wer soll das sein?«, knurrte Keitel.

»Die Rechtsanwältin, mit der Grabinger, so hieß unser Falk mit Nachnamen, nicht nur Akten gewälzt hat«, erwiderte

Melzick. Sie berichtete ausführlich von ihrem Ausflug nach Friedberg (»… die haben da eine quergestreifte Kirche «).

»Und warum haben Sie die Rothko nicht nach Grabingers Arbeitgeber gefragt?«, blaffte Keitel.

Melzick schaute ihn verblüfft an.

»Ups, das war's. Die ganze Zeit über hatte ich schon das Gefühl, was vergessen zu haben.«

»Ok — das werden wir sicher rasch in Erfahrung bringen«, sagte Zweifel. »Fassen wir zusammen, was heute in Augsburg passiert ist. Erstens: Eine korrekt angemeldete Demonstration.« Keitel schnaubte verächtlich durch die Nase und schüttelte den Kopf. »War sie es etwa nicht?«, fragte Zweifel.

»Doch, sicher war sie es.«

»Aber?«

Keitel blickte genervt an die Decke.

»Mein Gott, so ein Aufmarsch lockt doch jedes Mal Chaoten an, Autonome, Radikale, Spinner welcher Art auch immer, da ist die korrekte Anmeldung einen Scheiß wert. Das hab ich diesem Jüngelchen aufs Brot geschmiert.«

»Sie meinen Philipp Zorn.«

»Genau, der Typ, der den ganzen Zinnober inszeniert hat, nur damit er am Ende große Reden schwingen kann.« Melzick biss in ihren Apfel und schluckte einiges hinunter.

»Lassen wir die Motive der Demonstranten mal außer Acht«, sagte Zweifel. »Auf dem Rathausplatz kam es zu Ausschreitungen. Wie sieht die Bilanz aus?«, fragte er Keitel.

»Etwa dreißig leicht Verletzte, darunter auch vier meiner Leute. Zwölf Personen haben wir vorläufig festgenommen. Sie gehören allesamt zur D.A.M.« Melzick nickte.

»„Die Aktive Mitte" — denen bin ich heute begegnet. Ist das 'ne neue Partei? Die scheinen sich einiges vorgenommen zu haben.« Sie berichtete von ihrer Umzingelung in der Bahnhofstraße.

»Ist unter den Festgenommen ein Rädelsführer?«, wollte Zweifel wissen. Keitel zuckte mit den Schultern. »Finden Sie das raus, Keitel. Reden Sie mit ihm. Freundlich, er soll nämlich auch reden. Und Sie, Siebental, versuchen, so viel wie möglich über diese D.A.M. herauszufinden. Eine Mütze, die zu deren Erkennungszeichen gehört, hing am Bauzaun vor dem „Weißen Hasen". Damit sind wir beim dritten Punkt, den Schüssen.«

»Die niemand gehört hat«, ergänzte Melzick, den Apfelstiel zwischen Daumen und Zeigefinger haltend.

»Ein Toter«, resümierte Zweifel, ein Streifschuss, ein Steckschuss, ein toter Hund. Wenn wir uns vor Augen halten, dass jemand aus dem Hinterhalt mitten in eine demonstrierende Menschenmenge schießt, können wir von Glück reden, dass wir nicht mehr Opfer haben.«

»Das hab ich zunächst auch gedacht«, warf Melzick ein, »aber nach einem Amoklauf sieht es mir nicht aus. Wie leicht wäre es gewesen, aus dem Versteck zwanzig, dreißig Leute zu treffen? Warum benutzte der Täter einen Schalldämpfer? Wer ein Chaos, ein Blutbad anrichten will, tut das nicht auf diese Weise.« Sie hob ihre Hand um Keitels Widerspruch zuvorzukommen. »Und noch etwas spricht in meinen Augen gegen einen fanatischen Amokläufer. Zwei Schüsse, die präzise ins Herz Grabingers treffen — das waren keine Zufallstreffer.«

»Und wie erklären Sie sich dann die beiden anderen Opfer?«, fragte Keitel höhnisch.

»Das waren ebenfalls keine Zufallstreffer. Es waren aber auch keine Fehlschüsse.« Keitel warf Zweifel einen spöttischen Blick zu.

»Ihre junge Kollegin hat eindeutig zu viele schlechte Filme gesehen. Wie war das vorhin mit den voreiligen Schlüssen? Wollen Sie mir weismachen, dass der Täter zwei Leuten absichtlich nur ins Bein geschossen hat? Aus welchem Grund denn?«, fragte Keitel und sah an die Decke.

»Ganz einfach«, erwiderte Melzick ungerührt, »um von dem Mord an Falk Grabinger abzulenken.«

»Ha! Lächerlich! Das ist einfach lächerlich!«

»Dann lassen Sie mal hören, was Sie davon halten«, sagte Zweifel.

»Also gut, hier ist meine Version. Der Täter ist eindeutig ein Amokläufer. Es kommt nicht auf die Zahl der Opfer an. Es kommt einzig auf die Tatsache an, dass er in eine Menschenmenge geballert hat. Und zwar vollkommen wahllos und rücksichtslos. Oder wie wollen Sie sonst den Schuss auf den Hund erklären? War der etwa ein Zeuge, der beseitigt werden musste?«

»Er nicht, aber sein Herrchen.«

»Aber das ist doch an den Haaren herbeigezogen.«

»Carlo hat bestätigt, dass er im ersten Stock des „Weißen Hasen" ein Gesicht gesehen hat.«

»Und warum wurde dann nicht er erschossen?«

»Aus Versehen.«

»Ach, jetzt plötzlich doch ein Fehlschuss, wie?« Keitel und Melzick hatten sich gegenseitig hochgeschaukelt. Keiner achtete auf Siebental, der vergeblich versuchte, zu Wort zu kommen. Ihm fiel nichts anderes ein, als einfach aufzustehen.

»Wo wollen Sie hin?«, fragte Zweifel verdutzt.

»Es ist nur, weil …, vielleicht lesen Sie, was ich schreibe …, es ist nicht so wichtig, aber …, nur eine kurze Mail …«

»Sie wollen mir eine Mail schreiben? Jetzt?« Siebental blieb stehen und blickte von einem zum andern. Zweifel seufzte.

»Also gut, Siebental — wir schweigen, Sie reden.«

»Ja, äh, ich dachte nur, ob es vielleicht voreilig …, ich meine, es könnte ja auch …, immerhin ist es möglich, dass …« Keitel verlor zum wiederholten Mal an diesem Tag die Geduld.

»Du lieber Himmel, Mann! Kommen Sie auf den Punkt!« Siebental blickte auf seinen Notizblock und schluckte.

»Es ist nicht so wichtig«, stieß er schließlich hervor.

»Was?«

»Ich muss noch nachdenken …, darüber …«

»Das muss ich auch«, warf Melzick ein, »und zwar über das, was Carlo gesagt hat. Er hat davon gesprochen, einen Handwerker beobachtet zu haben, der die Schlüssel für den „Weißen Hasen" hatte.« Siebental pochte mit dem Bleistift auf seinen Block.

»Er hat was gesagt von …, Bart hat er nicht gehabt …, aber die Schuhe …«

»Was war mit den Schuhen?«, wollte Melzick wissen.

»Oh mein Gott!«, stöhnte Keitel leise und für alle hörbar, »ein Mann mit Schuhen. Höchst verdächtig.« Zweifels Blick traf ihn. Keitel verzog die Lippen und drehte sich weg.

»Sagte er nichts von einem schleppenden Gang?«, erinnerte Zweifel sich.

»Na prima, ein gut rasierter Handwerker mit einem schleppenden Gang«, knurrte Keitel. Seine Lippen kräuselten sich. Er rümpfte die Nase. Er schüttelte den Kopf. Und das war eine Bewegung zu viel.

Zweifel war nichts davon entgangen. Er drehte sich zu Keitel um und sah ihn ernst und unerbittlich an. Keitel erwiderte seinen Blick spöttisch.

Zu spät erkannte er, dass er sich auf ein Augenduell eingelassen hatte.

Zweifel sagte kein Wort. Seine schwarzen Augen hielten Keitels Blick fest, bohrten sich in seine Überheblichkeit, umklammerten seine Arroganz. Keitel lernte in der folgenden Unendlichkeit, die vielleicht zwei Minuten dauerte und in vollkommener Stille durch den Raum schlich, Kommissar Adam Zweifel so gründlich kennen, dass er es vorgezogen hätte, ihm künftig nicht mehr begegnen zu müssen.

Sollte er sich doch die Zähne ausbeißen an diesem merkwürdigen Mord, mit seinen Hinterwäldler-Methoden. Er würde sich noch wundern, dieser aufgeblasene Glatzkopf mit seiner alternativen Pseudo-Assistentin. Je eher die beiden Nieten scheiterten, desto besser für ihn. So dachte Keitel an der Oberfläche, um sich selbst zu beruhigen.

Gleichzeitig blickte er in zwei tiefschwarze Augen, die ihm unmissverständlich sagten: ›So nicht! Gegen mich kommst du nicht an!‹ Irritiert wich Keitel am Ende diesem Blick aus und schüttelte verärgert den Kopf.

Noch immer fiel kein Wort. Siebental hatte der stummen Konfrontation mit wachsendem Unbehagen zugesehen. Melzick hatte sich absichtlich zurückgehalten, was ihr schwerfiel, da sie dieses „Einander-in-die-Augen-starren-bis-einer-tot-umfällt" kindisch fand. Aber sie wollte ihrem Chef nicht in den Rücken fallen. Als Keitel aufgab, was nur drei der vier Anwesenden so empfanden, bückte sie sich zu ihrer Tüte runter.

»Ich muss hier irgendwo noch 'nen Fehdehandschuh haben«, murmelte sie für alle deutlich hörbar. Sie tauchte mit einem harmlosen Gesicht wieder auf. »Aber ich weiß nicht recht — Handschuhe — bei den Temperaturen heute?« Zweifels Stimme war ruhig und gelassen.

»Für heute verzichte ich auf Ihr Angebot, Melzick. Ich denke, das können wir uns sparen.«

Keitel sah demonstrativ aus dem Fenster.

»Apropos Handschuhe«, meldete sich Siebental zu Wort. Mehr brauchte er nicht zu sagen.

»Ein weiterer Punkt, der Carlo aufgefallen ist«, sagte Melzick. »Der vermeintliche Handwerker trug bei fünfundzwanzig Grad bereits seine Handschuhe, bevor er den „Weißen Hasen" erreichte.«

»Wir machen Folgendes«, sagte Zweifel. »Melzick, Sie fahren morgen Vormittag nach Friedberg und reden mit Carlo wegen des Polizeischutzes. Grabingers Ehefrau besuchen wir gemeinsam am Nachmittag.«

»Müssen Sie nicht umziehen?«

»Deswegen sagte ich ja, Nachmittag. Siebental, Sie kümmern sich um die D.A.M. und klären die Fragen ganz oben auf Ihrer Liste. Sie wissen schon: Eigentümer, Bauleitung und so weiter. Sie, Keitel, reden mit den Randalierern. Es wird vermutlich nicht einfach sein, aus denen etwas herauszubekommen. Ich will wissen, wie die ticken. Ob die ernst zu nehmen sind. Lassen Sie durchblicken, dass Schüsse gefallen sind. Wie reagieren die Leute darauf? Welche Ausreden haben sie?« Keitel wandte sich langsam zu ihm um.

»Ich weiß schon, wie man mit diesen Leuten reden muss«, sagte er und betonte jedes einzelne Wort.

»Außerdem muss jemand die beiden Angeschossenen befragen«, fuhr Zweifel fort.

»Um Jocelyn kümmere ich mich«, sagte Melzick hastig. Keitel warf ihr einen misstrauischen Blick zu.

»Diesen Fabian übernehmen Sie, Keitel. Haben wir die Kugel?«, fragte er Melzick.

»Ist bereits in der Ballistik.«

Keitel stand abrupt auf.

»Wir treffen uns morgen Nachmittag um 16 Uhr hier«, sagte Zweifel. Keitel war schon an der Tür und wollte den Raum wortlos verlassen.

»Ich nehme mal an, wir sollen pünktlich sein«, warf er über die Schulter zurück, wartete die Antwort nicht ab und machte sich aus dem Staub.

»Ist kein Problem für mich«, meinte Melzick fröhlich und sah Siebental an. »Für Sie?«

»Äh, das war noch nie …, ich bin üblicherweise sogar …, man will ja niemanden warten …, also — nein.«

»Na, dann ist ja alles klar«, seufzte Zweifel.

Der Mercedes Sprinter stand im Weg. Die beiden Hecktüren waren offen, der Warnblinker blinkte zuversichtlich, aber die Karre stand dennoch in der zweiten Reihe neben vorbildlich geparkten und gereinigten Mittelklassewagen und damit im Weg. Ein nicht zu tolerierendes Ärgernis nach einhelliger Meinung der auf dem Gehweg versammelten älteren Herren. Edwin Zweifel sah sie schon von weitem.

»Wenn das keine gute Gelegenheit ist«, dachte er, marschierte direkt auf sie zu und lüpfte seinen Sommerhut. Wie immer trug er eine flache Aktentasche unter dem Arm, in der sich ein paar nützliche Broschüren befanden.

»Die Herren — so früh am Sonntagmorgen schon eine Versammlung?«

Sie musterten ihn argwöhnisch.

»Sie wollen der Frau des Hauses nicht im Weg stehen. Räumen das traute Heim, damit sie ungestört aufräumen kann, wie? Kann Ed gut verstehen, kennt Ed alles.« Ed war in seinem Element. »Irgendwie muss man die Zeit ja totschlagen, wie? Kann zum Problem werden, was?« Er schaute sie der Reihe nach an und hob eine Hand. »Ed hat da eine interessante Lösung, mit der Sie vielleicht noch nicht vertraut sind.« Die Männer wurden etwas zutraulicher. »Wie steht es denn mit Ihrem …«

Kommissar Zweifel traute seinen Augen nicht, als er, eine schwere Bücherkiste auf den Armen, kurz aus dem Fenster sah. Verdutzt stellte er die Kiste ab. Was machte denn sein Vater schon wieder hier? Und wen zum Teufel bequatschte er denn da?

Er sah, wie sein Vater aus einer Aktenmappe ein kleines Heftchen holte und es den Männern mit einem seriösen Gesichtsausdruck präsentierte. Verblüfft beobachtete Zweifel, wie die Versammlung sich blitzschnell auflöste. Die Männer eilten hastig in alle Richtungen davon, wie Kakerlaken, wenn das Licht angeht. Sein Vater packte die Broschüre, oder was auch immer das war, wieder ein und drehte sich zu dem Haus um, in dem Zweifel hinter einem Fenster stand und mehr als eine Frage hatte. Ed winkte kurz und Zweifel bedeutete ihm, hereinzukommen.

»Willst du wieder ein Frühstück?«, begrüßte er ihn in der Tür. Ed Zweifel klemmte die Aktentasche unter den anderen Arm.

»Um ehrlich zu sein — nein. Dein Orangensaft ist zu süß und der Toast ist — eben nur ein Toast.«

»Das wolltest du mir also sagen?«

»Äh — nein. Ed dachte beim Aufstehen: Heute zieht er um. Mach dich nützlich.«

»Aha.«

»Ja, und als erstes hat Ed deine ungebetenen Zuschauer verjagt.«

»Das hab ich gesehen. Womit denn?«

»Oh, Ed hat sie nur gefragt, wie es mit ihrem Glauben steht.«

174

»Du hast dich als Zeuge Jehovas ausgegeben?«

»Funktioniert immer, wenn man jemanden loswerden will.« Zweifel schüttelte den Kopf.

»Das ist mir einen Kaffee wert. Aber abgesehen davon — meine Bücherkisten sind zu schwer für dich und für den Rest brauche ich niemanden.«

»Dann bleibt Ed draußen und sorgt für reine Luft.« Zweifel seufzte.

»Jetzt komm erst mal rein.«

15. Kapitel

Der Sonntag brachte eine deutliche Abkühlung mit sich. Melzick hatte schlecht geschlafen und blieb erst mal liegen. Irgendwann wälzte sie sich aus dem Bett und schlurfte in die Küche. Missmutig sah sie aus dem Fenster.

Die Sonne war zwar irgendwo aufgegangen, aber es war nichts von ihr zu sehen. Die Ausläufer eines Sturmtiefs hatten sich nach Bad Wörishofen verlaufen und begleiteten Melzick, nachdem sie ausführlich gefrühstückt hatte, auf ihrem Weg zum Bahnhof und sogar bis nach Augsburg. Während sie zu dem Anschlusszug nach Friedberg hastete, zog sie den Reißverschluss ihrer dünnen Fleece-Jacke hoch.

Es gab nicht viel, was sie von ihrer Mutter übernommen hatte. Der Satz: »Wer einen Schirm mitnimmt, hat das Recht auf Regen«, gehörte dazu. Folgerichtig hatte sie nie einen Schirm besessen. Als sie in Friedberg aus dem Zug stieg, klatschte ihr eine Regenbö ins Gesicht. Sie nahm es grummelnd hin und eilte in Richtung Innenstadt. Sie wusste bereits, wo die Ludwigstraße zu finden war und hoffte, dass Carlo ebenfalls nicht regenscheu war.

»In der Ludwigstraße gegenüber dem Altstadtcafé hat er seinen Stammplatz«, hatte der Junge gesagt. Die Verkäuferin aus dem Esprit-Laden hatte ihm die Auskunft gegeben. Es war clever gewesen, nicht selbst danach zu fragen. Unter allen Umständen mussten Spuren vermieden werden, die zurückverfolgt werden konnten. Der Junge hatte nur Augen für den Zwanziger gehabt. Er würde vielleicht beschreiben können, wer ihm das Geld gegeben hatte, aber die Beschreibung würde sich anhören wie aus einem Sherlock-Holmes-Roman und garantiert nicht zum Ziel führen. Die

Tiefgarage am Anfang der Ludwigstraße war so früh am Vormittag schwach belegt. Der Nissan war unauffällig. Niemand würde sich an ihn erinnern.

Bis zum Altstadtcafé waren es nur ein paar Gehminuten. Gegenüber davon musste sich ein offener Bücherschrank befinden. Da würde man Carlo sicher antreffen, hatte der Junge gesagt. Meistens ab halb zehn. Ein Blick auf die Uhr. Noch war Zeit, die Sache zu überdenken. Welche Alternativen gab es?

Der Griff in die Manteltasche. Das kühle Metall lag vertraut in der Hand. Die Hand wusste, was zu tun war.

Carlo hatte schlecht geschlafen. Alkohol war seine Sache nicht, aber Sepp Brenner hatte ihn dazu überredet. Er hatte ihn in sein Haus eingeladen und ihm einen Schnaps aufgedrängt.

»Du kommst noch früh genug in deine Hütte.« Nach dem vierten Glas hatte Brenner von einer jungen Frau gefaselt, die behauptet hatte, von der Polizei zu sein. »Die will ich nicht nochmal hier sehen, das sag ich dir.«

»Das kann ich kaum beeinflussen.«

»Oh doch, das kannst du. Die wollte schließlich zu dir. Du sollst dich nicht in der Öffentlichkeit blicken lassen, hat's gesagt. ›Ist der Carlo in Gefahr?‹, hab ich gefragt. ›Fragens ihn doch selbst‹, hat's gesagt.« Er schenkte sich das nächste Glas voll. »Und? Was sagst jetzt du? Hat die sich bloß aufgeplustert oder ist da was dran?«

»Wo dran?«

»Mit der Gefahr, Mensch, du hast mich schon verstanden.«

»Was weiß denn ich? Die soll mir den Buckel runterrutschen. Ich lass mir nicht vorschreiben, wo ich bleiben soll.«

»Genau das hab ich auch gesagt: ›Der lasst sich nix sagen.‹ Und wenn diese Dame dich morgen besucht in der Ludwigstraße, den Tipp hab ich ihr nämlich gegeben, dann sag ihr, dass sie da auf meinem Grund und Boden nix verloren hat.«

Carlo war gegangen, bevor er sich Brenners Litanei ein zweites Mal anhören musste. Der alte Säufer. Er selbst hatte nur zwei Schnäpse gehabt, aber selbst die waren schon zu viel gewesen.

Die halbe Nacht lag er wach in seiner Hütte mit dem toten Sokrates neben sich. Beim ersten Morgengrauen stand er auf und grub ein Loch im Wald, keine zehn Meter von der Hütte entfernt. Er hob Sokrates auf und legte ihn behutsam hinein. Er sah auf ihn hinunter und ihm war, als hätte der Tod seinen Gefährten kleiner gemacht. Er sprach leise ein paar Worte zu ihm.

Er nahm den Spaten und schaufelte das Grab zu. Der Wind fegte kalte Tropfen von den Bäumen. Er klopfte die Erde fest und ging in seine Hütte zurück.

Carlo kochte sich einen Kaffee und stand mit der Tasse in der Hand, ohne davon zu trinken, lange mitten im einzigen Raum. Er dachte daran, wie er Sokrates bekommen hatte, vor vielen Jahren.

Als der Kaffee kalt war, schüttete er ihn aus dem Fenster, holte den Koffer unter seinem Bett hervor und zog die weißen Klamotten aus dem achtzehnten Jahrhundert an. Die weiße Perücke steckte er in den Rucksack. Er schminkte Gesicht und Hals weiß, zog die weißen Handschuhe an, nahm seinen Rucksack und machte sich auf den Weg.

Melzick war leicht außer Atem, als sie in die Ludwigstraße einbog. Es war 9 Uhr 15. Es hatte aufgehört zu regnen.

In Gedanken hatte sie sich ein paar Argumente zurechtgelegt, mit denen sie Carlo davon überzeugen wollte, in Deckung zu bleiben. Sie schätzte ihre Erfolgschance fünfzig zu fünfzig ein. Aus dem Gespräch gestern hatte sie den Eindruck, einen guten Draht zu ihm gefunden zu haben.

Sie musste an Sokrates denken. Der Schuss auf ihn war ihr Hauptargument. Sie lief an zwei Bäckerläden vorbei, einem Fahrradladen, einem Drogeriemarkt, einem Optiker — es war wie Brenner gesagt hatte: Ein Geschäft reihte sich an das nächste. Die Ludwigstraße machte zunächst einen leichten Bogen nach rechts, knickte dann nach links ab, um gleich darauf, nach einer erneuten Rechtskurve, geradeaus zu verlaufen.

Melzick sah Carlo schon von weitem. Das heißt, sie sah eine weißgekleidete Gestalt, die neben einer großen, gläsernen Vitrine stand, die sich als offener Bücherschrank entpuppte. Für einen Moment war sie verwirrt, als sie das weißgeschminkte Gesicht sah. Doch beim Näherkommen erkannte sie Carlo wieder.

Auch er hatte sie schon entdeckt, tat aber so, als hätte er sie nicht gesehen. Er drehte sich zu dem kleinen Gartencafé in seinem Rücken um, das sich vor der Sankt-Jakobs-Kirche mit ein paar Tischen und Stühlen breitmachte. Es gehörte zum Altstadtcafé. Carlo hatte mit dem Wirt vereinbart, dass er sich einen Stuhl ausleihen durfte, sofern er die Leute nicht belästigte. Er wollte den Stuhl gerade zu seinem Platz tragen, als Melzick ihm gegenüberstand.

»Guten Morgen, Carlo. Wie geht es Ihnen?« Carlo warf ihr einen halb mürrischen, halb resignierten Blick zu.

»Schlecht«, war alles, was er sagte. Er zupfte an den Rüschenmanschetten seines Gehrocks, holte einen kleinen Handspiegel hervor und überprüfte Gesicht und Hals.

»Theaterschminke?«, fragte Melzick. Er zuckte die Achseln, holte aus seinem Rucksack die weiß gepuderte Zopfperücke und setzte sie routiniert auf. »Wen stellen Sie dar?«

»Shakespeare, Kaiser Nero, König Drosselbart — einer hat sogar mal auf Bismarck getippt. Die Leute haben keine Ahnung mehr von Geschichte.« Melzick runzelte die Stirn.

»Achtzehntes Jahrhundert — da passt wohl am ehesten Mozart, aber dafür sind Sie nicht musikalisch genug«, meinte Melzick. Er warf ihr einen prüfenden Blick zu.

»Das Jahrhundert stimmt, junge Dame, Sie überraschen mich. Aber den Fehler, Mozart zu imitieren, haben schon genug Dilettanten begangen.« Als Melzick schwieg, fügte er hinzu: »Ich bin niemand anders als Carlo, der sich in diese alten Zeiten zurückversetzt. Das ist alles.«

»Jetzt bin ich überrascht«, erwiderte Melzick. Wieder zuckte er nur mit den Achseln.

Er rückte den Stuhl zurecht, stellte eine weiße Holzschatulle in genau bemessenem Abstand vor sich auf den Boden und setzte sich.

»Was Sie hier tun, ist lebensgefährlich, Carlo, solange wir den Mörder von Sokrates nicht geschnappt haben.« Carlo schloss die Augen, als würde seine Geduld auf eine harte Probe gestellt.

»Sie können mir nicht verbieten …«

»Es geht nicht darum, Ihnen was zu verbieten. Aber wir gehen davon aus, dass die Kugel, die Sokrates getötet hat, für Sie bestimmt war. Sie haben das Gesicht des Mörders gesehen und er hat Sie gesehen. Was glauben Sie wohl, was er eher tun wird? Hoffen, dass Sie den Mund halten? Oder dafür sorgen, dass Sie den Mund halten!« Carlo winkte ab.

»Das mag ja alles sein. Aber jetzt verraten Sie mir mal, woher der Mörder wissen soll, dass ich heute in Friedberg bin, weiß geschminkt — eine komische Figur aus alten Zeiten. Sie wissen es doch auch nur, weil ich es Ihnen gesagt habe.«

»Und Brenner?«

»Ja, meinetwegen, der hat es Ihnen auch gesagt. Aber Ihr Mörder hat mich als armseligen Flötenspieler in der Annastraße in Augsburg gesehen, ungeschminkt, in meinen alten Klamotten. Wie soll er mich hier finden? Sagen Sie selbst!«

Melzick sagte nichts. Stattdessen atmete sie tief durch. Vielleicht hatte Carlo Recht. Sie wusste keine Antwort. Für Carlo war die Sache klar. »Also — lassen Sie mich jetzt hier in Ruhe arbeiten«, brummte er. Dann rutschte er in seinem Stuhl etwas nach vorn, lehnte sich bequem zurück, verschränkte die Arme, senkte den Kopf und erstarrte zur Marmorstatue.

»Sie stellen sich schlafend?«, fragte Melzick. Carlo nickte.

»Die Leute kommen näher ran und die Kinder erschrecken nicht so, wenn ich plötzlich die Augen öffne.«

Melzick sah ihn an. Er war von seinem Vorhaben nicht abzubringen. »Wenn Sie hier stehenbleiben, ist das nicht gut fürs Geschäft«, fügte er hinzu.

Melzick seufzte, zog einen Fünfer aus ihrer Hosentasche und legte ihn in die weiße Holzschatulle. »Merci, Mademoiselle«, hörte sie Carlo sagen.

In diesem Augenblick meldete sich ihr Handy. Es war Siebental. Sie ging ein paar Schritte zur Seite.

»Siebental! Was gibt es?« Die Stimme des kleinen, rundlichen Kollegen klang angespannt, so als ob er sich besonders anstrengen müsste, ruhig zu bleiben.

»Ich lese vor«, erwiderte er. »Die gestrige Demonstration ist das Werk irregeleiteter Klima-Fanatiker gewesen. Wir haben beschlossen, Aktionen dieser Art, welche die Bürger mit falschen Informationen vergiften und aufhetzen, auf das Schärfste zu bestrafen. Die Schüsse wurden im Namen der Wahrheit und der Vernunft abgegeben. Wir wissen, dass eine große Mehrheit — die Mitte unserer Gesellschaft — so denkt. Die Zeit ist gekommen, aktiv zu werden.« Siebental verstummte.

»Was ist das? Was haben Sie da vorgelesen? Ein Bekennerbrief? Wo haben Sie den her?«, sprudelte es aus Melzick heraus. Sie hörte Siebental laut atmen. Papier raschelte.

»Briefkasten …, der lag bei uns im …, kein Umschlag …, äh …, Schriftgröße 16, Schriftart Helvetica, aber fett …«

»Der muss auf Fingerabdrücke untersucht werden, Siebental, sofort.«

»Ist schon im Labor …, ich hab mir eine Kopie …, aber die Presse …«

»Sie haben Recht. Diese Typen wollen größtmögliche Aufmerksamkeit. Die haben sicher auch der Augsburger Allgemeinen so einen Wisch zukommen lassen. Kennen Sie da jemanden? Das Pamphlet darf auf keinen Fall veröffentlicht werden.«

»Ich äh, ja, genau …, ich weiß schon, wen ich …, aber rufen Sie …«

»Sicher, ich rufe den Chef an. Bis später.«

Melzick war während des Telefonats weitergegangen und stand jetzt vor der Buchhandlung Gerblinger. Ohne darauf zu achten, war sie auf der anderen Seite der Ludwigstraße gelandet. Sie beobachtete die weiße Gestalt Carlos aus der Ferne. Noch immer hatte er die Arme verschränkt und sah aus wie eine schlafende Skulptur aus Marmor, die ein verwirrter Bildhauer auf einen Gartenstuhl mitten auf dem Gehweg platziert hatte. Er wirkte unverwundbar.

Sie ließ sich durch den Kopf gehen, was Siebental ihr vorgelesen hatte. Sie dachte an ihre Begegnung mit den Anhängern der „Aktiven Mitte". Sie war ratlos in diesem Moment. Konnte sie Carlo sich selbst überlassen? Bestand wirklich keine unmittelbare Gefahr für ihn? Hatte er Recht mit seiner Einschätzung?

Sie bemerkte, wie ein kleiner Junge vor ihm stehenblieb und ihm frech grinsend ins Gesicht sah. Carlo verzog keine Miene. Offensichtlich fragte der Junge ihn etwas. Melzick konnte nichts verstehen. Die Mutter des Jungen eilte herbei und zerrte den Kleinen weg, der prompt zu schreien begann. Carlo war wie aus Stein und Melzick musste zugeben, dass niemand diese Figur mit dem Flötenspieler auf dem fliegenden Teppich aus der Annastraße in Verbindung bringen würde.

Melzick hatte kein gutes Gefühl dabei, aber sie entschied dennoch, sich auf den Weg zur Stadtmauer 45 zu machen. Sie würde mit ihrem Chef zwar erst am Nachmittag dort die Frau von Falk Grabinger besuchen, aber sie wollte sich das Haus schon mal von außen ansehen. Es war ja auch nur ein paar hundert Meter entfernt. Sie ging vor bis zum Altstadtcafé, bog rechts in eine Straße ab, die an der Sankt-Jakobs-Kirche vorbeiführte und wusste, dass sie irgendwann nach links zur Stadtmauer abbiegen musste.

Da war er also, das musste er sein. Hier das Altstadtcafé, dort der Bücherschrank. Aber war er das wirklich? War das dieser Bettler, der gestern in der Annastraße mit seinen Augen so unvorsichtig gewesen war? Weiß geschminkt? Verkleidet? Perücke? Warum hatte der Junge das nicht erwähnt? Andererseits: Die Statur war dieselbe. Die Augen hat er geschlossen, tut so, als ob er schläft.

Ich muss näher herangehen. Ich muss sichergehen. Ich muss mich beeilen, solange hier noch nichts los ist. Er merkt nichts. Ein paar Schritte noch. Ich beuge mich zu ihm hinunter, werfe was in seine Kiste, tue so, als ob ich ihn anspreche. Das ist es! Ich frag ihn einfach, ob er der Mann ist, dessen Hund man gestern erschossen hat.

Ich muss es wagen. Wenn ich mich vorbeuge, verhüllt der Mantel alles. Und dann frage ich ihn.

Als Melzick vor der Nummer fünfundvierzig stand, ein uraltes Steingemäuer, das auch als Pulverturm bekannt war, passierten drei Dinge. Erstens schoss ihr der Gedanke durch den Kopf: »Ich muss zurück zu Carlo.«

Zweitens wurde ihr bewusst, dass sie Zweifel noch gar nicht angerufen und von dem Bekennerschreiben berichtet hatte. Und drittens meldete sich ihr Smartphone. Ihr Bruder Zacharias war dran.

»Hey Zack, ich hab leider gar keine Zeit, ich muss dringend meinen Chef anrufen«, sagte sie und war schon auf dem Weg zurück in die Ludwigstraße.

»Was ist mit Jocelyn?«, wollte Zacharias wissen.

»Was fragst du mich? Bist du nicht bei ihr?«

»Doch, natürlich, aber ich will wissen, ob du sie aus den Ermittlungen raushalten kannst.«

»Wie geht es ihr denn?

»Die Wunde ist nicht so schlimm. Wird gut verheilen, meinen die Ärzte. Aber sie ist mental gar nicht gut drauf, Mel. Das macht mir echt Sorgen. Wirklich, das macht mir Angst.« Melzick begann zu laufen.

»Ich kann dir nichts versprechen, Zack. Kümmer' dich um sie, lass sie auf keinen Fall allein. Ich muss jetzt Schluss machen. Ruf mich heute Abend an.«

Melzick legte einen Spurt ein und war rasch wieder bei der Sankt-Jakobs-Kirche und gleich darauf in der Ludwigstraße. Atemlos blickte sie links den Gehsteig entlang. Dort saß Carlo in seiner weißen Erscheinung in sich gekehrt auf dem Stuhl. Er hielt den Kopf gesenkt, die Augen waren geschlossen, so wie sie ihn zuletzt gesehen hatte. Melzick stellte es sich schwierig vor, bewegungslos in der Öffentlichkeit zu verharren.

Sie spähte die Ludwigstraße in beide Richtungen entlang. Die Friedberger wussten, dass der verkaufsoffene Sonntag bis 17 Uhr ging. Daher war es nicht verwunderlich, dass außer ein paar Senioren noch niemand auf den Beinen war. Das Altstadtcafé öffnete gerade seine Pforten. Melzick warf einen Blick hinein. Gleich neben dem Eingang gab es einen kleinen Tisch am Fenster, von dem aus sie ungestört ein Auge auf Carlo haben konnte. Die Bedienung kam auf sie zu. Sie war eine von der Sorte, die jeden Gast mit Namen begrüßte, mit Leichtigkeit jeden zum Reden brachte und sich selbst als unverzichtbare Nachrichtenbörse betrachtete, die nebenbei auch Kaffee und süße Teilchen servierte.

»Schön, Sie hier zu sehen«, begrüßte sie Melzick mit einem Lächeln, das ernst gemeint war. »Das erste Mal in Friedberg? Na — jedenfalls das erste Mal in unserem Altstadtcafé.« Melzick nickte, lächelte zurück und steuerte zielstrebig auf den kleinen Tisch am Fenster zu. »Was darf ich Ihnen denn antun?«, fragte die Bedienung. »Wir haben einen wunderbaren Birnenkuchen, ist gerade erst aus dem Backofen gekommen.« Melzick stellte ihre übliche Frage und erwartete die übliche enttäuschende Antwort.

»Haben Sie was Veganes?«

»Aber sicher doch. Von unserer Himbeertorte dürfte noch ein schönes Stück übrig sein. Dazu eine heiße Schokolade mit

Sojamilch? Oder lieber Hafermilch?« Melzick glaubte, sich verhört zu haben.

»Ähm — Hafermilch, bitte.«

»Kommt sofort.« Die Bedienung schwirrte ab und Melzick spürte ein plötzliches Magenknurren.

Sie schaute sich flüchtig um. Ein älterer Mann mit wirrem grauem Haarschopf und einer runden Nickelbrille saß drei Tische entfernt. Er berührte sein Smartphone praktisch mit der Nase und war der einzige Gast außer ihr. Nur kurz blickte er auf, als von der Hafermilch die Rede war, dann vertiefte er sich wieder in die neuesten Katastrophen, die seit gestern auf diesem Planeten passiert waren.

Melzick holte ihr eigenes Smartphone hervor und rief Zweifel an. Nach dem zehnten Klingelton legte sie auf und probierte es gleich noch einmal, vergeblich. Sie schickte ihm eine SMS und legte ihr Smartphone zur Seite, als die Bedienung mit der Himbeertorte und einer dampfenden Tasse Kakao kam.

»Die Torte ist etwas kalt, dafür ist die Schokolade umso heißer. Ich hoffe, Sie haben keine empfindlichen Zähne«, sagte sie.

»Nö. Die halten was aus«, erwiderte Melzick, »aber trotzdem danke für die Warnung. Ich werde mir einfach Zeit lassen.«

»Und dabei Leute beobachten, wie? Das würde ich jedenfalls tun. Gibt nichts Interessanteres. Man erfährt eine Menge dabei.«

Melzick warf ihr einen neugierigen Blick zu. Die Bedienung deutete mit dem Zeigefinger kurz in Carlos Richtung. »Da drüben, zum Beispiel«, fuhr sie fort, als sie Melzicks Interesse spürte, »das ist Carlo.«

»Sie kennen ihn?«

»Wir wechseln ab und zu ein paar Worte, wenn ich ihm wieder mal ein kleines Stipendium in seine Holzkiste werfe, meist kurz bevor er Feierabend macht. Vor einem Jahr oder so ist er das erste Mal bei uns aufgetaucht. Sitzt praktisch jeden Sonntag da drüben auf seinem Stuhl. Verdient sein Geld im Schlaf, sag ich immer.«

»Aha«, sagte Melzick, »wirkt täuschend echt, finde ich.« Die Bedienung nickte.

»Er hat die Ruhe weg und er bedankt sich in fünf Sprachen und winkt einem dabei zu, bevor er wieder zu Stein wird.«

»Bei mir war es Französisch«, bestätigte Melzick. Die Bedienung nickte mit Kennermiene und beide blickten hinüber zu der weißen Gestalt.

16. Kapitel

In der nächsten Viertelstunde konzentrierte sich Melzick auf ihren Kuchen, ihren Kakao und auf die Menschen, die an ihrem Fenster und auf der anderen Straßenseite an Carlo vorbeikamen. Je länger sie ihn dort sitzen sah, desto mehr bewunderte sie ihn für seine Körperbeherrschung. Oder war es eher sein Geist, den er beherrschte? Es dauerte eine Weile, bis jemand bei ihm stehenblieb und etwas spendete. Es war eine junge Mutter, die ihr Kind auf dem Arm trug und mit dem Finger auf Carlo deutete. Irgendetwas daran gefiel Melzick nicht.

»Na, heute hält er aber lange durch, unser Carlo, was?« Die Bedienung war an ihren Tisch gekommen, um abzuräumen. Melzick starrte sie an.

»Die Frau hat was in seine Kiste geworfen und er hat sich nicht bedankt.«

»Das sieht ihm aber gar nicht ähnlich.« Die junge Mutter stand direkt vor Carlo. Melzick sprang auf. Ein heißer Blitz zuckte durch ihren Körper.

Sie riss die Tür auf und rannte hinüber auf die andere Seite. Carlo saß auf seinem Stuhl. Sein massiger Schädel mit der weißen Perücke war tiefer gesunken, als wäre er tatsächlich eingeschlafen. Melzick war es von ihrem Fenster aus nicht aufgefallen.

»Was ist mit ihm?«, fragte die junge Mutter.

Melzick schob sie sanft zur Seite und beugte sich zu Carlo hinab. Sie blickte in sein mit weißer Schminke bedecktes Gesicht, das mehr denn je wie aus Stein gemeißelt schien. Die geschlossenen Augen, die breite Nase, die halb wie im Schlaf geöffneten Lippen. Sein dicker Hals war von weißen Rüschen verdeckt. Melzicks Blick wanderte tiefer. Als sie die beiden winzigen Löcher in seiner weißen Brokatweste sah, sank sie auf die Knie.

»Was ist denn mit ihm?«, fragte die junge Frau Melzick noch einmal. Melzick starrte in das weiße Gesicht Carlos. Sie versuchte, sich zusammenzureißen. Aufsehen konnte sie jetzt am allerwenigsten gebrauchen.

»Es geht ihm gerade nicht so gut«, brachte sie mühsam beherrscht hervor. Das Kind auf dem Arm der jungen Frau fing zu quengeln an. »Gehen Sie ruhig weiter, ich kümmere mich um ihn«, sagte Melzick, ohne einen Blick von Carlo zu lassen.

Die Frau ging. Melzick überlegte fieberhaft. Was war zu tun? Sie warf einen Blick zum Altstadtcafé. Die Bedienung stand in der offenen Tür und spähte herüber. Carlo durfte nicht bewegt werden, bis die Kollegen aus Augsburg da waren.

Melzick legte eine Hand auf Carlos Schulter, um ihn irgendwie festzuhalten.

Die andere Hand zitterte, während sie Zweifels Nummer wählte und betete, dass er endlich drangehen würde.

Zweifel ging voraus in die Küche, sein Vater folgte ihm. Dabei erhaschte er einen kurzen Blick ins Wohnzimmer.

»Viele Kisten hast du ja wirklich nicht.« Es klang bedauernd. Zweifel füllte den Wasserkocher und blickte sich suchend um.

»Die Maschine ist schon eingepackt, aber ich hab noch Sofortlöslichen, glaub ich wenigstens.« Er öffnete sinnlos sämtliche Türen seiner leergeräumten Küchenzeile. Sein Vater brachte seine Gedanken durcheinander, die den ganzen Morgen über zwischen den vielfältigen Aspekten seines neuen Falles und seines Umzugs hin und her geflattert waren.

Ed Zweifel deutete auf eine Kiste, die im Flur stand.

»Probier's mal da.«

»Wieso? Da sind nur Töpfe und Zeugs drin.« Ed Zweifel bekräftigte seinen Vorschlag mit einem nachdrücklichen Nicken in Richtung „Töpfe und Zeugs". »Da kann er gar nicht sein. Das wüsste ich«, brummte sein Sohn, zog den Klebestreifen ab, klappte den Deckel auf — und stutzte.

»Wenn früher irgendjemand im Haus etwas verzweifelt gesucht hat, wer hat es dann immer gefunden?«, fragte Ed ein paar Minuten später. »Danke. Sofortlöslicher ist eigentlich nicht mein...«, murmelte er und nahm seine Tasse entgegen.

»Tu mir einen Gefallen und rede in ganzen Sätzen. Halbe Sätze hab ich seit gestern so viele gehört, dass es für ein ganzes Buch reicht«, erwiderte Zweifel und nippte vorsichtig an dem angeschlagenen blauen Becher, der diesen Umzug nicht überleben würde.

Sie saßen einander im Wohnzimmer gegenüber, jeder auf einer Umzugskiste und tranken schweigend.

»Was wirst du jetzt tun?«, fragte Ed schließlich. Zweifel nickte, als hätte er die Frage hören wollen.

»Mein Zeugs einladen, den Schlüssel in den Briefkasten werfen, nach Friedberg fahren und ...« Ein dumpfer Klingelton war entfernt zu hören.

»Was ist das?«, fragte Ed.

»Mein Handy. Verdammt, wo hab ich das hingesteckt?« Ed überlegte nicht lange.

»Probier's mal da«, sagte er und deutete auf eine Kiste direkt neben sich. »Das Geräusch hab ich übrigens vorhin schon mal gehört.«

»Na prima«, stöhnte Zweifel, »ich aber nicht.« Er riss den Deckel auf. Vier weitere Kisten dauerte es, bis er fündig wurde. »Melzick! Haben Sie es vorhin ...« Melzick ließ ihn die

Frage nicht beenden. Ed Zweifel beobachtete, wie sich das Gesicht seines Sohnes verhärtete, wie er die Augen schloss und seine Kiefer zusammenpresste, während er Melzick zuhörte. »Ich bin so schnell wie möglich …, haben Sie schon mit …, gut ich werde mich …« Er legte auf und starrte aus dem Fenster.

»Das waren jetzt aber auch lauter Halbsätze. Wie soll man denn da …« Zweifel drehte sich zu seinem Vater um.

»Du wolltest dich nützlich machen?«, fragte er. Sein Vater stand auf.

»Ed ist zu allem bereit, äh …, natürlich nur im Rahmen seiner Möglichkeiten.«

Zweifel setzte den Blinker und überholte einen BMW. Die Tachonadel kletterte, ohne zu zittern bis auf hundertsechzig. Sein Vater saß auf dem Beifahrersitz und winkte dem BMW-Fahrer gönnerhaft zu.

Ed fand Gefallen an der Raserei seines Sohnes. Er hatte mit ihm zusammen dreizehn Umzugskisten in dem Sprinter verstaut. Innerhalb von zwanzig Minuten war die Wohnung leergeräumt.

Währenddessen hatten sie kein Wort gewechselt. Ed war klar, dass etwas Ernstes passiert sein musste. Etwas, das seinen Sohn mit fast hundertsiebzig die B17 entlangrasen ließ, die an diesem wolkenverhangenen Sonntag wenig befahren war.

Die WWK-Arena, das Augsburger Bundesligastadion, flog an ihnen vorüber. »Den Porsche kriegen wir auch noch«, dachte Ed, bevor sein Sohn vom Gas ging und die nächste Ausfahrt nahm. Sie ließen das Messegelände links liegen und waren auf der B300, die am schnellsten durch die südlichen Stadtteile von Augsburg nach Friedberg führte.

Sie hatten eine grüne Welle erwischt, bis sie kurz vor dem Möbelhaus Segmüller eine rote Ampel stoppte.

»Die Sache läuft so«, sagte Zweifel und warf seinem Vater einen raschen Blick zu. »Ich setze dich vor meiner neuen Wohnung ab. Wir laden die Kisten auf den Gehsteig. Du kriegst die Schlüssel und jede Menge Zeit. Schaffst du es, die Sachen allein hochzutragen? Die Wohnung ist im zweiten Stock unter dem Dach.« Ed nickte nur. Es war so gekommen, wie er es gehofft hatte. Die Chance, sich unentbehrlich zu machen, war mit einem Mal riesengroß. »Gut, ich fahr dann sofort weiter in die Ludwigstraße. Du hast meine Nummer, falls was ist.« Wieder nickte Ed. Bei Grün ließ Zweifel die Reifen quietschen.

Wenig später fuhr er im Schritttempo an der Stadtmauer Friedbergs entlang, bis er sein neues Zuhause erreicht hatte, nicht weit entfernt vom alten Wasserturm. Im Nu hatten sie den Sprinter ausgeladen.

»Das war sicher der schnellste Umzug, den Ed je erlebt hat«, konnte Ed seinem Sohn gerade noch zurufen, eh dieser davonfuhr.

Melzick war übel. Sie gab der kalten Himbeertorte und dem heißen Kakao nicht die Schuld. Sie gab sich selbst die Schuld. Sie hätte Carlo nicht allein lassen dürfen. Sie hätte auf ihr Bauchgefühl achten sollen, als sie von ihm fortging. Wäre sie einfach neben ihm stehengeblieben, würde er sich jetzt vermutlich die weiße Schminke abreiben und ihr verärgert die Perücke vor die Füße schmeißen, aber er wäre am Leben. Herrgott — sie hätte ihm einfach ein paar große Scheine in seine Holzkiste legen sollen, nicht nur einen Fünfer.

Der Gedanke daran, wie einfach sie ihn hätte retten können, ließ sie nicht los. Sie hatte das Gefühl, dass dieser

Gedanke ihr lebenslanger Begleiter sein würde, und das verursachte ihre Übelkeit.

Ihren Chef hatte sie zwar endlich erreicht, aber bis er eintraf würde geraume Zeit vergehen. Siebental hatte auf ihren Anruf hin sofort die Kollegen alarmiert. Eine Viertelstunde später kam der Polizeiarzt. Es war die längste Viertelstunde ihres Lebens. Sie stand neben Carlo und hielt ihn an der Schulter fest. Sie hoffte, so am unauffälligsten mit der Situation fertigzuwerden. Einige Passanten blieben stehen. Die ersten konnte sie noch zum Weitergehen bewegen. Doch immer häufiger fing sie misstrauische Blicke auf.

Die Bedienung hielt es nicht mehr im Altstadtcafé. Sie kam mit einem Glas Wasser herüber, nachdem sie Melzick eine Weile beobachtet hatte.

»Ist was mit Carlo? Sie hätten mir ruhig ein Zeichen geben können.« Melzick wischte verstohlen ein paar Tränen weg. »Er ist doch nicht etwa ...?« Melzick nickte mit geschlossenen Augen.

»Machen Sie bitte kein Aufsehen. Ich bin von der Polizei.« Sie sah der Frau ins Gesicht, die unbewusst zurückgewichen war. »Meine Kollegen müssen jeden Moment hier sein. So lange darf Carlo nicht bewegt werden.« Die Frau starrte sie an.

»Aber warum denn?«

»Weil er erschossen wurde, und weil wir die Spuren sichern müssen. Tun Sie mir einen Gefallen und reden Sie nicht darüber. Gehen Sie zurück zu Ihren Gästen. Ich möchte später noch mit Ihnen sprechen. Versuchen Sie in der Zwischenzeit, sich zu erinnern, was Sie heute Vormittag beobachtet haben, wen Sie in der Nähe von Carlo gesehen haben.« Melzick schniefte. »Denn es muss jemand ganz nahe bei ihm gewesen sein.«

Melzick hatte leise und eindringlich gesprochen und ihre Worte wirkten. Wortlos ging die Bedienung mit dem Glas Wasser zurück. Einen verrückten Moment lang wünschte Melzick, sich ebenfalls weiß zu schminken und mit der Hand auf Carlos Schulter zur lebenden Statue zu erstarren. Dann hörte sie einen Wagen mit hoher Geschwindigkeit heranbrausen. Er hielt direkt vor ihr. Es war der Polizeiarzt. Kurz darauf traf auch Adrian Grünfeld von der Spurensicherung ein.

Melzick musste sich zwingen, Carlos Schulter loszulassen. Sie blieb stehen und sah zu, wie der Arzt routiniert seine Untersuchung vornahm. Grünfeld spannte in Windeseile ein Absperrband um den offenen Bücherschrank und mehrere Stühle, die er aus dem Gartencafé holte. Melzick hörte, wie der Arzt unverständlich etwas in seinen Bart murmelte.

»Um 9 Uhr 15 hat er noch gelebt«, sagte sie, »und nach 9 Uhr 35 kann es nicht passiert sein.«

»Wieso?«, fragte der Arzt, während er sich auf die beiden Einschusslöcher konzentrierte.

»Weil ich ihn ab diesem Zeitpunkt im Auge hatte. Von da drüben. Keine zwanzig Meter entfernt.«

»Und um 9 Uhr 15 …?«

»Hab ich mit ihm gesprochen und er hat auch geantwortet«, antwortete Melzick gereizt. Der Arzt wechselte mit Adrian Grünfeld einen vielsagenden Blick, den Melzick bemerkte.

»Was ist? Glauben Sie mir etwa nicht?«, fuhr sie ihn an. Er hielt es nicht für nötig, zu antworten, packte stattdessen seine Sachen und nickte dem Chef der Spurensicherung zu.

»Der Mann wurde aus nächster Nähe erschossen. Beide Schüsse mitten ins Herz. Kleines Kaliber. Ich habe keine Austrittswunde feststellen können oder genauer gesagt: Es gibt keine Löcher in der Kleidung«, sagte er zu Grünfeld, als wäre Melzick gar nicht vorhanden. »Ich nehme ihn heute noch unters Messer. An wen soll ich meinen Bericht schicken?«, fragte er eine Spur zu gelangweilt für Melzicks Geschmack.

»An Kommissar Adam Zweifel«, schleuderte sie ihm entgegen. Er drehte sich zu ihr um.

»Zweifel? Kenn ich nicht.« Grünfeld verbiss sich ein Grinsen.

»Ehrlich gesagt: Das wundert mich nicht im Geringsten«, erwiderte Melzick mit Eis in der Stimme. Der Arzt zog ohne ein weiteres Wort ab.

»Nehmen Sie es dem Kollegen nicht übel, Frau …?«

»Zick. Kriminalobermeisterin Zick.«

»Frau Zick«, sagte Grünfeld. »Er leistet sehr gute Arbeit. Aber leider weiß er das auch. Manch einem verdirbt das den Charakter.« Melzick war noch nicht wieder zahm.

»Ach ja? Und wer sagt das?«

»Adrian Grünfeld. Wir sind uns noch nicht begegnet. Ich bin Leiter der Spurensicherung und der Name Zweifel sagt mir sogar was. Ich hab ihm gestern schon einen Anschiss verpasst. Aber da fällt mir ein — ich hätte ihn anrufen sollen.«

»Können Sie sich sparen. Mein Chef taucht jeden Moment hier auf.« Grünfeld schaute sie prüfend an und packte seinen Fotoapparat aus.

»Waren Sie gestern in Augsburg?«

»Ich war bei der Demo, ja.«

»Da ist ja ebenfalls ein Mord passiert.«

»Ich weiß, ich war in unmittelbarer Nähe, als es passierte.« Er begann Carlo von allen Seiten zu fotografieren.

»Sie haben ein Talent dafür.«

»Wofür?«

»Da zu sein, wenn ein Mord passiert.«

Grünfeld war sehr schnell im Fotografieren. In der Zwischenzeit hatte es sich herumgesprochen, dass der weiße Mann auf dem Stuhl erschossen worden war. Jenseits des Absperrbandes versammelten sich Neugierige, Gaffer, Schaulustige.

Melzick schluckte die giftige Antwort, die sie schon auf der Zunge hatte, hinunter. Sie griff mit beiden Händen in ihre Dreadlocks und schloss kurz die Augen, bis ihr die passende Antwort einfiel.

»Deswegen bin ich zur Kripo gegangen.« Grünfeld nickte anerkennend. Er packte seinen Fotoapparat wieder ein und holte das übliche Handwerkszeug aus seiner Pilotentasche. »Und Sie wussten schon als kleiner Junge, dass Sie mal Leichen fotografieren und Krümel erforschen?«, fragte sie. Er antwortete nicht sofort.

»Sie haben ihn nur an seiner rechten Schulter angefasst?«, wollte er wissen.

»Ja, ich wollte ihn in seiner Position lassen. Ich habe alle verscheucht, die ihm zu nahe kamen. Und außerdem«, sie warf einen Blick in die weiße Holzkiste, in der Carlo seine Tantiemen sammelte, »hat seitdem niemand mehr etwas gespendet. Moment mal. Der Fünfer ist von mir. Als ich ihn um viertel nach neun hinlegte, war die Kiste leer.«

Beide schauten auf die Zwei-Euro-Münze, die neben Melzicks Schein glänzte. Und auf die fremdländische Münze. Grünfeld kniete sich hin und beugte sich tief über Carlos Schatzkiste, ohne sie zu berühren.

»Das könnte kyrillisch sein«, murmelte er. »Da hat wohl jemand den Rubel rollen lassen.« Melzick fiel die junge Frau mit dem Kind ein, die einen starken slawischen Akzent hatte. Grünfeld nickte, als er das hörte. »Die Münze wurde also nach 9 Uhr 15 und vor 9 Uhr 35 da reingeworfen. In dieser

Zeitspanne ist er erschossen worden. Demnach könnten die zwei Euro von dem Mörder stammen.«

»Ein Mörder, der zahlt, bevor er abdrückt?«, fragte Melzick.

»Das war der Vorwand, um dem armen Teufel ganz nahe zu kommen«, erwiderte Grünfeld.

Er begann damit, die Schatulle samt der Münzen in Plastikfolie einzupacken, um sie später in seinem Labor auf Fingerabdrücke zu untersuchen. Das Gleiche machte er mit Carlos Rucksack.

»Um auf Ihre Frage zurückzukommen: Als ich ein kleiner Junge war, habe ich meine Mutter genervt«, sagte er und verstaute die sichergestellten Beweismittel in seinem erstaunlich geräumigen Pilotenkoffer.

»Wer tut das nicht? Als Junge, meine ich«, erwiderte Melzick.

»Ich hab immer hinter ihr her geputzt, weil mich jeder kleine Staubfussel gestört hat. Sie ist schier wahnsinnig geworden, vor allem, weil ich Härchen und Krümel und Dreckpartikel entdeckt habe, die sie nicht mal mit der Lupe gefunden hätte.«

»Verstehe – da haben Sie also Ihre Neurose zu Ihrem Beruf gemacht.«

»Nun ja, man könnte sagen, dass meine Neurose von einer guten Ausbildung profitiert hat.« Er warf ihr einen kritischen Blick zu. »Der Mann hier ...«

»Er heißt Carlo.«

»Also gut, Carlo wurde auf offener Straße erschossen. Gibt es denn niemanden, der etwas gehört hat?«

Melzick überlegte eine Sekunde und drehte sich dann rasch zur anderen Straßenseite um.

»Ich bin kurz da drüben in dem Café, nur falls mein Chef auftaucht.«

»Übrigens hab ich mein Frühstück im Stich gelassen. Vielleicht bekommen Sie außer ein paar Informationen auch ein paar Croissants?«, rief er ihr nach.

Melzick hob die Hand, ohne sich umzudrehen.

17. Kapitel

Sie betrat das Café in der Erwartung, von der Bedienung mit Fragen bestürmt zu werden. Stattdessen traf sie auf einen jungen Mann, der mit vollbeladenen Tabletts an ihr vorbeihuschte und sie dabei mit einem Zwinkern und einem atemlosen »Ich-bin-gleich-für-Sie-da« begrüßte. Melzick folgte ihm und suchte nach seiner Kollegin. Der junge Kellner beobachtete sie aus dem Augenwinkel, während er vier Mandelsahnetorten und vier Kännchen Kaffee servierte.

»Die Tische hier hinten sind leider alle reserviert, aber da vorne, gleich neben dem Eingang ...«

»Ich suche Ihre Kollegin.«

»Meine Kollegin?«

»Ja, die mich vorhin bedient hat.«

»Ah, Sie meinen die Charlotte. Die ist hinten raus.«

»Wie bitte?«

Er seufzte über Melzicks Begriffsstutzigkeit.

»Na, die macht ein Päuschen. Im Hof.« Er nickte über die Schulter nach hinten. Melzick folgte seinem Hinweis. »Und sagen Sie ihr, dass ein Päuschen bei uns fünf Minuten dauert und keine Viertelstunde«, rief er ihr nach. Charlotte saß im Innenhof an einem der noch ungedeckten Tische mit einer Zigarette in der Hand. Als sie Melzick kommen sah, drückte sie die Zigarette rasch aus und stand auf.

»Ich muss wieder rein, ich bin schon viel zu lange weg.«

»Ach, Ihr Kollege macht einen kompetenten Eindruck. Der schafft die paar Minuten sicher allein.« Charlotte bekam einen Hustenanfall, so dass ihr die Tränen in die Augen schossen. Melzick reichte ihr ein Taschentuch.

»Ist der Carlo wirklich erschossen worden? Aber wann denn, um Himmels willen?«

»Genau darum geht es«, erwiderte Melzick. »Passen Sie auf: Um 9 Uhr 15 hab ich noch mit Carlo gesprochen, dann war ich ein paar Minuten weg und um kurz nach halb zehn hab ich Ihr Café betreten. Irgendwann dazwischen ist Carlo seinem Mörder begegnet.« Charlotte schüttelte den Kopf.

»Aber ich hab wirklich keine Schüsse gehört.«

»Das kann schon sein, höchstwahrscheinlich hat der Täter einen Schalldämpfer verwendet. Carlo hat die Kugeln aus nächster Nähe abbekommen.«

»Schrecklich. Allein die Vorstellung, dass ich nur ein paar Meter entfernt war.« Charlotte legte eine Hand vor den Mund. »Aber wie ist das möglich? Warum ist er nicht vom Stuhl gekippt?« Melzick kratzte sich am Kopf.

»Der Mörder ist ein enormes Risiko eingegangen. Ich kann es mir nur so erklären: Carlo hat einen massiven Körperbau. Sein Oberkörper ist eher kurz und stämmig.« Sie nickte ein paar Mal nachdenklich. »So muss es gewesen sein: Jemand beugt sich zu Carlo hinunter, er ist auf Tuchfühlung mit ihm. Um Carlo nicht misstrauisch zu machen, wirft der Mörder eine Münze in seine Box. Wahrscheinlich hat er ihn sogar angesprochen. Die Schüsse fallen und töten Carlo auf der Stelle. Der Mörder hält ihn fest, bis er auf seinem Stuhl zusammengesunken ist. Danach braucht er höchstens ein, zwei Minuten, um spurlos zu verschwinden. So lange würde Carlo sich schon auf seinem Stuhl halten. Er saß ja sogar noch, als ich ihn vom Fenster aus beobachtet habe.«

»Da war er schon tot? Als wir zu ihm hinübersahen und über ihn sprachen — da war er schon tot?« Charlotte legte eine Hand flach auf ihre Stirn. »Es ist einfach unfassbar. Wer sollte Carlo denn umbringen?«

»Hören Sie, Charlotte, wir kriegen das Ungeheuer, das hab ich mir geschworen, wir kriegen es. Aber ich brauche Ihre

Hilfe. Ist Ihnen denn nichts aufgefallen, bevor ich kam? Irgendwann zwischen viertel nach neun und kurz nach halb zehn?« Charlotte warf Melzick einen ratlosen Blick zu.

»Ich habe die ganze Zeit schon darüber nachgedacht. Natürlich hatte ich viel zu tun, in der Küche und auch vorne. Ich weiß noch, dass ich mich gewundert habe.«

»Worüber?«

»Na, dass Carlo nicht kurz vorbeigekommen ist. Normalerweise hab ich immer noch was da vom Vortag, Sie wissen schon. Das dürfen wir nicht mehr anbieten. Da hat er sich immer darüber gefreut. Viel zu beißen hat er ja nicht gehabt.«

»Heute kam er also nicht herüber?«

»Nein, er ist gleich zu seinem Platz und hat sich fertiggemacht.« Charlotte ließ in Gedanken die entscheidenden Minuten an sich vorbeilaufen. »Er hatte sich gerade umgedreht, als Sie auf ihn zukamen. Und da hab ich mich gleich nochmal gewundert. Ich wusste ja nicht, wer Sie sind.«

»Und weiter?«

»Ja — Sie sind weg und ich hab die Tische eingedeckt. Ab und zu hab ich mal nach ihm gesehen, aber er saß einfach nur da. Es waren praktisch keine Leute unterwegs und …« Plötzlich leuchtete ein Funke in Charlottes Augen auf.

»Was ist?«, fragte Melzick, die genau auf so einen Moment gewartet hatte.

»Dass mir der nicht gleich eingefallen ist«, sagte Charlotte und klopfte mit den Fingerknöcheln an ihre Stirn

»Wer?«

»Der Mantel.« Melzick zog die Augenbrauen hoch. »Kurz nachdem Sie verschwunden waren, stand plötzlich ein Mann bei Carlo. Der hatte wahnsinnig breite Schultern und so einen weiten Regenmantel an. Er hat Carlo was in seine Kiste gelegt. Und dann hat er sich mit ihm unterhalten. So sah es aus. Na sowas, dachte ich noch.«

»Wie lange war der Mann bei Carlo?« Charlotte starrte sie an.

»Höchstens zwei, drei Minuten. Er hat sich noch zu ihm runtergebeugt und ihm auf die Schulter geklopft.« Die letzten Worte brachte sie stockend hervor. »Das war er?«, flüsterte sie und sah Melzick mit großen Augen an. Melzick erwiderte ihren Blick wortlos. Sie legte Charlotte die Hand auf den Unterarm.

»Welche Haarfarbe?«

»Keine Ahnung, er trug 'ne Wollmütze.«

»In welche Richtung ist er verschwunden?«

»Ich weiß es nicht, ich war abgelenkt von irgendwas und plötzlich war er weg. Und Carlo saß da, allein.«

Zweifel war in der Ludwigstraße angekommen. Er stellte den Sprinter ins absolute Halteverbot, sobald er den offenen Bücherschrank entdeckt hatte, und stieg aus. Adrian Grünfeld war so in seine Tätigkeit vertieft, dass er ihn nicht bemerkte.

»Was tun Sie da?«, begrüßte ihn Zweifel. Grünfeld schreckte auf. Zweifel stieg mit seinen langen Beinen vorsichtig über das Absperrband, hinter dem sich immer noch dieselben Neugierigen mit neunmalklugen Kommentaren wichtigtaten. Melzick kam aus dem Altstadtcafé und verscheuchte die Typen mit sieben Worten:

»So, ich muss jetzt Ihre Personalien aufnehmen!« Dabei hielt sie ihnen ihre Polizeimarke vor die Nase. Im Nu zerstreuten sich die Gaffer. Melzick kletterte ebenfalls über das Band und begrüßte Zweifel mit einem Nicken.

»Was tun Sie da?«, fragte sie Grünfeld und hielt ihm eine Tüte hin.

»Danke«, sagte er, zog ein Croissant heraus, biss hinein und fragte mit vollem Mund: »Wonach sieht's denn aus?«

»Sie schneiden Carlos Jacke auf.«

»Das ist ein Gehrock.«

»Ich vermute, der Kollege Grünfeld will diesen Gehrock auf Fingerabdrücke untersuchen«, sagte Zweifel. Melzick schaute ihn fragend an. »Das Verfahren nennt man Vakuum-Metallisierung und funktioniert am besten bei dichtgewebten Stoffen.« Zweifel deutete auf den weiß schimmernden Gehrock. »Wie zum Beispiel Brokat.«

»Erstaunlich, was Sie alles wissen«, murmelte Grünfeld kauend.

»Dafür weiß ich, dass Sie die Fingerabdrücke des Mörders am ehesten auf Carlos Schultern finden werden«, sagte Melzick.

»Ok, Melzick, jetzt stopfen Sie mal meine Wissenslücken und erzählen mir, was dem armen Carlo passiert ist«, sagte Zweifel. Sie setzten sich an einen der Tische des Gartencafés. Zweifel hörte sich schweigend an, was Melzick zu sagen hatte. An ihrem Tonfall merkte er, dass Carlos Tod sie sehr mitgenommen hatte, auch wenn sie das zu überspielen versuchte.

»Sie trifft keine Schuld, Melzick«, sagte er, als sie fertig war. Sie schluckte und starrte auf den Holztisch. Sie hatte die Arme vor der Brust verschränkt und wagte nicht, aufzublicken. Zweifel sah, wie sie mit sich kämpfte. Und dann sah er, wie etwas auf den Tisch tropfte. Zum ersten Mal, seit er sie kannte, weinte Melzick. Er legte eine Hand auf ihre Schulter.

»Kann mir mal jemand behilflich sein?«, rief Grünfeld.

Leise sagte Zweifel zu Melzick:

»Ich hab leider kein Taschentuch. Alles, was ich hab, steckt gerade irgendwo in Umzugskisten.« Sie nickte stumm und blieb sitzen, die Ellbogen aufgestützt, die Hände vorm Gesicht.

Zweifel ging zu Grünfeld. Der reichte ihm ein paar dünne Handschuhe. Gemeinsam befreiten sie Carlo behutsam von seinem Gehrock.

»Die junge Kollegin wirkt etwas angegriffen«, sagte Grünfeld.

»Ja, ich muss ihr etwas Zeit lassen. Aber sie fängt sich schon wieder.«

»Wie geht es Ihrem Knie?«

»Ich versuche, nicht dran zu denken.«

»Äh, ich hätte Sie gestern noch anrufen sollen, soviel ich weiß, aber …«

»Sie dachten, der Neue soll sich erstmal an die Gegebenheiten einer Großstadt gewöhnen, wo alles ein bisschen anders läuft als in der Provinz.«

»Wie bitte?«

»Ach, vergessen Sie es, ich hab nur einen Kollegen zitiert.« Grünfeld legte den Gehrock fachmännisch zusammen und verpackte ihn sorgfältig in einem Plastiksack. Dann sah er Zweifel an.

»An die Fußspuren im „Weißen Hasen" brauchen wir keinen Gedanken zu verschwenden. Die sind ebenso zahlreich wie nutzlos. Patronenhülsen haben wir keine gefunden. Wir wissen aber, von welchem Fenster aus höchstwahrscheinlich geschossen wurde.«

»Fingerabdrücke?«

»Das Gegenteil.« Zweifel schaute ihn verdutzt an.

»Was bitte ist das Gegenteil von Fingerabdrücken?«

»Keine Fingerabdrücke, was sonst? Es war das einzige Fenster im ganzen Haus, von dem sehr sorgfältig sämtliche Spuren abgewischt wurden.«

»Verstehe. Und im Umkreis dieses Fensters war wahrscheinlich rein gar nichts zu finden.«

Grünfeld nickte bedächtig, als würde er Zweifel zustimmen. Dann legte er den Kopf schief.

»Wenn man hiervon absieht«, sagte er und hielt eine kleine durchsichtige Plastiktüte in die Höhe, die er aus seiner Jackentasche hervorgezaubert hatte.

»Was ist das?«, fragte Zweifel. »Ein winziges Stückchen Metall? Was ist das für eine Farbe? Goldbraun? Bronze?« Grünfeld schnalzte mit der Zunge.

»Kann ich Ihnen noch nicht sagen. Wollte es eigentlich gestern noch unter die Lupe nehmen, aber leider ist mir was dazwischengekommen.« Zweifel warf ihm einen prüfenden Blick zu.

»Das ist jetzt nicht Ihr Ernst.« Grünfeld zuckte mit den Schultern.

»Doch, ist es. Ich weiß nicht, ob Sie verheiratet sind. Ich bin es. Gestern seit zehn Jahren. Muss ich mehr sagen?«

Zweifel presste die Augen zusammen und wischte mit der Hand über sein Gesicht. Er schüttelte den Kopf.

»Heute hab ich keinen Hochzeitstag«, fuhr Grünfeld fort. »Es ist zwar Sonntag, aber da interessieren sich ja einige Millionen Arbeitnehmer für den „Tatort", da kann ich wohl schlecht eine Ausnahme machen.« Zweifel seufzte.

»Im letzten Tatort, den ich gesehen habe, hat Nastassja Kinski versucht, sich zu erschießen und Klaus Schwarzkopf war der Kommissar.«

»Du lieber Himmel! Lief der noch in Schwarzweiß?«, stöhnte Grünfeld.

»Nee, da gab's schon Farbfernsehen«, meldete sich Melzick plötzlich zurück. »Der ist von 1977, ein echter Klassiker, sowas gibts heute gar nicht mehr.«

»Tja, Melzick, das haben Klassiker so an sich. An Klaus Schwarzkopf als Kommissar kommt sowieso keiner ran. Wie der die Zeugen mit den Augen fixiert hat …« Grünfeld hob einen Zeigefinger.

»Außer vielleicht …«

»Jetzt kommen Sie bloß nicht mit „Inspektor Columbo"«, schnitt Melzick ihm das Wort ab.

»Wer redet denn von den Amerikanern? Ich dachte an Jean Gabin in „Kommissar Maigret stellt eine Falle".« Melzick war in ihrem Element.

»Dem passte die Rolle jedenfalls besser als Heinz Rühmann. Dem nahm man den Franzosen einfach nicht ab.« Grünfeld fiel die Kinnlade runter.

»Solche Filme kennen Sie? Was sagen Sie dazu, Zweifel?« Dem Kommissar gab es bei dem Namen Maigret einen Stich ins Herz. Er dachte an die Bücher, die seine Frau ihm geschenkt hatte.

»Sie können davon ausgehen, Grünfeld, dass es keinen Kriminalfilm seit 1950 gibt, den Melzick nicht gesehen hat. Aber vielleicht kümmern wir uns jetzt wieder um die Realität. Was ist mit diesem Bekennerschreiben, von dem Siebental berichtet hat?«

»Wir warten noch auf die Laborauswertung«, erwiderte Melzick und warf Grünfeld einen Blick zu. »Den Wortlaut hab ich mir nicht gemerkt, aber es klang nach selbstgerechtem Fanatismus. Einen Satz weiß ich noch: ›Die Schüsse wurden im Namen der Wahrheit und der Vernunft abgegeben‹.«

»Das sind demnach äußerst gefährliche Spinner«, sagte Grünfeld.

»Zu einem Bekennerschreiben gehört ein Absender«, sagte Zweifel.

»Der war nicht ausdrücklich genannt, aber irgendwo war von der Mitte der Gesellschaft die Rede, und, dass man jetzt aktiv werden müsste.«

»„Die Aktive Mitte"«, sagte Grünfeld. »Dazu passt diese gelbe Mütze, die am Bauzaun des „Weißen Hasen" hing.«

»Tja — das passt zusammen«, murmelte Zweifel und hatte seine Zweifel. »Ich bin neugierig, was Keitel erreicht hat.«

»Keitel?«, fragte Grünfeld.

»Er hat einige dieser Leute festgenommen und den Auftrag, sie zu interviewen.« Grünfeld rümpfte die Nase.

»Keitel ist bekannt dafür, eine, sagen wir, ganz eigene Auffassung davon zu haben, wie eine Befragung durchzuführen ist.«

»Das mag ja sein«, sagte Zweifel, »aber ich hab ihm die klare Anweisung gegeben, moderat vorzugehen.«

»Genauso gut können Sie einer Kobra die Empfehlung geben, nicht zuzubeißen«, erwiderte Grünfeld.

»Was ist mit der Presse?«, fragte Zweifel Melzick. »Die wird doch sicher auch so ein Bekennerschreiben bekommen.«

»Siebental hat gesagt, er kümmert sich darum. Er weiß, wen er bei der Augsburger Allgemeinen anrufen kann.«

»Dieser Brief darf auf keinen Fall veröffentlicht werden. Man muss diese Leute totschweigen. Die haben durch ihre Aktion ohnehin schon viel zu viel Publicity bekommen. Ich will gar nicht wissen, wie viele Filmchen schon ins Netz gestellt wurden.«

»Gestern Abend hab ich zwölf gezählt. Lauter positive Kommentare. Aber von wegen „Die Aktive Mitte". Für die Anhänger ist D.A.M. gleichbedeutend mit „Deutschland Alle Macht". Grünfeld nickte.

»Die schweigende Mehrheit ist ein Monster, sagte mein Vater immer, und wehe das Monster bricht sein Schweigen.« Zweifel fasste einen Entschluss.

»Ich muss selbst mit diesen Typen reden.«

»Ich kümmere mich um den Abtransport von Carlo«, sagte Grünfeld. »Die Kollegen dahinten warten schon ungeduldig.«

»Melzick?« Zweifel warf ihr einen fragenden Blick zu. Melzick legte ihre Hand auf die vom Gehrock befreite Schulter Carlos. Er trug ein verwaschenes, schwarzes Sweatshirt. In Gedanken gab sie Carlo ein Versprechen. Dann blickte sie auf.

»Ich komme mit. Die Witwe von Grabinger ...?«

»Die besuchen wir anschließend«, sagte Zweifel, »wir fahren jetzt erst ins Präsidium.« Sie verabschiedeten sich von Grünfeld und liefen zu Zweifels Wagen. »Hat Carlo eigentlich Angehörige?«, fragte er Melzick, während er den ersten Gang einlegte.

»Keine Ahnung, aber ich weiß, wen ich fragen kann. Diesen Herrn Brenner, der Carlo in einer Bruchbude im Wald wohnen ließ.«

»Die sollten wir uns bei Gelegenheit mal genauer anschauen«, sagte Zweifel. Sie fuhren aus Friedberg hinaus und schwiegen einvernehmlich für ein paar Minuten. Jeder ließ sich die Vorfälle der letzten beiden Tage durch den Kopf gehen. An einer roten Ampel wandte Zweifel sich Melzick zu.

»Hören Sie, Melzick, ich weiß, dass Carlos Ermordung ..., ich meine, die Art und Weise ..., ich habe den Eindruck, dass niemand diesen Mörder hätte aufhalten ..., was ich wissen will, ist: Sind Sie ok?« Sie sah ihm ernst in die Augen.

»Hat Siebental Sie etwa schon angesteckt mit seinen „Rat-mal-was-ich-sagen-will-Sätzen"?«

»Sie haben mich schon verstanden.«

»Jep, war nicht so schwer. Machen Sie sich keinen Kopf. Ich komm schon klar damit. Nur eines sollten Sie in Zukunft nicht vergessen.« Zweifel runzelte die Stirn.

»Und das wäre?«

»Bei Grün loszufahren.«

18. Kapitel

Polizeihauptmeister Keitel trank in Ruhe seinen Kaffee, der wie immer scheußlich schmeckte. Das brachte ihn in die richtige Stimmung.

Die Frage, ob sich unter den vorläufig Festgenommenen ein Rädelsführer befand, den er sich zur Brust nehmen konnte, klärte sich von selbst. Der Älteste der Gruppe, ein grauhaariger, schlanker Mann mit einer randlosen Brille und herablassendem Auftreten, bezeichnete sich als Rechtsanwalt und Sprecher der D.A.M. Er hieß Alfons Eisen, war sechzig Jahre alt und ein mit allen Wassern gewaschener Advokat. Er weigerte sich, mit irgendjemand anderem, als dem für die Festnahme verantwortlichen Einsatzleiter zu sprechen. Das war Keitel nur recht.

Das Gespräch fand in einem der fensterlosen Vernehmungszimmer statt. Keitel wusste, dass der Mann dort seit über einer Stunde wartete.

Man hatte ihm bei seiner Festnahme die Zigaretten abgenommen. Die Luft war stickig. Auf Anordnung Keitels gab es nichts zu trinken.

Er leerte seinen Kaffeebecher mit kalter Entschlossenheit, stellte ihn auf seinen Schreibtisch und holte eine Halbliter-Wasserflasche aus dem Getränkeautomaten, der am Ende des Flurs stand. Damit betrat er wortlos das Zimmer, in dem Eisen, seiner Meinung nach schon schmoren musste.

Er blieb an der Tür stehen, nachdem er sie geschlossen hatte. Alfons Eisen rührte sich nicht. Er saß an dem kleinen Tisch mit verschränkten Armen und hielt die Augen geschlossen, als ob er eingeschlafen wäre. Keitel wartete, bis er sie aufschlug.

»Ihr Name ist Alfons Eisen?«

»Dr. Alfons Eisen, Rechtsanwalt. Wenn Sie mir freundlicherweise Ihren Namen verraten.«

Der Mann hatte eine sehr tiefe Stimme. Keitel war leicht irritiert.

»Keitel, Polizeihauptmeister. Ihren Doktortitel haben Sie meinen Kollegen, die die Personalien aufnahmen, verschwiegen.«

»Hab ich das? Nun, ich weiß auch gar nicht, ob ich mit Ihnen reden soll, Herr Polizeihauptmeister. Das ist mittlerer Dienst, nicht wahr? Ich hätte eigentlich schon gehobenen Dienst erwartet. Kommissar aufwärts. Nehmen Sie es mir nicht übel, aber ich denke, ein gewisses Niveau sollte gegeben sein, um auf Augenhöhe verhandeln zu können.« Keitel fühlte bei diesen Worten ein Prickeln auf der Kopfhaut.

»Ach wissen Sie, Dr. Eisen, wenn wir Ihr Verhalten am gestrigen Nachmittag als Maßstab nehmen, dann müssten selbst die Kollegen vom Streifendienst sich im wahrsten Sinn des Wortes herablassen, um Ihr Niveau zu erreichen.«

Dr. Eisen nahm die Brille ab und warf Keitel einen eigentümlichen Blick zu, den dieser nicht deuten konnte. Er zog ein Tuch aus der Brusttasche seines Jacketts und begann, sorgfältig seine Brille zu putzen.

»Ich will es kurz machen«, sagte Keitel und wurde sogleich unterbrochen.

»Das möchte ich Ihnen auch geraten haben«, sagte Dr. Eisen in einem sanften Ton. »Sie können mich und meine Kameraden maximal vierundzwanzig Stunden festhalten. Diese Frist läuft seit gestern Nachmittag 14 Uhr 25. Wir haben jetzt«, er schob die Manschette seines weißen Hemdes zurück, »ach so – ja. Sehen Sie das?« Er zeigte Keitel sein blankes Handgelenk. Der runzelte die Stirn. »Meine Armbanduhr wurde konfisziert. Außerdem wurde ich nicht darüber belehrt, dass ich einen Anwalt anrufen darf. Meinen Kameraden ging es ähnlich.«

»Aber Sie sagten doch gerade, dass Sie selbst Anwalt ...« Dr. Eisen faltete seine schmalen Hände und schnitt das Wort ab.

»Lieber Herr Keitel, die Fehler, die Sie und Ihre Kollegen vom mittleren Dienst, oder was auch immer für eine Laufbahn diese anstreben, in diesem Fall verbrochen haben, gehören in ein juristisches Lehrbuch. Sie werden erhebliche Konsequenzen nach sich ziehen. Das muss Ihnen klar sein.« Keitel war nicht so leicht zu beeindrucken.

»Packen Sie Ihre juristischen Windhosen mal wieder ein«, erwiderte er giftig. »Damit können Sie vielleicht Ihre Komplizen beeindrucken. Für mich sind das übelriechende Blähungen, unausgegoren, wie alles, was Ihresgleichen von sich geben.«

Er öffnete seine Wasserflasche, trank gierig und behielt sie geöffnet in der Hand, während er an den kleinen Tisch herantrat und sich setzte.

Er verzog die Lippen, als er sah, wie Dr. Eisen betont langsam seine Brille wieder aufsetzte. »Passt es Ihnen jetzt mit der Augenhöhe?«, schnarrte Keitel. Dr. Eisen starrte ihn eine halbe Minute wortlos an.

»Jedenfalls bin ich dabei, mir Ihr Gesicht einzuprägen, was, ohne dass ich persönlich werden möchte, nicht allzu schwer ist.« Keitel setzte erneut die Wasserflasche an, deren Kondenströpfchen auf die Tischplatte spritzten. Er trank und stellte die fast leere Flasche auf den Tisch.

»Sie bezeichnen sich als Sprecher dieses Vereins, der sich DAM nennt?«, fragte Keitel.

»Die Aktive Mitte, D Punkt A Punkt M Punkt, ist eine Partei, auf die viele Menschen gewartet haben.«

»Ich kann mir nicht vorstellen, dass irgendjemand in Deutschland mit genug Grips auf eine weitere Partei gewartet hat.«

»Ich bin sicher, es gibt vieles, was Sie sich nicht vorstellen können. Beamter im mittleren Dienst wird man ja, auch ohne viel Fantasie zu haben.«

»Es braucht nicht viel Fantasie, um Sie und Ihre Radaubrüder zu durchschauen.« Dr. Eisens Stimme wurde noch sanfter.

»Aber ich bitte Sie, uns wurde übel mitgespielt, während wir von unserem Recht der freien Meinungsäußerung Gebrauch machen wollten.«

»Ihre Parolen hörten sich verdächtig nach Volksverhetzung an. Kommen Sie mir nicht mit freier Meinungsäußerung!« Dr. Eisen lehnte sich zurück, nahm seine Brille ab und kaute nachdenklich auf einem Bügel, während er Keitel ansah, als hätte er etwas sehr Dummes gesagt.

»Sagen Sie, Polizeihauptmeister Keitel, was möchten Sie eigentlich mit Ihrer Gesprächsführung erreichen? Übrigens, wenn Sie noch Durst haben, draußen auf dem Flur ist ein Getränkeautomat, wenn ich mich recht erinnere.« Keitel schoss nach vorn, legte beide Ellbogen auf den Tisch und bohrte seine stechenden Augen in Dr. Eisens Arroganz.

»Gehört es zu Ihrer Art der freien Meinungsäußerung, auf wehrlose Menschen zu schießen?« Dr. Eisen lächelte schmal, doch das Lächeln erreichte seine Augen nicht.

»Formulieren Sie Ihre Frage doch bitte schön etwas präziser.«

»Dann passen Sie mal gut auf: Wer hat einen Mann ermordet und zwei weitere Menschen schwer verletzt? Wer hat aus einem Haus geschossen, in dessen unmittelbarer Nähe eine Ihrer dämlichen Mützen gefunden wurde?«

Dr. Eisen blinzelte irritiert.

»Was bitte schön soll das mit uns zu tun haben? Sagen Sie jetzt bitte nicht, dass Sie Ihre Unterstellungen auf eine Mütze stützen, die sonst wer sonst wo verloren haben kann.«

»Oh nein, werter Herr Dr. Eisen, wir haben etwas, was viel schwerer wiegt.« Keitel zog ein Blatt Papier aus seiner Brusttasche und faltete es auseinander. »Lesen Sie das!«

»Was ist das?«

»Das will ich von Ihnen wissen. Lesen Sie!« Keitel knallte den Bekennerbrief auf den Tisch.

Der Rechtsanwalt schob die Brille auf die Stirn und zog das Blatt zu sich her.

Keitel beobachtete ihn mit Argusaugen. Dr. Eisen las den Bekennerbrief zwei Mal. Dann faltete er ihn zusammen und warf ihn lässig auf den Tisch.

Er nahm seine Brille, klappte sie zusammen und steckte sie hinter das Tuch in der Brusttasche seines Jacketts. Er legte die Hände zusammen, wie zum Gebet und blickte an Keitel vorbei an die gegenüberliegende Wand. Sein Gesicht zeigte keine Regung.

»Ein paar sehr interessante Sätze«, sagte er bedächtig. »Wer hat sie geschrieben?« Keitel beugte sich über den Tisch.

»Nach Ihrer eigenen Aussage sind Sie der Sprecher dieser „Aktiven Mitte“. Der Wortlaut dieses Bekennerschreibens lässt keinen Zweifel zu: Das ist Ihr Gedankengut. Das ist Ihre selbstherrliche Einstellung. Das ist Ihre fanatische Konsequenz. Was, glauben Sie, wird der Untersuchungsrichter sagen?« Dr. Eisen gestattete sich ein Schmunzeln.

»Was ich glaube, ist unerheblich. Aber ich weiß, wie er nach Lage der Dinge entscheiden muss.«

»Natürlich — Sie wissen, wie er entscheiden muss.«

Keitels Stimme triefte vor Hohn.

»Sie haben noch viel zu lernen, Herr Polizeihauptmeister. Wo waren wir denn, als die Schüsse fielen, meine Kameraden und ich? Sagen Sie mir das!« Dr. Eisens Augen funkelten, als Keitel schwieg. »Ihre Leute waren damit beschäftigt, uns in unseren Grundrechten zu beschneiden, um es mal harmlos auszudrücken. Die Folgen werden Sie bald zu spüren bekommen. Ich rate Ihnen, davon auszugehen, dass wir diesen bemerkenswerten Brief nicht geschrieben haben. Ich rate Ihnen, davon auszugehen, dass niemand von uns so dumm ist, von Schusswaffen Gebrauch zu machen. Das ist nicht unsere Art. Ich bin absolut sicher, dass der zuständige Richter zwei Dinge tun wird: Er setzt uns alle auf freien Fuß. Und er wird Ihnen einen Rüffel erteilen, der Ihrer Karriere einen rechtwinkligen Knick verpasst.«

Dr. Eisen hatte in unverändert ruhigem und sanftem Ton gesprochen, eine Eigenart, die seinen Worten eine unangenehme Schärfe verlieh.

Keitel musste an Zweifels Worte denken. ›Seien Sie freundlich zu dem Mann. Er soll nämlich reden.‹ Immerhin — zum Reden hatte er ihn gebracht.

»Im Übrigen halte ich mich ab sofort an den Rat jedes vernünftigen Rechtsanwalts und sage kein einziges Wort mehr«, fügte Dr. Eisen hinzu.

Keitel verzog die Lippen zu einem verächtlichen Grinsen, nahm die Wasserflasche, schüttelte den restliche Inhalt hin und her und leerte sie in einem Zug.

Dann drückte er die Plastikflasche mit einem hässlichen Geräusch zusammen.

Dr. Eisen zuckte nicht mit der Wimper, aber zwischen Nase und Oberlippe schimmerten Schweiß Tröpfchen. Keitel schob seinen Stuhl im Sitzen zurück. Die Stuhlbeine kratzten unangenehm laut über den Steinfußboden, während er den Rechtsanwalt nicht aus den Augen ließ.

Keitel stand auf, machte ein paar Schritte und blieb direkt hinter Dr. Eisen stehen.

»Wissen Sie, was ich tun werde, Dr. Eisen?« Er machte eine längere Pause und schlug mit der demolierten Plastikflasche ein paar Mal gegen seinen Oberschenkel. Dr. Eisen hatte sich in der Gewalt und reagierte nicht. Keitel ließ ihn im Unklaren. Sollte dieser arrogante Rechtsverdreher ruhig noch ein bisschen schmoren. Die vierundzwanzig Stunden waren noch nicht vorbei. Er würde ihm keine einzige Minute schenken. Keitel öffnete die Tür und ließ sie krachend hinter sich zufallen. Er warf die Wasserflasche in den Mülleimer neben dem Getränkeautomaten und holte sich eine Cola. Er stellte sich ans Fenster und öffnete es. Mit geschlossenen Augen trank er in langen Zügen. Er rülpste geräuschvoll, drehte sich um — und sah sich urplötzlich Kommissar Zweifel in Begleitung Melzicks gegenüber. Keitel schenkte ihm ein hämisches Grinsen zur Begrüßung.

»Da sind fünfzehn Stück Würfelzucker drin«, rief ihm Melzick zu. Keitel streckte ihr die Flasche entgegen.

»Wollen Sie einen Schluck?«

»Eher lass ich mir die Haare abschneiden.« Keitel musterte abschätzig ihre hennaroten Dreadlocks.

»Kein schlechter Gedanke.« Zweifel fuhr dazwischen.

»Apropos schlechter Gedanke, Keitel. Carlo wurde heute morgen erschossen. Machen Sie sich mal ein paar Gedanken darüber, wie das in Ihre Theorie eines Amokläufers passt.« Keitel spitzte die Lippen, dann nahm er noch einen Schluck, um Zeit zu gewinnen. »Lassen Sie sich ruhig Zeit damit. Sie wissen ja sicher schon von diesem Bekennerschreiben. Ich will selbst mit den Leuten reden.« Keitel rülpste erneut, diesmal hinter vorgehaltener Hand. Er deutete mit seinem Daumen auf die Tür des Vernehmungszimmers.

»Versuchen Sie Ihr Glück.«

»Wer sitzt da drin?«

»Dr. Alfons Eisen. Sprecher dieser sogenannten Partei. Hat aber vor ein paar Minuten gelobt, kein einziges Wort mehr zu verlieren. Rechtsverdreher. Macht jede Menge Wind.«

»Sie haben mit ihm gesprochen?« Keitel berichtete im Telegrammstil.

»Melzick, das wird ein Gespräch unter vier Augen.«

»Schon klar, Chef, ich werde Siebental einen Besuch abstatten. Zweifel warf Keitel einen fragenden Blick zu.

»Wenn ich mit meiner Cola fertig bin, geh ich ins Krankenhaus«, knurrte der.

»Wegen Verdacht auf Diabetes?«, fragte Melzick. Keitels Blick genügte als Antwort.

Zweifel betrat das Vernehmungszimmer. Dr. Eisen stand mit dem Rücken an die Wand gelehnt, beide Hände in den Hosentaschen, tief in Gedanken versunken. Er warf Zweifel einen zerstreuten Blick zu. Ein angenehmer Duft verbreitete sich in dem kleinen Raum.

»Guten Tag, ich bin Kommissar Adam Zweifel. Kaffee, Herr Dr. Eisen?«. Zweifel streckte ihm einen Becher entgegen. Der Rechtsanwalt lächelte schmal.

»Immer noch das gleiche Spiel? Erst kommt der böse Polizist, dann kommt der gute Polizist?«

»Ach wissen Sie, warum soll ich ein erfolgreiches Rezept nicht auch mal selbst ausprobieren?« Er stellte einen Becher auf den Tisch und setzte sich. »Zucker hab ich vergessen.«

Dr. Eisen sah zu, wie Zweifel die langen Beine unter dem Tisch von sich streckte und behaglich an seinem Kaffee schlürfte. Er kam heran, setzte sich ebenfalls und schnupperte vorsichtig an dem Becher.

»Vorsicht«, sagte Zweifel, »er riecht viel besser, als er schmeckt.« Dr. Eisen schob seinen Becher quer über den Tisch.

»In diesem Fall verzichte ich lieber.« Zweifel richtete den Blick auf ihn. Tadelloser, dunkelgrauer Anzug, weißes Hemd, dunkelrote Krawatte — dem Mann war nicht anzusehen, dass er die Nacht in Polizeigewahrsam verbracht hatte.

»Wie sind Sie zufrieden?«

»Sie meinen, was ich von Unterkunft und Verpflegung halte?«

»Ich meine den gestrigen Tag. Den Verlauf der Ereignisse.«

»Ihrem Kollegen hat es gefallen, mich festnehmen zu lassen.«

»Aus gutem Grund.«

»Den ich nicht nachvollziehen kann.«

»Das glaube ich Ihnen nicht, Sie sind Rechtsanwalt. Aber darüber will ich gar nicht mit Ihnen streiten. Meine Frage zielt auf die D.A.M. ab. Auf die Publicity. Auf die Resonanz in den Medien.«

Dr. Eisen schwieg. Zweifel schob seinen halbvollen Becher ebenfalls zur Seite. »Ich bin sicher, wenn Sie hier rauskommen, werden Sie sich als Erstes all die Videos ansehen, die seit gestern Abend im Netz sind. Die D.A.M. — gestern noch unbekannt, heute in aller Munde. Damit können Sie doch zufrieden sein.« Dr. Eisen lehnte sich in seinem Stuhl zurück und schwieg weiterhin. Zweifel lächelte ihm zu. »Dafür, dass Sie angeblich der Sprecher der D.A.M. sind, geben Sie sich recht wortkarg. ›Dr. Eisen schweigt eisern‹ — das hört sich nach der Zeitung mit den großen Buchstaben an.«

Dr. Eisen seufzte, nahm seine Brille ab und schien etwas sagen zu wollen, doch dann setzte er sie schweigend wieder auf. »Den Parolen nach zu urteilen, die Sie und Ihre Anhänger gestern verbreiteten, trete ich Ihnen sicher nicht zu nahe, wenn ich die D.A.M. als rechtsextrem einstufe«, sagte Zweifel und spielte leichtsinnig mit seinem halbvollen Kaffeebecher. Dr. Eisen brach sein Schweigen.

»Wie kann eine Partei extrem sein, die ihre Heimat in der Mitte der Gesellschaft hat?« Zweifel dachte einen Moment daran, seinen Kaffeebecher umzustoßen und Dr. Eisen mit einer Gegenfrage zu antworten:

»Wie kann Kaffee den Zustand Ihres Anzugs extrem beeinflussen, wo er doch fast nur aus Wasser besteht?« Zweifel ließ sich diese Frage auf der Zunge zergehen und malte sich die möglichen Reaktionen aus. Er betrachtete sein gedankliches Attentat aus der Ferne, schnalzte bedauernd mit der Zunge und besann sich auf eine andere Strategie.

»Sie wissen, dass gestern während der Demonstration auf Menschen geschossen wurde. Sie wissen, was in dem sogenannten Bekennerschreiben, das wir heute erhielten, steht. Sie wissen, was Sie und Ihre Anhänger skandierten, um die Demonstration zu stören.« Zweifel schlug die Beine übereinander und legte die Hände gefaltet auf seine Knie. Er fixierte Dr. Eisen. »Es ist dieselbe Sprache, ganz unzweifelhaft.« Sein Gegenüber schüttelte ungeduldig den Kopf.

»Ich habe Ihrem Nachwuchskollegen bereits deutlich gemacht, dass wir Schusswaffen nicht nötig haben, um uns Gehör zu verschaffen. Ich fasse es als Beleidigung auf, wenn Sie glauben, dass wir uns so plump verhalten würden. Wir überzeugen und begeistern die Menschen mit Worten, nicht mit Kugeln.«

»Sie wollen sagen, da hat sich jemand Ihrer Sympathisanten in der Wahl seiner Mittel vergriffen.« Dr. Eisen gab seine legere Haltung auf. Er reckte die Schultern und betonte jedes einzelne Wort.

»Die D.A.M. hat nichts damit zu tun.«

»Mit dem Bekennerbrief oder mit dem Mord?«

»Weder noch!«

»Aber die vielen Verletzten auf dem Rathausplatz hätte es ohne die D.A.M. nicht gegeben.«

»Wir haben uns nur gewehrt.«

»Waren aber bei der Wahl Ihrer Mittel nicht zimperlich. Verständlich, wenn man sich unterlegen fühlt.«

»Sie schätzen uns ganz falsch ein. Verständlich, wenn man sich überlegen fühlt.« Zweifel verzog unmerklich die Lippen.

»Sie tragen einen edlen Anzug, Dr. Eisen. Ich wünschte, ich könnte von Ihrer Gesinnung dasselbe behaupten.«

19. Kapitel

Melzick klopfte an die Tür zu Siebentals Büro und trat ein, ohne eine Reaktion abzuwarten. Sie fand ihn schlafend. Er lag mit beiden Armen auf seinem leergeräumten Schreibtisch und hatte den Kopf in seine Armbeuge gebettet.

Melzick näherte sich ihm auf Zehenspitzen. Sie vernahm ein leises Schnarchen und überlegte, wie sie ihn wecken konnte, ohne dass er einen Herzinfarkt bekam. Sie räusperte sich vorsichtig, dann etwas lauter, doch Siebental hielt nichts davon, aufzuwachen.

»Ein Gong wäre ganz gut«, dachte sie, »doch woher jetzt einen Gong nehmen?« Natürlich. Sie nahm ihr Smartphone und dreißig Sekunden später ertönte ein Sonnengong und eine sympathische Frauenstimme verkündete die Uhrzeit. Siebental rührte sich, hob den Kopf und blickte sich schlafverwirrt um, als wüsste er nicht, wie er in dieses Zimmer gekommen war. Melzick kam ein Verdacht.

»Waren Sie etwa die ganze Nacht hier?« Als Siebental ihre Stimme hörte, zuckte er zusammen und setzte sich ruckartig auf. Er starrte Melzick aus seinen hellblauen Augen an, die, rotunterlaufen, ihren Verdacht bestätigten. In seinem momentanen Zustand brachte Siebental nur „ein-Wort-Sätze" zustande.

»Ich ..., das ..., wenn ..., aber...«

»Schon klar«, sagte Melzick, »kommen Sie erstmal zu sich und dann tauschen wir unsere Neuigkeiten aus.«

Siebental wischte energisch mit beiden Händen über sein Gesicht. Dann schüttelte er ein paar Mal heftig den Kopf, streckte Arme und Beine und stand hastig auf. Er blickte erst auf die Tür, dann auf Melzick.

»Keitel ...?«, fragte er.

»Keine Sorge. Der ist damit beschäftigt, den bedauernswerten Fabian Sowieso im Krankenhaus auszuquetschen. Die Luft ist also rein.«

Erleichtert ließ Siebental sich auf seinen Stuhl fallen. Er deutete auf einen schmalen Aktenschrank direkt neben der Tür. Melzick öffnete ihn und entdeckte zu ihrer Überraschung eine kleine Büroküche mit Kühlschrank, Zwei-Platten-Herd und Kaffeemaschine. »Sie wollen, dass ich Ihnen Frühstück mache?«, fragte Melzick. Siebental lief rot an.

»Äh nein, natürlich nicht, ich dachte nur ...«

»Das kann ich mir denken. Sie haben also tatsächlich die Nacht durchgearbeitet?« Er zuckte mit den Schultern.

»Ach wissen Sie — die Zeit ..., um vier Uhr ..., warum nicht?«

»Haben Sie kein Privatleben?« Dieses Mal beschränkte er das Erröten auf seine Ohren und machte ein Gesicht, als hätte man ihn gebeten, das griechische Alphabet aufzusagen. Melzick nickte. »Kommt mir bekannt vor«, sagte sie und inspizierte ohne großes Interesse den Kühlschrank. Mit einem tiefen Seufzer drehte sie sich um. »Carlo ist heute morgen erschossen worden.« Siebental starrte sie an.

»Aber wollten Sie nicht ...? War er denn nicht ...?« Melzick berichtete ihm schweren Herzens von dem mörderischen Friedberger Morgen, während sie vergeblich versuchte, die Kaffeemaschine in Gang zu bekommen.

»Die Wirkung von Kaffee wird sowieso überschätzt«, brummte sie.

»Ach, das würde ich so nicht ..., bei mir jedenfalls ...«

»Na gut, dann plündern wir eben den Automaten. Ich spendier' einen Becher, wenn Sie mir verraten, was Sie heute Nacht herausgefunden haben.« Siebental deutete wortlos auf seinen Bildschirm. »Verstehe«, sagte Melzick, »bin gleich wieder da.«

Als sie mit zwei brühheißen Plastikbechern zurückkam, wagte sie einen Vorstoß. »Ich bin übrigens Mel, also eigentlich Melinda, aber wer das zu mir sagt, muss mit heftigen Schmerzen rechnen.«

»Oh …, klar …, das ist …, zum Beispiel …, wie bei …«

Siebental brach hilflos ab und schnaufte. Dann streckte er ihr die Hand hin und sagte: »Sid.« Melzick ergriff sie feierlich.

»Ok, das Faultier werde ich nicht mehr erwähnen. Und jetzt lass mal sehen.«

Zwanzig Minuten später hatte Melzick das Ergebnis von Sids nächtlicher Recherche grob durchgearbeitet.

»Was hältst du von der D.A.M.?«, fragte sie ihn. »Ich meine, hältst du es für möglich, dass die hinter dem Mord an Grabinger stecken? Und Carlo auf dem Gewissen haben?« Sid schaute sie ernst an und schüttelte nachdrücklich den Kopf. »Und warum nicht?«

»Warum sollten sie …? Was für ein Motiv …? Die sind zu clever für …«. Melzick nickte und legte den Zeigefinger auf den Nasenrücken.

»Und die Prügeleien auf dem Rathausplatz? Hast du die Videos gesehen?« Sid verzog die Lippen, als hätte er in etwas Saures gebissen.

»Man sieht fast nur die Kollegen …, wie sie auf die Demonstranten …, die D.A.M. dagegen kommt irgendwie gut rüber.«

»Das war das Ziel der Aktion«, sagte Melzick, »die wollten mit einem Schlag bekannt werden, und zwar so …«

»dass man sich ihnen anschließen kann«, beendete Sid Melzicks Satz.

Allmählich fiel ihr eine Veränderung in seiner Ausdrucksweise auf. »Davon abgesehen passt der zweite Mord erst recht nicht zu ihnen«, sagte Sid.

Melzick ließ sich ihre Überraschung nicht anmerken. Sie nahm es als gutes Omen, dass Sid plötzlich einen vollständigen Satz von sich gab.

»Du hast Recht, Carlo wurde ermordet, weil er den Mörder gesehen hat. Und der wird ganz bestimmt kein Plakat der D.A.M. ans Fenster gehalten haben.«

Sid schaute sie von der Seite an.

»Wie kommst du damit klar?« Melzick wusste sofort, was er meinte. Sie seufzte.

»Du bist schon der Zweite, der danach fragt. Ehrlich gesagt — ich weiß es noch nicht. Ich will mir darüber auch nicht den Kopf zerbrechen. Und ich geh garantiert nicht zu einem Therapeuten. Ich will den Mistkerl fangen und in die Mangel nehmen. Das ist meine Therapie.« Ihre Augen blitzten, als sie hinzufügte: »Wir werden das Ungeheuer kriegen!« Sid nickte ein paar Mal, dann legte er den Kopf schief.

»Ungeheuer jagen — das war mein Berufswunsch, als ich zehn war.« Sie schauten sich an und mussten beide grinsen.

»Hattest du schon mit vielen Mordfällen zu tun«, fragte Melzick. Sid nickte, aber etwas an seinem Blick machte sie misstrauisch. »Ich meinte, ob du selbst Mordfälle bearbeitet hast.«

»Wenn du so fragst, dann ist das mein Erster.«

»Aha. Und die anderen?« Er zuckte mit den Schultern.

»Bücher.«

»Bücher?«

»Krimis. Fast zweitausend.« Sie klatschte in die Hände.

»Ok, dann sind wir beide bestens qualifiziert. Ich kenne die Filme und du die Bücher.«

»Die Filme?« In der nächsten Viertelstunde unterhielten sie sich höchst angeregt über ihre jeweiligen Lieblingsfälle aus der Literatur- und Filmgeschichte.

»Und wie siehst du unseren Fall?«, fragte Melzick, die zwischenzeitlich von Sids überdurchschnittlicher Intelligenz überzeugt war.

Er rümpfte die Nase, wuchtete seine rundliche Gestalt aus dem Bürostuhl hoch und trat ans Fenster.

»Er scheint ganz einfach zu sein«, sagte er und hauchte gegen die Scheibe. Dann polierte er mit dem Ärmel einen Fettfleck weg. Er lehnte seine Stirn gegen die Scheibe und sprach weiter. »Grabinger war für jemanden so gefährlich geworden, dass er beseitigt werden musste. Vielleicht hat er jemanden erpresst, obwohl das nicht zu einem Gutmenschen passt. Andererseits hat diese Rechtsanwältin, die Rothko, ihn als sehr schwierigen Menschen bezeichnet. Er neigte zu Extremen. So einer macht sich leicht Feinde. Da ist alles möglich. Die Frage ist also …«

»Wem konnte er so gefährlich werden?«, führte Melzick Sids Gedankengang fort. »Was für ein enormes Risiko war es, Carlo auf offener Straße zu erschießen. Der Täter muss äußerst kaltblütig sein.«

»Und breite Schultern haben«, ergänzte Sid, »breite Schultern und ein schmales Gesicht.«

»Es muss jemand sein, der Falk gut gekannt hat«, murmelte Melzick nachdenklich. »Und der viel zu verlieren hat.«

»Also, es wird höchste Zeit, dass wir ihn beruflich und privat durchleuchten«, meinte Sid.

»Ich fahr nachher mit dem Chef zu Isolde Grabinger.«

»Ruf mich an, wenn du seinen Arbeitgeber erfahren hast, dann schnüffle ich mal ein bisschen im Netz. Ich hab da meine ganz speziellen Quellen.«

»Eigentlich hat sich die letzten hundert Jahre nicht viel geändert, oder?«

»Was meinst du?«

»Na — Sherlock Holmes hat immer ein Telegramm irgendwohin geschickt, wenn er ganz spezielle Informationen haben wollte. Und du schickst 'ne Mail.«

»Manchmal auch 'ne Brieftaube.«

»Ja klar.« Sid hauchte gegen die Scheibe und beseitigte den neuen Fettfleck mit seinem Ärmel. Dann warf er Melzick einen unsicheren Blick zu.

»Was ist?«, fragte sie.

»Kennst du Klaus-Peter Wolf?«

»Ist das nicht der Typ aus dem Ruhrpott mit den roten Hosenträgern? Der diese Ostfriesenkrimis schreibt? Den hab ich mal in einer Talkshow gesehen.«

»Genau der.«

»Und?«

»Der ist in Augsburg.«

»Wieso?«

»Der hat 'ne Lesung. Heute Abend um halb neun. In der Thalia-Buchhandlung.«

»Und?«

«Da geh ich hin.«

»Und?«

»Gehst du mit?«

»Wieso?«

»Zur Nachhilfe.«

»Na dann — warum nicht? Aber ich warn dich vor. Wenn mir einer was vorliest, schlaf ich ein. Vor allem abends. Das ist ein Reflex — kann ich nix gegen machen.«

»Ok. Dann bring ich dir eben ein Kissen mit.«

»Und was zu knabbern?«

»Jo, irgendwas, was laut raschelt beim Auspacken.«

»Wird sicher ein toller Abend.«

Sie schauten sich an und mussten wieder grinsen. Da platzte Zweifel herein. Er sah die beiden an.

»Gute Stimmung, wie mir scheint.« Siebental stand ruckartig auf.

»Das, äh, scheint nur …, wir haben gerade …, also das ist eigentlich …«

»Das liegt an Keitel«, ergänzte Melzick.

»Wieso?«

»Tun Sie nicht so, Chef. Das ist einer, gegen den man sich verbünden kann. Und wenn er gerade mal nicht da ist, kommt eben gute Laune auf.« Zweifel rümpfte die Nase.

»Find ich ehrlich gesagt nicht gut, auch wenn ichs nachvollziehen kann. In diesem Fall ist Keitel in unserem Team.«

»Ach kommen Sie, Chef, der ist doch alles andere als teamfähig.« Zweifel warf Siebental einen Blick zu, der vielsagend den Mund hielt.

»Ich schlage vor, wir machen ihn dazu.« Melzick verdrehte die Augen. »Sehen Sie es als Herausforderung an, Melzick. Wenn wir den Fall gelöst haben, sieht die Welt anders aus.« Melzick gab es einen Stich. Sie wurde sehr ungern daran erinnert, dass sie nur ausnahmsweise in diesem Augsburger Team war. Am Ende würde sie nach Bad Wörishofen zurückmüssen. Sie verscheuchte den Gedanken und wechselte das Thema.

»Wie war denn Ihr Date mit der D.A.M?«

»Sehr aufschlussreich.«

»Wie das? Hat dieser Dr. Eisen gestanden?« Zweifel seufzte.

»Dann wäre die Geschichte ja schon zu Ende.«

»Hättest du was dagegen?«, fragte sie Siebental.

Zweifel nahm stillschweigend zur Kenntnis, dass die beiden bereits beim Du waren.

Sid hob zur Antwort nur die Schultern und schaute auf seine Armbanduhr.

»Dr. Eisen bestreitet alles, was mit Schießen zu tun hat. Im Übrigen können wir ihn nicht länger festsetzen«, sagte Zweifel. Melzick nickte.

»Schließlich sind wir in einem Rechtsstaat«, meinte sie.

»Überflüssig, das zu betonen«, erwiderte Zweifel und Melzick schob seine Gereiztheit dem Gespräch mit diesem Advokaten zu. »Abgesehen davon halte ich es für unwahrscheinlich, dass diese Leute etwas mit dem Mord an Grabinger zu tun haben. Das würde deren Ruf schaden und ihr Ziel, möglichst viele Menschen anzuziehen, zunichte machen.«

»Das hat Kollege Sid auch schon behauptet.«

»Und was denken Sie?« Melzick kratzte an ihrer Nase.

»Der Grabinger eignet sich nicht sehr gut als Feindbild für eine schweigende Mehrheit. Seinen Feind müssen wir woanders suchen.«

»Gut, dann fahren wir jetzt nach Friedberg zu seiner Witwe.« Siebental hob zaghaft einen Finger. »Siebental, Sie müssen sich nicht melden wie in der Schule, wenn Sie was zu sagen haben.«

»Äh ja, nun …«

»Raus damit.«

»Ihr Schlitten, äh …, also ich meine nämlich, … den Wagen, das Auto …« Zweifel und Melzick blickten ihn ratlos an. Siebentals Stirn rötete sich. »Die Kollegen reden …, manche fanden es ja ziemlich …, aber die meisten …, und ich eigentlich auch …, ich meine, wenn es sich mal ergibt …, das wär einfach …, und dann noch türkis …«

Siebental schickte seine Sätze wie eine weit auseinandergezogene Karawane in einem Sandsturm auf die Reise. Zweifel dämmerte der Sinn seiner Rede, doch Melzick war schneller.

»Sid will mal in Ihrem alten Cadillac Platz nehmen«, sprudelte es aus ihr heraus. Zweifel hob bedauernd die Schultern.

»Heute wird nichts draus, Herr Kollege, ich bin mit einem stinknormalen Mercedes Sprinter unterwegs.«

Siebental nickte eifrig und machte dabei eine Schnute, als ob ihm gar nicht so viel daran läge.

»Also los Chef, sprinten wir zu Ihrem Mercedes«, rief Melzick und zwinkerte Siebental zu. »Um halb neun, Thalia.«

»Ich bin da«, sagte er.

Wenig später waren sie auf der B300. Zweifel schaltete in den fünften Gang und sah zu Melzick hinüber.

»Was läuft denn heute Abend?«

»Wo?«

»Im Kino. Sie gehen doch ins Thalia-Kino mit ihm.«

»Wir gehen zu einer Lesung.«

»Im Kino?«

»In der Thalia-Buchhandlung.«

»Und wer liest?«

»Klaus-Peter Wolf.«

»Der mit den roten Hosenträgern?«

»Der mit den Ostfriesenkrimis. Kennen Sie einen davon?«

»Ich lese keine Krimis, ich erlebe welche.«

»Ja, aber man kann vielleicht was dazulernen.«

»Na, da bin ich aber auf Ihre Rezension gespannt.«

20. Kapitel

Sie holten sich auf dem Weg nach Friedberg einen kleinen Imbiss, der Ihnen schwer im Magen lag. Melzick dirigierte Zweifel in die Nähe der Stadtmauer Nummer 45.

Das Haus war ein altes Gemäuer, dem man von außen nicht zutraute, dass es bewohnt war. Nach Westen zu an einem steilen Hang gelegen, klammerte es sich mit einer Schmalseite an einen uralten Rundturm, den Pulverturm, wie eine in Stein gemeißelte Inschrift bezeugte. An der anderen Schmalseite klebte ein schwarzbrauner Holzanbau.

Der Hauseingang befand sich auf der Ostseite. Tür und Fenster starrten auf die haushohe Stadtmauer aus roten Backsteinen, mehr als sechshundert Jahre alt.

Neben dem Pulverturm führte eine schmale Steintreppe den Hang hinunter zu einem kleinen Teich. Wenn man ein paar Stufen hinabging und sich umdrehte, bot sich einem der Turm in mittelalterlicher Düsternis dar.

Der schmale Weg zwischen Stadtmauer und Hausfront war von Laubbäumen beschattet.

Melzick und Zweifel ließen den Ort auf sich wirken. Am Morgen war Melzick durch das Telefonat mit Zack abgelenkt gewesen und hatte nicht auf die Umgebung geachtet.

»Sieht aus wie'n Wohnheim für arbeitslose Gespenster«, meinte sie leise zu ihrem Chef.

»Sehr geistreich, Melzick«, erwiderte Zweifel und drückte auf einen kleinen weißen Klingelknopf. Irgendwo im Innern war ein dumpfer Gong zu hören. Sie wechselten einen Blick und traten synchron einen Schritt zurück.

An einem der Fenster im zweiten Stock war einen Herzschlag lang eine helle Gestalt zu sehen. Eine Krähe raschelte mit ihren Flügeln, gab einen empörten Kommentar von sich und schwang sich in die Lüfte, um auf den Dächern des Wittelsbacher Schlosses, das nur ein paar Flügelschläge entfernt war, ungestörter zu sein.

Melzick hörte, wie ein Sicherheitsriegel zur Seite geschoben wurde. Die Tür öffnete sich und vor ihnen stand eine kräftig gebaute Frau im hellen Morgenmantel. Sie blinzelte die beiden Besucher aus verschlafenen Augen übelgelaunt an.

»Was bilden Sie sich ein, mich mitten in der Nacht aus dem Bett zu holen?« In diesem Augenblick kam Melzick in den Sinn, dass sie nicht darüber gesprochen hatten, wie sie Isolde Grabinger beibringen wollten, dass ihr Noch-Ehemann erschossen worden war. Zweifel machte den Anfang.

»Sie sind Frau Isolde Grabinger, verheiratet mit Falk Grabinger?«

Sie starrte ihn an. Sie starrte Melzick an. Dann blickte sie den Weg entlang nach beiden Richtungen, als erwartete sie noch weitere Störenfriede. Misstrauisch wanderten ihre Augen zurück zu diesem großen, glatzköpfigen, verdammten Frühaufsteher.

»Hat er Sie geschickt? Traut er sich selbst nicht mehr her? Sieht ihm gar nicht ähnlich.« Zweifel zückte seine Dienstmarke.

»Ich bin Kommissar Adam Zweifel, das ist meine Kollegin Zick.«

»Mir egal. Richten Sie ihm aus, dass er von mir nichts mehr bekommt.« Sie stemmte beide Fäuste in die Seiten und funkelte Zweifel aus zusammengekniffenen Augen an. »Von mir aus kann er diesmal im Knast landen«, fauchte sie.

»Ich fürchte, das wird nicht möglich sein.« Die Frau schüttelte verwirrt den Kopf und musterte Melzick von oben bis unten.

»Was soll das heißen?«

»Ihr Mann wurde gestern Nachmittag in Augsburg während einer Demonstration erschossen«, sagte Zweifel.

»Ha!«, entfuhr es ihr. »Soll das ein Witz sein?«, schnaubte sie ungläubig.

»Sehe ich so aus?«, gab Zweifel zurück.

Melzick beobachtete, wie sich Isolde Grabingers Gesichtsausdruck veränderte, als diese Nachricht allmählich in ihr Bewusstsein einsickerte. Die höhnisch hochgezogenen Augenbrauen fielen kraftlos herab und verfinsterten ihren Blick, der zwischen Melzick und Zweifel auf die gegenüberliegende Stadtmauer fiel.

»Erschossen? Gestern?«, murmelten ihre Lippen.

»Dürfen wir reinkommen?«, fragte Zweifel. Sie nickte mechanisch, wandte sich um und ließ sie an der offenen Tür stehen. Zweifel und Melzick folgten ihr.

Sie war in die Küche vorausgegangen, die vom trüben Tageslicht fast nichts abbekam. Isolde Grabinger stand mit dem Rücken zu ihnen am Küchenfenster. Zweifel drückte den Lichtschalter neben der Tür. Die Frau im hellen Morgenmantel drehte sich um.

»Wer sind Sie nochmal?«

»Kriminalhauptkommissar Adam Zweifel.«

»Und die da? Ist die auch von der Polizei?«, fragte sie. Melzick streckte ihr wortlos ihre Dienstmarke entgegen. »Ich fass es nicht«, sagte Isolde Grabinger und ließ sich auf einem der Küchenstühle nieder. Melzick steckte ihre Marke wieder ein.

»Frauen sind gar nicht so selten bei der Kripo, wissen Sie.« Grabinger schüttelte den Kopf.

»Dass Falk erschossen wurde, meine ich. So — plötzlich.«

»Dürfen wir?«, fragte Zweifel und deutete auf die anderen Stühle. Sie machte vage eine einladende Handbewegung und die beiden setzten sich ihr gegenüber an den kleinen runden Küchentisch.

»Wer hat ihn erschossen?«

»Das wissen wir noch nicht. Der Täter hatte sich in einem Haus in der Annastraße versteckt und konnte entkommen, ohne dass irgendjemand etwas bemerkt hat.«

»Wie ist das möglich? Am helllichten Tag — das geht doch gar nicht.«

»Es waren mehrere tausend Leute in den Straßen. Die Demonstration …«

»Ist er da mitgelaufen? Waren das nicht diese Spinner, die sich über das Klima aufregen? Natürlich ist er da mitgelatscht. Da durfte der Falk doch nicht fehlen!« Sie schnaubte ihre Verachtung heraus, von der sich jede Menge in ihr angestaut haben musste.

Melzick beschloss, den Mund zu halten und sich stattdessen ein Bild von der so gar nicht geschockten Witwe zu machen. Die Frau war Anfang Vierzig und vorzeitig ergraut. Dünne Haarsträhnen fielen ihr widerspenstig ins Gesicht. Ungeschminkt wirkte es aufgeschwemmt und glänzte fettig.

»Vielleicht nimmt sie irgendein starkes Medikament«, dachte Melzick. Auf ihr Äußeres legte sie jedenfalls keinen Wert.

Na ja — immerhin hatten sie sie offensichtlich aus dem Bett geklingelt. Aber die Fingernägel sahen abgekaut aus, und das war sicher nicht im Schlaf passiert.

Sie hatte tiefe Falten zwischen Nase und Mund, blasse Lippen, herabgezogene Mundwinkel. Ihr bisheriges Leben hatte Spuren hinterlassen. Und einige davon waren sicher auf Falk zurückzuführen.

»Ihr Mann ist tatsächlich ein sehr aktiver Teilnehmer der Demonstration gewesen.«

»Hat sich aufgespielt, wie? Als Retter der Menschheit, was? Hat doch sicher sein altes, löchriges Superman-T-Shirt angehabt. Auf so einen hat die Welt sicher gewartet.« Frau Grabinger schlug mit der flachen Hand auf den Tisch. »Und sie hat sich ja auch gebührend bedankt, die Menschheit!«

Melzick dachte an die beiden Löcher in Falks Brust und schluckte eine Bemerkung hinunter. Zweifel versuchte, die Witwe in ruhigeres Fahrwasser zu bringen.

»Bisher gehen wir von nur einem Täter aus, Frau Grabinger. Für mich ist gleichgültig, ob Ihr Mann sympathisch oder ein Kotzbrocken war. Ich lernte ihn erst kennen, als er ein Mordopfer war. Ich gebe keine Ruhe, bis ich den habe, der das getan hat. Aber ich brauche Ihre Unterstützung.«

Zweifels klare Worte machten Eindruck. Frau Grabinger warf ihm einen überraschten Blick zu.

»Sie haben einen forschen Ton am Leib, das muss ich zugeben. Ich sollte Ihnen eigentlich was anbieten, aber ich fürchte, ich habe kein sauberes Glas da.« Zweifel winkte ab.

»Wir haben nur ein paar Fragen, es wird nicht lange dauern, dann können Sie sich um Ihren Haushalt kümmern.«

Isolde Grabinger rümpfte die Nase. Melzick tat das Gleiche und dachte sich ihren Teil. »Sie lebten von Ihrem Mann getrennt?«, fragte Zweifel.

»Ich hätte ihm nie begegnen dürfen.«

»Frau Grabinger — seit wann ...«

»Vor drei Monaten ist er abgehauen. Ich komm abends nach Hause, seine Sachen sind weg, nur ein Zettel liegt da: ›Das war's. Ist besser so für mich. F Punkt.‹ Er hat nicht mal seinen Namen ausgeschrieben. ›Ist besser so für mich‹ hat er geschrieben. Natürlich, es ging ja immer nur um ihn. Um ihn und seine Mission: Die Erde muss gerettet werden — ha!« Sie schnaubte durch die Nase. »Dabei war er vollkommen unfähig, auch nur eine einzige Aktion vernünftig durchzuziehen, geschweige denn, den Müll rauszubringen.«

»Was ist mit seinen persönlichen Sachen? Hat er die alle mitgenommen?«

»Draußen im Schuppen steht noch eine Kiste mit seinem Schrott.«

»Was für Schrott?«

»Na — Kassettenrekorder, Plattenspieler, Lautsprecher, Notebook — alles uralt, kaputt, versifft, nicht mehr zu gebrauchen. Aber der Herr Grabinger wollte es noch verscherbeln. Über Ebay ein paar Leute übers Ohr hauen. Was weiß ich. Der Dreck interessiert mich nicht. Ich warte seit drei Monaten, dass er den Mist abholt.«

»Wissen Sie, wohin er umgezogen ist?«

»Ich habs mir irgendwo aufgeschrieben. Für den Fall, dass noch Post kommt. Das waren sowieso nur Rechnungen.« Sie kramte in der Tischschublade und schob einen zerknitterten gelben Klebezettel rüber. Melzick notierte sich die Adresse.

»Er ist also in Friedberg geblieben?« Frau Grabinger zuckte gleichgültig mit den Schultern.

»Ich hab keinen blassen Schimmer, warum. Ich hab ihn jedenfalls nicht mehr gesehen, seitdem ich ihm ein Vermögen …« Sie brach ab und schlug die Hände vors Gesicht. »Ich darf gar nicht dran denken.«

»Sie haben ihm Geld gegeben?«

»Achtzigtausend Euro hab ich für ihn geblecht. Schadensersatz! Ha! Dass ich nicht lache!«

»Wofür?«

»Er hat ein paar Schweine befreit. Die sind dann gleich vor lauter Freude in ein paar Autos gerast. Richtig teure Autos. Bonzenautos! Die Aktion war so typisch für ihn.«

»Aber wieso haben Sie das getan?«

Isolde Grabinger schaute Zweifel aus rotunterlaufenen Augen an.

»Die Frage stelle ich mir jeden Morgen und jeden Abend. Ich hatte doch keine Ahnung, dass er gleich danach den Abflug macht. Er konnte sehr überzeugend sein, wenn er wollte. Er hat das Ganze so dargestellt, dass ich ihm — ich hab ihm einfach glauben wollen.« Sie ließ den Kopf hängen. Melzick tauschte einen Blick mit Zweifel.

»Wo hat Ihr Mann gearbeitet?«, fragte sie. Isolde Grabinger war ganz in ihr Selbstmitleid versunken und schien sie nicht gehört zu haben. »Frau Grabinger?«

»Was?«

»Haben Sie meine Frage verstanden?« Die Witwe zog geräuschvoll die Nase hoch.

»Biochemiker. Er war Wissenschaftler. Hat in so 'nem neuen Pharmaunternehmen gearbeitet. Midasana oder so.«

»Nie gehört«, sagte Melzick.

»Na ja — ich sag doch, es ist neu hier. Die kommen irgendwo aus dem Süden, was weiß ich.«

»Dann war Ihr Mann noch gar nicht lange dort beschäftigt?«

»Drei Jahre.«

»In der Pharmabranche wird gut bezahlt«, warf Zweifel ein.«

»Kann schon sein. Ich weiß es nicht.«

»Sie wissen nicht, wieviel Ihr Mann verdient hat?«

»Nein, verdammt, spielt das eine Rolle?«

»Wollte Ihr Mann die 80.000 Euro zurückzahlen?« Sie nickte mürrisch.

»›In vier Jahren hast du das Geld wieder‹, hat er gesagt.«

»Und das haben Sie ihm geglaubt?« Sie warf Zweifel einen resignierten Blick zu, der alles sagte.

»Hat Ihr Mann Verwandte?« Sie schüttelte wortlos den Kopf.

»Darf ich fragen, wo Sie arbeiten?«

»DHL – Pakete sortieren. Nachtschicht. Scheiß Job.«

»Kennen Sie Sina Rothko?«, fragte Melzick und erntete einen giftigen Blick.

»Diese versoffene angebliche Juristin? Der haben wir doch diese 80.000-Euro-Pleite zu verdanken!«

»Inwiefern?«

»Inwiefern — inwiefern?! Das fragen Sie noch? ›Du musst diesem Vergleich zustimmen, sonst landest du im Gefängnis.‹ So hat sie Falk belabert. Vergleich — wenn ich das schon höre! Schöner Vergleich! Ich hab keine Ahnung, was die verglichen haben, aber ich hatte am Ende die Arschkarte.«

»Das haben wir, glaube ich, schon notiert«, sagte Zweifel, der eine neuerliche Tirade vermeiden wollte. Grabinger stierte auf Melzicks Notizblock.

»Warum schreiben Sie das alles mit? Und überhaupt: Was wird jetzt?«

»Es wird ein paar Tage dauern, bis wir Ihren Mann zur Beerdigung freigeben können.« Sie starrte Zweifel an, als hätte sie erst jetzt begriffen, dass Falk tot war. »Dürfen wir noch einen Blick in die Kiste werfen?«, fragte Zweifel.

»Welche Kiste?«

»Die Ihr Mann nie abgeholt hat. Sein Restmüll sozusagen.« Isolde Grabinger seufzte und erhob sich schwerfällig. Sie folgten ihr in den hölzernen Anbau, einem düster-staubigen Versammlungsort für allerlei Gerümpel. In der dunkelsten Ecke kauerte, hinter einem rostigen Fahrrad versteckt, eine vollgestopfte Bananenkiste.

Melzick schlängelte sich zwischen kaputten Gartenmöbeln, ölverschmierten Kanistern, eingetrockneten Farbeimern und verschimmelten Holzkisten hindurch. Sie schob das Fahrrad mit einiger Mühe zur Seite und warf die vermoderte Wolldecke, die halb auf der Bananenkiste lag, in die Ecke. Zweifel war mit Isolde Grabinger am Eingang stehengeblieben. Sie beobachteten, wie Melzick nacheinander einen stark ramponierten Kassettenrekorder, einen Plattenspieler ohne Tonarm, zwei verstaubte Lautsprecher und anderen Plunder aus den Siebziger-Jahren in die Höhe hielt.

»Das Zeug können Sie nicht mal auf 'nem Flohmarkt verkaufen«, sagte sie und musste wegen des aufgewirbelten Staubes husten. »Hier, sehen Sie mal!« Sie präsentierte ein dickes Notebook, dessen Display mehrere Sprünge hatte. Die Tastatur war verklebt. Die Aufkleber auf dem Deckel hatten was mit Tierschutz zu tun und waren zerkratzt und mit Filzstift beschmiert. Die Unterseite des armseligen Gerätes war ebenfalls voller Kratzer und das Plastikgehäuse war an einer Seite verschmort.

Zweifel seufzte.

»Das bringt uns nicht weiter, Melzick. Kommen Sie.« Sie legte den traurigen Rest des Notebooks zurück in die Kiste und bahnte sich einen Weg zum Ausgang.

»Und was soll ich jetzt damit anfangen?«, fragte Frau Grabinger aufgebracht.

»Haben Sie Kinder?«, fragte Zweifel zurück.

»Oh Gott, bewahre!«

»Tja, dann gehört das alles zu Ihrem alleinigen Erbe. Und wir verabschieden uns jetzt«, fügte er rasch hinzu, um einem weiteren Lamento zu entkommen.

Kurz darauf saßen sie im Auto. Zweifel legte beide Hände aufs Lenkrad und schloss die Augen, während Melzick

Siebental anrief und ihm den Namen von Falks Arbeitgeber durchgab.

»Das passt irgendwie nicht«, sagte sie, nachdem sie aufgelegt hatte. »So wie die Rothko Falk geschildert hat, mit seinem übertriebenen Engagement und seiner autoritären Art, hätte ich am ehesten auf Lehrer getippt. Aber nie im Leben auf Pharma-Fuzzi.«

Zweifel räusperte sich.

»Naturwissenschaftler, Melzick. Ich finde, das passt sehr gut. Als Biochemiker hatte er vermutlich einen anderen Blickwinkel auf die weltweiten Missstände.«

»Aber warum geht er dann in die Pharmabranche, wenn er auf der anderen Seite seinen Laptop mit Tierschutzbuttons zuklebt?« Zweifel zuckte mit den Schultern.

»Kennen Sie irgendjemanden, der ohne Widersprüche durchs Leben geht? Immer geradlinig? Immer berechenbar?«

»Henry Fonda in „Spiel mir das Lied vom Tod".« Zweifel verdrehte wortlos die Augen. »Ist ja schon gut, Chef.« Zweifel trommelte aufs Lenkrad.

»Was schlagen Sie jetzt vor?«, fragte er.

»Carlos Hütte durchsuchen und vorher noch kurz im Altstadtcafé vorbeischauen.«

»Sie haben schon wieder Hunger?«

»Nein, ich hab jemanden dort vergessen. Aber wo Sie es erwähnen: Die haben eine erstklassige vegane Torte.« Zweifel schnalzte mit der Zunge und drehte den Zündschlüssel um. »Sie werden in der Ludwigstraße heute keinen Parkplatz finden«, sagte Melzick. »Es ist gleich da vorn, nur einen Katzensprung entfernt.«

Sie ließen den Wagen vor der kleinen Galerie beim Schloss stehen und liefen Richtung Innenstadt. Die Ludwigstraße war sehr belebt. Die Tatortmarkierungen neben dem offenen

Bücherschrank waren entfernt worden; nichts deutete mehr auf das Verbrechen hin.

Das Altstadtcafé war voll besetzt. Charlotte und ihre Kollegen liefen auf Hochtouren. Daher hatte sie auch nur ein sehr kurzes Nicken für Melzick übrig, als sie mit drei Tabletts aus der Küche kam. Zwei Sekunden später tauchte ihr junger Kollege auf, die Arme ebenfalls vollbeladen und mit Tunnelblick unterwegs. Zweifel inspizierte die Kuchenvitrine, während Melzick wartete, bis die Gäste bedient waren.

Sie stellte sich dem Kellner entschlossen in den Weg. Der wollte schon protestieren, doch sie hielt ihm ihre Dienstmarke unter die Nase und sagte:

»Neunzig Sekunden, mehr Zeit stehle ich Ihnen nicht.« Er schnaufte und legte den Kopf schief.

»Also meinetwegen — schießen Sie los.«

»Der Mord heute morgen …«

»Hab ich alles schon gehört«, fiel er Melzick ins Wort. »Schüsse hab ich nicht gehört und ich hab auch keinen Verdächtigen bedient.«

»Da war ein Mann im Mantel mit breiten Schultern, der eine Weile bei Carlo stand. Ihre Kollegin Charlotte hat ihn erwähnt, aber sie hat nicht gesehen, in welche Richtung er verschwunden ist.« Der Kellner schaute ihr ins Gesicht, und während er nachdachte, wanderten seine Augen über ihre Dreadlocks.

»Richtig, der Mantel«, sagte er. »Den hab ich auch gesehen. Kam mir etwas komisch vor.«

»Wieso?«

»Der Gang von dem Typen. Hat Schultern wie ein Schwergewichtsboxer, läuft aber wie 'n Leichtgewicht.«

»Leichtgewicht?«

»Ja, sag ich doch. Passte einfach nicht zusammen.«

»Und wohin ist er gegangen?« Der Kellner deutete in Richtung des anderen Endes der Ludwigstraße, wo sich die Tiefgaragen befanden.

»Da lang.« Er schaute auf die Uhr. »Die neunzig Sekunden sind jetzt aber …« Melzick hob entschuldigend die Hand.

»Ab sofort sind wir Gäste. Wir hätten gern zwei Stück von der veganen Himbeertorte.«

»Die ist aus, sorry.« Und damit verschwand er in der Küche.

»Dann eben nicht«, meinte Melzick. Als sie draußen standen, schaute Zweifel auf die Uhr,

»Erinnern Sie sich, was Carlo gesagt hat«, fragte er.

»Sie meinen, wie er den Handwerker im „Weißen Hasen" beschrieben hat?«

»Genau. Er hat von einem merkwürdigen Gang gesprochen.«

»Ja, schleppend, als ob er zu große Schuhe anhätte.«

»Als ob seine Schuhe sehr schwer wären, hat er gesagt.«

»Und der hier redet von einem Leichtgewicht«, sagte Melzick und kratzte sich hinter dem Ohr. »Was soll ich davon halten?«

»Vorerst nichts. Brüten Sie darüber.«

»Bis die Erleuchtung kommt?« Zweifel grinste sie an.

»Ist Carlos Hütte etwa auch nur einen Katzensprung entfernt?«

»Eher zehn.«

»Laufen?«

»Fahren.«

»Dachte ich mir.«

21. Kapitel

Sie brauchten nicht lange bis zu ihrem Auto.

»Wie kommen wir an den Eigentümer dieser Hütte ran?«, fragte Zweifel, als sie noch hundert Meter von dem Waldstück entfernt waren und das Auto an der Stelle abstellten, wo der „Wanderweg Lechleite" von der Schützenstraße abzweigte. Melzick rieb über ihren Nasenrücken.

»Der muss hier ganz in der Nähe wohnen. Josef Brenner. Wir klingeln uns einfach durch die Häuser.« Sie stiegen aus und standen kurz darauf vor dem Gittertor, das Brenner am Vortag mit seinem Fahrradschloss gesichert hatte. Das Schloss hing lose über einem Pfosten.

Melzick nahm es in die Hand und drückte das Tor auf. »Wir scheinen Glück zu haben. Der Brenner muss schon da sein.« Sie liefen den schmalen Trampelpfad entlang, der leicht bergauf führte. Nach dreißig Metern kam eine kleine Holzhütte in Sicht, die an ein Schwedenhäuschen erinnerte.

Melzick hatte am Vortag einen flüchtigen Blick auf den Giebel erhascht. Wilde Sträucher, Unkraut und Brennnesseln waren den rotbraunen Bretterwänden bedrohlich nahe gerückt. Die Fenster schienen fünfzig Jahre alt zu sein mit ihren grauweißen, rissigen Holzrahmen.

Drei Stufen aus lose zusammengefügten Backsteinen führten zu einer einfachen Holztür, die halb offenstand. Zur Bergseite hin gab es einen kleinen Anbau, der nicht überdacht war, wenn man von einer dünnen Teerpappe absah, auf der einige Moospolster darum kämpften, nicht abzurutschen.

Die restliche Hütte war mit einem verdreckten Wellblechdach versehen. Die rostfleckige Regenrinne schien von etlichen Spinnweben gehalten zu werden, die als organische Verzierung an den Brettern der Seitenwand klebten. Zweifel und Melzick näherten sich lautlos. Sie hörten jemanden im Innern rumoren und dabei ein Selbstgespräch führen. Durch das trübe Fenster neben der Tür nahmen sie einen Schatten wahr, der eilig hin und her lief.

Die beiden verständigten sich mit einem Blick. Melzick schlich zur Tür und warf einen Blick hinein. Zweifel pirschte sich näher an das Fenster heran. Er nickte Melzick kurz zu. Sie klopfte zweimal an die Tür.

»Schönen guten Tag Herr Brenner, suchen Sie etwas?«, rief sie lauter, als nötig gewesen wäre. Brenner stieß einen Fluch aus und fuhr erschrocken herum. Er hielt mit beiden Händen eine große blaugelbe Plastiktasche, wie sie in Möbelhäusern zu haben ist.

»Was? Das geht Sie gar nix ... Herrschaftszeiten! Was wollen Sie da schon wieder. Das ist privat hier, Fräulein.« Er machte ein paar Schritte auf Melzick zu. Sein rotes Gesicht verfinsterte sich und er begann, mit den Flügeln zu schlagen. »Raus! Raus hier, sag ich! Sie ham da nix verlorn und wenn Sie zehnmal von der Polizei san! Das ist mein Grund und Boden!«

Melzick ließ sich nicht einschüchtern. Sie deutete gelassen auf die Plastiktasche.

»Haben Sie was gefunden? Aber das gehört doch sicher dem Carlo. Darf ich mal?«

Sie griff danach und er riss ihr die Tasche wütend aus der Hand. Seine Stimme klang bedrohlich.

»Die Finger weg, Fräulein, sonst werde ich ungemütlich!« Melzick winkte ab.

»Ach was. Das sind Sie doch schon. Jetzt mal im Ernst: Glauben Sie, Carlo würde gefallen, was Sie hier tun?« Brenner stierte sie an und schluckte schwer.

Er nahm die Tasche in eine Hand und wischte sich mit der anderen über den Mund.

»Der Carlo! Den stört nix mehr.« Zweifel belauschte aufmerksam das Gespräch.

»Sie wissen also, was passiert ist?«, fragte Melzick.

»Ich weiß nichts! Gar nichts!« Brenner versprühte Speicheltröpfchen. Melzicks Nase nach zu urteilen, musste er einiges getrunken haben. »Jetzt zieh endlich Leine! Wie oft soll ichs noch sagen?!« Brenner wurde laut. »Raus hier! Runter von meinem Grund sonst pack ich …«

Zweifel war mit wenigen Schritten im Haus und trat zwischen die beiden. Er überragte Brenner um zwei Köpfe, dem vor Verblüffung die Kinnlade runterfiel. Zweifel hielt ihm seine Dienstmarke vors Gesicht und wählte eine passende Lautstärke.

»Zweifel. Kriminalkommissar. Herr Brenner, Sie stellen sofort die Tasche auf den Boden!« Brenner stolperte zwei drei Schritte zurück, dachte aber nicht daran, Zweifels Aufforderung zu folgen.

»Ja zefix, was hat denn ständig die Polizei bei mir zu suchen? Habt's ihr nix Besseres zu tun? Die Tasche geht Sie nix an! Das ist meine.«

»Ach, Sie haben die mit hierhergebracht? Was ist denn drin?« Brenner wich noch ein paar Schritte zurück.

»Ich sag doch: Das hat sie nicht zu interessieren!«

»Jetzt hören Sie mal gut zu. Heute morgen wurde der Bewohner dieser …«, Zweifel ließ den Blick kreisen, »Bruchbude kaltblütig erschossen. Wir sind hier, um nach Anhaltspunkten zu suchen, die uns zu dem Mörder führen. Und wen finden wir? Herrn Josef Brenner, der offensichtlich in der Hinterlassenschaft des Opfers nach etwas sehr Wichtigem zu suchen scheint.« Er warf Melzick einen

Seitenblick zu. »Ich denke, das reicht für eine Festnahme, da Herr Brenner ja nicht bereit ist, zu kooperieren.« Melzick nickte ernsthaft.

Zweifel ging auf Brenner zu, der ihn fassungslos anstarrte.

»Was? Was? Was? Moment mal. Sie wollen mich verhaften? Jetzt mal langsam, langsam, ganz langsam. So einfach geht das nicht. Ich protestiere! Also ganz offiziell — protestieren tu ich.«

»Ja — nur interessiert das niemanden«, sagte Melzick. »Was die Leute allerdings interessieren wird, das ist die Frage, warum Sie hier, kaum dass der arme Teufel im Himmel ist, in seinen Sachen herumschnüffeln.«

»Die Leute? Was für Leute?« Brenner wirkte zunehmend verwirrt.

»Na — Sie wissen doch, wie die Leute sind, Herr Brenner«, sagte Melzick. »Die werden sich das Maul zerreißen, was glauben Sie wohl.« Brenner fehlten die Worte.

»Die Sache ist ganz einfach, Herr Brenner«, sagte Zweifel eine Spur freundlicher, »betrachten Sie diese Unterkunft ab sofort als versiegelt. Alles, was sich hier drin befindet, wird von uns untersucht werden.«

Er deutete auf die Tasche, die Brenner krampfhaft mit beiden Händen vor seinem stattlichen Bauch festhielt. »Auch diese Tasche. Wenn wir feststellen, dass der Inhalt für uns belanglos ist, dürfen Sie sie mitnehmen.« Brenner starrte ihn an und dachte fieberhaft nach.

»Haben Sie das verstanden?«, hakte Melzick nach.

»Aber — äh, da ist wirklich nix drin, was äh …, das ist …, das wird Ihnen nicht helfen, glaubens mir …«

»Umso besser, dann werfen wir einen kurzen Blick darauf und die Sache ist erledigt«, sagte Zweifel, der davon überzeugt war, dass die Sache damit keineswegs erledigt sein würde.

Er ging rasch die paar Schritte auf Brenner zu, packte die Tasche und riss sie ihm energisch aus den Händen. Brenner wehrte sich nur schwach. Er war zu verblüfft darüber, dass die Polizei so resolut mit ihm umsprang, wo er doch vollkommen unschuldig war.

»Ich bin ein unbescholtener Bürger. Ich habe mit der ganzen Sache nix zu tun. Aber auch gar nix. Da könnens jeden fragen. Ich zahl meine Steuern. Ich hab nie was mit der Polizei …«

»Schon gut, schon gut, Herr Brenner.« Melzick verlor etwas die Geduld. »Sie haben jetzt immerhin etwas, was Sie Ihren Enkeln erzählen können.«

»Ich hab keine Enkel. Ich hab nicht mal 'ne Frau«, erwiderte Brenner und schien stolz darauf zu sein.

»Apropos«, sagte Melzick, die Brenner von ihrem Chef ablenken wollte, der die Tasche auf einen wackligen Tisch gestellt hatte und peinlich genau durchsuchte, »apropos Verwandte: Wissen Sie, ob Carlo welche hatte?« Brenner stutzte und überlegte.

»Er hat nie was erwähnt und gesehen hab ich auch keinen. Besuch, mein ich.« Zweifel drehte sich zu ihm herum.

»Sagt Ihnen Sokrates etwas?«

»Freilich. So hat er doch seinen Hund genannt. Den hams ihm abgeknallt, gestern.«

»Und außerdem?« Brenner zuckte mit den Schultern.

»Was denn sonst noch? Ist halt ein Name, griechisch oder so.«

»Was ist mit Platon?« Brenner schüttelte verständnislos den Kopf. Zweifel deutete auf die Tasche. »Dann dürften das da drin wohl kaum Ihre Bücher sein.« Zweifel erinnerte sich daran, dass Phil erzählt hatte, dass er mit Carlo über Philosophie fachsimpeln konnte. Brenner druckste herum.

»Mei, die paar Bücher. Die sind doch jetzt herrenlos. Da hab ich mir gedacht, nimm's mit. Die verrotten doch sonst nur. Die lassen sich bestimmt verkaufen.« Zweifel hob ein zerfleddertes Exemplar in die Höhe.

»Die Dinger? Ich glaub Ihnen kein Wort, Herr Brenner. Sie haben nach was anderem gesucht.«

»Schmarren. Woher denn? Was denn zum Beispiel?« Zweifel hielt mit der anderen Hand ein braunes Kuvert in die Höhe. Es war in der Mitte gefaltet und etwa zwei Zentimeter dick.

»Das hier zum Beispiel.« Brenner wurde blass. Er verschränkte die Arme und schwieg. »Wenn das Ihre Tasche ist, dann wissen Sie doch sicher ganz genau, was in dem Umschlag ist.« Melzick pfiff leise durch die Zähne. Brenner schwieg weiterhin stur.

»Herr Brenner?«, hakte sie nach. Er schnaubte ärgerlich durch die Nase und schüttelte wütend den Kopf.

»Herrschaftszeiten! Das ist mein Geld. Eiserne Reserve.«

»Und die haben Sie hier bei Carlo versteckt, damit keiner was davon mitkriegt, stimmt's?«, sagte Melzick. Brenner nickte zögerlich.

»Es ist halt wegen dem Finanzamt.«

»Ich denke, Sie zahlen brav Ihre Steuern«, sagte Zweifel.

»Schon, aber die kriegen ja den Hals nicht voll genug.«

»Ja dann, das erklärt natürlich einiges«, meinte Zweifel. »Wieviel ist es denn?« Brenner blickte zwischen Melzick und Zweifel hin und her.

»Wieviel? Na ja — so genau hab ich das nicht im Kopf — genug jedenfalls.«

»Eine ungefähre Zahl reicht mir schon. Fünftausend? Zehntausend? Zwanzig?« Brenner zuckte nur mit den Schultern. »Aber Herr Brenner, Sie werden doch Ihre eiserne

Reserve kennen? Ist doch bestimmt alles hart erarbeitet, oder?«

Zweifel fixierte Brenner unerbittlich. Unter dessen Achseln zeigten sich dunkle Flecken. Er rieb heftig an seinem Nasenrücken, machte eine Faust und hielt sie sich vor den Mund, während er auf Zweifels Brust starrte.

»Ich habs schon länger nicht mehr gezählt.« Zweifel nickte.

»Respekt, Herr Brenner, Sie stellen einen neuen Superlativ dar.«

Brenner schluckte schwer und warf Zweifel einen verdutzten Blick zu.

»Was ist los?« Zweifel deutete mit seinem Zeigefinger auf Brenners Stirn.

»Von allen Inhabern eines schlechten Gewissens, die mir in meinem sehr langen Berufsleben begegneten, sind Sie der mit Abstand miserabelste Lügner.« Melzick klatschte leise Beifall. Brenner bekam Schnappatmung.

»Lügner? Frechheit! Ich hab die Wahrheit gesagt. Die Tasche gehört mir!«

»Aber der Inhalt nicht, sonst wüssten Sie, dass in dem Umschlag mehr als fünfzigtausend Euro sind.« Brenner riss die Augen auf.

»Ja verreck!« Zweifel nickte wieder.

»Genau das hat er ja getan, der Carlo, wenn auch nicht freiwillig. Und jetzt, Herr Brenner, denken Sie mal ganz scharf nach. Wo waren Sie gestern um 13 Uhr 25? Und wo waren Sie heute morgen zwischen 9 Uhr 15 und 9 Uhr 45?«

»Was soll das jetzt schon wieder heißen? Brauch ich etwa ein Alibi?«

»Im Augenblick kenne ich niemanden, der dringender eines bräuchte«, erwiderte Zweifel und musterte Brenners kräftigen Oberkörper.

Brenner kratzte sich am Hinterkopf.

»Ja also, gestern, da war ich … halb zwei, sagen Sie? Ja — da war ich — wahrscheinlich war ich da in meiner Werkstatt. Ich hab eine Schreinerwerkstatt.«

»Hat Sie da jemand gesehen?«

»Nein, da lass ich keinen rein. Aber gehört hams mich bestimmt, die Nachbarn. Meine Säge, die kann man nicht überhören. Es ham sich schon genug Leute darüber beschwert.«

»Und heute morgen?«

»War ich im Wald.«

»Allein?«

»Ich geh immer allein in den Wald. Ob mich einer gesehen hat, weiß ich nicht. Und das ist mir jetzt auch scheißegal!« Zweifel legte den Kopf schief und schnalzte.

»Tja — Herr Brenner — Ihr Alibi ist dünner als Ihre Steuererklärung. Melzick, ich denke, der Herr Brenner wird heute bei uns übernachten.« Brenner fehlten die Worte. Er fiel in eine Art Schockstarre und saß apathisch auf einem morschen dreibeinigen Hocker, während Melzick und Zweifel den Rest der Bude durchsuchten.

In den Ecken des einzigen Raumes blühte der Schimmel. Im Hintergrund waren zwei hölzerne Paletten zusammengeschoben. Darauf lag eine Matratze, ein uralter wattierter Schlafsack und zwei oder drei zerschlissene Decken.

In einem Paar zusammengerollter Socken fanden sie Kontoauszüge der Kreissparkasse. Daraus ging hervor, dass Carlo seine Konten bereits vor einem Jahr aufgelöst und das Geld in bar abgehoben hatte.

Außer ein paar Kleidungsstücken und einigen Duftkerzen neben dem Bett fanden Sie nicht viel.

Eine alte Pferdedecke voller Hundehaare, ein Futternapf, ein zerbissener Tennisball, ein Gaskocher, etwas Geschirr. Zweifel ließ seinen Blick über den armseligen Hausstand schweifen.

»Wie zahllos sind doch die Dinge, derer ich nicht bedarf«, sagte Zweifel, als er sah, wie Melzick angesichts des mickrigen Inventars die Stirn runzelte.

»Von wem ist das?«, fragte sie und wog den zerkauten Tennisball in der Hand.

»Sokrates«, sagte Zweifel.

Sid Siebental sah auf die Uhr. Er wusste, dass Keitel jeden Moment hereinkommen würde. Und er hoffte, dass Mel und ihr Chef sich nicht verspäten würden. Das wäre eine Genugtuung für Keitel und die gönnte er ihm nicht. Außerdem wäre dann eine erneute nervige Konfrontation unvermeidlich.

Sid hasste Konfrontationen. In seinen Augen war es eine grandiose Verschwendung von Zeit und Energie, sich aufzuplustern, Recht haben zu wollen, andere zu beleidigen und beleidigt zu sein. Keitel hatte in all diesen Disziplinen promoviert.

Aber Sid hatte nicht vor, weitere Gedanken an diesen Kollegen zu verschwenden. Er ging nochmal durch, was er über die Midasana, eine weitgehend unbekannte Pharmafirma recherchiert hatte. Die Webseite war sehr allgemein gehalten und gab nicht viel her. Doch Sid hatte andere Quellen, über die er nicht gern sprach, und die ihm Dinge verrieten, über die nur wenige Bescheid wussten.

Die Midasana war vor drei Jahren in Italien gegründet worden. Sie forschte nach neuen Wirkstoffen und entwickelte Medikamente. Dabei fokussierte sie sich auf Schmerzmittel.

Das Problem bei Schmerzmitteln waren häufig die Nebenwirkungen, die nicht selten mit anderen Medikamenten bekämpft werden mussten. Siebentals geheimer Quelle zufolge war die Midasana auf einen Wirkstoff gestoßen, der frei von Nebenwirkungen war und in 99,9 Prozent aller Fälle den Patienten eine deutliche Schmerzlinderung bescherte. Während die Versuchsreihen noch liefen, hatte die Midasana einen Stützpunkt in Deutschland eröffnet, in der Innenstadt von Augsburg. Die Zulassung des Medikaments stand angeblich kurz bevor. Falk Grabinger, der Biochemiker, war in einem Unternehmen beschäftigt gewesen, das in naher Zukunft Furore machen würde.

Wie wichtig war seine Position dort? Wie würde die Firma auf den Verlust reagieren? Wer arbeitete mit ihm zusammen? Wer war sein Vorgesetzter? Wie hoch war sein Verdienst? Wie war es dazu gekommen, dass er dort arbeitete? Wie war sein Ansehen? Was sagten die Kollegen über ihn? Was sagte der Chef?

Sid kamen die Fragen in einem steten Fluss in den Sinn. Er notierte sie fieberhaft, so dass er nicht bemerkte, wie seine Bürotür sich öffnete.

»Hey Siebental! Lernen Sie mal wieder Ihren Text auswendig, damit Sie später nicht ins Stottern kommen?«, polterte Keitel herein. »Und wo sind denn unsere beiden Superpolizisten? Ich dachte 16 Uhr heißt 16 Uhr. Aber damit hab ich schon gerechnet. Darauf hätte ich wetten können. Die werden hier nicht alt, Siebental, machen Sie sich keine Illusionen. Der Chef wird bald heraushaben, was das für Blender sind. Unterbelichtet und überfordert.«

Keitel hatte sich vor Siebentals Schreibtisch mit verschränkten Armen aufgebaut.

Siebental kam nicht zu Wort, was ihm irgendwie recht war.

»Schöne Rede, Keitel«, sagte Zweifel, der unbemerkt hinter Keitel eingetreten war, »und so flüssig vorgetragen. Darf ich fragen, wen Sie da gerade so hervorgehoben haben?« Keitel fuhr herum und sah den Kommissar aus schmalen Augen an. Er tippte demonstrativ auf seine Armbanduhr.

»Und darf ich fragen, wo Polizeiobermeisterin Zick sich gerade so herumtreibt? Ich hab keine Lust, immer auf diese Anfängerin zu warten.«
Zweifel nickte Siebental freundlich zu, der das Gesicht verzog.
Genau das, was er befürchtet hatte, trat ein.

»Ich schlage vor, wir setzen uns schon mal an den Tisch«, sagte Zweifel ungerührt. »Die Kollegin ist entschuldigt. Sie wird gleich da sein.«

»Kam ihr wieder was dazwischen? Musste sie noch Gummibärchen kaufen?«

»Wir haben in Friedberg einen dringend der Tat Verdächtigen festgenommen. Melzick sorgt dafür, dass er adäquat untergebracht wird. Leider hatten wir keine Zeit für Gummibärchen. Vielleicht kann der Kollege Siebental aushelfen?«

»Äh ..., das trifft mich unvorbereitet ..., ich habe normalerweise ..., nur jetzt gerade ..., ich kann aber gern ...«

»Nicht nötig, Siebental, wir versuchen mal, ohne auszukommen.« Keitels Miene strahlte Eiseskälte aus.

»So so, Sie haben jemanden festgenommen. Dann ist der Fall also gelöst? Ein neuer Rekord, wie?«

»Das weiß ich nicht.«

»Was wissen Sie nicht? Ob das ein Rekord ist?«

»Ich weiß nicht, ob der Fall damit gelöst ist.«

»Wieso? Haben Sie jetzt den Mörder oder nicht?«

»Das weiß ich nicht.« Keitel schnaubte.

»Hauptsache, Sie haben einen verhaftet. Macht sich immer gut bei der Presse, wenn die Polizei einen Täter aus dem Hut zaubert.«

Siebental hatte während dieses Dialogs die Augen geschlossen und die Lippen geschürzt. Er wirkte so, als hätte er am liebsten „Schluss jetzt!" gebrüllt. Zweifel dagegen ließ sich nicht aus der Ruhe bringen und setzte sich.

»Kann es sein, dass ich zu schnell für Sie bin, Keitel?«

»Wenn's nach mir geht, können Sie gar nicht schnell genug …« Keitel brach ab.

»Was? Einen Fehler machen? Einen Bock schießen?«, hakte Zweifel nach. Keitel schwieg und stellte sich ans Fenster.

Siebental öffnete die Augen und tauschte einen Blick mit Zweifel.

»Ich schlage vor, solange die Kollegin noch nicht da ist, bringe ich Sie mal auf den neuesten Stand der Dinge.«

Keitel blieb am Fenster stehen, Siebental setzte sich an den Tisch. Zweifel berichtete, was Melzick und er über Carlos Ermordung wussten. Er informierte über das Gespräch mit Isolde Grabinger und schließlich schilderte er die Begegnung mit Brenner. Wenig später platzte Melzick schwungvoll herein.

22. Kapitel

»Der Brenner sagt kein Wort mehr, bevor sein Anwalt da ist.« Sie setzte sich zu den anderen. »Hab ich was versäumt?« Siebental überflog die Notizen, die er sich über Zweifels Bericht gemacht hatte. Keitel brach sein Schweigen, während er weiterhin aus dem Fenster sah, die Hände zu Fäusten geballt in den Hosentaschen.

»Sie haben versäumt, Brenners Motiv für den Mord an Grabinger zu definieren, Polizeiobermeisterin Zick.«

»Oh du lieber Himmel, lassen Sie doch endlich den Titel weg«, seufzte sie. »Josef Brenner hat weder für Samstagnachmittag noch für Sonntagmorgen ein echtes Alibi, außerdem ...«

»Wollen Sie jetzt jeden verhaften, der kein Alibi hat?«

»Oh Mann — Keitel! Sie urteilen, ohne zu wissen. Brenner hat Carlos Hütte durchsucht. Wir haben ihn dabei ertappt. Er hatte einen dicken Umschlag mit mehr als 50.000 in seiner Tasche, deren Herkunft er nicht glaubhaft erklären konnte. Wir haben Kontoauszüge der Sparkasse gefunden, die belegen, dass das Geld Carlo gehörte.« Melzick sah Zweifel an, der ihr beruhigend zunickte.

»Also wir aus der Provinz, sind so hohe Geldbeträge nicht gewohnt«, fuhr Melzick fort. »Wir haben Leute schon wegen deutlich kleinerer Beute verhaftet.«

»Wir werden diesen Brenner unter die Lupe nehmen«, sagte Zweifel. »Falls er ein Motiv hat für den Mord an Grabinger, werden wir es finden, Keitel. Wollen Sie sich nicht setzen?«

»Nein.«

»Auch gut. Melzick hat die Kontoauszüge erwähnt. Siebental, könnten Sie bitte morgen bei der Kreissparkasse feststellen, woher Carlo so viel Geld hatte?«

Siebental nickte und notierte. Zweifel lehnte sich in seinem Stuhl zurück. Er umfasste den linken Ellbogen mit der rechten Hand und stützte sein Kinn auf Daumen und Zeigefinger.

»Was hat Fabians Befragung ergeben?«, fragte er in den Raum hinein. Keitel räusperte sich, nahm die Hände aus den Hosentaschen und verschränkte die Arme. Er sprach gegen die Fensterscheibe.

»Werner Fabian. Neununddreißig. Verheiratet. Eine Tochter. Ingenieur für Gebäudetechnik. War nur wegen seiner Tochter bei der Demo. Kennt Grabinger nicht. Kennt den Bettler nicht. Ein unbeschriebenes Blatt.«

»Wie geht es ihm?«, wollte Zweifel wissen.

»Das Bein wird in absehbarer Zeit wieder belastbar sein. Aber an dem Schuss wird er noch lange zu knabbern haben.«

Zweifel wandte sich an Siebental.

»Hat sich die Ballistik in der Zwischenzeit gemeldet?« Sid durchblätterte seine Notizen und las, ohne zu stocken vor:

»Bei allen fünf Schüssen das gleiche Kaliber. Aber die drei tödlichen Kugeln kamen aus einer anderen Waffe als die beiden übrigen.« Er sah vom Blatt auf. »Das könnte also ..., ich meine, was schließen wir ..., möglich ist demnach ...«

»Mein Gott, Siebental!«, stöhnte Keitel. »Das kann doch nicht so schwer sein, zwei Waffen!« Er warf Zweifel einen Blick zu. »Deutet klar auf einen Amokläufer hin. Möglicherweise hatte er noch mehr Waffen bei sich. Hat dieser Bettler nicht eine große Tasche erwähnt, die der angebliche Handwerker bei sich hatte? Das passt in meine Theorie, Herr Kommissar. Amokläufer benutzen oft mehr als eine Waffe.«

»Es können aber auch zwei Täter gewesen sein«, gab Melzick zu bedenken.

»Quatsch!«, widersprach Keitel. »Dieser Bettler ...«

»Er hieß Carlo«, sagte Melzick ungeduldig.

»Dieser Bettler«, beharrte Keitel, »hat nur eine Person beobachtet, die den „Weißen Hasen" betreten hat. Aber, und da stimme ich Ihnen zu, wir haben es mit zwei Tätern zu tun, wenn wir den heutigen Mord mit dazu nehmen. Den hat jemand anders begangen. Auch hier, Herr Zweifel, passt meine Theorie eines Amokläufers, der sich gestern austobte und daher heute keinen Schuss übrighatte.«

Keitel steckte zufrieden seine Hände wieder in die Hosentaschen. Melzick zog die Nase kraus.

»Aber welches Motiv soll jemand anders gehabt haben, um Carlo zu erschießen? Ich bleibe dabei: Es war sein Pech, dass er dem Täter in die Augen gesehen hat.«

Keitel fand einen weiteren Angriffspunkt. Er verließ seinen Fensterplatz und setzte sich Melzick gegenüber auf seinen Stuhl.

»Hatten wir nicht besprochen, dass Sie ihm verklickern, dass er ohne Polizeischutz die nächsten Tage nicht überleben wird? Was ist da schief gegangen?« Melzick biss die Zähne zusammen. Er hatte zielsicher ihren wunden Punkt getroffen.

»Er wollte nicht. Schließlich konnte ich ihn nicht dazu zwingen.«

»Wo waren Sie denn, als es passierte?«

»In der Nähe.«

»Offensichtlich nicht nahe genug. Und dementsprechend sieht das Ergebnis aus: Ein Mordopfer mehr.« Melzick senkte den Kopf und starrte auf die Tischplatte.

»Das reicht, Keitel«, sagte Zweifel. »Melzick trifft keine Schuld. Dem Mann war nicht zu helfen.«

Siebental hatte während des Disputes vergeblich versucht, zu Wort zu kommen. Keitels Art setzte ihm mehr zu als sonst. Er war so genervt, dass er zu einem außergewöhnlichen Mittel griff. Er schlug mit der flachen Hand auf die Tischplatte. Sofort hatte er die Aufmerksamkeit aller. Er holte tief Luft und las vor, was er in aller Eile aufgeschrieben hatte.

»Wir wissen, dass Carlo mit derselben Waffe getötet wurde wie Falk Grabinger.« Sie starrten ihn an. Auch Melzick hatte den Kopf gehoben.

»Seit wann wissen wir das?«, fragte Zweifel.

»Der Kollege aus der Ballistik hat später nochmal …, also ich hab ihn gebeten, sich zu …, er hat sich auch sehr …«

»Siebental!«, fauchte Keitel. Siebental blickte auf die Uhr.

»Dreizehn Minuten.«

»Und was wissen wir sonst noch nicht, was wir wissen sollten?«, fragte Keitel bissig.

»Keine Fingerabdrücke«, stieß Siebental hervor.

»Wo sind keine Fingerabdrücke, Siebental, wo?«

»Bekennerbrief. Keinerlei Spuren. Standardpapier. Umschlag ebenfalls.« Siebental hatte sich auf seinen Telegrammstil besonnen.

Zweifel seufzte innerlich. Die Spannungen in seinem Team musste er so rasch wie möglich beseitigen. Aber genauso gut könnte er Beethovens Fünfte mit Blockflöte, Schlagzeug und Triangel aufführen. Ohne Noten.

»Dr. Eisen hat vehement bestritten, dass die D.A.M. etwas mit diesem Wisch zu tun hat. Das stimmt doch, Keitel?« Der nickte widerwillig.

»Ein aalglatter Rechtsverdreher.«

»Glauben Sie ihm?«, wollte Zweifel wissen.

»Kein Wort«, kam wie aus der Pistole geschossen.

»Halten Sie es demnach für möglich, dass die D.A.M. hinter dem Mord an Grabinger steckt?« Keitel überlegte. Falls er zustimmte, würde das seine Theorie eines Amokläufers über den Haufen werfen. Andererseits traute er diesen Leuten alles zu. Er verschränkte die Arme und verschanzte sich hinter einer lahmen Antwort.

»Grundsätzlich traue ich diesem Haufen jedes Verbrechen zu.«

»Waren wir uns nicht einig, dass eine Beteiligung dieser D.A.M. sehr unwahrscheinlich ist, Chef?«, fragte Melzick. Zweifel strich mit der Hand über seine Glatze und verzog die Lippen.

»Wir sollten nicht voreilig entscheiden. Zum jetzigen Zeitpunkt dürfen wir keine Variante aus den Augen verlieren. Keitel, Sie haben ja die Personalien der übrigen Festgenommenen. Befragen Sie jeden von denen. Suchen Sie die Leute zuhause auf. Einzeln, wenn möglich. Nicht jeder von denen ist ein aalglatter Rechtsverdreher. Sehen Sie zu, dass Sie so viel wie möglich herausbekommen. Von mir aus nehmen Sie sie in die Mangel. Sie sind der richtige Mann dafür.«

Keitel hatte aufmerksam zugehört. Bei den letzten Worten hatte er sich unwillkürlich aufrecht hingesetzt.

Melzick ahnte, was Zweifel mit diesem Spezialauftrag bezweckte. »Aber keine Folterwerkzeuge, Keitel, jedenfalls noch nicht«, fügte Zweifel mit einem Lächeln hinzu. Keitel verzog keine Miene. Stattdessen warf er Melzick einen scharfen Blick zu.

»Was hat denn die Befragung dieser Afrikanerin ergeben? Ich hatte den Eindruck, dass sie gestern nur so getan hat, als würde sie nach ihrem Reisepass suchen. Würde mich wundern, wenn sie einen hätte. Sie wollten sich doch um diese Migrantin kümmern.« Melzick ließ sich nichts anmerken und log ihm schnurgerade ins Gesicht.

»Irrtum. Die Papiere sind in Ordnung. Sie heißt Jocelyn Abush und ist aus Äthiopien. Studiert in Augsburg.« Melzick war selbst überrascht, wie glaubwürdig ihre Sätze rüberkamen. »Derzeit sind Semesterferien und sie hilft meinem Bruder in seinem Geschäft.«

»Ihr Bruder hat ein Geschäft?«, fragte Keitel ungläubig. Er hatte Zacharias in seinen abgerissenen Klamotten ja selbst erlebt.

»Ein veganes Bistro«, sagte Melzick. »Da gibt es ausschließlich Desserts und heiße Getränke. Seine Muffins sollten Sie bei Gelegenheit mal probieren.« Keitel verzog das Gesicht.

»Die Wahrscheinlichkeit, dass ich je nach Bad Wörishofen komme, ist äußerst gering.« Es klang, als wäre es eine Zumutung. Siebental mischte sich ein.

»Du könntest vielleicht …, ich meine, für jeden zwei …, ich würd die gern mal …, also …, bei Gelegenheit …« Keitel schüttelte den Kopf und verdrehte die Augen. Melzick zwinkerte Sid zu. Zweifel wandte sich an Siebental und versuchte es seinerseits mal mit dem Telegrammstil.

»„Weißer Hase". Gehört wem? Wer leitet Umbau? Schlüssel wo?«

»Äh — genau …« Sid raschelte in seinem Papierstapel und antwortete erwartungsgemäß. »„White Rabbit Real Estate" Die Bauleitung hat Gerhard Cromm, Architekt. Die Schlüssel auch. Büro am Martin-Luther-Platz.« Zweifel runzelte die Augenbrauen.

»„White Rabbit Real Estate"?« Sid sah von seinem Blatt auf.

»Die heißen wirklich …, großes Immo-Unternehmen …, also für Augsburg …, spezialisiert auf …, also die sanieren zum Beispiel …, äh …, die „Alte Komödie" …, kennen Sie die?«

»In der Altstadt, meinen Sie? In der Nähe vom Holbeinplatz?« Sid nickte. »Gut, dann werde ich mich morgen mal mit diesem Architekten unterhalten.« Zweifel machte eine Pause, stand auf und ging zum Fenster. Er sah kurz hinaus, drehte sich zu ihnen um und verschränkte die Arme.

»Wenn wir davon ausgehen, dass Grabinger von jemandem aus dem Weg geräumt wurde, gegen den er etwas in der Hand hatte, stellen sich folgende Fragen: Wer kommt dafür aus seinem privaten Umfeld in Frage und wer aus seinem beruflichen? Was könnte er an gefährlichem Wissen gehabt haben und wo hat er es versteckt? Was das Private angeht, haben wir zunächst einmal zwei Personen im Fokus: Isolde Grabinger und Sina Rothko. Beide sind nicht sonderlich gut auf ihn zu sprechen. Isolde Grabinger kommt auf Ihre Liste, Melzick. Woher hatte sie das Geld, mit dem sie ihrem Mann geholfen hat? Was wissen die Nachbarn über sie? Was sagen ihre Kollegen?«

»Ich sollte mich morgen Vormittag aber mal kurz in Bad Wörishofen blicken lassen, Chef. Klopfers Nachfolgerin hat ihren ersten Auftritt und da darf ich nicht fehlen.« Keitel rümpfte spöttisch die Nase.

»Kein Problem«, sagte Zweifel und wandte sich an Siebental.

»Diese Rechtsanwältin Rothko nehmen Sie unter die Lupe. Was hat sie für einen Ruf? Wie läuft ihre Kanzlei? Welche Mandanten hat sie? Und versuchen Sie, auch etwas über diesen Fall herauszufinden, bei dem sie den Vergleich geschlossen hat, der Grabinger 80.000 Euro kostete.

Siebental blies die Backen auf und nickte eifrig. »Da fällt mir ein — was haben Sie über diese Pharmafirma herausgefunden, bei der Grabinger gearbeitet hat?«

Sid zog ein Blatt aus seinem Stapel und referierte seine Ergebnisse inklusive der Fragen, die ihm dazu eingefallen waren. Zweifel streckte die Hand aus und Sid reichte ihm das Blatt.

»Ausgezeichnet. Denen werde ich morgen auch einen Besuch abstatten.« Zweifels Handy meldete sich. Er warf einen kurzen Blick auf die Nummer, die ihm nichts sagte, aber trotzdem irgendwie bekannt vorkam.

Er drückte sie weg und sah alle der Reihe nach an.

»An was haben wir noch nicht gedacht?«, fragte er. Keitel schwieg. Siebental hatte etwas auf der Zunge, aber er behielt es für sich. Melzick wühlte mit beiden Händen in ihren Dreadlocks.

»Irgendwie hab ich das Gefühl, dass wir an zu viel gedacht haben. Amokläufer, Rechtsextreme, vorsorglicher Mord, Mord aus Bedrängnis, ein Täter, mehrere Täter — das sind mir einfach zu viele Richtungen.« Keitel schnaubte verächtlich.

»Das ist eben der Unterschied zu Bad Wörishofen. Bei uns tritt der Mörder nicht mit schwarzer Maske auf der Bühne im Kurhaus auf.« Melzick schaute ihn nachdenklich an.

»Ja, aber wie sollen wir ihn dann erkennen?«, fragte sie mit Unschuldsmiene. Keitel verzog die Lippen und schüttelte den Kopf. Er rückte geräuschvoll mit seinem Stuhl zurück.

»Ist unser Treffen damit beendet?«, fragte er in Zweifels Richtung.

»Für heute ja. Wir sehen uns morgen wieder. Halten Sie mich bitte auf dem Laufenden, was Ihre Befragungen angeht.« Keitel nickte kurz, stand auf und verließ das Büro so rasch, als müsste er noch einen Bus erwischen.

»Gute Idee, Chef«, sagte Melzick, als die Tür hinter Keitel zuschlug.

»Was meinen Sie?«

»Kollege Keitel ist mit diesen D.A.M.-Leuten eine ganze Weile beschäftigt und kommt uns damit nicht in die Quere.« Zweifel warf Siebental einen Blick zu, der seinen Papierstapel ordnete und so tat, als hätte er nichts gehört.

»Auf die Dauer wird das nicht funktionieren«, sagte Zweifel und setzte sich neben Siebental. »Da ich nicht weiß, was für ein Problem Keitel mit uns hat, bin ich auf Informationen angewiesen.« Siebental zog das Genick ein wie eine Schildkröte bei Regen. »Insiderinformationen meine ich«, fügte Zweifel hinzu. »Siebental, Sie kommen mir vor wie jemand, der die besten Informationen hat. Oder der zumindest weiß, wie er sie beschaffen kann. Ich frage Sie im Vertrauen. Es geht nicht darum, den Kollegen auszugrenzen, das kriegt er schon selbst sehr gut hin. Wie kann ich ihn auf unsere Seite ziehen?«

Sid warf Melzick einen ratlosen Blick zu. Er nahm den Stapel Papier, stand auf und ging zu seinem Schreibtisch.

»Das geht nicht«, sagte er zu seinem Bildschirm. Man sah seinem Rücken an, wie schwer es ihm fiel, über Keitel zu reden.

Zweifel spürte das und wartete ein Weilchen.

»Versuchen Sie es als Telegramm«, meinte er schließlich. Siebental drehte sich um und wirkte verwirrt. Dann verstand er. Und dann redete er.

»Keitel extrem ehrgeizig. Einzelgänger. Kann Erfolg nicht teilen. Respektiert niemanden. Braucht niemanden. Glaubt er. Gedanken Zeitverschwendung.« Siebental hatte die einzelnen Punkte vorgetragen wie ein schon hundert Mal aufgesagtes Gedicht. Wie ein Mantra.

»Was ich die ganze Zeit schon sage, Chef«, bekräftigte Melzick. »Jeder Gedanke über Keitel ist ein Gedanke zu viel.«

Zweifel nickte nachdenklich. Wieder meldete sich sein Handy.

Er drückte den Anrufer weg, ohne hinzusehen.

»Ein Punkt noch, Melzick. Wir beide sehen uns morgen Grabingers Wohnung an. Ich denke so gegen Mittag. Wäre gut, wenn Sie vorher noch Brenners Nachbarn interviewen.«

»Was ist mit den Schlüsseln zu Falks Wohnung?«, wollte Melzick wissen. Zweifel sah Siebental fragend an. Der ging zu seinem Schrank und holte ein Kuvert heraus, in dem es klimperte.

»Sie haben natürlich Grabingers Taschen durchsucht, bevor er in die Gerichtsmedizin gebracht wurde«, sagte Zweifel. »Fehler von mir, dass ich nicht selbst dran gedacht habe.«

»Wir sagen's nicht weiter«, meinte Melzick.

»Wie mich das beruhigt. Kann ich Sie jetzt allein lassen?«

»Fahren Sie nach Friedberg, packen Sie Ihre Umzugskisten aus und stellen Sie sich bei den Nachbarn vor«, sagte Melzick. »Wir lassen uns heute Abend von Ostfriesland inspirieren.«

Bei Melzicks Worten fiel Zweifel schlagartig ein, wieso ihm die Nummer des Anrufers, den er schon zweimal weggedrückt hatte, bekannt vorkam. Er nickte Melzick und Sid kurz zu und zückte sein Handy, während er zum Treppenhaus eilte.

»Bei Müllerschön«, meldete sich die Stimme seines Vaters. Er wirkte aufgekratzt.

»Dad, bist du das? Wo bist du?«

»Nebenan. Bei Müllerschön. Hat Ed doch gerade gesagt.«

»Wie — nebenan?«

»Deine Nachbarin, Frau Müllerschön, hat uns beim Ausladen beobachtet. Daraufhin hat sie Ed eingeladen. Eine sehr angenehme Person.« Zweifel hörte im Hintergrund eine energische Frauenstimme.

»Ich bin in zwanzig Minuten da«, sagte Zweifel, der auf irgendeinen süßen Likör tippte. Sein Vater hatte schon immer ein Faible für das Zeug gehabt und wer Müllerschön hieß, hatte bestimmt etwas in der Art im Wohnzimmerbüffet stehen.

Zwanzig Minuten später stand Zweifel vor der Tür seiner Nachbarin und klingelte.

Eine laute Stimme rief etwas. Er hörte Schritte eine Treppe herunterpoltern, begleitet von Gelächter. Die Tür ging auf und vor ihm stand eine weißhaarige Dame im dunkelgrauen Kostüm mit einer sehr langen und echten Perlenkette um den Hals. Die Haare hatte sie locker zu einem Pferdeschwanz zusammengebunden. Ihr rundliches Gesicht war mit Runzeln übersät. Ihre blassblauen Augen musterten Zweifel mit klarem Blick. Sie strahlte und streckte ihm ihre Hand entgegen.

»Sie müssen mein neuer Nachbar sein.« Er ergriff ihre Hand.

»Und Sie müssen Frau Müllerschön sein.« Sie neigte kurz den Kopf.

»Darf ich Sie bitten, die Schuhe auszuziehen? Mein Parkett — Sie verstehen.« Während Zweifel sich bückte und an seinen Schnürsenkeln nestelte, sagte sie in gedämpftem Ton: »Ihren Vater haben Sie mir ja schon vorbeigeschickt. Ein sehr interessanter Gesprächspartner. Nur redet er ständig von einem gewissen Ed. Das verwirrt mich etwas.« Zweifel stellte seine Schuhe ordentlich nebeneinander und richtete sich auf.

»Ja«, sagte er, »das macht die Unterhaltung mit ihm etwas anstrengend.«

»Kommen Sie, wir gehen nach oben ins Wohnzimmer.« Er folgte ihr die mahagonifarbene, glänzend polierte Treppe hinauf. Sie mochte sicher schon über achtzig sein, aber sie schwebte förmlich über die Stufen. Das Wohnzimmer war in warmen und hellen Farben gehalten. Große Fenster nach Westen hin. Friedberg liegt erhöht und Frau Müllerschöns Haus hatte den schönsten Platz entlang der alten Stadtmauer. Der Blick ging weit bis nach Augsburg. Zweifels Vater stand mit dem Rücken zu ihnen an einem der Fenster. Er hatte ein Likörglas in der Hand.

»Suchen Sie sich den besten Platz aus, Herr Kommissar«, sagte Frau Müllerschön. Bei diesen Worten drehte sich Ed Zweifel um.

»Du hast also schon verraten, dass ich bei der Polizei bin«, sagte sein Sohn.

»Hätte das ein Geheimnis bleiben sollen? Das wusste Ed nicht«, sagte Ed und nahm einen Schluck. Frau Müllerschön warf Zweifel einen vielsagenden Blick zu.

»Das wäre sowieso bald herausgekommen, Herr Kommissar.«

»Ach, Frau Müllerschön, bitte, in diesem Haus bin ich nicht der Kommissar.« Er fühlte sich gleich so wohl in diesem Raum und in der Gesellschaft dieser Dame, dass er sich zu einem scherzhaften Ton hinreißen ließ. »Es sei denn, Sie haben ein Verbrechen beobachtet.« Sie sah ihn aus unergründlichen Augen an.

»Beobachtet nicht, aber ich plane, eines zu begehen. Um die Wahrheit zu sagen, habe ich bereits mit Ihrem Vater ausführlich darüber debattiert.« Zweifel warf Ed einen Blick zu. Dieser zuckte mit den Schultern und leerte sein Glas.

»Sie lässt sich einfach nicht davon abbringen. Obwohl ihr Pfirsichlikör viel zu schade ist, um im Stich gelassen zu werden.« Zweifel seufzte.

»Du sprichst, wie fast immer, in Rätseln.«

»Mögen Sie Likör?«, fragte Frau Müllerschön.

»Ich verlasse mich auf das Urteil meines Vaters. Wenigstens in diesem einen Punkt.«

»Das ist klug«, erwiderte sie und ging nach nebenan. Zweifel setzte sich auf einen der goldgelb gepolsterten Mahagonistühle. Der Kontrast zur Einrichtung Isolde Grabingers hätte größer nicht sein können.

Sein Vater setzte sich wortlos ihm gegenüber und stellte sein Glas auf den niedrigen Tisch, um den herum die Stühle gruppiert waren. Bevor Zweifel eine Frage stellen konnte, kam Frau Müllerschön mit einer Kristallkaraffe und zwei Gläsern zurück.

»Nehmen Sie einen Schluck zur Stärkung, bevor ich Sie in die Einzelheiten meines Planes einweihe«, sagte sie und schenkte die drei Gläser zu zwei Dritteln voll.

Sie tranken und Zweifel musste zugeben, selten einem solchen Likör begegnet zu sein.

Er lehnte sich zurück, schlug die Beine übereinander und wartete entspannt darauf, was seine Nachbarin ihm zu erzählen hatte. Sie richtete ihre hellen Augen auf ihn und sagte:

»Ich plane einen Mord.« Zweifel glaubte, sich verhört zu haben. Er warf seinem Vater einen Blick zu, der die Schultern hob und wieder fallen ließ.

»Das ist nicht Ihr Ernst«, sagte Zweifel.

»Doch, ist es«, sagte Ed.

»Aber — Frau Müllerschön, das müssen Sie mir erklären. Sie sagen einem Kommissar der Mordkommission, dass Sie einen Mord planen. Im gleichen Moment ist Ihr Plan doch schon gescheitert.«

»Nein, ist er nicht«, sagte Ed.

»Kannst du bitte Frau Müllerschön selbst reden lassen?«

Zweifel beugte sich nach vorn, die Ellbogen auf den Knien und faltete die Hände. Seine neue Nachbarin blickte ihn mit unerschütterlicher Gewissheit an.

»Möchten Sie mir auch sagen, wen Sie zu ermorden gedenken?«, fragte Zweifel, der das Ganze nun wirklich ernst nahm. Sie nippte kurz an ihrem Glas und lächelte ihn müde an.

»Mich.«

23. Kapitel

Melzick traf Sid in der Annastraße vor der Thalia-Buchhandlung. Sie sah ihn schon von weitem mit den Eintrittskarten winken. Die Warteschlange reichte vom Eingang der Buchhandlung bis weit auf den Martin-Luther-Platz. Sid stand ziemlich weit vorn.

»Gehen so viele Leute da überhaupt rein?«, fragte sie zur Begrüßung.

»Nicht unser Problem, wir sitzen ganz vorne«, erwiderte er und streckte ihr eine Eintrittskarte hin. Sie mussten nicht lange warten, bis sie den Laden stürmen konnten.

Die ganze obere Etage war mit Stühlen vollgepfropft. Sie fanden rasch ihren Platz. Melzick überflog die Reihen und schätzte die Besucherzahl auf etwa fünfhundert. Sid bemerkte ihre Überraschung.

»Der hat auch schon Lesungen vor ein paar tausend Leuten gehabt«, erklärte er. »Es gibt wenige, die so erfolgreich sind.«

»Na, dann muss ja was dran sein. Hast du an das Knabberzeug gedacht?« Sid starrte sie an.

»Ich …, äh dachte …, das war doch nur …, das kann man doch nicht wirklich …, hast du das tatsächlich …«.

Melzick nickte ernsthaft und mimte Enttäuschung. Dann zog sie eine Tüte Gummibärchen aus ihrer Jackentasche.

»Vegan«, sagte sie, »extrem fruchtig und absolut geräuscharm, wenn man die Tüte erst mal aufgemacht hat. Hier.« Sid griff erleichtert zu.

Und dann kam Klaus-Peter Wolf. Sein elfter Ostfriesenkrimi mit der eigenwilligen Kommissarin Ann Kathrin Klaasen war im Februar erschienen und hatte wie erwartet voll eingeschlagen. Wie immer nach einer Neuerscheinung ging Klaus-Peter Wolf auf Lesetournee und war nun zum ersten Mal aus dem hohen Norden bis ins tiefe Bayern nach Augsburg gekommen. Sei es aus Terminschwierigkeiten, sei es aus Bescheidenheit — jedenfalls hatte er nicht das Kurhaustheater oder gar die Kongresshalle gebucht, sondern die Thalia-Filiale in der Annastraße, deren Chefin den Besucherandrang angespannt beobachtete.

Der Geräuschpegel war hoch, die Bücher in den Regalen vibrierten, doch als sie die Bühne betrat, kehrte Ruhe ein.

Nach einer kurzen Einführung, bei der sie ihre Nervosität hinter überschwänglichen Superlativen zu verbergen versuchte, betrat der Autor die kleine Bühne und wurde mit lautstarkem Applaus begrüßt.

Bereits nach wenigen Worten und noch vor der eigentlichen Lesung hatte er das Publikum für sich gewonnen. Melzick vergaß ihre Gummibärchen und für das Kissen, das Sid ohnehin zuhause gelassen hatte, hätte sie gar keine Verwendung gehabt.

Diese Kommissarin Klaasen war ihr auf Anhieb sympathisch, auch wenn sie nur einen kleinen Ausschnitt aus dem Krimi zu hören bekamen. Ihre unkonventionelle Art, ihre Unfähigkeit, Distanz zu wahren, ihr norddeutscher Dickschädel, ihre Cleverness — Melzick fühlte sich ihr seelenverwandt.

»War 'ne gute Idee«, raunte sie Sid zwischendurch ins Ohr. Nach der Lesung stand oder vielmehr saß Klaus-Peter Wolf für eine Signierstunde zur Verfügung. Sid hatte zwar schon alle Ostfriesenkrimis, aber er stand brav neben Melzick, die sich „Ostfriesentod" gekauft hatte, in der Schlange vor dem Signiertisch. Die Leute ringsum unterhielten sich angeregt.

»Mord und Totschlag scheinen sehr unterhaltsam zu sein«, sagte sie.

»Das ist keine große Neuigkeit«, meinte Sid. »Seit „Jack the Ripper" hat sich da nicht viel geändert.« Melzick warf ihm einen Blick zu.

»Gibts eigentlich keine Krimis über Bad Wörishofen?«, fragte sie.

»Doch, die hab ich sogar dahinten im Regal gesehen.«

»Nicht zu fassen!« Die Schlange bewegte sich langsam vorwärts. »Den Wolf würde ich ja gern was fragen.«

»Nämlich?«

»Ob er was dagegen hätte, wenn er selbst mal in einem Krimi vorkommt.«

»Wieso? Willst du einen schreiben?«

»Nee, aber ich kenn jemanden«, murmelte Melzick.

Gewohnheitsmäßig beobachtete sie die Menschen in ihrer unmittelbaren Nähe sehr genau. Oft überlegte sie, welchen Beruf sie haben mochten, ob sie sich mit ihren Eltern verstanden, ob sie am Morgen Streit mit dem Partner hatten, ob sie Geld hatten oder nicht wussten, woher sie es nehmen sollten.

Bei der jungen Frau, die direkt vor ihnen in der Reihe stand und gleich drei Bücher zum Signieren im Arm bereithielt, wollte ihr merkwürdigerweise keine Frage einfallen.

Sie hatte sehr schmale Schultern, bewegte sich zaghaft, drehte den Kopf weder nach links noch nach rechts und hatte ihre rotbraunen Haare zu einem Pariser Zopf gebunden.

Sie kamen dem Signiertisch näher und versuchten aufzuschnappen, was Klaus-Peter Wolf sagte. Er war bestens aufgelegt, das war nicht zu übersehen, und er nahm sich Zeit für jeden. Schließlich war die Frau vor ihnen an der Reihe und legte die drei Bücher auf den Tisch. Wolf schenkte ihr ein Lächeln.

»Welcher Name?«

»Schreiben Sie: Für Robert«, hörte Melzick eine tiefe Männerstimme sagen.

Sie stand jetzt schräg dahinter und starrte verblüfft auf den roten Dreitagebart der vermeintlichen Frau.

Sie warf Sid einen raschen Blick zu, der nicht im Geringsten überrascht war.

»Was ist?«, fragte er.

»Äh — nichts«, murmelte sie. Irgendetwas hatte Klick gemacht unter ihren Dreadlocks.

Klaus-Peter Wolf signierte schwungvoll und reichte dem Mann die Bücher.

»Vielen Dank. Und dann hätte ich gerne noch Ihre Hosenträger.«

»Meine was?«, fragte Wolf und nahm seine Brille ab. Der Mann deutete mit dem Zeigefinger.

»Na, die Dinger da, die roten.« Wolf lachte laut auf.

»Warum sollte ich Ihnen die geben?«

»Sie sind doch Klaus-Peter Wolf?«

»In der Tat, der bin ich.«

»Na also. Wo ist das Problem?« Wolf blickte sich nach der Chefin der Buchhandlung um.

»Habt ihr hier 'ne Kamera versteckt?« Sie schüttelte energisch den Kopf.

»Also, was ist nun? Krieg ich Ihre Hosenträger? Sie können sich ja neue kaufen.« Wolf schenkte dem Mann ein strahlendes Lächeln. Er hielt das Ganze immer noch für einen Scherz.

»Aber guter Mann, das geht nicht, die hat mir meine Frau geschenkt.«

»Verstehen Sie sich gut mit Ihrer Frau?«

»Wir verstehen uns bestens.«

»Na also, dann schenkt sie Ihnen sicher neue.«

Wolf blies die Backen auf. Dann lachte er und mit ihm die Hälfte der Leute in der Schlange hinter dem Mann. Klaus-Peter Wolf kratzte sich mit dem Stift an der Schläfe und überlegte kurz. Dann drehte er sich zu der Thalia-Chefin um.

»Das kommt nicht in die Presse, sonst kann ich einen Hosenträgerversandhandel aufmachen.« Sie sah ihn mit großen Augen an und nickte verdattert. Dann winkte er sie mit seinem Zeigefinger heran. »Besorgen Sie mir bitte einen Gürtel«, raunte er ihr ins Ohr, worauf sie noch größere Augen machte.

Melzick, die direkt hinter dem Mann stand, der Robert hieß, bekam jedes Wort mit und kam sich vor wie im Film. Sie knuffte Sid leicht in die Seite.

»Das ist doch mal eine besondere Form von Realität.«

»Stimmt, so was kann sich keiner ausdenken.« Klaus-Peter Wolf hatte zwischenzeitlich seine so begehrten Hosenträger abgeschnallt. Er legte sie zusammen und überreichte sie dem Mann, der Robert hieß.

»Passen Sie gut auf sie auf.«

»Da können Sie sicher sein.« Der Mann beugte sich vor und kam Wolf mit seinem Gesicht ganz nah. »Vielleicht trage ich sie bei meinem nächsten Mord«, brummte er so leise, dass nur der Autor es hören konnte. Klaus-Peter Wolfs Lächeln gefror, als er dem Mann in die Augen sah. In diesem Moment kam die Thalia-Chefin mit einem dünnen, blauen Seil zurück.

»Das müsste als Gürtel reichen, finden Sie nicht? Passt doch prima durch die Schlaufen.« Für ein paar Sekunden war Klaus-Peter Wolf abgelenkt. Als er sich gleich darauf suchend nach dem Mann umsah, war er spurlos verschwunden. Eine junge Frau stand nun ganz vorn in der Reihe.

»Schreiben Sie einfach: Für Mel, die heute gut zugehört hat«, sagte sie fröhlich. Wolf warf einen Blick auf ihre wilde

Dreadlockmähne und den rundlichen jungen Mann mit den rotglühenden Wangen, der sie begleitete. Klaus-Peter Wolf wäre nie auf den Gedanken gekommen, dass er zwei waschechte Polizisten der Mordkommission vor sich hatte. So wenig, wie er sich hätte träumen lassen, an diesem Tag ohne seine Hosenträger zurückzukommen.

Zweifel hatte es die Sprache verschlagen. Frau Müllerschön schenkte Likör nach.

»Ed sagte deiner reizenden Nachbarin, dass du quasi ein Experte bist«, sagte Zweifels Vater.

»Experte wofür?«

»Na — wie man sich am besten umbringt.« Zweifel griff nach seinem Glas und leerte es in einem Zug, worauf Frau Müllerschön ihm die Karaffe entgegenhielt. Er winkte ab.

»Ich hatte zunächst daran gedacht, mir einen Strick zu kaufen«, erzählte sie in aller Seelenruhe, »aber die gibt es nur in Farben, die mir nicht zusagen.«

Zweifel rief sich in Erinnerung, wie sie vor ihm diese wunderbare Treppe hochgeschwebt war.

»Dieses Gespräch kommt mir etwas absurd vor, Frau Müllerschön, verstehen Sie mich bitte nicht falsch.«

»Das liegt vermutlich daran, dass Sie den Grund meines Vorhabens nicht kennen. Ich will Sie nicht mit medizinischen Einzelheiten langweilen. Nur soviel: Das, was mir bevorsteht, und zwar schon in nicht allzu ferner Zukunft, lässt mir keine andere Wahl. Das muss Ihnen genügen.«

Zweifel hörte wie sein Vater tief Luft holte. Ed stand auf und stellte sich ans Fenster. Zweifel erwiderte den eindringlichen Bick, den Frau Müllerschön ihm zuwarf.

»Ich verstehe, Sie möchten die Party selbst beenden, solange die Stimmung noch gut ist.« Sie lächelte ihn an.

»Das haben Sie schön gesagt. Was schlagen Sie also vor?«

»Haben Sie Angehörige?«

»Ich habe niemanden, auf den ich Rücksicht nehmen müsste, wenn Sie das meinen.«

»Ich denke vor allem an die bedauernswerte Person, die Sie finden wird. Haben Sie daran schon gedacht? Die meisten Selbstmörder vergessen diesen Aspekt.« Frau Müllerschön nickte gedankenverloren.

»Meine Gedanken kreisen seit Tagen um dieses, sagen wir, finale Ereignis meines Lebens. Seit ich den Befund habe. Und um Ihrer Frage zuvorzukommen: Ich habe natürlich auch eine zweite und sogar eine dritte Meinung eingeholt. Ihr Einwand ist berechtigt. Daher kommen aus rein ästhetischen Gründen verbrennen, erschießen, erhängen und ins Wasser gehen wohl weniger in Frage. Vergiften ist ebenfalls ausgeschlossen. Ich will nicht mit einem hässlichen Geschmack auf der Zunge meinen letzten Atemzug tun.«

»Wie wäre es mit Schlaftabletten?«, schlug Ed vor. »Den Anblick einer Schlafenden kann man doch leicht verkraften.« Frau Müllerschön schüttelte den Kopf.

»Ich möchte nicht hinüberdämmern, sondern mit wachen Sinnen ...«

»... in die ewigen Jagdgründe hinüberreiten«, führte Zweifel ihren Satz zu Ende und erntete ein Lächeln, das ihn bezauberte. Er schüttelte ratlos und hilflos den Kopf. »Sie machen es einem nicht leicht, Frau Müllerschön.« Sie lachte.

»Was glauben Sie, wie oft ich diesen Satz in meinem Leben schon hören durfte.«

»Das glaube ich Ihnen gerne, obwohl ich Sie erst eine halbe Stunde kenne.« Zweifel rieb seine Glatze mit der rechten Hand. »Ein Gespräch wie dieses habe ich noch nie geführt. Ich muss gestehen, dass ich augenblicklich keine Lösung für

Sie habe. Geben Sie mir etwas Zeit, Frau Müllerschön.« Sie nickte gnädig.

»Etwas Zeit habe ich noch.« Zweifel warf seinem Vater einen Blick zu, der immer noch am Fenster stand und seine Hände hinter dem Rücken verschränkt hatte.

»Hast du noch eine Idee?«, fragte er ihn. Sein Vater räusperte sich.

»Ed ist das Thema so fremd wie einem Vierzehnjährigen.« Frau Müllerschön sah ihn an und ihr Blick verschleierte sich. Zweifel stand auf.

»Ich denke, wir verabschieden uns jetzt.«

»Ich habe Sie hoffentlich nicht allzu sehr verschreckt, Herr Zweifel.«

»Es war in jedem Fall eine Bereicherung, Sie kennenzulernen, Frau Müllerschön.«

»Ich würde mich freuen, wenn Ihr Vater noch bleiben könnte.« Sie ließ den Satz wie eine Frage im Raum schweben.

»Ich gehe davon aus, dass Ed nichts dagegen hat«, sagte Zweifel, bedankte sich für den Likör und ließ die beiden allein.«

Am Montagmorgen war Melzick auf dem Weg nach Augsburg und hing in der Luft. Sie war früh am Morgen mit ihrem Rad zur Polizeidienststelle gefahren. Lucy begrüßte sie mit einem tiefen Seufzer.

»Sie ist schon da«, sagte sie und nickte zu der Bürotür, hinter der bis vor wenigen Tagen Polizeichef Alois Klopfer gewirkt hatte. Er hatte zwar auch seine schwierigen Seiten gehabt, aber sie waren gut mit ihm ausgekommen, weil er genau wusste, dass er auf sie angewiesen war. Diese Zeiten waren vorbei. Lucy hatte Melzick in der letzten Woche schon mehrmals darauf angesprochen, dass mit Frau Dr.

Schimmelpfeng »eine neue Zeitrechnung in Bad Wörishofen beginnt.‹ So drückt die sich aus, Mel. Wir müssen uns auf einiges gefasst machen.«

»An deiner Stelle würde ich ein Schloss an deinem Schreibtisch anbringen«, hatte Melzick spaßeshalber geantwortet. Als sie an diesem Morgen Lucy begrüßte, entdeckte sie verblüfft, dass Lucy diesen Vorschlag ernstgenommen hatte.

»Deine Idee kam mir sehr vernünftig vor, du kannst dir denken, warum.«

Lucy war bekannt dafür, einen süßen Zahn zu haben und eine ihrer Schubladen war stets mit Leckereien bestückt, nussig und schokoladig.

»Die wird dir schon nichts wegnaschen«, erwiderte Melzick, als plötzlich ein »Guten Morgen die Damen, darf ich bitten, wir sind schon etwas spät dran« in ihrem Rücken ertönte. Frau Dr. Schimmelpfeng war unbemerkt aus ihrem Büro gekommen. Sie trug eine rabenschwarze Kurzhaarfrisur, eine schwarze eckige Brille, ein schwarzgraues Businesskostüm und hochhackige rote Schuhe. Melzick bemerkte die missmutig geschürzten Lippen ihrer neuen Chefin und wusste sofort, dass sie ihren Satz aufgeschnappt hatte. Sie räusperte sich und wollte sich vorstellen, kam aber nicht dazu.

»Sie müssen Polizeiobermeisterin Melinda Zick sein«, sagte Frau Dr. Schimmelpfeng und musterte Melzick von oben bis unten, so dass diese sich vorkam wie bei einer Castingshow. Lucy warf ihr einen vielsagenden Blick zu. Sie betraten das Chefbüro. Aus dem Augenwinkel bemerkte Melzick das neue Türschild, dessen Dimensionen ihrer Meinung nach auch Donald Trump zugesagt hätten.

Vor dem Schreibtisch standen zwei Stühle mit niedriger Sitzfläche. Frau Dr. Schimmelpfeng nutzte offensichtlich jede

Gelegenheit, um deutlich zu machen, wer das Alphatierchen war. Melzick hätte sich am liebsten übergeben.

»Hier wird sich vieles ändern«, begann Dr. Schimmelpfeng und schraubte ihren eleganten Montblanc-Füller auf. Sie blickte Melzick und Lucy über ihre Brille hinweg an. »Haben Sie eine Vorstellung davon, was ich meine?«, fragte sie. Melzick sah sich demonstrativ in dem Chefbüro um und dann ging der Gaul mit ihr durch.

»Vielleicht ein paar Dekosachen? Duftkerzen. Kunstdrucke. Herr Klopfer hat in der Hinsicht ...«

»Das reicht, Frau Zick!«, fuhr Dr. Schimmelpfeng dazwischen.

Sie warf Lucy einen auffordernden Blick zu. Die blies die Backen auf und hob die Schultern.

»Tja, was soll ich sagen? Ich bin mir nicht sicher, aber ...« Dr. Schimmelpfeng winkte ungeduldig ab.

»Ich sehe schon, ich sehe schon, ich darf nicht zu viel von Ihnen beiden erwarten.«

Sie schraubte den Füller wieder zu, legte ihn sorgsam auf der Schreibunterlage ab und klappte ihren Laptop auf. Lucy warf Melzick einen warnenden Seitenblick zu. Ihre Chefin bediente die Tastatur lässig und mit flinken Fingern.

»Ich verrate Ihnen was«, sagte sie nebenbei, »ich bin bekannt dafür, sehr viel von meinen Mitarbeitern zu verlangen. Das mag für die eine oder den anderen unbequem sein. Fördern durch Fordern, ist meine Devise.«

»Kenn ich«, sagte Melzick und ließ die Zügel schießen. »Und wer überfordert ist, wird so lange befördert, bis er den höchsten Grad der Inkompetenz erreicht hat — oder so ähnlich.« Lucy gluckste und hielt eine Hand vor den Mund.

»Vermutlich meinen Sie das „Peter-Prinzip". Frau Dr. Schimmelpfengs Stirn begann sich zu verfärben. »Reden Sie nicht von Dingen, die Sie nicht verstehen. Wenn ich mir Ihre Personalakte ansehe, Frau Zick …«

Sie ließ den Satz unvollendet und unheilschwanger im Raum stehen und tippte etwas härter auf die Tasten. Melzick verzog die Lippen. Dr. Schimmelpfeng schüttelte ungnädig den Kopf, klappte ihren Laptop zu und fixierte zuerst Lucy und dann Melzick.

»Um es kurz zu machen: Wo ich die Verantwortung trage, geht es korrekt, dynamisch und erfolgreich zu.« Sie machte eine Pause und musterte eingehend die beiden ungleichen Damen, die wie zwei Kaninchen vor der Schlange saßen. »Es geht um die innere Einstellung und die erkennt man nach meiner Erfahrung zuerst am äußeren Erscheinungsbild.«

Ihr Zeigefinger stach in Melzicks Richtung. »Vor diesem Hintergrund könnte es eine gute Idee sein, ein paar Gedanken daran zu verschwenden, welche Maßnahmen Sie Ihrer Frisur angedeihen lassen möchten. Und Sie«, der Zeigefinger bewegte sich zu Lucy hinüber, »überlegen sich bitte, welchen Eindruck das Chaos auf Ihrem Schreibtisch auf Besucher macht. Sie sitzen immerhin an vorderster Front. Merken Sie sich den Satz: Wie außen so innen. Ein akkurat aufgeräumter Arbeitsplatz suggeriert perfektes Selbstmanagement. Sollten Sie in der Hinsicht einen Rat brauchen, dürfen Sie mich gern konsultieren. Nach vorheriger Terminabsprache natürlich.«

Lucy schaute Melzick an. Melzick schaute Lucy an. Dann schaute Melzick Frau Dr. Schimmelpfeng an. Sie wirbelte mit beiden Händen ihre Dreadlocks durcheinander, während sie sich eine Antwort zurechtlegte.

»Frau Dr. Schimmelpfeng, ich möchte Ihnen auch etwas verraten«, begann sie. »Ich bin bekannt dafür, unbequem zu sein. An meiner Frisur sollten Sie schon erkannt haben, dass ich einen eigenen Kopf habe. Kommissar Zweifel wird Ihnen das mit einem Seufzer bestätigen. Dass wir mit unserer inneren Einstellung erfolgreich waren, wird Ihnen unsere Aufklärungsquote bestätigen.« Frau Dr. Schimmelpfeng runzelte irritiert die Stirn, doch Melzick war noch nicht fertig. Sie stand auf und sah auf ihre Chefin herab. »Ich sehe daher aktuell keine Notwendigkeit, irgendwelche Maßnahmen zu ergreifen, außer einer, nämlich mich dynamisch vom Acker zu machen. Mein Versetzungsgesuch wird korrekt und zeitnah auf Ihrem Tisch liegen. Ich denke, das ist für uns beide die beste Lösung.«

Lucy starrte Melzick an.

»Das kannst du nicht machen, Mel«, stieß sie hervor. Melzick legte ihr eine Hand auf die Schulter.

»Ich ruf dich an. Halt so lange durch.« Frau Dr. Schimmelpfeng war aufgestanden.

»Ja aber … Moment mal …«

»Ich finde allein raus«, rief Melzick und war verschwunden. Sie sprang auf ihr Rad und während sie zum Bahnhof raste, ließ sie sich ihre eigenen Worte nochmal durch den Kopf gehen. »Krass«, keuchte sie, »hab ich das wirklich gesagt?«

Als sie samt Rad in den Zug um 8 Uhr 30 nach Augsburg einstieg, war sie überzeugt, einen großen Fehler gemacht zu haben, vor allem, wenn sie an Lucy dachte.

Eine Viertelstunde später, in Buchloe, war der Fehler bereits zusammengeschrumpft wie ein zehn Tage alter Luftballon. Im Grunde genommen hatte schon Zweifels Flucht nach Augsburg in ihr die Bereitschaft angefacht, etwas in ihrem Leben zu ändern. Das Gespräch mit Frau Dr. Schimmelpfeng hatte wie ein Brandbeschleuniger gewirkt. Sie würde Zweifels Hilfe bei ihrem Versetzungsgesuch brauchen, wenn der Rauch sich verzogen hatte. Allerdings konnte sie sich nicht vorstellen, dass diese Frau Doktor Sch. nach ihrem heutigen Abgang noch großen Wert auf eine Zusammenarbeit legte.

Der Zug fuhr ohne zu halten am Bahnhof Schwabmünchen vorbei, als Melzick diesen Punkt abhakte.

Nächster Punkt: Wo sollte sie wohnen? Pendeln kam für sie nicht in Frage. Sie hatte keine Lust, täglich zwei Stunden unterwegs zu sein.

Melzick schlug sich auf den Schenkel, als ihr die Lösung einfiel. Sie hieß Carla. Ihre Schulfreundin war auf dem Sprung, für ein Jahr mit dem Van durch Osteuropa und Asien zu ziehen. Sie suchte jemanden, der in dieser Zeit auf ihre Wohnung samt „Fish 'n Chips" aufpasste. Gemeint waren ihr Aquarium und ihr Kater Chips.

Melzick verlor keine Zeit und schickte ihr eine SMS.

Sie sah aus dem Fenster. Der Bahnhof Bobingen rauschte vorbei.

Bei dem Gedanken, dass sie praktisch ab sofort in Augsburg wohnen und arbeiten würde, musste sie sich in den Arm kneifen. Keitel kam ihr in den Sinn, das war die bittere Mandel in dem Kuchen. Nun gut.

In Göggingen, wo der Zug außerplanmäßig hielt, ließ sich eine Schar plappernder Teenager ihr gegenüber nieder. Sie klappten einen Laptop auf und diskutierten heftig über irgendein Video.

Melzick erinnerte sich an das Gespräch mit Sid am Abend zuvor, nachdem sie die Thalia-Buchhandlung samt Klaus-Peter Wolf verlassen hatten. Melzick hatte ihm gerade von ihrem Besuch bei Isolde Grabinger erzählt.

»Hast du dir wirklich alle Geräte in dieser Bananenkiste angesehen?«, wollte Sid wissen.

»Jep. Mich schüttelts jetzt noch bei dem Gedanken daran. Ich hätte Handschuhe anziehen sollen.«

»Wieso?«

»Na — die Tastatur von diesem Notebook zum Beispiel, die war total verklebt. Als ob jemand 'ne Dose Cola darüber geschüttet hätte.«

»Hm.«

Sid schwieg und machte ein nachdenkliches Gesicht. Sie liefen in Richtung Hauptbahnhof. Melzick wollte den Spätzug nach Bad Wörishofen erreichen. Sie hatten soeben die Schaezlerstraße überquert, als Sid stehenblieb.

»Was ist los?«, fragte sie.

»Ich versetze mich in Falks Lage. Wo würde ich belastende Infos am sichersten verstecken?«

»Wir filzen morgen seine Wohnung. Wenn er dort was vergraben hat, finden wir es. Darauf verwette ich meinen frisch signierten Ostfriesland-Krimi.«

»Und wenn nicht?«

»Was meinst du?«

»Wenn er woanders ein Versteck hat?« Sid legte die Hände zusammen. Für zwei Minuten vergaßen sie den Fahrplan der Deutschen Bahn.

»Also ich sag dir mal, wie ich vorgehen würde, wenn ich Dateien so zu verbergen hätte, dass niemand sie aufspürt. Ich würde ein altes Notebook nehmen, so eins mit Plastikgehäuse, und die Dateien darauf speichern. Dann würde ich das Teil aufschrauben, die technischen Innereien herausholen und das leere Notebookgehäuse über 'ne Kerze halten, mit Cola ablöschen und dem Display ein paar hübsche Sprünge verpassen. Anschließend würde ich die Technik wieder implantieren, das Ding zuschrauben und in einer alten Bananenkiste zwischen Elektroschrott deponieren.«

»Und 'ne Decke drüber schmeißen und ein rostiges Rad zur Bewachung abstellen«, ergänzte Melzick.

»So ungefähr«, meinte Sid und lief los. »Wann geht nochmal dein Zug?« Sie war noch rechtzeitig am Bahnhof angekommen.

Und sie hatte beschlossen, am nächsten Tag Isolde Grabinger eine Sorge abzunehmen. Nämlich die, was sie mit Falks altem Notebook anfangen sollte.

24. Kapitel

Zweifel war zu früh. Das Architekturbüro Cromm hatte seine Glastür noch geschlossen. Er schirmte seine Augen ab, presste die Nase ans Glas und konnte unschwer erkennen, dass dahinter bereits emsiges Treiben herrschte. Mehrere Angestellte liefen, mit Papierbögen und Ordnern beladen, kreuz und quer durch den großen Raum im Erdgeschoss.

Er klopfte an die Scheibe. Niemand reagierte. Er klopfte fünf Mal so energisch, dass seine Fingerknöchel es ihm übelnahmen, doch keiner hielt es für nötig, ihn zu beachten.

»Publikumsverkehr erst ab 9 Uhr. Steht groß und deutlich da«, sagte eine tiefe Stimme hinter ihm.

Zweifel drehte sich zu dem Mann um. Er trug Designerjeans, ein schwarzes Leinensakko über einem weißen T-Shirt und hatte Zweifels Größe.

»Ich würde mich nicht als Publikum bezeichnen«, meinte Zweifel lächelnd.

»Sondern?«

»Ich möchte Gerhard Cromm sprechen, und zwar bevor er von seiner Arbeit gefesselt wird«, antwortete Zweifel. Er glaubte zu wissen, wer vor ihm stand. Der Mann zog einen Schlüsselbund aus seiner Hosentasche.

»Sind Sie vom Amt für Denkmalschutz?« Zweifel verneinte. Der Mann schloss die Tür auf. »Ihr Glück. Für die Typen bin ich erstmal nicht zu sprechen.« Er sah Zweifel misstrauisch über die Schulter an. »Presse?« Zweifel verneinte abermals.

»Ich komme auch nicht vom Finanzamt und mit der GEZ liege ich selbst im Clinch.«

»Sie machen mich neugierig. Kommen Sie mit.« Sie betraten das Großraumbüro und der Mann schloss die Tür wieder ab. »Keine Gespräche die nächsten zehn Minuten, Sally«, rief er einer rotblonden, älteren Frau zu, die am vordersten Schreibtisch saß. Alle waren so beschäftigt, dass Zweifel und Cromm praktisch unbemerkt das Chefbüro erreichten, das als solches bemerkenswert klein war.

»Ihre Mitarbeiter machen einen sehr eifrigen Eindruck, Herr Cromm. Sie sind doch der Chef hier?«, sagte Zweifel. Cromm schloss die gläserne Bürotür. Er fuhr mit beiden Händen durch die langen blonden Haare.

»Mache ich den Eindruck? Setzen Sie sich doch.« Sie nahmen Platz auf zwei niedrigen Hockern aus glatt poliertem, rötlichbraunem Holz. Sie hatten eine nach allen Richtungen bewegliche Sitzfläche, wie Zweifel überrascht feststellte. »Das sind Mishu-Stühle. Ergonomisch das Beste, wenn man schon sitzen muss«, erklärte Cromm.

Zweifel schätzte ihn auf Mitte Vierzig. Er bewegte sich mit der Selbstsicherheit eines Mannes, der davon überzeugt ist, ein blendendes Aussehen zu haben.

»Sowohl Sie als auch die Stühle machen in der Tat den Eindruck«, sagte Zweifel.

Cromm runzelte die Stirn und warf Zweifel einen scharfen Blick aus graugrünen Augen zu.

»Vielleicht verraten Sie mir auch, wer Sie sind?«

»Zweifel, Kripo Augsburg.« Es war das erste Mal, dass Zweifel sich so vorstellte. Es klang gut, fand er.

»Polizei? Jetzt bin ich aber wirklich gespannt. Worum geht es denn?«

»Um den „Weißen Hasen"«

»Den „Weißen Hasen"? Um Himmels willen, wieso das denn?«

»Sie wissen nicht, was am Samstag passiert ist?« Cromm schüttelte ehrlich verblüfft den Kopf.

»Nein, ich habe keine Ahnung.«

»Es gab eine Demonstration, die durch die Annastraße zog.«

»Das weiß ich. Und?«

»Auf die Teilnehmer wurde geschossen. Es gab einen Toten und mehrere Verletzte.« Cromm verschränkte seine Arme.

»Ich verstehe nicht. Was hat das mit dem „Weißen Hasen" zu tun?«

»Wir gehen davon aus, dass der Attentäter sich dort versteckt hat. Im ersten Stock.«

Cromm starrte Zweifel ungläubig an. In diesem Moment klingelte sein Telefon. Er sprang auf und ging zu seinem Schreibtisch.

»Sally, ich sagte doch …, ach so, gut, stellen Sie durch. Hallo Ena, Liebes, es ist gerade sehr ungünstig, bei mir ist …, nein, ok, nein, das ist kein Problem, ich treffe dich dann dort, ok, um zwei, bis dann.« Cromm legte auf. Zweifel lächelte ihn an.

»Ena? Das ist ein seltener Name, aber sehr hübsch.«

»Finden Sie? Ja, das war Ena Brant. Sie ist meine Verlobte.« Cromm setzte sich wieder auf seinen Stuhl. Dabei steckte er die Hände in die Taschen seiner schwarzen Jeans und beugte sich leicht nach vorn.

»Sie reden von einem Attentäter. Haben Sie ihn denn schon gefasst?«

»Wir sind ihm auf der Spur. Ein Zeuge hat beobachtet, wie sich ein Handwerker am Samstagmorgen Zutritt zu dem Gebäude verschafft hat.«

»Jetzt verstehe ich. Sie haben einen Zeugen, sagen Sie?« Zweifel war auf der Hut.

»Ja, den haben wir.«

»Und Sie haben Ihre Ermittlungen aufgrund seiner Aussage angestellt und erfahren, dass mein Architekturbüro die Bauleitung für die Sanierung des „Weißen Hasen" hat.

»Und somit auch die Schlüssel«, ergänzte Zweifel. »Die haben Sie doch?« Cromm warf ihm einen nachdenklichen Blick zu.

»Allerdings, die hab ich. Ihr Zeuge hat gesehen, dass dieser ominöse Handwerker Schlüssel hatte?«

»Es kann nicht anders gewesen sein, denn nach kurzer Zeit war von dem Mann nichts mehr zu sehen, bis er an einem Fenster im ersten Stock auftauchte. Das Schloss am Bauzaun war unversehrt, ebenso das Schloss an der Eingangstür.« Cromm nickte.

»Wie war er denn angezogen?«

»Warum fragen Sie?«

»Weil es absolut unüblich ist, dass meine Leute samstags auf einer Baustelle herumturnen, alleine, ohne Aufsicht.«

»Die Frage ist doch: Wie kam der Mann an die Schlüssel?« Cromm zuckte mit den Schultern.

»Wir haben derzeit vier Projekte zu betreuen. Der „Weiße Hase" ist das größte. Ein historisches Gebäude, ein gutes Haus, wie mein Vater sagen würde. Das war sein höchstes Lob für ein Gebäude. Wenn ihm eines besonders gefiel, wenn er begeistert davon war, sagte er nur: Das ist ein gutes Haus.«

»Und wo befinden sich die Schlüssel zu diesem „guten Haus", Herr Cromm?«

»Die sind in meinem Schreibtisch, linke obere Schublade.«

»Von allen Objekten, die Sie betreuen?«

»Nein, nur vom „Weißen Hasen". Bei den anderen Objekten haben die jeweiligen Bauleiter die Schlüssel.«

»Das heißt, ohne Sie kommt keiner in den „Weißen Hasen" rein?«

»Nein, das heißt es nicht. Meine Mitarbeiter wissen, wo die Schlüssel sind, und meine Tür ist immer offen.« Cromm warf ihm einen wachsamen Blick zu. »Wahrscheinlich fragen Sie mich jetzt als nächstes nach meinem Alibi.« Zweifel hob beide Hände.

»So weit bin ich noch nicht. Ich versuche nur, die Vorgänge zu rekonstruieren. Aber wenn Sie das Thema schon von sich aus ansprechen — haben Sie denn eines?« Cromm lachte gezwungen.

»Dazu müsste ich erstmal wissen, wann genau die Sache passiert ist.« Zweifel legte den Kopf schief.

»Ach, ich glaube, das ist nicht erforderlich. Sagen Sie mir einfach, wo Sie am Samstag waren.«

»Den ganzen Tag?« Zweifel lächelte entwaffnend.

»Den ganzen Tag.« Die Antwort kam wie aus der Pistole geschossen.

»Frühstück zuhause bis um 9 Uhr. Dafür habe ich keine Zeugen. Das heißt — die Putzfrau vielleicht. Dann war ich mit einem befreundeten Architektenpaar auf dem Golfplatz bis 12 Uhr. Mittagessen mit einem möglichen neuen Kunden im „Magnolia". Das Restaurant im Glaspalast. Um halb zwei bin ich von dort zum Kuhsee aufgebrochen, wo ich Ena treffen wollte.«

»Und — haben Sie sie getroffen?« Cromm klang jetzt gereizt.

»Ja, ich habe sie getroffen. Wir hatten uns für 14 Uhr am Hochablass verabredet.« Zweifel nickte.

»Muss man da nicht ein ganzes Stück zu Fuß gehen? Die Parkplätze sind ja nicht direkt am Lech, wenn ich mich recht erinnere. Aber Sie waren pünktlich?«

»Ich war pünktlich.«

»Ihre Verlobte auch?«

»Äh — nein.« Cromm verschränkte die Arme. »Sie war eine Viertelstunde später da, aber das ist bei ihr nicht ungewöhnlich.«

»Gut, Herr Cromm.« Zweifel stand auf. »Danke, dass ich Ihre Zeit stehlen durfte.« Auch Cromm erhob sich.

»Der einzige Diebstahl, der nicht verboten ist«, meinte er etwas säuerlich.

Sie gaben sich die Hand. An der Tür drehte sich Zweifel um.

»Ach — eine Kleinigkeit noch, Herr Cromm. Wie, sagten Sie, heißt der Kunde, mit dem Sie im „Magnolia" waren?«

»Ich sagte gar nichts.«

»Deswegen frage ich.« Cromm seufzte.

»Also gut, das ist kein Geheimnis. Professor Clemens Fuchs. Wenn Sie ihn anrufen möchten — er steht im Telefonbuch, unter F.«

»Vielen Dank.« Zweifel hob die Hand und machte ein paar Schritte Richtung Ausgang. Dann blieb er stehen, drehte sich um und kam nochmal auf Cromm zu, der in seiner offenen Bürotür darauf gewartet zu haben schien.

»Sie waren heute noch nicht im „Weißen Hasen", richtig?«

»Wie kommen Sie darauf?«

»Nun, in dem Fall hätten Sie gewusst, dass das Gebäude versiegelt ist.«

»Was soll das heißen, versiegelt?«

»Wir sind mit unserer Untersuchung noch nicht fertig. Ein Mörder hat sich dort aufgehalten. Sie werden verstehen, dass ich so gründlich wie möglich vorgehe. Darf ich fragen, warum Sie heute noch nicht dort waren?« Cromm antwortete nicht sofort. Er drehte sich kurz zu seinem Schreibtisch um.

»Ich habe jetzt gleich eine Besprechung mit dem Bauleiter. Es sind ein paar technische Probleme aufgetaucht. Die Arbeiten sollten heute erst um 10 Uhr beginnen. Aber wenn ich Sie richtig verstanden habe, wollen Sie das blockieren.«

»So ist es.«

»Wie lange?«

»Das kann ich nicht sagen.« Cromm hob in einer dramatischen Geste beide Arme und ließ sie fallen. Zwischen seinen Augenbrauen zeigte sich eine steile Falte.

»Sie sind zwar nicht vom Denkmalschutz, aber Sie haben sich in Rekordzeit genauso unbeliebt gemacht.«

»Das sind die üblichen Nebenwirkungen meiner Arbeit«, erwiderte Zweifel gelassen. »Und da ich jetzt schon unbeliebt bin, würde ich gerne die Schlüssel zum „Weißen Hasen" sehen.«

»Sie wollen kontrollieren, ob sie wirklich in meinem Schreibtisch sind?«

»Liegt das nicht auf der Hand?«

Cromm atmete tief durch.

»Kommen Sie mit rein.« Zweifel folgte ihm. Aus den Augenwinkeln bemerkte er, dass die Mitarbeiter nun endlich auf ihn aufmerksam geworden waren. Cromm ging zu seinem Schreibtisch und öffnete die Schublade.

»Überzeugen Sie sich selbst.« Zweifel holte eine kleine Plastiktüte aus der Innentasche seines Jacketts und nahm die Schlüssel, ohne sie mit den Fingern direkt zu berühren, heraus.

»Waren die Schlüssel das ganze Wochenende hier drin?«

»Natürlich.«

»Das kann aber nicht sein, Herr Cromm. Irgendjemand muss sie herausgenommen und wieder zurückgebracht haben.« Zweifel steckte sie in seine Innentasche. Cromm beobachtete es empört.

»Was haben Sie damit vor?«

»Wir werden sie auf Fingerabdrücke untersuchen, nichts weiter. Reine Routine. Sie bekommen die Schlüssel bald zurück. Im Augenblick haben Sie ohnehin keine Verwendung dafür.«

Zweifel wandte sich endgültig zum Gehen. »Wir werden uns möglicherweise wiedersehen.«

Cromm funkelte ihn an.

»Es wird mir kein Vergnügen sein.«

Draußen erhielt Zweifel einen Anruf von Adrian Grünfeld.

»Herr Kommissar? Ich hab ein paar Neuigkeiten für Sie, falls Sie interessiert sind.«

»Tun Sie sich keinen Zwang an.«

»Punkt eins: Sie erinnern sich an das winzige, vermeintliche Metallstück, das ich im „Weißen Hasen" gefunden habe?«

»Vermeintlich? Also ist es kein Metall, sondern?«

»Nagellack.«

»Nagellack?«

»Tja, ich war genauso überrascht. Die Marke habe ich noch nicht identifiziert. Der Splitter kann aber noch nicht sehr lange unter diesem Fenster im ersten Stock gelegen haben.«

»Und wie kam er da hin?«

»Ich dachte, den Part übernehmen Sie, das zu klären.«

»So, dachten Sie.«

»So dachte ich. Ich bin für „Was" zuständig und Sie für „Wer".«

»Mir geht es aber erstmal um das „Wie". Nagellack entfernt sich meines Wissens nicht ohne weiteres von seinem Arbeitsplatz, sonst gäbe es nicht so etwas wie Nagellackentferner.«

»Fein bemerkt. Tja — da gibt es mehrere Möglichkeiten der äußeren Einwirkung. Eine unbedachte Bewegung. Ein Schlag, gegen den Fensterrahmen zum Beispiel.«

»Verstehe. Das war also Punkt eins.«

»Punkt zwei: Für die Fingerabdrücke auf Carlos Gehrock brauch ich etwas mehr Zeit. Dafür hab ich auf den Münzen in seiner Schatulle einen Daumen und mehrere Finger gefunden. Die Finger können Sie aber vergessen, die sind auf der Fünf-Rubel-Münze.«

»Sie schließen also Täter aus Russland aus?«

»Ich schließe ein Kind als Täter aus.«

Zweifel dachte an Melzicks Beschreibung der jungen Frau mit dem Kind, die einen slawischen Akzent gehabt hatte.

»Verstehe. Wir haben also einen Daumenabdruck auf der Zwei-Euro-Münze, der uns zu dem Mörder führt.«

»Genau, Sie müssen ihn nur noch finden.«

»Da wir gerade bei Fingerabdrücken sind. Wir haben einen Verdächtigen festgenommen, Josef Brenner. Um dessen Daumen dürfen Sie sich als Nächstes kümmern.«

»Ich ruf Sie an, sobald ich was habe.«

»Danke. Übrigens — gute Arbeit, Grünfeld.« Zweifel hörte den Kollegen grinsen.

»Ja, das finde ich auch.« Kaum hatte Zweifel aufgelegt, klingelte es erneut.

»Philipp Zorn hier. Spreche ich mit Kommissar Adam Zweifel?«

»Herr Zorn! Was haben Sie zu berichten?«

»Sie wollten doch wissen, ob jemand von meinem Team eines der Opfer kennt.«

»Genau.«

»Kennen ist zu viel gesagt. Dieser Mann, der erschossen wurde — also den haben einige bemerkt, weil er sich schon auf dem Königsplatz ein bisschen verrückt benommen hat, als hätte er was eingeworfen.«

»Sie meinen Drogen?«

»So haben ihn meine Freunde beschrieben. Aber keiner weiß, wer er war. Den Carlo dagegen kannte praktisch jeder, den ich gefragt habe. Einer meinte, der müsste für die paar Euros gar nicht auf der Straße sitzen.«

»Wieso?«

»Weil er angeblich massig Kohle hat.«

»Und woher weiß Ihr Freund das?«

»Na ja — der macht grad eine Ausbildung bei der Sparkasse. Ich soll aber seinen Namen nicht sagen.«

»Aha, sehr interessant, der fällt wahrscheinlich unter das Bankgeheimnis, wie?«

»Sie verstehen das sicher, Herr Kommissar.«

»Da kann ich Sie beruhigen. Das waren gute Hinweise, Herr Zorn, vielen Dank. Übrigens — ich hab Sie in der Tagesschau gesehen.«

»Diese Typen von der D.A.M. waren leider auch im Bild. So hatte ich mir das nicht vorgestellt.«

»Trotzdem — Respekt, wie Sie mit der Situation umgegangen sind. Wann findet denn die nächste Demo statt?«

»Oh bitte, fragen Sie nicht so was. Nicht jetzt.«

»Gut, ich frag Sie in einem Monat nochmal.« Zweifel legte auf.

Er stand mitten auf dem Martin-Luther-Platz und er wollte als nächstes zur Midasana, Falks Arbeitgeber. Doch er setzte sich zunächst auf eine Bank direkt vor der Kreissparkasse. Sie stand unter einem der Bäume, deren Krone man mit Latten zu einem quadratischen Wachstum gezwungen hatte.

Zweifel ließ sich die neuen Informationen durch den Kopf gehen. Falk und Drogen? Da würde die Obduktion Klarheit schaffen. Ein verräterischer Daumenabdruck. Carlos Vermögen. Cromms Schlüssel. Ein Handwerker mit Nagellack an den Fingern? Wie passte das alles zusammen?

Er beobachtete eine Zeit lang die Passanten und versuchte, sich eine Menschenmenge von einigen Tausend in der Annastraße vorzustellen.

Er versetzte sich in jemanden, der im „Weißen Hasen" im ersten Stock am Fenster sitzt und diese Menschenmenge auf sich zukommen sieht. Der wartet, bis er sein Ziel entdeckt hat. Der kaltblütig abdrückt.

Was ging in so einem Kopf in so einem Moment vor? Welcher Zwang steckte dahinter, welcher Antrieb, welche Energie?

Zweifel starrte gedankenverloren auf den Asphalt. Eine ältere Dame mit zwei schweren Einkaufstüten setzte sich schnaufend neben ihn und packte eine Brotzeit aus. Er stand auf und machte sich auf den Weg zu der Adresse am Leonhardsberg, wo die Midasana ihren Sitz hatte.

Keitel lehnte an seinem Dienstwagen, kaute auf einem Stück Lakritz und dachte nach. Auf seiner Liste standen zwölf Namen und Adressen. Fast alle der D.A.M.-Typen wohnten im Norden von Augsburg. Fünf hatte er an diesem Montagvormittag bereits abgehakt.

Die Gespräche waren sehr ähnlich verlaufen. Die Männer konnten sich nicht erklären, wie es zu den Ausschreitungen auf dem Rathausplatz gekommen war. Sie verurteilten Gewalt, aber sie wollten sich nicht den Mund verbieten lassen, das wäre ja noch schöner. Sie pochten auf ihr Recht der freien Meinungsäußerung. Etwas anderes wollte die D.A.M. ja auch nicht.

Die Grundrechte müssten verteidigt werden. Nur weil ein paar Jugendliche glaubten, die alleinige Wahrheit gepachtet zu haben, dürfte man nicht den Schwanz einziehen. Der gesunde Menschenverstand sagte einem doch schon, dass dieses Geschwafel und Geschrei um das Klima von einigen wenigen ferngesteuert wurde. Die Leute ließen sich so verdammt leicht manipulieren.

Dagegen kämpfte die D.A.M. Sie wüsste eine breite Mehrheit der Bevölkerung hinter sich, die bisher geschwiegen hatte. Der Zeitpunkt war da, um aktiv zu werden. Aus vielen Gesprächen wüssten sie, wie begeistert die Menschen auf die Botschaft der D.A.M. reagierten.

Der Zulauf sei enorm. Sie hätten es nicht nötig, Gewalt anzuwenden und sie verurteilten alle, die aus einem Versteck heraus auf wehrlose Menschen schössen. Der angebliche Bekennerbrief sei eine Fälschung. Da hätte sich jemand einen üblen Scherz erlaubt, um der D.A.M. zu schaden. Aber das sagte einem ja schon der gesunde Menschenverstand ...«

Keitel konnte es nicht mehr hören. Er begriff nicht, was mit diesen Leuten los war. Eines war ihm allerdings klar: Sie waren sehr gut vorbereitet worden. Dr. Eisen, wer sonst, hatte ihnen die Worte eingebläut. Sie hatten sie wie einen Katechismus verinnerlicht.

Keitel hatte keine Lust, sich das Geschwurbel noch sieben Mal anzuhören. Diese Typen hatten am Samstag auf dem Rathausplatz mit dem Feuer gespielt. Keitel wusste, wie leicht eine große Menschenmenge außer Kontrolle geraten konnte. Und jetzt plauderten sie mit ihm und mimten die Unschuldslämmer. Gleichzeitig waren sie so clever, sich von ihm nicht provozieren zu lassen.

Keitel dachte nach. Er erinnerte sich genau an Zweifels Worte, an seinen Auftrag, und er war nun überzeugt davon, dass dieser Provinzkommissar ihn nur beschäftigen, ablenken, aus dem Weg haben wollte.

Keitel spürte den Geschmack der Lakritze auf der Zunge und spuckte aus.

Dieser Fall war seine Chance. Er würde sie nutzen. Unter allen Umständen. Zweifel sollte ein Fiasko erleben. Er wollte ihn aus dem Weg haben? Das beruhte auf Gegenseitigkeit.

Wenn es nach ihm ging, würden sie sich so bald nicht wiedersehen.

Keitel steckte sich eine frische Lakritzschnecke in den Mund und stieg in seinen Wagen.

25. Kapitel

Nach zehn Minuten Fußweg hatte Zweifel die Midasana am Leonhardsberg erreicht. Er fand es erstaunlich, dass ein Pharmaunternehmen sich mitten in der Stadt niederließ.

Das Gebäude hatte einen trapezförmigen Grundriss und wurde an seinen Längsseiten vom Leonhardsberg, einer stark befahrenen Straße, und von einer kleinen Nebenstraße, dem Schmiedberg, begrenzt. Es hatte vier Stockwerke und wirkte von außen wie ein ganz normales Bürogebäude, in dem sich auch eine Behörde oder ein Versicherungsunternehmen hätte befinden können.

Die massive Eingangstür war aus silberglänzendem Stahl und trug den Firmennamen in schön geschwungenen, goldenen Lettern. Eine Reminiszenz an König Midas, unter dessen Händen alles zu Gold wurde.

Zweifel suchte nach dem Klingelknopf, doch es gab nur die schwarz schimmernde Linse einer Überwachungskamera, neben der ein rotes Licht blinkte. Darüber war ein kleiner Lautsprecher, aus dem eine weibliche Stimme ertönte, die ihn nach seinem Namen fragte.

»Und zu wem möchten sie?«

»Es geht um Ihren Mitarbeiter Falk Grabinger. Ich möchte mit seinem Vorgesetzten reden, mit seinen Kollegen. Falls möglich auch mit dem Vorstand.«

Die weibliche Stimme blieb dreißig Sekunden lang stumm. Zweifel schaute auf seine Uhr. Es war 9 Uhr 45. Gerade als er nachfragen wollte, ob die unsichtbare Empfangsdame ihn verstanden hatte, klackte es vernehmlich und die schwere Tür öffnete sich einen Spalt breit. Zweifel drückte sie auf. Die Empfangsdame entpuppte sich als junger Mann, der Zweifel hinter einem mit hellem Buchenholz getäfelten Tresen erwartungsvoll anblickte. Mit seinem schwarzen Anzug, dem dunkelgrauen Hemd, der schwarzen, perfekt gebundenen Krawatte und den traurigen Augen hätte man ihn leicht für einen Bestattungsunternehmer halten können, vielmehr für den Sohn eines Bestattungsunternehmers.

»Darf ich um Ihren Personalausweis bitten, Kommissar Zweifel?«, fragte er mit einer ungewöhnlich hohen Stimme, auf der wie ein Schleier ein hauchfeiner italienischer Akzent lag. Er nahm Zweifels Ausweis mit einem leisen »Danke sehr« entgegen, scannte ihn ein und legte ihn auf den Tresen.

Zweifel steckte ihn ein und sah zu, wie der junge Mann hochkonzentriert auf seinen Bildschirm blickte, einige Daten erfasste, anschließend auf perforiertem, hellblauem Papier etwas ausdruckte, an der Perforation entlang behutsam heraustrennte und mit wenigen Handgriffen laminierte. Das Ergebnis seiner sorgfältigen, fast peniblen Arbeit legte er vor Zweifel auf den Tresen.

»Das hier ist Ihr Besucherausweis, Herr Kommissar und hier haben wir ein Namensschild für Sie.« Zweifel bemerkte, dass sein Name jeweils mit „ai" geschrieben war. Da er den Eindruck hatte, dass der junge Mann sein Bestes gegeben hatte, wollte er ihn durch eine Korrektur nicht entmutigen. Immerhin war auf dem Besucherausweis seine Ankunftszeit auf die Sekunde genau festgehalten, ebenso die drei Namen seiner gewünschten Gesprächspartner.

»Wenn Sie mir bitte zum Aufzug folgen, Herr Kommissar.« Der junge Mann hatte einen seltsam schleichenden Gang. Er blieb aufmerksam so lange an der Tür des Lifts stehen, bis Zweifel auf dem Weg nach oben war.

Während der Fahrt in den zweiten Stock studierte Zweifel die Namen auf seinem Besucherausweis. Doktor Vincenzo Leon, Vorstand; Frank Pausen, Forschung und Entwicklung;

Ena Brant, Leiterin Forschung und Entwicklung sowie Generalbevollmächtigte. »Da schau her«, dachte Zweifel. Ena Brant, die Frau mit dem hübschen und seltenen Vornamen. Die Verlobte von Gerhard Cromm, den er vorhin erst mit seinen Fragen genervt hatte. Der Aufzug hielt, die Tür glitt lautlos zur Seite und vor Zweifel stand ein Mann, der mit seinen muskelbepackten Schultern gut in jedes Footballteam gepasst hätte. Er reichte Zweifel die Hand.

»Frank Pausen, guten Morgen. Ich arbeite mit Falk zusammen. Sie wollten zu ihm? Er ist noch nicht da. Normalerweise ist er einer der ersten.« Er nahm von Zweifel den Besucherausweis entgegen und warf einen kurzen Blick darauf. »Wie ich sehe, steht Falks Name ja gar nicht drauf. Sie wollen mit Dr. Leon und mit Ena sprechen?« Er gab Zweifel den Ausweis zurück.

»Ganz recht, und mit Ihnen, wenn Sie Zeit haben«, erwiderte Zweifel.

»Aber natürlich, sehr gern.« Pausen hatte seine rötlichen Haare auf fünf Millimeter kurze Stoppeln rasiert. Augenbrauen und Wimpern schimmerten in einem sehr hellen rotblond. Sein breites, fast quadratisches Gesicht war voller Sommersprossen. Bei diesen Merkmalen hätte man wohl am ehesten blaue Augen erwartet, doch die Augen, die fragend auf Zweifel gerichtet waren, hatten ein dunkles Braun.

»Das ist sehr freundlich«, erwiderte Zweifel, »wo können wir uns ungestört unterhalten?«

»In meinem Arbeitszimmer, es ist gleich da vorn.« Pausen ging voraus. Zweifel bemerkte ein leichtes Humpeln. Frank Pausen hatte einen irgendwie unrunden Gang, als ob ihm die rechte Hüfte starke Schmerzen verursachte. Sein Arbeitszimmer war sehr geräumig. Auf einem langen, schmalen Arbeitstisch an der Wand standen mehrere Mikroskope, umgeben von allerlei wissenschaftlichen Gerätschaften, wie Zweifel auf den ersten Blick bemerkte. Pausen bot ihm einen Platz vor seinem Schreibtisch an, der mit der Schmalseite ans Fenster gerückt war und mit Fachbüchern und Computerausdrucken überladen war. Gelbe Klebenotizzettel umrahmten eine durchsichtige Schreibtischunterlage aus Plastik.

»Ich habe vorhin erst mit Ena telefoniert und sie gefragt, ob Falk sich bei ihr gemeldet hat, was nicht der Fall war. Sie wollte es bei ihm zuhause versuchen. Seitdem warte ich auf ihren Anruf. Und jetzt tauchen Sie auf. Polizei? Ich bin sprachlos.« Zweifel war sicher, dass er noch nie einen Sprachlosen so viel und so schnell hatte reden hören. »Hat er was …« Zweifel unterbrach ihn.

»Sie haben mit Ena Brant telefoniert?«

»Natürlich. Sie leitet unsere Abteilung. Sie hat kurz nach uns hier angefangen. Falk und ich sind gleichzeitig eingestellt worden, vor drei Jahren. Wir waren die ersten hier. Wollen Sie einen Kaffee?«

»Nein, danke.« Der Stuhl, auf dem Zweifel saß, war unbequem. Seine Sitzfläche war leicht nach vorn geneigt. Er holte das zweimal gefaltete Blatt Papier, das Siebental ihm gegeben hatte, aus der Innentasche seines Jacketts und hielt es in der Hand. Pausen sah es, legte beide Unterarme auf seinen Schreibtisch und beugte sich nach vorn. Er sah plötzlich sehr besorgt aus.

»Ist mit Falk etwas passiert?«, fragte er. Zweifel sah ihn ruhig an.

»Haben Sie heute die Zeitung gelesen?«, fragte er zurück.

»Die Zeitung gelesen? Sicher hab ich die Zeitung gelesen, die Augsburger Allgemeine. Überflogen hab ich sie. Steht da was über Falk drin? Kann ich mir nicht vorstellen. Andererseits — warten Sie. Da war von dieser Riesen-Demo die Rede. Wie ich Falk kenne, war er bestimmt mit dabei. Da gab es wohl eine Massenschlägerei auf dem Rathausplatz. Sind da nicht auch Schüsse gefallen? Die Polizei hat ein paar Leute verhaftet ...« Pausen hatte ohne Punkt und Komma geredet. Er trommelte mit den Fingern der rechten Hand auf seinen Schreibtisch. »Sie wollen mir jetzt aber nicht sagen, dass Falk im Knast sitzt und deswegen heute nicht hier erscheint.«

»Nein, das will ich nicht«, sagte Zweifel und beobachtete genau Pausens Reaktion. »Es hat mit den Schüssen zu tun. Falk Grabinger wurde am Samstag gegen halb zwei, während er an der Demonstration teilnahm, in der Annastraße erschossen. Er war sofort tot. Der Schütze hatte sich im „Weißen Hasen" versteckt.« Pausen starrte ihn an und öffnete den Mund. Er schloss ihn wieder und schluckte schwer.

Dann stand er wortlos auf und ging aus dem Zimmer. Die Tür ließ er angelehnt. Zweifel stand ebenfalls auf und sah nach, wohin Pausen verschwunden war. Schräg gegenüber stand eine Tür offen. Zweifel hörte Gläserklirren und die typischen Geräusche einer Espressomaschine.

Er sah Pausen mit einem Glas in jeder Hand dastehen und auf den Fliesenboden der Kaffeeküche starren. Zweifel räusperte sich. Pausen blickte auf und schien eine Sekunde lang zu überlegen, wen er vor sich hatte.

»Herr Kommissar! Es ist nur ..., das ist wie ein Schock für mich.«

»Das kann ich verstehen. Vielleicht nehme ich jetzt doch auch einen Kaffee.« Pausen war froh, etwas mit den Händen tun zu können. Er hoffte, auf diese Weise ihr Zittern verbergen zu können. Zweifel bemerkte es trotzdem. Er nahm den Kaffee entgegen und sie gingen zurück in Pausens Arbeitszimmer.

»Ich habe einige Fragen an Sie, die Sie mir sicher beantworten können«, sagte Zweifel, nippte an seiner Tasse und stellte sie auf den Schreibtisch. Er faltete das Blatt mit Siebentals Notizen auseinander. Pausen konzentrierte sich auf seinen Kaffee und wartete.

»Sie machen den Eindruck, als hätte Grabingers Tod Sie schwer getroffen.«

»Ich kann es einfach noch nicht begreifen.«

»Haben Sie gut zusammengearbeitet?« Pausen zögerte etwas mit der Antwort.

»Falk war kein einfacher Mensch. Er hatte seine Macken und er konnte einem tierisch auf die Nerven gehen. Aber ich hatte keine Probleme mit ihm. Ich hab ihn verstanden und ihn so akzeptiert, wie er ist — war. Wir haben bestens zusammengearbeitet.«

»Sie sagten, Sie haben beide vor drei Jahren bei der Midasana angefangen zu arbeiten. Grabingers Frau sagte uns, dass er Biochemiker war. Sind Sie auch Biochemiker?« Pausen nickte stumm. »Wie kam es, dass Sie gleichzeitig eingestellt wurden?«

»Unsere Bewerbungsunterlagen haben eben gepasst. Fast vierzig Fachleute haben sich damals beworben, aber die Midasana hat nur zwei gebraucht.«

»Demnach sind Sie hochqualifiziert?« Pausen zuckte mit den Schultern und nahm noch einen Schluck. »Und werden entsprechend bezahlt?«

»Das versteht sich von selbst. Beste Leistung gegen gute Bezahlung.«

»Wieviel?« Pausen guckte Zweifel verblüfft an.

»Sie wollen wirklich wissen, was ich verdiene?«

»Ich muss wissen, was Grabinger verdient hat. Ihn kann ich nicht fragen, seine Frau weiß es nicht und aus Ihren Worten schließe ich, dass Sie dasselbe Gehalt haben. Ich kann natürlich auch Frau Brant fragen« Pausen setzte seine Tasse sorgfältig auf den Unterteller und blickte zur Seite, wo der Tisch mit den Mikroskopen stand. Zweifel wartete.

»Das Jahresgehalt beträgt brutto 120.000 Euro. Allerdings ohne Sonderzahlungen.« Zweifel nickte.

»Wie hoch ist die Chance, dass Sie Sonderzahlungen bekommen?« Pausen seufzte.

»Das hängt vom Ergebnis der Firma ab.«

»Verstehe. Je mehr Gewinn die Midasana macht, desto mehr gibt sie ihren wichtigen Mitarbeitern etwas davon ab. Das sind Sie doch?«

»Was?«

»Ein wichtiger Mitarbeiter.«

»Warum fragen Sie das?«

»Weil ich wissen will, wie Ihre Firma es verkraftet, dass Falk Grabinger seine hochqualifizierte Arbeitskraft nicht mehr zur Verfügung stellen kann.« Pausen nickte nachdenklich.

»Allerdings — das wird ein Problem. Ausgerechnet jetzt passiert so was.«

»Was meinen Sie damit?«

»Ich muss jetzt sehr aufpassen, was ich sage.« Pausen stockte. Er nahm seine Tasse, leerte sie, stand unvermittelt auf und verließ erneut das Zimmer. Er ließ die Tür offen und Zweifel konnte hören, dass er sich Nachschub holte. Dieses Mal brachte er auch die zwei Gläser und eine Flasche Wasser mit.

»Oh, ich hab Sie gar nicht gefragt, ob Sie auch noch einen Kaffee ...« Zweifel winkte ab.

»Lassen Sie nur, das Wasser genügt.« Er nahm ihm die beiden Gläser und die Wasserflasche ab. Während er Pausen und sich einschenkte, fragte er:

»Hatten Sie genug Zeit zum Überlegen oder wollen Sie das Zimmer nochmal verlassen?« Pausen hob abwehrend die Hand.

»Sie haben mich durchschaut, Herr Kommissar, aber Sie müssen mich verstehen. Es geht um Betriebsgeheimnisse. Sie werden festgestellt haben, dass wir sehr genau festhalten, wer wann und warum unser Gebäude betritt.«

»Ich will Ihnen die Sache etwas erleichtern«, sagte Zweifel. »ich sag Ihnen, was ich weiß, und dann sagen Sie mir, was Sie wissen.«

»Das kann ich Ihnen nicht versprechen, aber lassen Sie mal hören.« Zweifel nahm einen Schluck von dem Wasser, das scheußlich schmeckte, verzog keine Miene und stellte sein Glas auf eine Ecke von Pausens Schreibtisch. Er warf einen kurzen Blick auf Siebentals Blatt, faltete es wieder zusammen und behielt es in der Hand, so dass Pausen es gut sehen konnte.

»Die Midasana hat einen Wirkstoff gefunden, der es erlaubt, ein hochwirksames Schmerzmittel herzustellen, das keine Nebenwirkungen hat. Die Versuchsreihen sind abgeschlossen. Die Zulassung des Medikaments steht kurz bevor und sobald das geschehen ist, dürfte es auf dem Markt sensationell einschlagen.« Frank Pausen starrte Zweifel ungläubig an.

»Woher haben Sie diese Informationen?« Er flüsterte fast.

»Es genügt für Sie, zu wissen, dass ich sie habe. Ihre Reaktion zeigt mir, dass sie zutreffen. Ich vermute, dass Sie und Falk Grabinger nicht ganz unbeteiligt an der Entwicklung des Medikaments waren.«

Pausen wischte mit der flachen Hand über sein Gesicht, warf einen Blick zur Tür und stand auf, um sie zu schließen. Er drehte sich um, warf Zweifel einen langen Blick zu und setzte sich zögernd wieder an seinen Schreibtisch. Er schob, ohne genau hinzusehen, ein paar Papiere hin und her, während er sich zu einer Antwort durchrang.

»Was ich Ihnen jetzt sage, ist absolut vertraulich, Herr Kommissar.«

»Ich gehe mit Sicherheit damit nicht an die Presse.« Pausen schürzte seine Lippen, als hätte er einen schlechten Geschmack im Mund.

»Falk und ich haben das Medikament gemeinsam entwickelt. Es war unser Projekt. Niemand sonst wusste davon, außer Ena und dem Vorstand natürlich. Es war abgesprochen, dass nichts davon nach außen dringen durfte. Mit Ihrer Einschätzung liegen Sie richtig. Das wird ein Knaller und das wird die Midasana mit einem Schlag enorm gewinnträchtig machen. Wenn Sie also nach den wichtigsten Mitarbeitern dieser Firma fragen, dann sitzt einer davon vor Ihnen.«

»Und der andere liegt im gerichtsmedizinischen Institut mit zwei bösen Löchern in seinem Herzen. Herr Pausen, wer könnte Ihrem Kollegen das angetan haben?«

»Ich kenne keine Mörder«, antwortete Pausen kurz angebunden.

»Aber vielleicht kennen Sie jemanden, der mit Falk Grabinger ein Problem hatte, ein ziemlich großes Problem.« Pausen legte beide Hände flach auf den Tisch.

»Sagen wir: Er hätte leicht Astronaut werden können, denn es gab genügend Leute, die ihn am liebsten auf den Mond geschossen hätten. Praktisch jeder, dem er mehr als einmal begegnete, war von seiner aggressiven Besessenheit genervt.

Er wollte die Welt retten.« Pausen lächelte schmal. »Das hält nun mal nicht jeder für notwendig, zumindest nicht sofort.«

»Aber Sie können mir keine Namen nennen.«

»Bedaure.«

»Ich würde jetzt gern sein Arbeitszimmer sehen.«

»Natürlich, es ist gleich nebenan, kommen Sie.« Pausen führte Zweifel in einen Raum, der ähnlich wie seiner eingerichtet war: Schreibtisch, Arbeitstisch, Mikroskope. Zweifel ging zum Schreibtisch, der penibel aufgeräumt war. Kein einziges Blatt Papier lag herum. Er wirkte so, als wäre er gar nicht benutzt worden. Pausen bemerkte Zweifels Verwunderung.

»Falk hat immer alles weggeräumt.« Zweifel zog an der oberen Schublade. Sie war nicht abgeschlossen und sie war leer, bis auf eine Kleinigkeit.

»Ist das sein Handy?«, fragte er. Pausen kam näher. »Nicht anfassen!«, sagte Zweifel. Er holte einen Plastikbeutel aus seiner Jackentasche, stülpte ihn über seine Hand und holte das Handy damit heraus. Es war auf der Rückseite mit Aufklebern übersät, die sich gegenseitig überlappten. Pausen nickte.

»Das ist seines.«

»Der Akku ist leer«, stellte Zweifel fest. Er steckte es ein und durchsuchte die anderen Schubladen. Doch weder hier noch in dem großen Metallschrank, der ebenfalls nicht verschlossen und genauso aufgeräumt war, fand er etwas Bemerkenswertes. Sie kehrten in Pausens Zimmer zurück.

»Was bedeutet sein Tod für die Firma? Wie geht es jetzt weiter?«, fragte Zweifel. Pausen verschränkte die Arme vor seinem mächtigen Brustkorb.

»Wie Sie richtig sagten, steht die Zulassung des Medikamentes unmittelbar bevor. Die meiste Arbeit ist also geleistet. Was jetzt noch zu tun ist, kann ich vermutlich allein bewältigen. Zusammen mit Ena natürlich.«

»Also ist Grabingers Tod doch kein Problem für die Firma.«

Pausen druckste herum.

»So gesehen wahrscheinlich eher nicht.«

»Ena Brant ist Ihre Vorgesetzte?«

»Ja, sie ist gleichzeitig Generalbevollmächtigte.«

»Was heißt das?«

»Na ja — sie ist direkt dem Vorstand unterstellt, mit besten Chancen nach oben.«

»Gilt das auch für Sie?«

»Nein, ganz bestimmt nicht. Ich bin Wissenschaftler und habe nicht vor, Chef zu werden.«

»Aber Sie haben beste Aussichten auf eine dicke Sonderzahlung, liege ich damit richtig?«

Pausen sah ihn an und schwieg. »Ich sehe schon, damit liege ich richtig«, sagte Zweifel. »Ich nehme an, Sie haben hart dafür gearbeitet, und zwar nicht nur fünf Tage in der Woche.« Pausen nickte.

»In der Endphase der Entwicklung waren wir jeden Samstag hier.«

»Auch letzten Samstag?«

»Falk hatte sich den Nachmittag ausnahmsweise freigenommen wegen dieser Demo. Aber ich war im Büro.«

»Können Sie mir auch sagen von wann bis wann?« Pausen zuckte gleichmütig mit den Schultern.

»Von neun bis vier Uhr nachmittags, schätze ich.«

»Was mich an der ganzen Sache wundert, Herr Pausen, ist Folgendes: Falk Grabinger war in seiner Freizeit, in seinem anderen Leben sozusagen, wie Sie wissen ein geradezu militanter Tierschützer und Umweltaktivist. Für so ein

Medikament sind meines Wissens Tierversuche erforderlich oder sogar vorgeschrieben. Wie passt das zusammen?«

»Wir kamen ohne Tierversuche aus. Deren Aussagekraft ist ohnehin umstritten, nicht nur in der Öffentlichkeit, sondern auch unter Wissenschaftlern. Wir haben das ganze Verfahren „in Vitro" durchgeführt.«

»Und das heißt?«

»Mit menschlichen Zell- und Gewebekulturen in Verbindung mit neu entwickelten Computersimulationen. Die Midasana ist in der Hinsicht sehr innovativ.« Er blickte auf seine Uhr. »Hören Sie, ich sollte Ena anrufen und ihr sagen, was passiert ist.«

»Ich könnte mir vorstellen, sie weiß es bereits. Sagten Sie nicht, sie wollte es bei ihm zuhause versuchen?«

»Ja, aber er ist doch …«

»Sie wird es sicher auch bei seiner Frau versuchen, das heißt, bei seiner Witwe.«

Pausen nickte und starrte in seine Tasse.

Der Kaffee war kalt geworden. Zweifel verabschiedete sich von ihm.

»Ich bringe Sie noch nach oben«, sagte Pausen.

Kaum war er wieder in seinem Büro, schloss Pausen leise die Tür ab und setzte sich an seinen Schreibtisch. Er stützte beide Ellbogen auf und legte seine Stirn auf die Handballen.

»Denk in Ruhe nach«, sagte er sich, »Denk nach. Bleib ruhig. Der „Weiße Hase" — verdammt! Die Polizei weiß also, dass von dort die Schüsse kamen. Es wird nicht lange dauern, bis sie …« Er griff zu seinem Handy und wählte eine Nummer.

»Architekturbüro Cromm«, meldete sich eine junge Stimme, »Frank? Was willst du schon wieder?«

»Wir müssen dringend was bereden. Tu mir einen Gefallen und geh in die Stadtbücherei, oberster Stock. Ich treff dich dort in zehn Minuten.«

»Ist es wegen …?«

»Nicht am Telefon!«

26. Kapitel

Melzick schwang ihr Rad aus dem Waggon. Während sie langsam am Bahnhofsgebäude in Friedberg vorbeiradelte, stellte sie sich das Gezeter vor, das Isolde Grabinger anstellen würde.

Zehn Uhr vormittags war für die Frau mitten in der Nacht. Verständlich, bei ihrem Job. Aber darauf konnte Melzick keine Rücksicht nehmen.

Sie musste das kaputte Notebook sicherstellen, bevor es im Wertstoffhof landete.

Nach wenigen Minuten hatte sie die alte Stadtmauer erreicht. Als sie vor der Nummer 45 vom Rad stieg, hörte sie aus dem offenen Fenster im ersten Stock zwei Frauenstimmen. Eine davon gehörte unverkennbar Isolde Grabinger, aber sie klang so gar nicht nach Gezeter. Die andere war deutlich leiser und schien eine beruhigende Wirkung zu haben.

Melzick konnte kein Wort verstehen.

Sie ging ein paar Schritte zurück, lehnte sich an die Stadtmauer und spähte nach oben. Es war niemand zu sehen, die Stimmen waren verstummt.

Melzick ging zur Eingangstür, klingelte und lauschte. Nichts rührte sich. Sie klopfte kräftig und wartete ihrem Gefühl nach eine halbe Ewigkeit, bis sie es nicht mehr aushielt.

»Hallo! Hallo, Frau Grabinger!«, rief sie laut. »Kann ich Sie bitte nochmal kurz …« Mitten im Satz wurde die Tür aufgerissen.

»Was brüllen Sie hier so herum?« Diese Art der Begrüßung kannte Melzick bereits.

»Guten Morgen, Frau Grabinger.«

Melzick schlug einen sanften Ton an. »Entschuldigung, es kam mir so vor, als hätten Sie mein Klingeln und Klopfen nicht gehört.«

Im Hintergrund machte sich ein Schatten bemerkbar. »Oh, Sie haben Besuch. Soll ich später nochmal vorbeikommen?«

»Was wollen Sie denn noch?«

»Es geht nur um eine Kleinigkeit. Und ein paar Fragen. Dauert nicht lange.«

Der Schatten kam aus dem Hintergrund nach vorn.

»Ich denke, wir haben soweit alles besprochen, Frau Grabinger. Ich gehe jetzt.«

Melzick betrachtete aufmerksam die junge Frau, die sich von Isolde Grabinger mit einem herzlichen Händedruck verabschiedete.

Sie war Anfang Dreißig, sehr schlank und trug hellbraune, sehr teuer aussehende Halbschuhe zu ihrem cremefarbenen Hosenanzug.

Der Kurzhaarschnitt ihrer dunkelblonden Haare in Verbindung mit dem schmalen und markanten Gesicht vervollständigte den Eindruck: So stellte sich Melzick eine erfolgreiche Geschäftsfrau vor.

Der durchdringende Blick aus sehr hellen, grünen Augen, der Melzick in weniger als einer Sekunde wie ein Laser abtastete, genügte offensichtlich, um sie nicht weiter zu beachten.

Die Businesslady schritt an Melzick vorbei, als sei diese nicht vorhanden.

Melzick sah ihr nach, wie sie in Richtung eines großen BMW-Cabrios davoneilte, das verbotenerweise zwanzig Meter entfernt an der Stadtmauer geparkt war. Isolde Grabinger stand neben ihr.

»Wer war das?«, fragte Melzick.

»Vielleicht gehen wir rein, ich brauch jetzt einen Schluck«, erwiderte Isolde Grabinger. In der Küche holte sie eine Cognacflasche aus dem Schrank, nahm ein Wasserglas aus der Spüle, hielt es kritisch ans Licht und schenkte es halb voll. Sie warf Melzick einen Blick zu, sagte:

»Sie dürfen ja nicht« und setzte sich an den Küchentisch.

»Ich will auch gar nicht«, antwortete Melzick und setzte sich dazu.

Isolde Grabinger prostete ihr zu und nahm einen großen Schluck.

»Das war Frau Brant«, verkündete sie und wischte mit dem Zeigefinger über die Lippen.

»Und wer ist das?«

»Falks Chefin.«

»Ach!« Die Witwe nickte zufrieden.

»Ja, die hat bei mir angerufen. Wollte wissen, ob Falk da ist. Er sei noch nicht im Büro und an sein Handy ginge er auch nicht ran. Ich hab ihr gesagt, was passiert ist und da wollte sie spontan vorbeikommen.«

Isolde Grabinger nickte vor sich hin und leerte das Glas mit dem Cognac in einem Zug. »Hat sich sehr nobel verhalten, die Frau Brant. Nicht nur Beileid und so 'n Schmus, nee, die wollte wissen, ob ich jetzt zurechtkomme. Also, finanziell gesehen. Hat mir großzügige Unterstützung zugesagt.«

»Wirklich sehr ungewöhnlich für so eine Firma.«

»Find ich auch.«

»Wie hat sie denn die Nachricht von seinem Tod aufgenommen?«

»Wie? Na — ich weiß nicht. Ein bisschen überrascht war sie. Ist halt 'ne Geschäftsfrau. Die zeigen ihre Gefühle nicht so.«

»Sie war immerhin drei Jahre lang seine Chefin.«

Isolde Grabinger zuckte wortlos mit den Schultern. »Sonst wollte sie nichts?« Isolde Grabinger nahm die Cognacflasche in die Hand, prüfte den Inhalt und stellte sie übertrieben vorsichtig wieder hin.

»Hat nach Unterlagen gefragt.«

»Was für Unterlagen denn?«

»Na, von Falk eben. Geschäftliches. Ob er hier noch irgendwas rumliegen hätte. Es sei sehr wichtig, hat sie gesagt. Da dürfe nichts in die falschen Hände kommen, von wegen Betriebsgeheimnis und so.«

»Und?«

»Sie haben doch gesehen, was er mir hinterlassen hat. Ich hab ihr die Kiste gezeigt.«

»Gut, dass Sie das erwähnen. Die Bananenkiste will ich mir auch nochmal anschauen.«

»Von mir aus, wenn es Ihnen Spaß macht.«

Isolde Grabinger stützte einen Ellbogen auf und ihr Kinn in die Hand.

Sie warf Melzick einen nachdenklichen Blick zu.

»Eigentlich ein sehr merkwürdiger Beruf, den Sie haben«, sagte sie.

»Wie meinen Sie das?«

»Sie gehen zu den Leuten nach Hause, dürfen sich alles ansehen, dürfen nach allem fragen, wühlen im Müll und suchen. Sie suchen doch immer. Nach irgendwas. Nach irgendwem. Mich würde das wahnsinnig machen.« Melzick spürte, dass die Grabinger deutlich redseliger als am Sonntag war.

»Und Ihr Job?«

»Macht mich auch wahnsinnig. Die ganze Nacht Pakete sortieren. Das geht aufs Kreuz. Ich kann das nicht ewig machen.«

»Nachtarbeit wird doch gut bezahlt, oder?«

»Ha! Schön wär's. Aber gut, ich will mich nicht beklagen.«

»Sie erzählten uns gestern, dass Sie Ihrem Mann mit 80.000 Euro geholfen haben.« Grabinger nickte schwerfällig. »Woher stammt das Geld?«

»Hab ich von meinem Vater geerbt, also — das meiste davon. Bisschen was hatte ich angespart. Falk hatte es nicht so mit dem Sparen.«

»Wie haben Sie ihn denn kennengelernt?« Isolde Grabinger zog kurz die Nase hoch.

»Interessiert Sie das wirklich?« Melzick nickte.

»Ich versuche, mir ein Bild von ihm zu machen.«

»Haben Sie ihn gesehen?«

»Ja, als er tot war.«

»Hatte er immer noch diese wilden Haare wie aus den Siebzigern? Und den Vollbart?« Melzick nickte. »Hatte er beides nicht, als ich ihn das erste Mal sah. Da sah er ganz normal aus. Klapperdürr und sehr intelligent. Er hat mich auf einem Open-Air-Konzert angesprochen. Die „Dubliners". Irish Folk. Mag nicht jeder. Aber wir hatten den gleichen Musikgeschmack. Das war ein guter Anfang. Wir heirateten noch während seines Studiums. Ich hab uns mit meinem Job über Wasser gehalten. Irgendwann hat er selbst einen Job gefunden. Damals hat er angefangen, sich die Haare und den Vollbart wachsen zu lassen. Und er hat angefangen, sich für den Umweltschutz zu engagieren.« Melzick faltete ihre Hände auf dem Tisch.

»Warum hat er Sie verlassen?«

»Tja — das fragen Sie mich? Ich weiß es nicht. Ich dachte früher, ich würde ihn kennen. Aber dann ist mir sein ganzes Gelaber davon, die Welt retten zu müssen, nicht echt vorgekommen. Ich kam da nicht mehr mit. Ich fand es übertrieben, hab's nicht ernst genommen. Hab ihn damit aufgezogen. Aber da verstand er keinen Spaß. Mein Gott — wir waren fünfzehn Jahre zusammen. Da ist die Luft eben raus. Und was mich am meisten genervt hat: Er hat nie was weggeworfen. Dieses Superman-T-Shirt hatte er seit dem Abitur! Muss man sich mal vorstellen.«

»Ich verstehe. Und diese Demo am Samstag …«

»Das war sicher ein Highlight für ihn. Da hat er sich immer drauf gefreut wie früher auf ein Konzert.«

»Es kam für Sie aber nicht in Frage, da mitzulaufen?«

»Wo denken Sie hin? Ich hab meine Mutter besucht. Im Altenheim. Sie hat nur mich.«

»Den ganzen Samstag?«

Isolde Grabinger nickte heftig.

»Von zehn Uhr am Vormittag bis zum Abendessen um sechs. Ohne Pause.« Sie nickte nochmal, dann warf sie Melzick einen misstrauischen Blick zu. »Da hab ich wohl ein gutes Alibi, was?«

»Wenn Ihre Mutter es bestätigt. Sie wird sich ja sicher daran erinnern.«

»Wird sie nicht. Sie fragt mich jedes Mal, wer ich bin, wenn ich sie besuche.«

»Oh, verstehe.«

»Aber die Pflegerin, die Paula, die wird es Ihnen gern bestätigen.«

»Und die hat Sie den ganzen Tag gesehen?« Isolde Grabinger schürzte die Lippen.

»Die hat mich den ganzen Tag gesehen. Die hatten nämlich am Samstag das Sommerfest der AWO in diesem Seniorenheim. Wir waren draußen im Garten, im Schatten.«

»Das Altenheim hier in Friedberg?« Isolde Grabinger nickte und begann, mit der Cognacflasche zu spielen, sie auf dem

Tisch hin und her zu drehen. Melzick ließ sich den Namen ihrer Mutter geben, notierte ihn und erhob sich dann. Isolde Grabinger schaute zu ihr hoch.

»Ach so, ja — die Bananenkiste«, murmelte sie. Kurz darauf hatte Melzick sich erneut einen Weg durch das Gerümpel gebahnt.

Es schien über Nacht mehr geworden zu sein. Sie fand die Kiste auf Anhieb, zog einen Einmalhandschuh an und holte das Notebook heraus.

»Was wollen Sie mit dem Ding?«, fragte Isolde Grabinger. Melzick packte das Teil vorsichtig in ihren Rucksack.

»Sie haben das vorhin so schön formuliert, Frau Grabinger, wir suchen und suchen und wühlen im Müll. Und wissen Sie was? Manchmal finden wir auch.«

»Na, wenn das so ist — von mir aus können Sie den restlichen Plunder auch mitnehmen.«

Melzick zögerte kurz und drehte sich zu der Kiste um. Der Kassettenrekorder! Sie bückte sich, drückte die Auswurftaste, aber das Fach war leer. Wäre auch zu schön gewesen: Die Lösung des Falles aus dem Mund des Opfers zu erfahren. So was passierte nur in Agatha Christies Romanen, aber die waren ja auch selten dicker als zweihundert Seiten.

»Vorerst nehme ich nur das hier mit. Vielen Dank, Frau Grabinger. Es kann sein, dass wir Sie nochmal belästigen müssen.« Isolde Grabinger stöhnte.

»Aber bitte erst nach zwölf, wenn es geht, ich brauche meinen Schlaf.« Melzick saß schon auf ihrem Rad.

»Gute Nacht«, warf sie ihr über die Schulter hinweg zu und radelte im strahlenden Sonnenschein davon.

Zweifel brauchte nur knapp zehn Minuten für das Gespräch mit dem Vorstand der Midasana.

»Vorstandsminuten sind kostbar.« Das war der erste Satz, den Dr. Vincenzo Leon nach der förmlichen Begrüßung auf Zweifel abschoss, der dann auch keine Zeit verlor.

»Ich untersuche den Mord an Ihrem Mitarbeiter Falk Grabinger.«

»Was sagen Sie da? Sind Sie sicher, dass …«

»Er hat doch für Sie gearbeitet?«

»Ja, sicher, aber …«

»Er wurde am Samstag um halb zwei in der Innenstadt von Augsburg erschossen.«

Dr. Leon stand von seinem Schreibtisch auf und begann, auf und abzulaufen. Zweifel vermutete, dass der Vorstand der Midasana versuchte, im Kopf den wirtschaftlichen Schaden, den dieser Mord für seine Firma bedeutete, zu überschlagen. Er kam offensichtlich zu einem Ergebnis, blieb abrupt stehen und drehte sich zu dem Kommissar um.

»Eine schreckliche Nachricht.«

»Was bedeutet das für die Midasana?«

»Was das bedeutet? Dr. Leon kehrte wieder hinter seinen Schreibtisch zurück. Er setzte sich bedächtig, stützte beide Ellbogen auf die blank polierte Tischplatte aus feinstem Wurzelholz und faltete die Hände. »Nun, ich denke, wir verkraften das. Sein Kollege Pausen ist jetzt besonders gefordert. Sein Name steht ja auf Ihrem Besucherausweis, wie ich gesehen habe.«

»Ja, ich habe bereits mit ihm gesprochen.«

»Aha. Und was möchten Sie jetzt von mir wissen?«

»Es geht um den dritten Namen auf meinem Besucherausweis.«

»Sie meinen Ena Brant.« Dr. Leon nickte und kam ins Schwärmen. »Ein Glücksfall für uns. Sie hat ganz enorme Fähigkeiten. Ihr haben wir es zu verdanken, dass wir … nun, sagen wir, dass wir optimistisch in die Zukunft blicken können.« Dr. Leon hatte sich gerade noch rechtzeitig gebremst.

»Herr Dr. Leon, wir wollen nicht um den heißen Brei herumreden. Was ich jetzt sage, weiß ich nicht von Frank Pausen, das möchte ich ausdrücklich betonen. Sie sind dabei, mit einem neuartigen Medikament den Markt aufzurollen. Nehmen wir an, dieses Medikament wird in Kürze zugelassen. Nehmen wir weiterhin an, es hält, was es verspricht, und wird ein riesiger Erfolg. Welche Konsequenzen hätte das für Ena Brant?« Dr. Leon verschränkte die Arme und warf Zweifel einen langen Blick zu.

»Ich kann nicht glauben, dass Sie darüber Bescheid wissen. Das sind absolut vertrauliche Informationen.«

»Ich werde sie vertraulich behandeln, Herr Dr. Leon.«

»Darauf muss ich mich unbedingt verlassen können, Herr Kommissar. Nun — Sie fragen nach den Konsequenzen für Ena? Also gut. Ich habe ihr zugesagt, dass sie in den Vorstand aufrücken wird.«

»Mit entsprechendem Gehalt.«

»Sie wird ein Vielfaches ihrer bisherigen Bezüge bekommen. Wir honorieren erstklassige Arbeit auch erstklassig. Ich verstehe allerdings nicht, was das mit ihren Morduntersuchungen zu tun haben soll. Könnten Sie mir das erläutern?«

»Wir beleuchten das private und berufliche Umfeld von Falk Grabinger. Das ist reine Routine. Wir versuchen, uns ein Bild zu machen. Wir wollen herausfinden, wer ein Interesse an seinem Tod gehabt haben könnte.«

»Na, da sind wir von der Midasana wohl die am wenigsten Verdächtigen, Herr Kommissar.« Dr. Leon schickte seinen

Worten ein energisches Lachen hinterher. Er sah auf seine Uhr und stand auf. »Sie werden mit Frau Brant sprechen wollen. Ich will Sie nicht aufhalten. Im Übrigen haben Sie meine volle Unterstützung, Herr Kommissar.« Zweifel stand ebenfalls auf. »Halten Sie mich bitte auf dem Laufenden«, sagte Dr. Leon, bevor er die Tür hinter Zweifel schloss.

Die Vorstandsetage der Midasana war mit leuchtend rotem, dickem Teppichboden ausgelegt. Gegenüber dem Fahrstuhl befand sich ein hoher, holzgetäfelter Tresen, ähnlich dem am Empfang im Erdgeschoss. Pausen hatte ihn höchstpersönlich hoch begleitet. Zweifel hatte den Eindruck gewonnen, dass man ihn in diesem Gebäude keine Sekunde allein lassen wollte. Kaum hatte Dr. Leon sich in sein Büro zurückgezogen, stand eine grauhaarige Frau hinter dem Tresen auf. Die Vorstandssekretärin kam Zweifel hölzern lächelnd entgegen.

»Frau Brant wird sich etwas verspäten. Wenn Sie bitte hier so lange warten möchten.« Sie bot ihm einen Platz in einer geräumigen Sitzecke an.

»Hat sie angerufen?«, wollte Zweifel wissen.

»Äh nein, das nicht, aber es ist üblich, dass sie sich verspätet.«

»Das höre ich heute zum zweiten Mal«, dachte Zweifel, setzte sich und sah auf die Uhr. Es war 10 Uhr 20.

27. Kapitel

Die folgende Viertelstunde vertrieb sich Zweifel die Zeit mit Nachdenken. Bisweilen notierte er etwas auf der Rückseite von Siebentals Blatt. Die Vorstandssekretärin war hinter dem Tresen verschwunden. Unsichtbar und unhörbar war sie damit beschäftigt, den Kommissar zu bewachen.

Er wollte gerade aufstehen und sich ein wenig auf dem roten Teppich die Beine vertreten, als der Fahrstuhl sich lautlos öffnete und eine junge Frau heraustrat. Sie ging sofort auf Zweifel zu. Der junge Mann vom Empfang hatte sie mit Sicherheit informiert.

»Herr Kommissar Zweifel?«, fragte sie und streckte ihm die Hand entgegen. Er nickte. »Ena Brant. Gehen wir zu mir.« Er folgte ihr den Flur entlang. Die Generalbevollmächtigte der Midasana, die bald zum Vorstand gehören würde, hatte ihr Büro direkt neben Dr. Leon. Rein räumlich war sie also schon weit oben angekommen. »Bitte nehmen Sie Platz. Hat man Ihnen etwas angeboten?«

»Danke. Herr Pausen hat mich gut versorgt.« Sie saßen einander gegenüber in zwei bequemen Sesseln, die direkt vor den bodentiefen Fenstern platziert waren. Sie saß vorne auf der Sesselkante und nahm eine sehr aufrechte Haltung ein. Die rechte Hand umfasste das linke Handgelenk, das locker auf ihrem linken Oberschenkel lag.

Sie musterte Zweifel wortlos ein paar Sekunden lang. Es war der gleiche Röntgenblick aus grünen Augen, der kaum eine halbe Stunde zuvor Melzick abgetastet hatte. Zweifel musste im Stillen zugeben, dass er selten in seinem Berufsleben so angesehen worden war. Ein solcher Blick wäre bei Verhören mit störrischen Verdächtigen sicher sehr hilfreich. Eine kühle Beherrschtheit lag darin und die

Gewissheit, die Lage unter Kontrolle zu haben. Mit einem Lächeln ging diese Frau sicher sehr sparsam um, konnte er sich vorstellen.

Von ihrem Äußeren her, von ihrer Kleidung, ihrer Haltung, wirkte sie wie die geborene Befehlshaberin. Ein anderes Wort kam ihm nicht in den Sinn.

»Sie kennen den Grund meines Besuches?«, fragte er.

»Ich komme direkt aus Friedberg. Ich war bei Isolde Grabinger, nachdem sie mir telefonisch mitgeteilt hat, dass man ihren Mann erschossen hat.«

»Sie haben mit ihr gesprochen?«

»Ja.«

»Sie wissen, dass Falk Grabinger sich schon vor Monaten von seiner Frau getrennt hat und ausgezogen ist?«

»Ja. Spielt das eine Rolle?«

»Es ist ein wichtiger Aspekt aus seinem Leben, ein markanter Einschnitt möglicherweise.«

»Nicht, soweit ich das beurteilen kann. Seine Arbeitseinstellung, seine Arbeitsleistung hat jedenfalls nicht darunter gelitten.«

»Sie waren zufrieden mit ihm?«

»Ja.«

»Darf ich fragen, was Sie mit Frau Grabinger besprochen haben?« Ena Brant lockerte ihre starre Haltung etwas.

»Ich fragte sie, ob sie Unterstützung bräuchte.«

»Recht ungewöhnlich.«

»Das finde ich nicht.«

»Und sie hat das bestätigt?«

»Ja.

»Und?«

»Ich habe ihr Zusagen gemacht. Finanzieller Art. Geld, das Herrn Grabinger zugestanden hätte.«

»Wirklich sehr großzügig.«

»Wenn Sie das so einschätzen.«

»Nach meiner Lebenserfahrung kümmert sich eine Firma recht selten um die Ex-Frauen ihrer Mitarbeiter.« Sie richtete ihren Blick auf die Mitte von Zweifels Stirn.

»Möglicherweise sind wir ein etwas anderes Unternehmen.«

»Mit großem Potential und besten Aussichten, wie mir Dr. Leon sagte.«

»Wir tun unsere Arbeit und das sehr konzentriert.«

»Sie sind die Generalbevollmächtigte der Midasana?«

»So steht es sicher auf Ihrem Besucherausweis.«

»Und ganz sicher auch auf Ihrer Visitenkarte.« Ihr rechter Mundwinkel zuckte kurz.

»Möchten Sie eine?« Zweifel schenkte ihr ein kurzes Lächeln.

»Wenn Sie eine erübrigen könnten?« Sie griff in die Innentasche ihres Jacketts und holte ein schmales, silbernes Etui hervor, in dem allerhöchstens Platz für zehn Karten war. Jede einzelne war eine kalligraphische Kostbarkeit auf geprägtem Büttenpapier. Zweifel ließ sich davon nicht beeindrucken, aber er notierte gedanklich das Wort „Statusbewusstsein" hinter Ena Brants Namen.

Während des restlichen Gespräches hielt er ihre Karte zwischen Daumen und Zeigefinger.

»Sie haben eine beachtliche Karriere gemacht«, bemerkte er.

»Alles, was Sie über mich wissen müssen, steht auf dieser Karte«, sagte Ena Brant und steckte das Etui wieder ein. Zweifel warf einen kurzen Blick auf die Rückseite der Karte.

»Darf ich Sie nach Ihrem Alter fragen?«

»Dreiunddreißig.«

»Und schon eine so wichtige und mächtige Position erreicht. Respekt. Ihre Eltern müssen sehr stolz auf Sie sein.«

Ena Brant fixierte Zweifel mit ihren unergründlich grünen Augen.

»Sind Ihre das nicht auch? Aber Sie möchten doch sicher nicht mit mir über meine Karriereplanung reden, Herr Kommissar.« Zweifel ging darauf nicht ein.

»Sie waren die direkte Vorgesetzte des Ermordeten?«

»Das ist richtig. Ich leite den Unternehmenszweig Forschung und Entwicklung.«

»Frank Pausen und Falk Grabinger haben unter Ihrer Leitung ein neuartiges, vielversprechendes Schmerzmittel entwickelt?«

»Wer sagt das?«

»Dr. Leon hat mir diese Information unter dem Siegel der Verschwiegenheit bestätigt.«

»Warum stellen Sie mir dann diese Frage noch einmal?« Zweifel ignorierte das.

»Wie sind Sie mit Falk Grabinger zurechtgekommen?«

»Sie stellen merkwürdige Fragen.«

»Inwiefern?«

»Es müsste heißen: Wie ist er mit mir zurechtgekommen?.«

»Verstehe. Er war ja Ihr Untergebener. Können Sie mir dennoch die Frage beantworten?«

»Er hat hervorragende Arbeit geleistet. Er war äußerst engagiert und hatte eine tadellose Arbeitseinstellung.«

»Gab es keine Probleme mit ihm?«

»Welcher Art?«

»Nun, er wurde mir von verschiedenen Personen als eigenwillig und schwierig im Umgang mit anderen geschildert.«

»Dazu kann ich nichts sagen.«

»Wie stand es mit seiner Teamfähigkeit?«

»Er hat sehr viel allein gearbeitet.«

»Und mit Frank Pausen zusammen.«

»Ja.«

»Pausen sagte, er wäre gut mit ihm ausgekommen. Er ist ja nun wohl Ihr wichtigster Mitarbeiter.« Ena Brant zögerte mit der Antwort.

»Sagt er das?«

»Das ist seine volle Überzeugung.«

»Nun«, sie stand auf und machte ein paar Schritte auf ihren Schreibtisch zu. Sie wich Zweifels Blick aus und schien nachzudenken. Zweifel wartete in Ruhe ab. Nach etwa einer Minute setzte sie sich wieder und nahm die gleiche aufrechte, überkorrekte Haltung ein.

»Ich will offen sein, Herr Kommissar. Frank Pausen wird sich einen neuen Arbeitsplatz suchen müssen. Wir werden uns von ihm trennen.«

»Aber die Zulassung, die Markteinführung des neuen Medikaments …«

»Darum kümmere ich mich selbst. Die wissenschaftliche Arbeit hat Grabinger zum großen Teil allein beendet. Pausen hat ihm in den letzten Monaten lediglich assistiert.«

»Das hat sich aus seinem Mund etwas anders angehört.«

»Das mag sein.« Sie drehte den Kopf zum Fenster hin. Ihre langen, schmalen Hände bildeten ein kleines Zelt, indem sie die Fingerspitzen aneinander legte. Zweifel spürte, dass sie noch etwas hinzufügen wollte und schwieg. Sie senkte den Kopf und betrachtete konzentriert ihre Fingernägel, die schilfgrün lackiert waren.

»Sie müssen wissen, dass Herr Pausen ein Alkoholproblem hat.«

»Woher wissen Sie das?«

»Grabinger hat eine Andeutung gemacht. Daraufhin habe ich Pausen eine Zeit lang meine Aufmerksamkeit gewidmet.«

»Sie haben ihn überwacht?«

»Das ist nicht sehr schwer bei einem Alkoholiker.«

»Verstehe. Aber er ahnt noch nichts?«

»Hatten Sie den Eindruck?«

»Nein. Oder er ist ein sehr guter Schauspieler.« Zweifel strich mit dem Zeigefinger an seiner Schläfe entlang. »Frau Brant, Sie machen auf mich den Eindruck, alles im Griff zu haben. Wenn mich nicht alles täuscht, werden Sie dieses Schmerzmittel zu einem vollen Erfolg machen.« Sie sah ihn ruhig an.

»Daran besteht kein Zweifel.«

»Sie haben sich schon nach einem Nachfolger für Pausen umgesehen?«

»Sicher. Die ersten Bewerbungen liegen bereits auf meinem Tisch.« Zweifel nickte.

»Können Sie sich vorstellen, wer Falk Grabinger beseitigen wollte?«

»Beseitigen? Sie suggerieren damit, dass er jemandem im Weg stand.«

»So ist es. Es ist denkbar, dass er jemandem gefährlich wurde.«

»Wem hätte er denn gefährlich werden sollen? Als Wissenschaftler? Ist diese Sichtweise nicht zu einseitig? Es gibt doch sicher auch andere Motive für einen Mord.« Zweifel nickte.

»Eifersucht. Leidenschaft. Habgier. Rache. Wahnsinn.«

»Ich kann mir denken, dass eine Menge Arbeit auf Sie wartet, Herr Kommissar. Ich sehe mich jedoch nicht in der Lage, Ihnen dabei zu helfen.« Zweifel spürte die Ungeduld hinter ihren Worten und lehnte sich bequem zurück.

»Da irren Sie sich, Frau Brant. Nur ein paar Fragen noch. Sie kennen den Architekten Gerhard Cromm?«

Verwirrt über den abrupten Themenwechsel blinzelte sie ein paar Mal.

»Ja, ich kenne ihn.«

»Ich sprach heute morgen mit ihm. Er leitet die Sanierung des „Weißen Hasen". Von dort wurden die Schüsse abgegeben.« Ena Brant hob die Augenbrauen und schlug ein Bein über das andere. »Sie sind mit Herrn Cromm verlobt?« Sie runzelte verärgert die Stirn.

»Das ist richtig, aber ich verstehe nicht, was das mit …«

Zweifel fiel ihr ins Wort und wechselte erneut das Thema. Er hielt seinen Besucherausweis hoch.

»Die Midasana nimmt ihre Besucher sehr ernst. Ich nehme an, es wird lückenlos festgehalten. Wer wann und zu welchem Zweck das Gebäude betritt.«

»Das gehört zu unserem Sicherheitskonzept.«

»Natürlich wissen Sie dann auch, wann Ihre Mitarbeiter kommen und gehen.« Sie nickte.

»Jeder hat eine Einlasskarte, welche die Zeiten speichert.«

»Und damit kommt man rund um die Uhr ins Gebäude?«

»Das ist unterschiedlich, Herr Kommissar. Aber Sie stellen Fragen zu nebensächlichen Details. Ich denke, der Mord wurde vor dem „Weißen Hasen" begangen und nicht in unserem Gebäude.«

»Ach, wissen Sie, ich interessiere mich immer für Details. Ohne die Details könnte ich meine Fälle nicht lösen. Darf ich Ihre Einlasskarte einmal sehen?«

»Meine …?« Sie verlor allmählich die Geduld und sah demonstrativ auf ihre Armbanduhr. Dann griff sie in die Seitentasche ihres Jacketts, holte eine weiße Plastikkarte in der Größe einer Kreditkarte hervor und hielt sie Zweifel vor die Nase. Der schaute sie nur flüchtig an und stellte gleich die nächste Frage.

»Ihr Job ist sehr zeitaufwendig? Sie werden keine geregelten Arbeitszeiten haben, nehme ich an. Ich kann ein Lied davon singen. Ich arbeite nicht selten das Wochenende durch.«

Sie nahm erneut ihre aufrechte Haltung ein.

»Das ist bei mir die Regel«, sagte sie.

»Am letzten Samstag aber nicht.«

»Wie kommen Sie darauf?«

»Ihr Verlobter sagte mir, dass Sie am Kuhsee mit ihm verabredet waren.«

Ihr Blick kratzte wie eine harte Bürste über sein Gesicht. Sie schüttelte genervt den Kopf.

»Ich war den ganzen Vormittag in meinem Büro. Wir hatten uns auf 14 Uhr geeinigt.«

»Aber Sie kamen eine Viertelstunde zu spät.« Sie seufzte.

»Wollen Sie sich jetzt über mein Zeitmanagement unterhalten?« Zweifel erhob sich.

»Ich denke, die Zeit können wir uns sparen. Sie werden das sicher im Griff haben. Es ist gut möglich, dass wir uns noch einmal wiedersehen.« Sie stand ebenfalls auf und begleitete Zweifel wortlos bis zur Tür.

»Sie vermeiden unnötige Wartezeit, wenn Sie sich das nächste Mal einen Termin geben lassen«, sagte sie wenig liebenswürdig.

Sie reckte ihr Kinn in Richtung der Vorstandssekretärin, die hinter ihrem Tresen stand, als hätte sie genau gewusst, wann die Tür aufgehen würde. »Herr Zweifel verlässt uns jetzt. Wenn Sie ihn bitte begleiten würden? Danke.«

Damit war die Audienz bei Ena Brant beendet. Die Vorstandssekretärin nahm ihre Aufgabe als Wachhund zunächst sehr genau. Sie fuhr mit Zweifel im Fahrstuhl ins Erdgeschoss. Als die Tür aufging, legte er die Hand auf ihren Unterarm, lächelte sie an und sagte:

»Haben Sie vielen Dank für Ihre Mühe. Ab hier finde ich sicher allein hinaus.« Sie zögerte einen Moment, schien dann aber doch erleichtert, diese Aufgabe erledigt zu haben und entschwebte in die Vorstandsetage. Aus dem Augenwinkel bemerkte Zweifel den jungen Mann am Empfang. Zweifel ging bis zur Eingangstür, griff sich an den Kopf, als wäre ihm etwas Wichtiges eingefallen und kehrte zu dem holzgetäfelten Tresen zurück. Der junge Mann blickte ihn fragend an. Zweifel nahm sein Namensschild ab und legte es auf den Tresen. Den Besucherausweis behielt er.

»Darf ich Sie nach Ihrem Namen fragen?«

»Massimo«, war die prompte Antwort.

»Arbeiten Sie schon lange hier, Massimo?«

»Seit drei Jahren. Ich habe angefangen, gleich als die Midasana das Gebäude hier bezogen hat.«

»Wie ich erfahren durfte, legt Ihre Firma großen Wert auf die Sicherheit.«

»Das stimmt.«

»Die Besucher werden genau registriert und die Mitarbeiter haben eine Einlasskarte, richtig?« Massimo strahlte Zweifel an und schien sich zu freuen, dass der Kommissar so gut Bescheid wusste. »Sie können also bei jedem Mitarbeiter feststellen, wann er kommt und geht?«

»Wir haben ein Zeiterfassungssystem, das seit vielen Jahren erprobt ist.«

»Ach, könnten Sie mir das mal eben auf Ihrem Bildschirm zeigen?«, fragte Zweifel. Massimo zögerte. »Dr. Leon hat mir volle Unterstützung bei meinen Ermittlungen zugesagt.«

»Wenn das so ist, dann kommen Sie doch bitte außen herum.« Massimo rutschte mit seinem Stuhl etwas zur Seite, damit der Kommissar sich neben ihn stellen konnte. »Was genau möchten Sie wissen?«

»Können Sie beispielsweise Falk Grabingers letzten Arbeitstag aufrufen?« Massimo machte ein paar Eingaben und schon erschien Grabingers Zeitkonto auf dem Bildschirm. Zweifel warf einen langen Blick darauf. »Und so ein Zeitkonto können Sie für jeden Mitarbeiter aufrufen?« Massimo nickte. »Frank Pausen zum Beispiel? Oder Ena Brant?«

»Das ist kein Problem. Hier bitte.«

Zweifel schaute sich die Uhrzeiten sehr genau an. »Ihr eigenes vielleicht noch, bitte.«

Massimo stutzte kurz, tippte aber gleich darauf seine Personalnummer ein. »Sehr interessant, Massimo. Aber was hat dieser Eintrag hier zu bedeuten?«

»An diesem Tag hatte ich meine Karte verloren. Meine Arbeitszeit wurde nachträglich erfasst.«

»Passiert das oft?«

»Das ist mir zum ersten Mal passiert.«

»Nein, ich meinte nicht Sie, sondern ob solche Korrekturen insgesamt öfter vorkommen.« Massimo wiegte den Kopf hin und her.

»Vielleicht drei oder vier Mal im Monat.«

»Wer hat Zugriff auf diese Zeitkonten?«

»Die Personalchefin und ich. Der Vorstand theoretisch auch, aber wenn er eine Frage zu den Zeitkonten hat, ruft er immer bei mir an.«

»Wer ist die Personalchefin?«

»Frau Grotteria, aber die ist schon seit ein paar Wochen krank.«

»Und wer vertritt sie?«

»Frau Brant.« Zweifel nickte wenig überrascht.

»Sie haben mir sehr geholfen, Massimo.« Der junge Mann strahlte, dann wurde er plötzlich ernst.

»Werden Sie ihn finden?«

»Wen?«

»Den „assassino".«

Zweifel war das italienische Wort für Mörder geläufig.

»Vorher hören wir nicht auf zu suchen.«

Melzick stand vor dem Haus Nummer 8 in der Jungbräustraße. Die Fenster im Erdgeschoss waren ohne Gardinen, so dass sie ungehindert hineinsehen konnte. Was sie sah, verstärkte ihren Verdacht. Schon der rot-orange-gelb-grüne Schriftzug „Cosmos-Cafe" auf den Scheiben hatte sie misstrauisch werden lassen. Isolde Grabinger musste ihr die falsche Adresse gegeben haben.

Als sie den kleinen Blechkasten neben der Eingangstür entdeckte, in dem eine Speisekarte hing, war sie sicher: Hier konnte Falk Grabinger nicht gewohnt haben. Sie warf einen skeptischen Blick auf die Fenster im ersten Stock, die allesamt sperrangelweit offenstanden. Sie sah die Farbeimer auf den Fensterbänken und hörte ein paar Handwerker laut rufen und fluchen, untermalt von einem Transistorradio.

Ihr Magen machte sich bemerkbar. Sie schaute die Speisekarte genauer an. Es standen ausschließlich vegane Snacks darauf, unter anderem ein „Friedburger".

»Die haben zugemacht«, krächzte eine Stimme hinter ihr. Melzick drehte sich um. Ein Rentner mit Hut und Dackel, alle drei von der kleineren Sorte, schlurfte mit hurtigen Schritten an ihr vorbei. »Kein Wunder«, fügte er hinzu, »wer soll so ein Zeug denn essen?«

»Ich zum Beispiel«, sagte Melzick, doch der Friedberger Bürger hatte sein Hörgerät vorsorglich ausgeschaltet.

Sie sah auf die Uhr. Es war zwölf vorbei. Ihr Chef musste jeden Moment aufkreuzen. Sie schob ihr Rad weiter bis zu einem Durchgang, der in den Hinterhof führte. Dort gab es eine weitere Eingangstür. Kopfschüttelnd las sie den Namen Margarete Kalb auf dem Klingelschild. Erst auf den zweiten Blick entdeckte sie die handschriftliche Ergänzung. In winzigen Druckbuchstaben stand dort Falk Grabingers Name.

Sie ging mit ihrem Rad wieder zurück zum Vordereingang des ehemaligen „Cosmos-Cafe" und setzte sich auf die Eingangsstufen. Den Rucksack mit Grabingers Notebook-Ruine stellte sie neben sich.

Während sie auf Zweifel wartete, hörte sie ihrem Magen zu, der ausgiebig knurrte und dem Transistorradio im ersten Stock zu antworten schien.

Ein alter Toyota bog in die Straße, kam im Schritttempo näher und parkte direkt vor ihrer Nase. Sie stand auf.

28. Kapitel

»Das ist in drei Tagen das dritte Auto, mit dem Sie vorfahren, Chef«, rief sie Zweifel durch das geöffnete Seitenfenster zu.

»Halten Sie die Klappe und steigen Sie ein, sonst esse ich die Himbeertorte allein.«

»Ich fass es nicht, Sie waren im Altstadtcafé.« In der folgenden halben Stunde berichteten sie einander mit zumeist vollem Mund von ihren neuen Erkenntnissen. Zweifel ließ sich das Notebook zeigen und schüttelte den Kopf.

»Wenn Siebental mit seiner Vermutung richtig liegt, dann ist das wirklich ein cleveres Versteck.«

»Er ist ein cleveres Bürschchen. Ich werde ihm das Teil zusammen mit Falks Handy nachher vorbeibringen.«

»Konnten Sie in Erfahrung bringen, woher die Grabinger 80.000 Euro hatte?«

»Sie hat das Geld zum großen Teil geerbt.«

»Was sagen Nachbarn und Kollegen über sie?«

»Dass sie viel zu gutmütig ist, dass sie sich alles gefallen lässt, dass sie sich ausnutzen lässt. Übrigens hat sie für Samstag ein Alibi. Sie war bei ihrer dementen Mutter im Seniorenheim.«

»Gut, wir bekommen langsam einen Überblick, wer am Samstag wo war«, sagte Zweifel. Falk Grabinger war zum Beispiel den ganzen Samstagvormittag an seinem Arbeitsplatz. Frank Pausen, sein Kollege auch. Und Ena Brant, ihre Chefin.«

»Was ist daran so besonders? Wir haben ja auch das Wochenende durchgearbeitet.«

»Weder Pausen noch Brant haben es erwähnt. Sie müssten sich doch begegnet sein.«

»Vielleicht wollten sie sich aus dem Weg gehen?«

Zweifel schüttelte den Kopf.

»Trotzdem. Pausen und seine Chefin haben fast zur selben Zeit das Gebäude betreten. Ich hab mir die Zeitkonten zeigen lassen.« Melzick winkte ab.

»Wie sicher ist schon so ein Zeiterfassungsprogramm. Das kann auch jemand manipuliert haben.« Zweifel warf ihr einen Blick zu.

»Wie lief eigentlich die Besprechung mit Frau Doktor Schimmelpfeng?« Melzick rutschte ein Stück Himbeersahne von der Gabel auf ihre Jeans.

»Gute Frage, nächste Frage«, sagte sie und versuchte, mit dem kleinen Finger die Torte von der Hose zu bekommen.

»Was soll das heißen?«

»Das Thema ist gerade nicht so … scheiße!« Der Himbeersahnetortenrest verließ ihren kleinen Finger, um auf der Fußmatte zu landen. »Ich erzähl's Ihnen, wenn wir mit diesem Fall fertig sind.«

»Aha. Lassen Sie noch mehr fallen?«

»Sorry Chef, war nicht meine Absicht.«

»Ich meinte Bemerkungen.«

»Ähm …?«

»Welchen Eindruck haben Sie zum Beispiel von Ena Brant? Sie sind ihr doch bei der Grabinger begegnet.«

»Nur für ein paar Sekunden.«

»Und?«

»Wenn ich nicht so ein quadratisches Selbstbewusstsein hätte, wäre ich mir in ihrer Gegenwart wie ein Nobody vorgekommen. Ich wette, wenn Sie im Lexikon unter „taff" nachsehen, werden Sie ein Foto von ihr finden.« Zweifel schmunzelte.

»Sie ist nicht umsonst schon mit Anfang Dreißig in der Vorstandsetage der Midasana.«

Er berichtete kurz von seinem Gespräch mit Dr. Leon und mit Ena Brant selbst.

»Und was ist mit diesem Kollegen, dem Pausen?«, wollte Melzick wissen. »Hat der wirklich ein Alkoholproblem?«

»Falls ja, hat er es im Griff. Ich hab jedenfalls nichts davon bemerkt.«

»Immerhin sehr aufschlussreich, dass unser Falk ihn bei der Chefin verpetzt hat. Das passt irgendwie zu dem Bild, dass ich von ihm habe. Wie sieht Pausen denn aus?« Zweifel schilderte seinen Eindruck. »Breite Schultern, aha«, sagte Melzick, «soso und er hat einen komischen Gang? Klingelt es da nicht bei Ihnen?«

»Nicht besonders laut. Er hat ein Alibi.«

»Kein besonders Stabiles, nur ein paar Zahlen auf einem Bildschirm.«

»Er hat ein breites Gesicht, Melzick. Sie wissen, was Carlo gesagt hat.« Melzick wischte einen Krümel aus dem Mundwinkel und nickte widerwillig. »Man kann mit Kontaktlinsen, Perücken und falschen Bärten viel an seinem Äußeren verändern, aber Sie können aus einem breiten Gesicht kein schmales machen.«

»Ja ja, ist ja gut, ich seh's ja ein, vorerst«, sagte Melzick.

»Wir sollten den Pausen trotzdem im Hinterkopf behalten«, meinte Zweifel. »Die Schüsse kamen aus zwei verschiedenen Waffen. Vielleicht haben wir es doch mit zwei Tätern zu tun. Die Beschreibungen von Carlo und Charlotte und deren Kollegen deuten darauf hin.«

Melzick seufzte.

»Ich weiß, aber mein Gefühl sagt mir, dass es nur einer war.«

»Ok und was für ein Gefühl haben Sie bei unserem Freund Brenner? Wollten Sie nicht seine Nachbarn interviewen?«

Melzick faltete den weißen Karton, der keinerlei Spuren einer Himbeertorte mehr aufwies, säuberlich zusammen.

»Brenner ist aus dem Rennen. Zumindest was den Mord an Falk betrifft.«

»Ah ja?«

»Seine Nachbarin hat ihn in seiner Werkstatt gesehen. Ich musste nur seinen Namen erwähnen und schon legte sie los. Sie hat Buch geführt über seine sämtlichen Verfehlungen. Die waren allerdings hauptsächlich akustischer Art. Ihren Worten nach trifft auf niemanden der Begriff „Nervensäge" so hundertprozentig zu wie auf Sepp Brenner.«

»Aber er hat doch gesagt, dass er keinen in seine Werkstatt lässt.«

»Sie hat ihn gefilmt, und zwar genau zur fraglichen Zeit, durch die Fenster seiner Werkstatt. Ich hab mir den ganzen Film ansehen müssen. Und anhören. Es würde mich nicht wundern, wenn er selbst mal zum Mordopfer werden würde.«

»Verstehe. Bleibt also Diebstahl und Steuerhinterziehung für ihn übrig.«

»Irgendwie muss er spitzgekriegt haben, dass Carlo ein reicher Mann war.«

»Das hat übrigens auch Phil bestätigt.« Zweifel berichtete von dessen Anruf und anschließend von seinem Gespräch mit dem Architekten Cromm.

»Der ist tatsächlich mit dieser Ena Brant verlobt?«, fragte Melzick.

Zweifel nickte.

»Sie war sichtlich verärgert darüber, dass ich davon weiß. Und sie war richtig genervt, als ich sie auf ihre gewohnheitsmäßige Unpünktlichkeit ansprach.«

»Eines wundert mich, Chef, das wollte ich vorhin schon fragen, als sie von dem Gespräch mit Pausen erzählt haben.

Was hat unser Falk mit seinem ganzen Geld gemacht? Ich meine, zehntausend im Monat! Drei Jahre lang!«

»Das ist brutto, Melzick.«

»Egal, da muss doch irgendwo was übriggeblieben sein. Und seiner Frau erzählt er, dass sie vier Jahre auf ihr Geld warten muss.«

»Vielleicht sollte ich mir seinen Kollegen zu diesem Thema nochmal vornehmen«, sagte Zweifel. »In den drei Jahren werden die sich nicht nur über Moleküle unterhalten haben. Apropos unterhalten — wie war die Lesung des Herrn Wolf?« Melzick schnappte sich Zweifels Tortenunterlage und faltete sie ebenfalls zusammen.

»Ein voller Erfolg. Sogar die Hosenträger hat man ihm vom Leib gerissen.«

»Ich glaube Ihnen kein Wort.«

»Damit muss ich leben.« Zweifel zog den Zündschlüssel ab und öffnete die Wagentür. Bevor er ausstieg, drehte er sich zu Melzick um.

»Also gut. Wenn dieser Fall abgeschlossen ist, werde ich mir mal so einen Ostfriesenkrimi reinziehen.«

»Fragen Sie Sid, der hat sie alle«, erwiderte Melzick und stieg aus. Sie ging voraus zu dem Hintereingang.

»Moment mal!«, rief Zweifel, »das ist ein Lokal und oben wird renoviert. Sind wir falsch?«

»Dachte ich auch zuerst, aber hier steht „Falk Grabinger" auf dem Klingelschild«, sagte sie. »Haben Sie die Schlüssel dabei?« Zweifel hatte sie in der Hand und wollte gerade aufschließen, als die Tür geöffnet wurde. Die alte Dame, die vor ihnen stand, war höchstens einsfünfzig groß, mindestens achtzig Jahre alt, lächelte freundlich und sagte:

»Na endlich kommt mal jemand.«

»Guten Tag, äh, wie meinen Sie das?«, fragte Melzick.

Die alte Dame trug eine regenbogenbunte Tunika, orangefarbene Yogahosen und dazu passende Socken.

Ihre hennarot gefärbten Haare hatte sie zu einem unordentlichen Knoten zusammengesteckt, den zwei grüne Mikadostäbchen am Auseinanderfallen hinderten. Ihr mit unzähligen, winzigen Falten verziertes Gesicht passte auf wundersame Weise perfekt zu ihrer Aufmachung.

»Sind Sie nicht die Elektriker, nach denen ich vor einer Stunde telefoniert habe?«, fragte sie lächelnd.

»Ich fürchte nein«, sagte Zweifel, »aber wo brennt's denn?«

»Na, das ist ja das Problem. Nirgends brennt's. Licht meine ich. In meinem Bad ist es zappenduster.«

»Vielleicht die Hauptsicherung«, meinte Melzick. »Wo ist denn Ihr Sicherungskasten?«

»Mein was?« Zweifel deutete auf eine Stelle gleich links an der Wand.

»Das wird er sein«, meinte er.

»Sind Sie jetzt doch vom Elektrizitätswerk?«, fragte die Dame verwirrt.

»Darf ich mal?«, fragte Zweifel kurzerhand und öffnete den Sicherungskasten. Er drückte die Hauptsicherung nach oben.

»Und jetzt?«, fragte die Dame.

»Sehen Sie mal in Ihrem Bad nach.«

Sie blickte von Zweifel zu Melzick, drehte sich wortlos um und verschwand im Innern der Wohnung. Kurz darauf hörten sie einen leisen Jubelschrei. Melzick reckte den Daumen nach oben. Als die alte Dame freudestrahlend zurückkehrte, sagte sie:

»Den Trick muss ich mir merken. Was Technik angeht, bin ich noch ein Baby.«

»Sie müssen Frau Kalb sein«, erwiderte Melzick. Die alte Dame wischte den Namen beiseite.

»Sagen Sie Maggie zu mir. Das tut alle Welt und zwar schon seit 1969.«

»Schön, Maggie, erschrecken Sie jetzt nicht, wir sind von der Polizei«, sagte Melzick.

»Ach, das ist aber spannend. Bitte, kommen Sie doch rein.« Sie folgten ihr durch einen winzigen Vorraum und kamen gleich in die geräumige Wohnküche, die in den gleichen Farben wie ihre Kleidung gestrichen war. Eine sonnengelbe Tür führte in ihr Wohnschlafzimmer. Die andere Tür, in Türkis, stand offen und gab den Blick frei auf einen dunkelbraun gebeizten Bartresen.

»Hier war doch mal ein Lokal«, sagte Melzick.

»Ja, und jetzt wohne ich drin. Bisschen verrückt, werden Sie sagen, aber mir hat der Raum mit der Bar und den kleinen Tischen so gut gefallen, dass ich nichts verändert habe. Sogar die Barhocker hab ich stehenlassen. Wollen Sie mal sehen?« Zweifel und Melzick bestaunten den sehr gemütlich und originell eingerichteten Schankraum.

»Aber — hab ich das richtig verstanden — Sie sind von der Polizei? Ist das vielleicht gar nicht erlaubt? Sind Sie deswegen hier? Und ich weiß noch nicht mal Ihren Namen?«

»Nein, Maggie«, sagte Zweifel und stellte sich und Melzick vor. »Auf Ihrem Klingelschild steht auch der Name Falk Grabingers.« Sie nickte.

»Er will es so. In dieser winzigen Schrift. Ich wollte ihm ein eigenes geben, aber er …«, sie zuckte mit den Schultern, »hat seinen eigenen Kopf.«

»Sie haben ihm ein Zimmer untervermietet?«

»Ja. Da ist die Tür. Den Raum hier darf er mitbenutzen, auch die Küche und das Bad natürlich. Aber er muss sehr viel arbeiten, ist viel unterwegs, auch an den Wochenenden.« Sie zwinkerte ihnen zu. »Er ist sehr engagiert und macht bei vielen Demonstrationen mit. Find ich gut. Ich würde ja auch mitlaufen, aber dagegen protestieren meine Beine.«

Zweifel und Melzick tauschten einen Blick. »Aber wenn Sie zu ihm wollen, müssen Sie nach Augsburg. Da arbeitet er«, plapperte Maggie unverdrossen weiter.

»Wir möchten uns sein Zimmer ansehen.«

»Ach? Hat er was angestellt? Also — Stoff werden Sie bei ihm nicht finden. Auch wenn er Biochemiker ist und sich selbst was zusammenmischen könnte.« Sie senkte ihre Stimme zu einem vertraulichen Ton. »Ich hab ihn einmal gefragt, so ganz im Vertrauen, Sie wissen schon, aber da hat er richtig entsetzt reagiert. Dabei kenne ich mich ja aus. Ich hab das Zeug früher alles mal ausprobiert, aber nur die harmlosen Sachen. Ich bin ja nicht blöd.« Sie kicherte. Und dann bemerkte sie die ernsten Gesichter der beiden. Und plötzlich fiel ihr etwas ein. Sie warf Zweifel einen Blick zu. »In der Zeitung steht was von der Demonstration am Samstag. Falk hat da mitgemacht, das weiß ich. Er ist frühmorgens schon losgezogen. ›Endlich läuft mal was richtig Großes in Augsburg‹, hat er gesagt. In der Zeitung stand auch was von Schüssen.«

Sie warf Melzick einen langen Blick zu. »Sind Sie deswegen gekommen?« Melzick nickte. Maggie schluckte. »Jetzt machen Sie mir aber Angst.« Sie legte Zweifel eine Hand auf den Unterarm und sah ihn fragend an.

»Herr Grabinger ist tot, Maggie, es tut mir leid, Ihnen das sagen zu müssen.«

»Was ist passiert?«, flüsterte sie.

»Er wurde am Samstag während der Demonstration erschossen.« Sie legte die andere Hand vor den Mund und drückte Zweifels Unterarm.

»Warum? Warum er? Ausgerechnet er?«

»Wir sind dabei, das herauszufinden«, sagte Zweifel und legte seine Hand auf ihre.

»Deswegen möchten wir sein Zimmer untersuchen«, ergänzte Melzick.

Maggie sah sie aus feuchten Augen an.

»Das verstehe ich. Natürlich. Gehen Sie nur. Es ist so, wie er es verlassen hat.« In diesem Moment klingelte es an der Haustür. »Sie finden sich sicher allein zurecht«, sagte Maggie und ging. Zweifel und Melzick betraten Falks Zimmer. Auf den ersten Blick wirkte es wie eine Studentenbude. Melzick breitete die Arme aus.

»Verdient ein Wahnsinnsgehalt und lebt so?«, fragte sie.

»Vielleicht war es ja nur vorübergehend«, murmelte Zweifel. Er stand vor dem kleinen Schreibtisch und nahm einen Stapel geöffneter Briefumschläge in die Hand.

Melzick schaute sich die Bücher auf den beiden kleinen Wandregalen an. Sie nahm sie einzeln heraus und schüttelte die Seiten. Das einzige, was zu Boden fiel, waren ein paar Lesezeichen. Sie öffnete den Kleiderschrank und durchsuchte das kleine Sideboard, beides aus billigem Kiefernholz. Sie schaute unters Bett, unter den schäbigen Flickenteppich und hinter die zwei Leinwände, die ungleich hoch an der Wand hingen und einfach nur mit schwarzer Farbe bemalt waren. Zweifel durchsuchte währenddessen die Schubladen des Schreibtisches.

»Wie es aussieht, war er ein sehr ordentlicher Ökofreak«, meinte Melzick. »Das einzige Unordentliche in diesem Zimmer haben Sie in der Hand, Chef. Schon was gefunden?« Zweifel wedelte mit einem recyclinggrauen, schmalen Briefumschlag.

»Sehen Sie sich das mal an«, sagte er. Melzick nahm ihm den Umschlag aus der Hand.

»Post von der GLS-Bank«, sagte sie. »Das ist ein Kontoauszug.« Sie warf Zweifel einen überraschten Blick zu. Er nickte.

»Jetzt wissen Sie, wo das viele Geld gelandet ist.«

»Siebenundneunzigtausend!«

Melzick ließ sich auf den Schreibtischstuhl fallen. »Das sind gute Nachrichten für Frau Grabinger, schätze ich«, sagte sie.

»Sie hat uns angelogen«, erwiderte Zweifel.

»Wieso?«

»Wie lautet denn die Adresse auf dem Kontoauszug?« Melzick las.

»Stadtgraben 45.«

»Und das Datum?«

»Sie haben Recht, Chef, zu der Zeit war er bereits ausgezogen. Die GLS-Bank hat die neue Adresse zu spät erfahren.«

»Der Auszug landete bei seiner Frau im Briefkasten.«

»Und sie hat das Kuvert geöffnet.«

»Aus Versehen, natürlich.«

»Und nachdem sie sich von dem Schock erholt hat, steckt sie den Auszug in ein frisches Recycling-Kuvert, schneidet den Absenderstempel vom alten Kuvert aus und klebt ihn auf das Neue. Hier, das sieht man ganz deutlich. Das muss der Grabinger doch auch bemerkt haben.«

»Falls ja, hat es das Verhältnis zu seiner Frau sicher nicht einfacher gemacht.«

»Die Grabinger hat also ein handfestes Motiv.«

»Aber hat sie nicht auch ein Alibi?«

»Ihre demenzkranke Mutter im Seniorenheim. Schwester Paula von der AWO«, murmelte Melzick nachdenklich. »Würde mich wundern, wenn das nicht stimmt, wo es so leicht zu überprüfen ist.«

Seit Maggie sie verlassen hatte, um nachzusehen, wer vor der Tür stand, hatten sie gedämpfte Stimmen gehört, die allmählich lauter wurden.

»Nein, ich weigere mich, da können Sie gar nichts machen«, hörten sie Maggie empört rufen.

»Maggie braucht Hilfe«, sagte Melzick. Zweifel steckte den Kontoauszug samt dem verräterischen Kuvert ein und ging nachsehen. Maggie stand, sichtbar erbost, an der Eingangstür und diskutierte mit zwei stämmigen Männern im dunkelblauen Handwerkeroverall.

»Zum letzten Mal, gute Frau, wir kriegen einhundertzwanzig Euro. In bar. Jetzt sofort, sonst bekommen Sie ernste Schwierigkeiten«, sagte der eine.

»Und ich frage Sie zum hundertsten Mal: wofür denn?«

»Das ist die Anfahrtspauschale«, antwortete der Zweite mit gespielter Engelsgeduld. »Wir sind zu zweit mit unserem Soforthilfefahrzeug extra bis zu Ihnen nach Friedberg gefahren. Haben Sie eine Ahnung, was so ein Fahrzeug kostet?« Das war das Stichwort für Zweifel, der zunächst im Hintergrund abgewartet hatte. Er stellte sich neben Maggie und hielt den beiden Soforthelfern seine Dienstmarke vor die Nase.

»Kommissar Zweifel, Kripo Augsburg. Darf ich bitte mal Ihre Personalien haben?« Die beiden wichen synchron vor ihm zurück.

»Wieso denn gleich die Kripo?«, fragte der eine verdattert.

»Komm, das hat keinen Zweck. Abmarsch«, sagte der andere. Und weg waren sie. Maggie schloss die Tür und blickte Zweifel dankbar an.

»Sie sind gut im Verscheuchen, Herr Kommissar.«

»Die werden Sie nie wiedersehen.« Sie zuckte mit den Schultern.

»Ich kenne ja jetzt den Trick mit dieser Absicherung.«

»Hauptsicherung.«

»Genau. Haben Sie sich Falks Zimmer angesehen?«

»Es wirkt sehr aufgeräumt, um ehrlich zu sein«, sagte Melzick, die sich zu den beiden gesellt hatte.

Maggie nickte.

»Das war seine Freundin. Eine reizende Person. So schwarze Haare habe ich noch nie gesehen.«

»Seine Freundin?«, fragte Zweifel.

»Ja, sie kam gestern ganz überraschend vorbei. Sie hatte ein Geschenk für Falk, und als sie hörte, dass er nicht da war, wollte sie es in seinem Zimmer verstecken.«

»Was für ein Geschenk denn?«, fragte Melzick.

»Ein Buch. Ein kleines Taschenbuch. Ich weiß den Titel nicht mehr. Irgendwas mit einem Café. Es hatte schöne Farben.«

»Moment«, sagte Melzick, verschwand und war gleich darauf wieder da. »Ich hab mich schon gewundert, weil es so gar nicht zu seinen anderen Büchern passt«, sagte sie und hielt es hoch.

»Das ist es«, sagte Maggie.

»Hat die Freundin Ihnen auch ihren Namen verraten?«, wollte Zweifel wissen.

»Ach — komisch, jetzt wo Sie danach fragen, fällt es mir selbst auf. Nein, sie hat keinen Namen gesagt. Ich war so überrascht, dass er überhaupt Besuch bekommt. Und sie war ja auch wirklich ganz reizend. Sagte, sie wäre froh, dass ihr Falk unter meiner Obhut sei, stellen Sie sich das vor. Ja, und als sie sein Zimmer sah, sagte sie: ›Wissen Sie was, Maggie‹, sie wusste meinen Namen wohl von ihm, ›jetzt werde ich ihn doppelt überraschen. Ich werde sein Zimmer aufräumen und dann das Buch verstecken.‹ Wie finden Sie das?«

Zweifel nickte nachdenklich. »Und jetzt ist er tot«, sagte Maggie traurig, »und niemand kann es ihr sagen, weil ich sie nicht nach ihrem Namen gefragt habe.«

»Ich bin sicher, sie wird es auch so erfahren«, sagte Zweifel. »Ist Ihnen vielleicht aufgefallen, ob seine Freundin etwas mitgenommen hat?«

»Mitgenommen?«

»Ja, aus seinem Zimmer. Hatte sie eine Tasche dabei, einen Beutel oder etwas Ähnliches?«

»Nein, ich sagte doch, dass sie dieses Buch mitbrachte und das trug sie in der Hand.«

»Gut, dann hätte ich eine große Bitte an Sie: Lassen Sie niemanden in Falks Zimmer, bis ich es Ihnen sage.« Sie schaute ihn mit großen Augen an und nickte.

»Ich hab Ihnen gar nichts angeboten, entschuldigen Sie.«

»Na ja — Sie dachten ja, wir sind vom Elektrizitätswerk«, sagte Melzick, »und sorgen selbst für Saft.« Darüber musste Maggie kichern wie ein kleines Mädchen.

»Besuchen Sie mich mal wieder«, rief sie ihnen nach, als Zweifel und Zick in ihr Auto stiegen.

»Haben Sie nicht was vergessen?«, fragte Zweifel. Melzick stutzte.

»Ähm, wenn Sie die Torte …«

»Ihr Rad, Melzick, schmeißen Sie es hinten rein.«

»Ups, wenn ich Sie nicht hätte.«

29. Kapitel

Zweifel hatte Keitel bei drei Versuchen nicht erreicht. Sie waren auf dem Weg ins Präsidium.

»Er hätte sich schon längst melden sollen, es ist halb zwei.«

»Er macht sein eigenes Ding, Chef. Sie wissen doch, was Sid gesagt hat. Was kann er außerdem schon herausgefunden haben? Wir glauben doch sowieso nicht, dass die D.A.M. hinter Falks Ermordung steckt.« Zweifel schwieg, während er sie durch den dichten Verkehr manövrierte. Als die drei markanten Hochhäuser des Schwabenzentrums in Sicht kamen, gab er es auf.

»Rufen Sie Sid an. Besprechung in zehn Minuten in seinem Büro.« Während Melzick Sids Nummer wählte, fragte sie:

»Haben Sie eigentlich kein eigenes Büro? Wenn da so ein Personalengpass herrscht, wie Sid behauptet hat, müsste sich doch ein Plätzchen finden lassen.« Zweifel schaltete in den Leerlauf und hielt an einer roten Ampel. Ihm war eine Idee gekommen, die ihn schmunzeln ließ.

»Wann sind Sie zum letzten Mal Ruderboot gefahren?«, fragte er.

»Wie kommen Sie jetzt darauf?«

»Ach — nur so, nichts weiter. Was war mit meinem Büro?« Melzick drehte den Kopf zu ihm.

»Haben Sie mir etwa nicht zugehört?« Zweifel legte den ersten Gang ein und ließ die Reifen quietschen.

»Nein.« Sie schaute nach vorn und streckte die Beine aus.

»Auch gut.« Wenig später parkten sie direkt vor dem Präsidium. Als sie durch die Glastür gingen, sagte Zweifel:

»Langsam sollte ich mich um ein eigenes Büro kümmern.« Melzick verdrehte die Augen und fragte ironisch:

»Ach, halten Sie das wirklich für notwendig?»

Worauf sie einen schrägen Blick von ihm erntete. Sid erwartete die beiden bestens vorbereitet, sowohl was Informationen als auch was Kaffee und — Knabberzeug anging. Melzick schnappte sich eine Tüte mit Schoko-Ingwer-Keksen.

»Wenn Keitel wüsste, was ihm entgeht«, meinte sie, großzügig Krümel verteilend.

»Wieso?«, fragte Sid, »was ist mit …, kommt er etwa …«

»Nee, hat wohl was Besseres zu tun, als auf unsere Anrufe zu reagieren«, sagte Melzick mit vollem Mund.

»Wir werden dieses Mal auf seine Anwesenheit verzichten, Siebental«, sagte Zweifel. »Setzen wir uns, es gibt viel zu berichten.«

»Halt!«, rief Melzick, riss ihren Rucksack von der Schulter und kramte das Notebook hervor. »Da ist das Prachtstück.« Sid nahm es ihr mit spitzen Fingern aus der Hand und legte es vorsichtig auf seinen Schreibtisch.

»Mal sehen, ob ich den passenden …, die Schrauben sehen eigentlich ganz …, aha …, der passt.« In weniger als einer Minute hatte er, vor sich hin murmelnd, das Notebook aufgeschraubt. »So leicht wie die Schrauben sich rausdrehen ließen, sind die bestimmt erst kürzlich …, aha …, sieh dir das an.« Zweifel und Melzick hatten stumm beobachtet, wie Sid das Innere des Notebooks freilegte.

»Das sieht alles andere als kaputt aus«, meinte Melzick.

»Und wie öffnen Sie die Dateien, falls da welche drauf sind?«, wollte Zweifel wissen. Sid zählte an vier Fingern ab:

»Tastatur reinigen, Gerät zusammenbauen, einschalten, Griebl anrufen.«

»Warum Griebl anrufen?«, staunte Melzick.

»Er ist der beste Hacker, den ich kenne. Außer mir.« Während Sid ans Werk ging, rief Grünfeld an.

»Schlechte Neuigkeiten, Herr Kommissar.«

»Schade, bei guten Neuigkeiten hätte ich gesagt, sagen Sie Adam zu mir.«

»Kann ja noch kommen. Ich weiß zwar nicht, wo Josef Brenner überall seinen breiten Daumen draufgedrückt hat. Die Zwei-Euro-Münze aus Carlos Schatzkiste hat er jedenfalls verschont.«

»Das ist keine schlechte Neuigkeit. Der Mann hat außerdem ein Alibi.«

»Dann hab ich mir die Arbeit also umsonst gemacht.«

»Ihre Arbeit ist nie umsonst. Was machen die Fingerabdrücke auf Carlos Klamotten?«

»Ich bin dran. Bis dann.« Zweifel legte auf.

»Das war Grünfeld.« Er erklärte Melzick und Sid, der nebenbei die Tastatur des Notebooks reinigte, was er über die Fingerabdrücke auf Carlos Münzen erfahren hatte und dass Grünfeld im „Weißen Hasen" Nagellacksplitter gefunden hatte.

»Ein Handwerker mit Nagellack?«, grübelte Melzick.

»Ein Handwerker war es sicher nicht«, sagte Zweifel, »das dürfte klar sein.«

»So«, sagte Sid, »die Tasten lassen sich …, jetzt schraub ich das Ding wieder …«

»Was ist mit dem Akku?«, fragte Melzick. Sid antwortete nicht. Er legte den Schraubenzieher zur Seite und drehte das Notebook um. Zweifel und Melzick standen neben ihm am Schreibtisch. Zweifel hatte die Arme verschränkt und stützte das Kinn auf die linke Faust, Melzick hielt den Atem an. Sid drückte auf die Power-Taste. Das Notebook gab ein leises Knistern und Summen von sich. Der Bildschirm flackerte auf.

»Das Ding läuft tatsächlich«, flüsterte Melzick.

»Das Passwort …, wir brauchen …, ich ruf gleich …«, sagte Sid und hatte sein Handy bereits am Ohr. Fünf Minuten später kam Griebl herein.

Sid erklärte ihm, worum es ging. Griebl nickte, schnappte das Notebook und sagte:

»Ich such mir ein leeres Büro. Wird nicht lange dauern.«

»Sie hören es, Chef, hier gibt es leere Büros.«

»Kaum zu glauben.« Zweifel legte Siebental eine Hand auf die Schulter.

»Sehr gute Arbeit, Siebental. Übrigens, was haben Sie über Carlos Guthaben bei der Kreissparkasse herausgefunden?« Sid hob einen Zeigefinger.

»Einen Moment …, ich hab alles auf ein Blatt …, ich sollte ja auch diese Rechtsanwältin …, hier.« Er wedelte mit einem Blatt Papier. Sie setzten sich zusammen.

»Komme ich jetzt etwa schon wieder in den Genuss einer Lesung?«, meinte Melzick.

»Lassen Sie hören«, sagte Zweifel und Sid las seine Ergebnisse vor. Carlo hatte über viele Jahre hinweg regelmäßig Bargeld eingezahlt, aber nie etwas abgehoben.

»Irgendetwas muss ihn aus der Bahn geworfen haben«, sagte Melzick.

»Ich vermute, das trifft auf fast jeden zu, der auf der Straße sitzt«, erwiderte Zweifel. »Und was ihn veranlasst hat, sein ganzes Geld abzuheben, werden wir nie erfahren.«

Sid las vor, was er über Sina Rothko herausgefunden hatte. Sie führte ihre Kanzlei allein und hatte sehr wenige Mandanten. Allerdings war sie nicht darauf angewiesen, zu arbeiten. Seit einer Erbschaft hatte sie finanziell ausgesorgt und übernahm nur solche Fälle, die sie persönlich interessierten. Über den Prozess gegen Falk Grabinger hatte Sid nichts Neues herausgefunden, außer dass der Fall überhaupt nicht in ihr Fachgebiet fiel. Sie hatte sich auf Asylrecht spezialisiert und seit mehr als zehn Jahren Erfahrung auf diesem Gebiet. Melzick wurde hellhörig. Außerdem gab es Gerüchte über die Anwältin. Als Melzick hörte, worum es dabei ging, schlug sie mit der flachen Hand auf den winzigen Tisch, um den herum sie saßen.

»Ich wusste es! Ich wusste, dass da bei meinem Besuch noch jemand im Haus war! Sie hat es glatt abgestritten, aber ich hab mich nicht getäuscht. Und jetzt sagst du, dass sie Asylsuchende bei sich versteckt.«

»Gerücht. Es ist nur ein Gerücht«, wandte Sid ein.

»Mir egal. Ich kenne jemanden, für den das eine gute Nachricht ist.« Melzick hatte bereits beschlossen, Jocelyn mit der Anwältin bekannt zu machen. »Hast du über unseren Falk etwas herausgefunden?« Sid schüttelte den Kopf.

»Es gibt praktisch nichts im Netz über ihn.« Für einen Augenblick herrschte Stille, während sie alle drei nachdachten.

»Was halten Sie von dem Besuch seiner Freundin? Kam Ihnen da nichts merkwürdig vor?«, wollte Zweifel schließlich von Melzick wissen. Sie betrachtete nachdenklich ihre Fingernägel und rief sich in Erinnerung, was Maggie über die Frau erzählt hatte.

»Freundin?«, fragte Sid. Melzick fasste in kurzen Worten ihren Besuch in Falks Wohnung zusammen, dann schaute sie Zweifel fragend an.

»Was meinen Sie damit, Chef?« Zweifel legte einen Finger an die Nase.

»Falk wird am Samstag ermordet. Am Sonntag kommt seine Freundin und räumt sein Zimmer auf.«

»Sie wusste ja noch nicht, was passiert war«, sagte Melzick. Zweifel klopfte mit dem Finger auf den Nasenrücken.

»Und wenn doch?«

»Aber Sie haben doch gehört, was Maggie über sie gesagt hat. Es sei denn …« Sie beugte sich nach vorn und legte die Ellbogen auf die Knie. »Es sei denn, das war gar nicht seine Freundin. Das ist immerhin möglich, sie ist dort ja zum ersten Mal aufgetaucht. Das heißt dann aber …«

»Sie hat nach etwas gesucht«, sagte Sid.

»Deswegen hat sie aufgeräumt«, sagte Melzick.

»Und deswegen haben wir nichts gefunden, außer den Kontoauszügen«, sagte Zweifel. »Die Frage ist: Wonach hat sie gesucht?«

»Und hat sie es gefunden?«, ergänzte Melzick.

»Und vor allem: Wer ist sie?«, sagte Sid.

»Ich muss immer wieder an Falks Kollegen denken, diesen Frank Pausen«, sagte Melzick. »Bei dem habe ich ein ungutes Gefühl. Sicher, Carlos Beschreibung passt nicht auf ihn, aber nur was das Gesicht betrifft.« Zweifel kniff ein Auge zusammen.

»Worauf wollen Sie hinaus?«

»Carlo war schon alt und er war ziemlich weit weg vom „Weißen Hasen" oder? Bestimmt zwanzig Meter, wenn nicht noch mehr. Die Sonne kann ihn geblendet haben. Das ist doch möglich. Nehmen wir mal an, Frank Pausen ist es, gegen den Falk etwas in der Hand hatte.«

»Und diese Freundin?«

»Ist nicht Falks Freundin, sondern von Pausen unter einem Vorwand hingeschickt worden, um das belastende Material, was immer das ist, sicherzustellen.«

»Was ist mit seinem Alibi?«, fragte Zweifel. »Er war von neun bis vier im Büro.«

»Ach kommen Sie, ich hab doch schon erwähnt, dass ich von diesen Zeiterfassungsprogrammen nicht überzeugt bin.

Die lassen sich ohne weiteres manipulieren. Was meinst du, Sid?«

Siebental nickte.

»Das belastende Material« ist der Schlüssel«, sagte Zweifel.

»Apropos …« Bei dem Wort Schlüssel fiel ihm sein Gespräch mit dem Architekten Cromm ein. Er holte sein Handy hervor und bei diesem Anblick fiel Melzick ein, dass sie noch etwas in ihrem Rucksack hatte. Sie holte Falks Handy und gab es Sid.

»Der Akku ist leer. Du kannst es gleich Griebl bringen. Er soll es unter die Lupe nehmen, wenn er mit dem Notebook fertig ist.« Siebental schüttelte entschieden den Kopf.

»Den stör ich jetzt nicht. Oberstes Gebot.« Zweifel hatte währenddessen sein Telefonat erledigt.

»Cromms Alibi ist in Ordnung«, sagte er. »Professor Clemens Fuchs, den Namen hat Cromm mir genannt, bestätigte soeben, dass er am Samstag von zwölf bis kurz nach halb zwei im „Magnolia" mit ihm zusammen gegessen hat.« Melzick klopfte mit den Fingerknöcheln an ihre Stirn, nahm ihr Handy und rief im Seniorenheim in Friedberg an. Kurz darauf legte sie auf und seufzte.

»Alle haben ein Alibi: Cromm, Brenner, Isolde Grabinger, Sina Rothko, Ena Brant …, hab ich jemanden vergessen?«

»Nein, aber die Qualität ist unterschiedlich«, sagte Zweifel. In diesem Moment klingelte Sids Telefon. Er lauschte kurz.

»Aha …, ja, das ist …, unbedingt …, er soll sofort …, Augenblick …«

Er gab Zweifel mit dem Hörer ein Zeichen, das dieser nicht verstand. Sid sah sich außerstande, das, was er soeben erfahren hatte, den anderen kurz und knapp mitzuteilen und so sagte er nur: »… schick ihn hoch!« Zweifel und Melzick tauschten einen Blick. Sid setzte sich wieder zu ihnen.

»Was gibts?«, fragte Zweifel, »Wer kommt hoch?«

»Ein Zeuge«, war die Antwort.

Es war still im Haus. Die meisten Mitarbeiter waren früher nach Hause gegangen. Sogar Dr. Leon hatte sich für den Nachmittag freigenommen.

Falk Grabingers Hinrichtung, so wurde die Tat in den Medien bezeichnet, hatte für Unruhe in der Belegschaft gesorgt. Die Kollegen waren geschockt. Das war zu erwarten gewesen.

Falk war von dieser Erde gegangen und der einzige Zeuge war ihm gefolgt. Es gab keine Spuren. Es konnte keine Spuren geben, außer denen, die in die Irre führten. Es war nur noch eine Frage zu klären, die Wichtigste überhaupt: Wo hatte der Mistkerl sein Material versteckt?

Bisher war nichts aufgetaucht. Weder in Friedberg, noch in seinem Büro. Rein gar nichts war zu finden gewesen. War das ein gutes Zeichen? Oder gab es irgendwo ein Schließfach? Falls ja, wo waren die Schlüssel? Hatte er die Daten jemandem anvertraut, der nach seinem Tod damit an die Öffentlichkeit gehen sollte? Das wäre die ultimative Katastrophe. Aber wer käme dafür in Frage? Hatte er denn überhaupt jemanden, dem er vertraute? Unvorstellbar bei diesem Typen. Und dann dieser Kommissar, was konnte der schon herausfinden? Nein, die offiziellen Daten für das Medikament waren wasserdicht. Die Zulassung musste in höchstens einer Woche kommen. Eine Woche noch. Danach sah die Welt anders aus. Sie sah jetzt schon anders aus, ohne diesen verdammten Grabinger. Zur Hölle mit ihm.

Es dauerte keine zwei Minuten, bis jemand an Sids Tür klopfte. Melzick war am schnellsten.

»Oh, hallo«, sagte sie überrascht, denn vor ihr stand ein Schuljunge mit exaktem Seitenscheitel höchstens zwölf oder dreizehn Jahre alt.

»Bin ich hier auch bei der richtigen Kripo?«, fragte er mit wichtiger Miene, als er Melzick ansah.

»Komm rein«, sagte sie. »Wer bist du?«

»Erik Keller. Ich habe was beobachtet und meine Mutter hat gemeint, ich muss das melden und das mein ich auch.« Zweifel winkte ihn näher.

»Na dann setz dich mal her zu uns.« Der Junge kam mit zögernden Schritten auf ihn zu.

»Werden Sie auch alles mitschreiben?« Zweifel nickte Siebental zu, der seinen Block wie immer griffbereit hatte.

»Mein Kollege hier macht das Protokoll.« Sichtlich beeindruckt setzte sich der Junge.

»Es geht um den toten weißen Mann.« Melzick, Sid und Zweifel tauschten überraschte Blicke.

»Du meinst den in Friedberg?« Der Junge nickte.

»Es steht in der Zeitung. Meine Mutter hat mir davon erzählt und da habe ich einen Schreck bekommen. Ich wusste ja nicht, dass er getötet wird«, sagte er und blickte Zweifel aus traurigen Augen an.

»Am besten, du erzählst der Reihe nach, Erik. Was ist zuerst passiert?«

Zweifels ruhige Stimme tat ihre Wirkung. Erik fuhr mit dem Zeigefinger unter seiner Nase entlang und wischte ihn an seiner Hose ab.

»Zuerst — ja, zuerst wollte ich Jan besuchen. Wir wollten ins Kino. Und da hat mich dieser Typ angesprochen.«

»Wo war das und wann?«, fragte Zweifel.

»Am Samstag, ich weiß nicht genau, so um sechs. In der Annastraße, da wo das alte Haus letztes Jahr gebrannt hat.«

»Du meinst den „Weißen Hasen?"« Erik nickte.

»Wer hat dich angesprochen?«

»Na so ein Typ eben. Er hat mich gefragt, ob ich mir zwanzig Euro verdienen will. Das kam mir komisch vor, deswegen bin ich auch gleich weitergegangen. Aber er hat gesagt, es ist ganz harmlos, ich soll nur was für ihn rausfinden.«

»Rausfinden?«, fragte Melzick. Sid schrieb gewissenhaft mit.

»Ja, da bin ich stehengeblieben. Er hat gesagt, dass er einen Mann sucht, der immer mit seinem Hund in der Annastraße sitzt und Flöte spielt. Er glaubt, dass er ihn am Mittag vor dem Drogeriemarkt gesehen hat und er muss unbedingt wissen, wo er wohnt, weil er ein alter Freund von ihm ist.«

»Und wie solltest du das herausfinden?«, fragte Zweifel.

»Frag in dem Esprit-Laden die junge Verkäuferin‹ hat er gesagt, ›die weiß es wahrscheinlich‹.«

»Die hätte er doch selbst fragen können«, sagte Melzick. Erik nickte.

»Das hab ich auch gedacht und ich hab ihn gefragt, warum er das nicht selbst macht.«

»Und?«

»Willst du dir die zwanzig Euro verdienen oder nicht‹, hat er gesagt.« Erik druckste ein wenig herum. »Na ja — ich krieg nicht viel Taschengeld. Natürlich wollte ich die zwanzig Euro. Also bin ich rein und habe gefragt. Die junge Verkäuferin war sehr nett und hat mir gesagt, dass der Mann Carlo heißt. Sie wusste zwar nicht, wo er wohnt, aber sie hat erzählt, dass er sonntags in Friedberg in der Ludwigstraße seinen Platz hat. Und dass er dort als lebendes Denkmal herumsteht, ganz in Weiß. Also auch geschminkt und so. Sie hat mir auch erzählt, dass sein Hund tot ist. Dass er erschossen worden ist.«

Der Junge sah Zweifel wieder aus seinen traurigen Augen an und wischte mit dem Finger rasch an seiner Nase, so als sollte es keiner merken. Melzick hatte gebannt zugehört.

»Und weiter?« Erik warf ihr einen Blick zu und dann Sid, der mit seinem Stift in der Hand auf die Fortsetzung wartete.

»Ich bin raus und hab schon gedacht, dass der Typ mich reinlegen wollte, denn ich hab ihn nicht gesehen. Aber er kam gleich aus dem Drogeriemarkt raus, als er mich gesehen hat. Er muss mich von da beobachtet haben. Ich hab ihm dann alles erzählt, vor allem auch, dass der Hund erschossen worden ist. Ich hab aber vergessen zu sagen, dass der Mann Carlo heißt, und dass er weiß angezogen ist. Aber ich hab ihm gesagt, dass er am Sonntag in der Ludwigstraße in Friedberg sitzt, neben dem offenen Bücherschrank, so wie die Verkäuferin es mir gesagt hat. Mehr wollte der nicht wissen. Er hat mir die zwanzig Euro hingestreckt, hat kein Wort gesagt und ist verschwunden.«

Eriks traurige Augen wurden groß, als er sagte: »Und heute liest meine Mutter aus der Zeitung vor, dass der weiße Mann, also der Carlo, dass der auch erschossen worden ist. Bin ich da schuld?« Erik hatte immer schneller geredet und den letzten Satz beinahe geflüstert. Zweifel legte ihm die Hand auf die Schulter und sah ihm tief in die Augen.

»Ganz bestimmt nicht. Du hast absolut nichts damit zu tun. Aber kannst du uns den Mann beschreiben?« Erik starrte auf den Boden und dachte nach. Dann zuckte er mit den Schultern.

»War irgendwas Besonderes an ihm?«, half Melzick.

»Seine Stimme, die war irgendwie komisch.«

»Du meinst, er hat sie verstellt?« Erik nickte.

»Das kann gut sein. Vielleicht lag es auch an der Maske.«

»Was für eine Maske?«, fragte Zweifel.

»Na, wie sie Leute tragen, die eine Allergie haben oder so. Oder wie Chirurgen.«

»Du hast sein Gesicht also nicht gesehen?«

»Nein, er hatte ja auch die Kapuze auf von seinem Pulli.«

»Er hatte einen Hoody an? Am Samstag, bei der Hitze?«, fragte Melzick ungläubig. Erik nickte.

»Der hat sich bestimmt verkleidet, damit man ihn nicht erkennt«, sagte er. »Damit ich ihn nicht wiedererkenne. Glauben Sie das?«, fragte er Zweifel. Der dachte das Gleiche, aber er sprach es nicht aus, damit der Junge nicht auf die Idee kam, in Gefahr zu sein.

»Bist du sicher, dass es ein Mann war?« Erik stutzte.

»Eigentlich schon.«

»Aber du bist dir nicht hundertprozentig sicher, oder?« Erik überlegte kurz und schloss die Augen, um sich die Begegnung in Erinnerung zu rufen.

»Er hat Jeans angehabt und Sneaker«, sagte er, »und so'n weiten Kapuzenpulli. Wenn es wirklich eine Frau gewesen ist, hat man das überhaupt nicht gemerkt.« Zweifel nickte, dann stand er auf und brachte Erik zur Tür. Der Junge streckte ihm die Hand hin und Zweifel merkte, dass er noch etwas auf dem Herzen hatte. Er schaute ihn fragend an.

»Ist noch was?«

Erik verzog das Gesicht, als müsste er etwas sagen, was er gar nicht sagen wollte.

»Meine Mutter hat gesagt, ich soll fragen, ob es eine Belohnung gibt«, brachte er zögernd hervor. Zweifel überlegte kurz.

»Es ist keine vorgesehen. Aber ich sag dir was. Wenn wir den Fall abgeschlossen haben, kriegst du von mir einen Kinogutschein, oder noch besser zwei, ok?« Erik nickte erleichtert und ging davon.

»Jetzt wissen wir, woher Falks Mörder wusste, wo er Carlo kriegen würde«, sagte Melzick, als Zweifel die Tür geschlossen hatte. »Die Frage ging mir die ganze Zeit schon im Kopf herum. Carlo war überzeugt davon, dass dieser Typ aus dem „Weißen Hasen" ihn gar nicht finden konnte.«

»Wir wissen außerdem, dass er sich gern verkleidet.«

»Oder sie«, warf Sid ein. Melzick sah ihn an.

»Erinnerst du dich an den Mann, der sich die roten Hosenträger von Klaus-Peter Wolf unter den Nagel gerissen hat?«, fragte sie.

»Du hast gedacht, er ist …, er sah von hinten so aus …, die Haare waren komisch geflochten …, äh, stimmt's?«, erwiderte Sid.

»Ein Mann, den ich für eine Frau gehalten habe«, erklärte Melzick ihrem verständnislos blickenden Chef.

»Aha, und was sagt uns das?« Die Frage schwebte noch unbeantwortet im Raum, als die Tür aufging und Griebl hereinkam. Er brachte das Notebook, legte es ohne Worte auf Siebentals Schreibtisch, klappte es auf und blickte triumphierend in drei fragende Gesichter. Sie sprangen auf und scharten sich um ihn.

»Vierundzwanzig Minuten«, sagte Griebl, »gar nicht schlecht für so ein prähistorisches Teil. Der Grabinger hat keine großen Hürden eingebaut. Er dachte wohl, so ein Schrottgerät nimmt eh keiner in die Hand, geschweige denn auseinander.«

Sie beobachteten fasziniert, wie Griebl eine Datei öffnete. Atemlos lasen sie die Überschrift und überflogen die ersten Seiten. Melzick gab Sid und Griebl, die links und rechts von ihr standen, einen Rippenstoß.

»Da geht es um diesen Wirkstoff für das neue Schmerzmittel«, sagte Sid.

»Bingo Leute, wegen dieser Datei wurde Falk erschossen. Wir haben endlich das belastende Material.«

»Und was machen wir jetzt?«, fragte Sid. Zweifel streckte sich und wischte mit beiden Händen über sein Gesicht, bevor er verkündete:

»Einen Ausflug.«

30. Kapitel

Sie fuhren zum Kuhsee, dem beliebten Naherholungsgebiet der Augsburger, gleich neben dem Lech gelegen. An der dortigen Staustufe, Hochablass genannt, hatte sich Architekt Cromm mit seiner Verlobten Ena getroffen.

»Wir haben genügend Informationen. Es wird Zeit, einen Plan zu entwerfen und das geht am besten auf dem Wasser«, hatte Zweifel beschlossen.

Er nahm einen Umweg in Kauf, der sie am Leonhardsberg vorbeiführte. Sid saß auf dem Beifahrersitz und wunderte sich im Stillen über die Route.

Melzick achtete nicht darauf, sie war damit beschäftigt, ihren Bruder anzurufen.

»Mel! Endlich!«, rief er aus.

»Sorry Brüderchen, wir sind momentan ziemlich beschäftigt. Wie geht es Jocelyn? Wo seid ihr gerade?«

»Immer noch im Krankenhaus, Mel. Jocelyn geht's noch nicht besser. Der Arzt sagt, es ist eher eine mentale Sache und hat uns zu einer Psychologin geschickt.« Zacharias klang ernst.

»Es ist die Angst, oder?«, fragte Melzick.

»Es kann Wochen und Monate dauern, meinte die Psychologin«, antwortete Zacharias.

»Hör zu, ich hab eine gute Nachricht für euch. Du kannst Jocelyn sagen, dass ich eine Anwältin gefunden habe, die ihr möglicherweise helfen kann. Sie ist auf Asylrecht spezialisiert. Ich melde mich, wenn ich mit ihr gesprochen habe, Zack.« Sie hörte ihren Bruder tief aufatmen.

»Danke, Mel.«

»Brauchst keine feuchten Augen zu kriegen, Brüderchen. Bis bald.« Zweifel sah Melzicks Augen im Rückspiegel verdächtig schimmern und die restliche Fahrt verlief ungewohnt schweigsam.

Er fuhr auf den nördlichen Parkplatz, nahe beim Hochablass und schaute auf die Uhr. Ein paar Minuten später hatten sie über einen schmalen Waldweg den Kuhsee erreicht. Zweifel ergatterte das letzte freie Ruderboot. Er stieg, ohne lange zu fackeln, ein und schnappte sich die Riemen.

»Was ist?«, fragte er die beiden anderen, die unschlüssig auf dem hölzernen Steg warteten.

»Ich frage mich nur, ob Sie einen Bootsschein haben, Chef«, sagte Melzick.

»Ich hatte mal einen«, antwortete Zweifel ungerührt, »der wurde mir aber abgenommen.«

»Wegen?«

»Geschwindigkeitsüberschreitung und wegen „Ruderns ohne Rücksicht".«

»Das will ich erleben. Steig ein, Sid.«

»Aber nur, wenn ich …, ich meine…, wenn du ins Heck …«

»Kein Problem, setz dich vorne hin. Dann spiel ich hinten den Käpt'n.«

Nachdem sie in dem schwankenden Boot Platz genommen hatten, legte Zweifel sich in die Riemen. Nach zehn Minuten hatten sie die Mitte des Sees erreicht. Zweifel holte die Riemen ein, tauchte eine Hand in den See und kühlte seine Glatze damit. Nach dem trüben und etwas regnerischen Sonntag strahlte die pralle Sonne aus einem makellosen Himmel. Aus irgendeinem Grund machten alle anderen Ruder-, Tret- und Paddelboote einen großen Bogen um sie.

»Schön«, sagte Zweifel, »was haben wir, was brauchen wir und wie kriegen wir es?« Er hob drohend eine Hand. »Melzick, ich sehe Ihnen sämtliche unpassende Bemerkungen an. Heben Sie sie für morgen auf, oder besser für übermorgen. Ich habe das Boot für eine dreiviertel Stunde gemietet. Alles klar?« Melzick warf Sid, der im Rücken von Zweifel saß, einen verschwörerischen Blick zu, den er erwiderte.

»Wenn das so ist — «, begann sie, »wir haben das Motiv, wir brauchen den Täter, wir stellen ihm eine Falle.«

»Das ist mir zu allgemein«, erwiderte Zweifel. »Siebental, was sagen Sie?«

Sid, der Zweifel nicht ins Gesicht zu sehen brauchte, beschloss, es mit ganzen Sätzen zu probieren.

»Mel hat Recht. Es ist eindeutig. Die britische Studie, die Grabinger entdeckt hat, dokumentiert schwere Nebenwirkungen. Da geht es um denselben Wirkstoff. Die Wissenschaftler sind aus Oxford. Die Studie ist zwar alt, aber umfangreich. Sie könnte leicht das Aus für das neue Medikament bedeuten.« Melzick nickte.

»Vielleicht war es Zufall, dass Grabinger auf diese Daten gestoßen ist, vielleicht hat er auch gezielt danach gesucht, um sicher zu gehen, dass niemand sonst diesem Wirkstoff auf der Spur ist. Die Frage ist aber: Warum hat er die Datei so gut versteckt? Da gibt es zwei Möglichkeiten. Entweder wollte er die Midasana erpressen oder …«

» … er wollte vermeiden, dass diese Studienergebnisse unter den Teppich gekehrt werden«, beendete Sid Melzicks Gedankengang.

Zweifel klopfte nachdenklich mit dem Fingerknöchel auf die Ruderbank.

»Hm. So etwas unter den Teppich kehren? Schwierig, aber nicht unwahrscheinlich. Immerhin liegt die Studie schon ein paar Jährchen unbeachtet in den Archiven. Wer außer ihm wusste wohl von ihr?« Sid räusperte sich.

»Er wurde erschossen. Also muss er die Erpressung schon versucht haben, oder …«

»Oder er hat mit Pausen darüber geredet«, ergänzte Melzick, »und dem Kollegen war sofort klar, mit der üppigen Sonderzahlung ist es Essig.« Zweifel wiegte den Kopf hin und her.

»Nehmen wir an, er hat nicht ihm davon erzählt, sondern erstmal versucht, seine Chefin Ena Brant zu überzeugen. Alle Welt hat ihn doch als Gutmenschen bezeichnet. Ich glaube nicht an eine Erpressung. Ich glaube, er wollte schlicht die Zulassung des Medikaments verhindern.«

»In dem Fall wären Frank Pausen und Ena Brant die Leidtragenden gewesen«, sagte Melzick. Zweifel nickte. »Die beiden sind also im Endspiel«, fügte Melzick hinzu. »Auf wen tippen Sie, Chef?«

»Das will ich Ihnen sagen. Wir haben Nagellackreste an der Stelle gefunden, von der die Schüsse abgefeuert wurden. Alle Beschreibungen von verdächtigen Personen haben eines gemeinsam: Es kann jedes Mal auch eine Frau gewesen sein. Der Handwerker mit Handschuhen und schleppendem Gang. Es kann sein, dass die Person absichtlich zu große Schuhe anhatte. Wer stand in Friedberg vor Carlo und hat ihn erschossen? Eine Person mit breiten Schultern im Mantel. Vielleicht waren die nur vorgetäuscht. Diese Person hatte jedenfalls einen Gang, der nicht zu den Schultern passte. Dann haben wir Falks angebliche Freundin mit so schwarzen Haaren, wie sie seine Zimmerwirtin noch nie gesehen hatte. Eine Perücke? Und wer gab Erik zwanzig Euro, damit er auskundschaftet, wo Carlo wohnt? Eine Person im weiten Kapuzenpulli, obendrein mit einer Allergiemaske vor der Nase. Und sie hatte eine verstellte Stimme. Das sind mir zu viele merkwürdige Merkmale. Sie haben davon gesprochen, dass Sie bei der Lesung einen Mann für eine Frau gehalten haben. Als ich die Midasana besuchte, passierte mir das Gleiche. Ich glaubte, mit einer Empfangsdame zu sprechen, die sich dann als Massimo entpuppte.« Zweifel blickte in das tiefgrüne Wasser des Sees. »Was, wenn es in unserem Fall umgekehrt wäre?«

»Eine Frau, die als Mann erscheint. Genau das war mein Gedanke «, sagte Sid.

»Und warum hast du ihn für dich behalten?«, fragte Melzick und wusste sogleich die Antwort. »Ach ja, schon klar, das war bei der letzten Besprechung. Ich sag nur ein Wort — Keitel.« Zweifel ließ sich in der Ausführung seiner Theorie nicht unterbrechen.

»Stellen wir uns Ena vor. Sie haben sie erlebt, Melzick. Ich habe mit ihr gesprochen. Diese Frau lässt sich durch nichts und niemanden von ihrem Weg abbringen. Und der führt direkt in den Vorstand der Midasana und zu einem Vielfachen an Gehalt. Doch nur, falls das Medikament zugelassen wird. Falk ist die große Gefahr für sie. Er muss beseitigt werden.«

»Und wie kommt sie in den „Weißen Hasen?«, fragte Melzick.

»Sie vergessen, dass sie mit Cromm verlobt ist. Die Schlüssel liegen in seinem Schreibtisch, an den jeder rankommt. Es war für sie sicher ein Leichtes, die Schlüssel am Samstagmorgen zu entwenden und nach der Tat wieder zurückzulegen. Das Büro war leer. Cromm war beim Golfspielen. Um circa 13 Uhr 25 fallen die Schüsse. Sie verlässt den „Weißen Hasen" ein paar Minuten später, geht zum Martin-Luther-Platz und legt die Schlüssel zurück. Danach läuft sie zur Midasana am Leonhardsberg und zieht sich dort in ihrem Büro um. Das alles ist in zwanzig Minuten zu schaffen. Die Fahrt zum Kuhsee dauert fünfzehn bis zwanzig Minuten, das haben wir vorhin getestet. Sie kam eine Viertelstunde zu spät zu ihrem Date mit Cromm, war also um 14 Uhr 15 da. Das passt.«

»Wir treiben ab«, meinte Melzick. Tatsächlich hatte sich ihr Boot fast unbemerkt an das westliche Ufer geschlichen, das dicht mit Schilf bewachsen war. Zweifel nahm die Riemen. Während er sie zurück in die Mitte des Sees ruderte, fragte Melzick:

»Und ihr Alibi?«

»Haben Sie selbst entkräftet — das sind nur Zahlen auf einem Bildschirm, die sich mühelos manipulieren lassen.«

»Sie muss eine verdammt gute Schützin sein«, gab Melzick zu bedenken. Zweifel zog die Riemen wieder ein, griff ins kühle Nass und legte sich die Hand auf den kahlen Schädel.

»Allerdings, sie ist sehr auf ihr Ziel fokussiert.«

»Trotzdem bin ich nicht davon überzeugt, dass sie es war«, gab Melzick zurück.

»Sie war bei Isolde Grabinger, Melzick. Was war wohl der Grund?«

»Schon klar, Sie werden sagen, dass sie dort nach Falks Material gesucht hat.«

»Genau das sage ich.«

»Aber Isolde hat ihr die Bananenkiste gezeigt und sie hat nichts mitgenommen.«

»Das hätten Sie doch auch nicht, wenn unser cleverer Kollege«, er deutete mit dem Daumen in Richtung Sid, »nicht gewesen wäre. Außerdem hat sie auch Falks Wohnung durchsucht und sein Büro in der Midasana wirkte ebenfalls viel zu aufgeräumt.«

»Das kann Pausen genauso gut gewesen sein und dessen Freundin, das hab ich ja schon erklärt.«

Melzick streckte die Beine aus und stützte sich mit beiden Händen auf ihrer Sitzbank ab. »Alles, was sie aufgezählt haben, Chef, deutet für mich auf Pausen hin. Die breiten Schultern, der komische Gang, das starke Motiv, das schwache Alibi. Wenn wir den Zeitkonten glauben sollen, waren Ena Brant und Frank Pausen stundenlang im selben Gebäude. Keiner von beiden hat erwähnt, den anderen gesehen zu haben. Ich will ihnen sagen, warum. Ena hat es nicht erwähnt, weil Pausen tatsächlich nicht anwesend war. Und Frank Pausen hat vorsichtshalber nichts gesagt, weil er nicht wissen kann, wer am Samstag dort war. Bei ihm kommt außer der gefährdeten fetten Prämie noch ein weiteres Motiv hinzu. Falk hat ihn als Alkoholiker geoutet. Das schreit nach Rache.«

»Aber Melzick, ich bitte Sie, ein Alkoholiker als Scharfschütze?«

»Sie waren bei ihm und haben nichts davon bemerkt. Das haben Sie selbst gesagt.«

»Seine Hände haben gezittert.«

»Dieses Symptom haben Menschen öfters in Ihrer Gegenwart und das muss nichts mit Alkohol zu tun haben.«

»Wenn Sie das sagen. Aber was ist mit den Schlüsseln?«

»Frank Pausen ist mit jemandem befreundet, der in Cromms Büro arbeitet und ihm die Schlüssel verschafft hat. Was halten Sie davon?«

Zweifel verzog ungläubig das Gesicht. »Aber Chef, Sie können das nicht ausschließen. Das ist genauso wahrscheinlich wie Ihre Theorie über Ena, die sich mit Perücke und breiten Schultern, mit Maske und zu großen Schuhen tarnt.«

»Und die Nagellackspuren im „Weißen Hasen", wie wollen Sie die erklären?«

»Als Irreführung, was sonst? Das Fenster, aus dem geschossen wurde, war doch praktisch klinisch rein. Wer sich so viel Mühe gibt, der schaut überall hin, auch auf den staubigen Holzboden. Als Biochemiker ist Pausen Profi, wenn es darum geht, auf kleinste Spuren zu achten. Er kann mit Sicherheit auch kleinste Spuren legen. Je unscheinbarer, desto authentischer wirken sie. Nein, Chef, wir sollen denken, dass eine Frau sich als Mann verkleidet hat.«

»Pausen war aber nicht bei Isolde Grabinger.«

»Weil seine Freundin, die Dame mit den wunderbar schwarzen Haaren, vorher in Grabingers Wohnung fündig geworden ist.«

»Maggie sagte, dass die Besucherin nichts mitgenommen hat.«

»Maggie kann man leicht täuschen. Wenn Falk diese Studie ausgedruckt hat, sind das höchstens zwanzig Seiten, die kann man leicht unter einem Pulli verstecken.«

»Sie wissen nicht, was sie angehabt hat.«

»Sie aber auch nicht. Und am Sonntag war es kühl.« Zweifel seufzte und drehte sich zu Sid um.

»Was sagen Sie?«

»Es steht unentschieden.«

»Und weiter?«

»Wir brauchen Beweise.«

»Zum Beispiel?«

»Fingerabdrücke. Von Ena Brant. Und von Frank Pausen.« Zweifel stutzte und drehte sich wieder zu Melzick herum.

»Ich Idiot«, sagte er leise.

»So weit würde ich nicht gehen«, sagte Melzick und spritzte ein paar Wassertropfen auf ihren Chef.

»Mein Besucherausweis«, sagte er und wischte die Tropfen aus dem Gesicht.

»Was ist damit?« fragte sie und setzte das Spielchen fort.

»Da sind Pausens Fingerabdrücke drauf. Lassen Sie das!«
Ein paar halbwüchsige Jungs paddelten auf Luftmatratzen in
ihre Richtung.

»Und wo ist das gute Stück?«

»In meiner Jacke. Im Auto.«

»Das haben Sie aber mal gut hingekriegt, Chef.«

Die Luftmatratzen Jungs kamen näher.

»Ja, aber wie kommen wir an Enas Fingerabdrücke?«, fragte
Zweifel. Sid reckte einen Arm in die Höhe.

»Ich glaube, da hinten gibt es eine Wortmeldung«, sagte
Melzick. »Nicht umdrehen, Chef.« Sid nickte ihr dankbar zu
und ließ den Arm fallen.

»Ich weiß, wie wir an ihre Fingerabdrücke kommen«, sagte
er etwas atemlos, »und zwar heute noch.«

Die feindlichen Luftmatratzen hatten sie umzingelt und die
Jungs starrten sie wortlos durch ihre Taucherbrillen an.

»Na dann raus mit der Sprache, Siebental«, sagte Zweifel,
»aber leise, hier gibt es Mithörer.«

Sid brauchte nur zwei Minuten, um ihnen seinen Plan zu
erklären.

»Könnte von mir sein«, sagte Melzick und trommelte
fröhlich auf ihre Sitzbank. »Das klappt bestimmt.« Zweifel
drehte sich zu Sid um und zwinkerte ihm zu. Einige
Wassertropfen trafen ihn im Genick und als er Melzick
anfunkelte, klingelte sein Handy. Die Jungs auf den
Luftmatratzen ließen sich abtreiben und suchten ein neues
Objekt, das sie anstarren konnten.

»Reisser, Mindelheimer Zeitung«, meldete sich eine
Reibeisenstimme, »hallöchen Herr Kommissar.«

»Herr Reisser! Ihren Anruf hab ich eigentlich schon früher
erwartet.«

366

»Soll ich das glauben? Na ja — Lucy hat mich heute erst aufgeklärt. Ich wusste ja nicht, dass Sie Ihr Jagdrevier nach Augsburg verlegt haben.«

»Warten Sie bitte einen Augenblick, Herr Reisser, ich muss nur kurz meinen Standort wechseln.«

Zweifel deckte das Handy ab. »Wir haben noch zehn Minuten, Melzick, wie wärs, wenn Sie rudern, während ich rede? Mit Ihnen kann ich leichter den Platz wechseln, als mit dem Kollegen hinter mir. Siebental, Sie halten das Boot im Gleichgewicht, bis ich mit Melzick getauscht habe.« Melzick blies die Backen auf, leistete aber keinen Widerstand. Die Aktion ging rasch vonstatten.

»Herr Reisser?«

»Ich bin noch dran — sind Sie auf hoher See?«

»Ehrlich gesagt, eher auf einem flachen See.«

»Sie scheinen offenschichtlich nisch auschgelaschtet schu schein mit diesechen beiden Morden.«

»Sie sprechen so undeutlich, Herr Reisser?«

»Sorry, musch an dem Karamellschokoriegel liegen.« Zweifel hörte ein dezentes Schmatzen und noch ein unappetitliches Geräusch, bevor Reisser weitersprach. »Lucy und ich haben uns über Ihren letzten Fall in Bad Wörishofen unterhalten. War 'n cooles Teamwork.«

»Mein Vater würde jetzt sagen ›Kannst du kein anständiges Deutsch?‹«

»Ach wissen Sie, ich schütze die deutsche Sprache vor meinem losen Mundwerk, so oft es geht. Sie haben mir damals einen fairen Deal vorgeschlagen.« Reisser spielte auf den kniffligen Fall der Kronberger-Zwillinge an.

Das Ganze hatte mit einer Massenpanik in der Therme von Bad Wörishofen begonnen. Zweifel hatte damals mit Reisser vereinbart, brisante Informationen auszutauschen. Mit Hilfe des mit allen Wassern gewaschenen Journalisten konnte Zweifel den spektakulären Fall lösen. Dafür bekam Reisser exklusiven Einblick in die Ermittlungsergebnisse und konnte damit seinem Namen alle Ehre machen.

»Und nun wittern Sie die Chance auf eine weitere gute Story.«

»Mein Riecher ist die Quelle meines Erfolgs, Herr Kommissar, das wissen Sie doch.«

Reissers Anruf brachte Zweifel auf eine Idee. Er warf Melzick, die sich an den Riemen abrackerte, einen geistesabwesenden Blick zu, während die Idee sich zu einem Plan entfaltete. Reissers Stimme quäkte neben seinem Knie.

»Hey Meister, hats Ihnen die Sprache verschlagen? Kommissar? Sind Sie untergetaucht?«

Zweifel nickte Siebental zu, der Melzick gerade auf die Schulter klopfte und »mehr links« kommandierte. Mit etwas Glück wich ihr Boot einem intensiv kraulenden Schwimmer aus, der für den Kuhsee-Triathlon trainierte.

»Wie schnell können Sie schreiben, Herr Reisser?«

»Soll das ein Witz sein? Ich bin ein Meister der flotten Schreibe.«

»Beweisen Sie es mir.«

»Wie?«

»Indem Sie morgen in der AZ einen kleinen Artikel veröffentlichen. Im Wirtschaftsteil. Aber auf Deutsch.« Melzick spitzte die Ohren und vergaß das Rudern. Sid beugte sich nach vorn und stupste sie an.

»Was hat er denn vor?« Sie zuckte nur mit den Schultern und lockerte ihre Arme ein wenig, bevor sie weiterruderte.

»Kriegen Sie das hin, Reisser?«

»Easy. Der Wirtschaftsredakteur schuldet mir was. Wollen Sie mir den Text diktieren?«

»Formulieren dürfen Sie schon selbst. Es geht um die Midasana.«

»Nie gehört.«

»Ein kleines Pharmaunternehmen, das auf dem Sprung ist, ein Großes zu werden. Die haben ein Schmerzmittel entwickelt, das demnächst zugelassen wird. Ein sehr wirksames. Ganz ohne Nebenwirkungen.«

»Klingt unglaublich.«

»Und genauso wird es einschlagen, Reisser, wenn …«

»Wenn mein Artikel nicht wäre, stimmts?«

»Erfasst. Ihr Artikel soll eine einzige Frage aufwerfen.«

»Und die wäre?«

»Gibt es eine Studie, die diesem Wundermedikament schwerste Nebenwirkungen attestiert?«

»Und?«

»Die gibt es und sie liegt uns vor, Reisser. Aber sie sollen vorerst nur eine kleine Stinkbombe im Wirtschaftsteil lancieren.«

»Kapiert. Damit die entscheidenden Nasen sich rümpfen.«

»So ist es. Erwecken Sie den Eindruck, dass ein entsprechendes Gerücht kursiert. Und dass dem Gerücht nachgegangen wird.«

»Wen wollen Sie denn damit aufscheuchen, Kommissar?«

»Die Mörderin — oder den Mörder.«

»Hört sich vielversprechend an. Und wann flüstern Sie mir den Rest ins Ohr?«

»Sobald wir das Ungeheuer haben. Der Artikel muss unbedingt morgen erscheinen, kann ich mich darauf verlassen?«

»So sicher, wie auf Ihre nächste Gehaltszahlung.«

»Gut. Morgen ist Dienstag. Gut möglich, dass ich am Mittwoch was zu flüstern habe.«

»Dem bibbere ich entgegen, Kommissar.« Sie legten auf. Und sie legten an, denn Melzick hatte sie unterdessen an den Anlegesteg gerudert. Ein alter „Kuh-Seebär", so stand es auf seinem verwaschenen T-Shirt, hielt das Boot fest, damit sie aussteigen konnten.

»Äh, Chef, aufscheuchen ist ja grundsätzlich nicht schlecht«, sagte Melzick, während sie versuchte, mit Zweifel auf dem Weg zu seinem Auto Schritt zu halten. Sid keuchte den beiden wortlos hinterher. »Aber was soll Frank Pausen Ihrer Meinung nach tun, wenn er den Artikel gelesen hat? Einen empörten Leserbrief schreiben?« Zweifel kramte nach seinen Autoschlüsseln und blieb abrupt stehen.

»Verdammt, hab ich die im Boot verloren?« Sid holte die beiden mit rotem Kopf ein.

»Suchen Sie die?«, fragte er und streckte Zweifel die Schlüssel entgegen.

»Siebental! Sie sind auf dem besten Weg, sich unentbehrlich zu machen.« Worauf Sid noch etwas roter anlief. »Was den Leserbrief angeht, Melzick, abgesehen davon, dass den auch Ena schreiben müsste, erwarte ich etwas ganz anderes.«

»Nämlich?«

»Dass unser Angebot angenommen wird.« Während sie Zweifels Auto erreichten, dachte Melzick über diese Worte nach. Sie kletterte auf den Rücksitz. Zweifel und Siebental stiegen vorne ein und schlugen die Türen zu.

»Sie wollen eine Falle stellen«, sagte Melzick.

»Ena hat überall nach einer belastenden Datei gesucht und keine gefunden«, sagte Zweifel. »Sie glaubt wahrscheinlich, auf der sicheren Seite zu sein. Wie wird sie reagieren, wenn sie plötzlich ein anonymes Angebot bekommt?«

»Dann müssen wir Pausen aber auch eines machen«, sagte Melzick. Zweifel nickte.

»Wir verbinden das mit Ihrem Plan, Siebental. Wir werden sehen, wer darauf anbeißt.«

»Das wird nicht ungefährlich«, gab Melzick zu bedenken. »Wo soll die Übergabe stattfinden?«

»An einem öffentlichen Platz mit möglichst vielen Menschen. Ein Platz, den man gut überschauen kann. Je mehr Zeugen da sind, desto geringer die Gefahr, dass geschossen wird.«

»Am Mittwoch beginnt das „La Strada-Festival"«, sagte Sid.

»Das kenn ich«, rief Melzick, »da ist die Hölle los. Vor allem auf dem Rathausplatz.«

»Wir müssen einen Preis verlangen«, sagte Sid.
Zweifel kratzte sich an der Stirn.

»Der darf nicht zu hoch sein, das Geld muss ja bis Mittwoch beschafft werden. Aber er darf auch nicht zu niedrig sein, sonst wirkt das Angebot unglaubwürdig.«

»Das ist der Knackpunkt«, sagte Melzick, »die Glaubwürdigkeit.« Zweifel drehte sich zu ihr um.

»Deswegen teilen wir unseren beiden Kandidaten mit, dass sie morgen einen Blick in den Wirtschaftsteil der AZ werfen sollen. Sie werden dort einen kleinen Artikel über die Midasana finden, und wenn sie nicht wollen, dass ein großer Artikel folgt …« Sid warf Zweifel einen unsicheren Blick zu.

»Ist das legal?« Der Kommissar atmete tief aus.

»Ich werde den Staatsanwalt vorher nicht um Erlaubnis fragen, Siebental, denn seine Antwort kann ich mir denken.« Melzick tippte Sid von hinten auf die Schulter.

»Was die Kollegen in Ostfriesland können, können wir schon lange. Wenn ich allein schon an diesen Rupert denke.« Zweifel legte seine Hand auf Siebentals Unterarm.

»Sie müssen nicht mitmachen, Siebental.« Sid rieb sich seine Stirn mit einem Taschentuch trocken.

»Das wäre ja noch schöner«, sagte er. Zweifel nickte, drehte den Zündschlüssel um und ließ die Scheiben herunter.

»Wir müssen uns beeilen, Melzick. Ihre Aufgabe wird sein …« Mehr war nicht mehr zu verstehen, denn der Wagen brauste davon.

31. Kapitel

Melzick hatte ihren Beobachtungsposten bezogen. Sie saß schräg gegenüber der Midasana auf der anderen Straßenseite. Vor sich hatte sie einen Pappbecher hingestellt, mit ein paar Münzen drin. Sie lehnte mit dem Rücken an der Hauswand. Ihre auffälligen Haare hatte sie unter einer riesigen Strickmütze in einem faden Braun versteckt. Auf dem Weg zum Schmiedberg, der kleinen Straße, in der der Eingang zur Midasana lag, war sie an einem Second-Hand-Laden vorbeigekommen.

Seit zweiundvierzig Minuten machte Melzick die Erfahrung, wie es ist, auf der Straße zu sitzen. Immer mal wieder kamen Passanten vorbei, doch die junge Frau mit der komischen Mütze war Luft für die Leute, was Melzick nur recht war.

Gerade als sie überlegte, warum sie sich nichts zum Trinken mitgenommen hatte, ging die Tür der Midasana auf und Ena trat heraus, eine Aktentasche in der linken Hand. Ohne sich umzublicken, ging sie mit eiligen Schritten den Gehweg entlang.

Es kam nur eine Richtung in Frage, die andere war durch eine Baustelle versperrt. Melzick wartete ein paar Sekunden, dann stand sie auf. Sie folgte Ena in einigem Abstand. Vor dem alten Stadtbad sah sie einen Rollstuhlfahrer, der Ena nicht zu bemerken schien. Er trieb seinen Rollstuhl mit ein paar kräftigen Armstößen energisch genau in Enas Laufrichtung.

Sie sah ihn zu spät und sprang im letzten Moment zur Seite. Er stieß einen Schrei aus und kam mit großer Mühe zum Stehen, ohne auf die Fahrbahn zu geraten. Allerdings rutschten bei diesem waghalsigen Manöver einige

Taschenbücher von seinem Schoß und fielen auf den Asphalt.

Er entschuldigte sich lautstark bei Ena, die ihrerseits beteuerte, nicht richtig aufgepasst zu haben.

»Wären Sie so nett und würden mir mit den Büchern helfen?«, hörte Melzick den Rollstuhlfahrer sagen.

»Sicher, warten Sie, das haben wir gleich«. Sie legte ihm die Bücher mit der rechten Hand auf den Schoß und fragte ihn, ob alles in Ordnung sei, bevor sie eilig weiterging.

Melzick, die den Zusammenstoß aus der Ferne beobachtet hatte, folgte ihr.

Als sie an dem Rollstuhlfahrer vorbeikam, fiel ihr Blick auf das Taschenbuch, das zuoberst lag. Der Titel war „Ostfriesenfalle". Melzick warf Ena noch einen Blick hinterher. Dann zwinkerte sie dem Rollstuhlfahrer zu.

»Hast du den Brief zugestellt?« Der rundliche Mann im Rollstuhl nickte. »Du bist ein raffiniertes Kerlchen«, sagte sie.

Etwa eine halbe Stunde später ging ein Anruf von einem öffentlichen Telefon bei der Midasana ein, den Massimo entgegennahm. Er stellte zu Frank Pausen durch, der sich gerade auf den Heimweg machen wollte. Eine gedämpfte Stimme, die er nicht kannte, drang an sein Ohr. Sie sagte Ungeheuerliches.

»Spreche ich mit Frank Pausen, dem Kollegen von Falk Grabinger?«

»Ja, was gibt es denn?«

»Ich habe den Auftrag, Ihnen folgenden Text vorzulesen«, war die nüchterne Antwort. »Falk Grabinger ist ein alter Schulfreund. Er hat mir am Tag vor seiner Ermordung eine Datei übergeben. ›Sollte mir etwas passieren, nimm Kontakt zu Frank Pausen auf‹, sagte er, ›er wird sie dir abkaufen.‹

Hier sind meine Bedingungen: 50.000 Euro in bar bis Mittwoch, 17 Uhr 30. Die Übergabe erfolgt auf dem Rathausplatz beim Augustusbrunnen. Du wirst mich leicht erkennen. Ich sitze im Rollstuhl. Ich rate dir, pünktlich zu sein. Lies morgen den Wirtschaftsteil der AZ. Da steht eine kleine Notiz. Wenn du das Angebot nicht akzeptierst, wird die Datei veröffentlicht. Du weißt, welche Folgen das hat.« Es gab eine kurze Pause, dann sagte die Stimme: »Ende des Textes.« Pausen reagierte sofort.

»Moment! Wer spricht da? Von wem haben Sie den Auftrag? Wer hat Ihnen diesen Text ...« Das Freizeichen ertönte. Der Anrufer hatte ohne ein weiteres Wort aufgelegt.

Frank Pausen schloss die Augen. In dieser Nacht allerdings würde er kein Auge zutun.

Zweifel war auf dem Weg nach Friedberg. Vorher sollte er Melzick samt ihrem Fahrrad vor dem Zentralklinikum absetzen. Sie wollte dort Jocelyn und ihren Bruder besuchen. Auf der Fahrt unterhielten sie sich über die Aktion vor dem alten Stadtbad.

»An Sid ist ein Taschendieb verlorengegangen«, meinte Melzick. »Er muss Ena den Zettel in die Jackentasche gezaubert haben, als sie damit beschäftigt war, die Bücher aufzuheben. Das ging so fix, dass ichs nicht mitgekriegt habe.« Zweifel rieb seine Nase.

»Sie hätten es filmen sollen.«

»Wer sagt, dass ichs nicht getan habe?«

»Ach?«

Zweifel fehlten kurzzeitig die Worte. »Und Enas Fingerabdrücke?«

»Die sind auf allen drei Büchern. Sie hat sie allerdings nur mit der rechten Hand berührt. Sid hat sicherheitshalber die

Einbände vorher laminiert. Grünfeld wird begeistert sein.«
Zweifel schüttelte anerkennend den Kopf. »Sind Sie sicher,
dass Pausen Ihren Köder schluckt?«, fragte Melzick

»Er klang am Ende sehr beunruhigt mit einer Spur Panik in
der Stimme«, erwiderte Zweifel. »Beim Vorlesen war ich kurz
davor, den Betrag zu reduzieren.«

»Aber Sie sind doch hoffentlich bei 50.000 Euro
geblieben?«
Zweifel setzte den Blinker, um links in den
Besucherparkplatz einzubiegen.

»Ja, bin ich. Das Geld ist aber der Schwachpunkt in
unserem Plan. Wenn man sich vorstellt, was für die Midasana
auf dem Spiel steht, müssten wir das Zehn- bis Zwanzigfache
verlangen.«

»Ja, aber so ist die Verlockung größer, auf das Angebot
einzugehen«, erwiderte Melzick. »Wenn Grünfeld nur schon
die Fingerabdrücke auf Carlos Gehrock parat hätte.«

»Ich hab ihn vorhin angerufen«, sagte Zweifel. »Es sind
wieder mal die berühmten technischen Schwierigkeiten. Er
wollte es mir im Detail erklären, aber ich glaube es ihm auch
so. Er ist ein guter Mann.« Melzick seufzte.

»Tja, die Augsburger haben eine gute Mannschaft.
Siebental, Grünfeld, Griebl ...« Zweifel hatte eine Lücke
gefunden, parkte ein und drehte den Zündschlüssel um.
Melzicks Ton hatte ihn aufhorchen lassen.

»Sie haben Keitel vergessen.«

»Der passt in keine Mannschaft.« Sie schwieg, machte aber
keine Anstalten, auszusteigen. Zweifel wartete und schwieg
ebenfalls. Schließlich wandte er sich ihr zu und schaute sie
fragend an. Sie holte tief Luft.

»Also dann, wir sehen uns morgen in Sids Büro, nehme ich
an«, sagte sie und öffnete die Tür.

»Spucken Sie's schon aus, Melzick.«

»Äh, wie meinen?«

»Machen Sie die Tür zu und spucken Sie es aus. Sie haben heute schon Himbeertorte auf meine kostbare Toyota-Fußmatte fallen lassen. Also kommts nicht drauf an.«

Sie seufzte wieder und machte die Tür zu. »Es geht um Frau Dr. Schimmelpfeng, richtig?«, fragte Zweifel.

Melzick nickte.

»Ich bin ihr sozusagen mit dem Hintern ins Gesicht gesprungen.«

»Ihre Körpersprache lässt manchmal wirklich zu wünschen übrig«, sagte Zweifel.

»Immerhin ist sie klar und deutlich.«

»Und was kam nach dem Sprung ins Gesicht Ihrer Vorgesetzten?« Melzick atmete tief durch.

»Versetzungsgesuch«, brachte sie raus.

»Wohin?« Sie warf ihm einen ungläubigen Blick zu.

»Jedenfalls nicht nach Manhattan, obwohl — Lieutenant Kojak hat ja auch eine Glatze.«

»Mein Gott, Melzick, Sie reden doch sonst nicht um den heißen Brei herum. Füllen Sie den Wisch aus. Ich werde der Frau Doktor schon klarmachen, dass Sie hier unabkömmlich sind.«

Melzick nickte und schluckte. Sie öffnete die Tür. Dann drehte sie sich zu ihm um und reichte ihm wortlos die Hand.

Es war das zweite Mal in den sechs Jahren, die sie sich kannten. »Vergessen Sie Ihr Rad nicht«, sagte Zweifel

Während Zweifel sich in den Feierabendverkehr auf der B17 einfädelte, dachte er an Melzicks Blick zum Abschied und musste schmunzeln. Und dann dachte er über seine Theorie nach und über ihre.

Es stand nicht unentschieden, wie Siebental es ausgedrückt hatte. Warum, so fragte er sich, hatte Ena ohne Not von Pausens Alkoholproblemen erzählt. Er hatte sie nicht konkret danach gefragt und ausgesprochen redselig war sie nun auch nicht gerade.

Zweifel glaubte den Grund zu kennen. Sie wollte den Verdacht elegant auf Pausen lenken. Und dann ihr Besuch bei der Witwe. Zweifel hatte mit Ena nur fünfzehn Minuten gesprochen, aber die genügten. Die Chance, dass sie eine soziale Ader hatte, war ebenso gering, wie die Chance, dass er jemals einen Kamm brauchen würde. Eines allerdings machte ihm Kummer. Wenn seine Theorie zutraf, dann würde es am Mittwoch tatsächlich zu einer sehr gefährlichen Situation kommen, und zwar für Siebental. Er musste unbedingt eine kugelsichere Weste tragen.

Zweifel beschloss, vorher nochmal mit ihm zu reden und ihm klarzumachen, worauf er sich da einließ. Er schaltete in den Leerlauf und nach fünfzig Metern steckte er im Stau fest.

Seine Gedanken wanderten zu einer Begegnung im Wald von Bad Wörishofen. Damals hatte er sich geschworen, so etwas nie wieder zu tun. Sein Handy klingelte. Siebental war dran.

»Wir haben das Obduktionsergebnis.«

»Ok Siebental, mich interessiert nur eines, war Grabinger drogensüchtig?«

»Äh, Moment, da muss ich kurz …, gleich hab ich …, äh…, nein.«

»Gut. Übrigens — ausgezeichnete Arbeit, Siebental. Wieso können Sie so gut mit einem Rollstuhl umgehen?«

»Das ist ganz …, bis zu meinem siebten …, also ich war schon in der Schule, als die Operation …, seitdem kann ich …, brauch ich keinen …«

»Oh, das wusste ich nicht, Siebental. Äh, wir sehen uns morgen in Ihrem Büro.«

Als Zweifel auflegte, wurde ihm bewusst, dass er noch sehr wenig über seinen neuen Kollegen wusste.

Der Stau löste sich auf. Er seufzte. Sein Magen knurrte. Er dachte an seine neue Wohnung, an die vollen Umzugskisten. Er spürte ein Zwicken in der rechten Schulter und überlegte, wann er das letzte Mal über einen See gerudert war. Sicher, bevor Helmut Kohl Bundeskanzler wurde. Aber das war eine andere Geschichte.

Als er eine halbe Stunde später in der Nähe des alten Wasserturms in Friedberg sein Auto abstellte und zu seinem Haus lief, sah er seinen Vater mit einer Kiste auf den Armen im Nachbarhaus verschwinden.

Zweifel klingelte kurzentschlossen bei Frau Müllerschön. Ed Zweifel öffnete.

»Oh, gut, dass du schon da bist. Du kannst Ed helfen.« Zweifel fragte sich, wie oft er sich noch über seinen Vater wundern musste.

»Wobei soll ich dir helfen? Ich hab Hunger. Ich bin müde. Ich hab Feierabend.«

»Oh, Frau Müllerschön hat schon was für uns vorbereitet. Für Müdigkeit ist jetzt keine Zeit. Ed hat noch neun Kisten. Also für jeden von uns vier.«

Zweifels Verwirrung wusste nicht, woran sie sich zuerst festbeißen sollte.

»Was für Kisten? Und was ist mit der Neunten?«

»Umzugskisten, was sonst. Die Neunte müssen wir zusammen tragen.«

»Du ziehst hier ein? Bei Frau Müllerschön?«

»Elisabeth hat Ed ein Angebot gemacht. Das konnte er nicht ausschlagen. Wir gründen eine Senioren-WG.«

»Und was ist mit …, ich meine, sie hat doch gesagt …, ihr Plan …?« Zweifel stellte fest, dass Siebentals Art zu reden tatsächlich schon auf ihn abgefärbt hatte.

Ein Gedanke, der ihn beunruhigte. Er riss sich zusammen, wenigstens für einen kurzen Satz. »Wie lange soll das gehen?«

»Oh — temporär. Alles ist nur temporär. Diese Erfahrung hast du sicher auch schon gemacht, mein Junge.«

Melzick klopfte einmal an die Tür im neunten Stock und drückte sie auf. Es war ein Zweibettzimmer. Jocelyn lag am Fenster. Zacharias saß auf der Fensterbank und las in einem Prospekt.

Seine Freundin schlief. Als er Melzick sah, legte er den Zeigefinger auf die Lippen.

»Ich hab etwas Obst mitgebracht«, flüsterte sie. Er nickte. »Ich will es kurz machen. Gerade eben hab ich Sina Rothko angerufen. Das ist die Rechtsanwältin, von der ich dir erzählt habe.« Zacharias legte den Prospekt weg und runzelte die Stirn.

»Und? Was sagt sie?«

»Sie wird euch helfen.« Zacharias versagte die Stimme. Er fiel seiner Schwester um den Hals. Eine Weile standen sie eng umschlungen am Fenster. Die Patientin im anderen Bett tat so, als würde sie nichts merken. »Ich werde ab jetzt in Augsburg wohnen«, sagte Melzick, als sie sich wieder voneinander lösten.

»Wieso?

»Weil ich ab jetzt in Augsburg arbeite.«

»Aber …?«

»Ich weiß, es gibt wahnsinnig viel zu besprechen. Wir setzen uns bald zusammen, versprochen. Weißt du schon, wann Jocelyn nach Hause darf?«

»Es kommt auf die Nacht an. Wenn die gut verläuft, dann morgen.«

»Gut, ruf mich an, wenn ihr zuhause seid. Ab jetzt gibt es nur gute Nachrichten, Zack.« Zum ersten Mal seit Samstag krabbelte ein Lächeln über sein Gesicht.

»Ich nehm dich beim Wort, Märchenfee.«

Am Dienstagmorgen lieferte Melzick ihr Versetzungsgesuch ab. Sie legte es Lucy auf den Schreibtisch, die, völlig unüblich, noch gar nicht da war. Eine weitere Nebenwirkung des Gesprächs mit Frau Dr. Schimmelpfeng. Melzick hinterließ ihr eine kurze Notiz. Sie würde sich melden, sobald der aktuelle Fall gelöst wäre. Dann fuhr sie nach Augsburg. Ihr Ziel war die Maximilianstraße. Dort hatte ihre Schulfreundin Carla in einem Haus in der Nähe des Herkulesbrunnens eine Dachgeschosswohnung. Melzick hatte sich für zehn Uhr angekündigt und war pünktlich.

»Komm hoch, oberstes Stockwerk!«, rief Carla in das geräumige Treppenhaus hinunter.

»Ich hab Frühstück mitgebracht«, sagte Melzick, als sie kurz darauf in der Tür zu der Mansardenwohnung stand.

»Optimal, bin gerade erst aufgestanden«, gähnte Carla. Sie frühstückten, als würden sie schon jahrelang zusammen wohnen.

»Ich seh keine Fische und Chips erst recht nicht«, sagte Melzick und leerte ihre Kakaotasse.

»Tja — Fish 'n Chips, das war mal. Ich hab mein Aquarium samt Inhalt verkauft. Für meine Reisekasse, verstehst du?«

»Wie weit willst du deine Expedition denn treiben?«

»Erst mal durch Osteuropa, also Polen, Ukraine, am kaspischen Meer vorbei, Kasachstan, Mongolei, China …«

»Und wie planst du …?«

»Ich hab überhaupt keinen Plan, außer den paar Namen, die ich dir gerade gesagt habe. Ich fahr einfach los.«

»Und was ist mit Chips?«

»Das ist ein alteingesessener, erfahrener Stadtkater. Der passt allein auf sich auf. Da hinten ist die Katzenklappe. Den wirst du nur alle paar Tage zu Gesicht bekommen. Sag ihm nur einfach, wer du bist.« Melzick nickte und schaute sich genauer um.

»Das ist echt 'ne geile Wohnung.«

»Deswegen will sie ja auch nicht aufgeben. Du kannst hier wohnen, bis ich wiederkomme. Die Miete ist extrem günstig, sechshundert Euro. Die musst du allerdings so lange übernehmen.«

»Klaro. Und der Vermieter?«

»Dem ist das egal. Der hockt in München und zählt sein Geld.«

Melzick klatschte in die Hände.

»Wann kann ich einziehen?«

»Sofort, wenn du willst. Ich starte am Samstag. Kannst mir noch beim Packen helfen.«

»Ok, aber vorher hab ich noch was zu erledigen. Ich muss jetzt los.«

Keitel war am Dienstag vor Siebental im Präsidium. Die Tür zu dessen Büro stand offen. Keitel ging hinein. Er schaute sich misstrauisch um. Er witterte. Sein Blick fiel auf Siebentals Schreibtisch, der wie immer ordentlich aufgeräumt war. Neben dem Papierkorb sah er einen Plastikbeutel auf dem Boden liegen. Er warf kurz einen Blick zurück auf den Flur hinaus. Er war menschenleer.

Keitel schloss die Tür. Er ging zum Schreibtisch und schaute sich den Plastikbeutel genauer an. Zwei Bücher waren drin. Den Titeln nach zu urteilen waren es Krimis. Ein Notizzettel mit Siebentals winziger Handschrift war aufgeklebt. Was Keitel da las, elektrisierte ihn.

„Ena Brant – Fingerabdrücke vom 26.07.17". Was hatte das zu bedeuten? Wer war Ena Brant? Die Abdrücke wurden gestern sichergestellt. Er nahm sein Handy und gab den Namen ein. „Generalbevollmächtigte der Midasana" — sieh da! Daher weht der Wind.

Aber warum hatte Siebental die Fingerabdrücke noch nicht an die Spurensicherung weitergeleitet? Der Zuverlässigste war er ja nicht gerade. Davon war Keitel schon lange überzeugt. Was konnte man schon von einem erwarten, der keinen geraden Satz zustande brachte? Keitel nahm den Beutel an sich. »Kein Problem, Siebental. Ich kümmere mich schon darum«, dachte er. Er ging zur Tür, spähte hinaus und verließ Siebentals Büro mit „Ostfriesensünde" und „Ostfriesenangst". Er lief so eilig den Flur entlang, dass er kein Auge für die Bürotür schräg gegenüber hatte, die genau einen Zentimeter offenstand. Weit genug für ein Auge.

32. Kapitel

Zweifel hatte schlecht geschlafen. Die provisorische Matratze auf dem Boden war nichts für seinen Rücken und schon gar nichts für seine Schulter. Er lag wach, starrte an die Decke und ließ sich in aller Ruhe durch den Kopf gehen, was von diesem Tag zu erwarten war.

Er würde Griebl anrufen und ihn fragen, was er aus Falks Handy herausgeholt hatte. Er würde mit Grünfeld reden, ob die Spurensicherung im „Weißen Hasen" nun beendet war. Er überlegte, ob er Massimo von der Midasana ins Gebet nehmen sollte. Er würde Keitel in jedem Fall ins Gebet nehmen. Er würde mit Siebental reden. Und er würde eine Zeitung kaufen.

An diesem Punkt gedanklich angelangt, rollte er sich von der Matratze und stand ächzend auf, um sich einen Kaffee zu machen. Im Wohnzimmer blickte er ratlos auf die Umzugskisten, die sein Vater ordentlich nebeneinander aufgereiht hatte. Auf einem der Kartons entdeckte Zweifel eine Schrift. Jemand hatte mit Kugelschreiber etwas darauf notiert.

»Falls du den Sofortlöslichen suchst, probiers mal mit dieser Kiste, Ed.«

Melzick kam atemlos mit der Augsburger Allgemeinen unterm Arm die Treppe hoch.

Sie konnte sich nicht erinnern, ob ihr Chef eine Uhrzeit genannt hatte. Ihr Gefühl sagte ihr, dass sie sowieso zu spät dran war. Auf dem Flur vor Sids Büro traf sie Griebl, der sie breit angrinste.

»Oh, hallo schon wieder. Ich hab übrigens mal so einen Sojakakao probiert.«

»Ach was! Und?«

»Ist eigentlich zu schade, um ihn auf den Boden zu schmeißen.«

»Krieg ich das jetzt öfters zu hören?«

»Weiß nicht, hängt davon ab, ob wir uns öfters sehen.«

»Aha.« Sie nickte zu der Tür hin. »Sid schon da?« Griebl nickte.

»Ich hab ihm das Handy von Grabinger zurückgebracht.«

»Irgendwelche neuen Erkenntnisse?« Griebl zuckte mit den Schultern.

»Fragen Sie Sid, ich muss dringend weg.«

Melzick klopfte kurz an und trat in Siebentals Büro.

»Guten Morgen, hast du schon Zeitung gelesen?«, fragte sie ihn.

Er stand am Fenster, drehte sich zu ihr um und deutete auf seinen Schreibtisch, wo ein Exemplar der AZ aufgeschlagen lag.

»Dieser Reisser hat das sehr geschickt formuliert. An Enas Stelle …«

»Oder an Pausens Stelle, noch steht es unentschieden«, unterbrach ihn Melzick.

»Jedenfalls, an deren Stelle …«

»Guten Morgen«, platzte Zweifel in Siebentals Satz, der aus alter Gewohnheit unvollendet blieb. Der Kommissar wedelte mit einer Zeitung in der Luft herum.

»Drei Zeitungen wegen einer kleinen Notiz«, brummte Melzick, »finde ich leicht übertrieben.«

»Es steht ja noch mehr drin«, erwiderte Zweifel. »Zum Beispiel über „La Strada". Ich wusste nicht, dass das ein europaweit gefragtes Straßenkünstlerfestival ist.«

»Wir werden tausende von Leuten um uns haben, wenn diese Übergabe steigt«, sagte Melzick.

»Das ist einerseits ein Vorteil«, sagte Zweifel, »macht es andererseits aber natürlich schwieriger, den Überblick zu behalten.«

Sid holte Luft, dann ging er zu seinem Schreibtisch und faltete die Zeitung zusammen.

»Wollten Sie etwas sagen, Siebental?«, fragte Zweifel. Sid nickte.

»Sie sind leicht zu erkennen. Sie waren bei Ena. Sie waren bei Pausen. Sie brauchen eine Tarnung.«

»Ha!«, rief Melzick, »Genau, Chef. Sid hat Recht. Muss ja nicht perfekt sein, aber etwas, damit Pausen Sie nicht schon vom Bahnhof aus erkennt.«

»Oder Ena«, sagte Zweifel.

»Oder Ena«, seufzte Melzick. Zweifel kratzte sich am Kopf.

»Und was für eine Tarnung stellen Sie sich vor?« Melzick schürzte die Lippen.

»Ach, wenn ich Sie so ansehe — da gibt es viele Möglichkeiten. Ich lass mir was einfallen.«

»Meinetwegen. Übrigens — was liegt da auf Ihrem Schreibtisch, Siebental? Ist das Grabingers Handy?« Sid nickte.

»Griebl hat es aktivieren können.« Zweifel nahm es von Sid entgegen und schaute sich die Anrufliste an.

»Er hat in der letzten Woche mit niemandem telefoniert, außer mit Ena und Frank Pausen. Etwa gleich oft und zum Teil mitten in der Nacht.«

»Das bringt uns nicht weiter«, sagte Melzick, »die beiden haben wir ja schon auf dem Radarschirm.«

»Tja — was deren Alibi angeht — ich werde nachher nochmal mit Massimo reden«, sagte Zweifel. »Ich will ihm auf den Zahn fühlen. Wenn die Zeitkonten manipuliert wurden, muss er das bemerkt haben.«

Er strich mit beiden Händen über seinen kahlen Kopf. »Morgen wird ein kniffliger Tag.«

Sid nickte, als wäre das nichts Neues.

»Es wäre gut, wenn du dir die Gesichter von Ena und Pausen einprägst, Sid«, sagte Melzick. Er hob seinen Zeigefinger.

»Hab ich schon. Sind beide im Netz. Ich hab ein bisschen recherchiert. Außerdem haben Sie sie ja gut beschrieben.« Zweifel fand es beruhigend, dass Siebental nun auch in seiner Gegenwart zu ganzen Sätzen fähig war, ohne sie ablesen zu müssen.

»Und was haben Ihre Recherchen ergeben?« Siebental legte seine Hände zusammen.

»Ena Brants Eltern sind beide hochangesehene Professoren. Sie war auf einem Schweizer Internat und hat in Sankt Gallen und Harvard studiert. Frank Pausens Vater ist ein erfolgreicher Unternehmer. Pausen war in England auf einem Internat und hat an der LMU in München studiert.«

»Tadellose Lebensläufe also bei beiden«, bemerkte Zweifel. »Da kann man schon ins Grübeln kommen, ob wir überhaupt richtig liegen.«

»Aber Chef, es gab schon oft genug Mörder, die aus einem guten Haus stammten.«

»An wen denken Sie da zum Beispiel?«

»An den reichen Schnösel, der in Hitchcocks "Cocktail für eine Leiche" seinen Kommilitonen erdrosselt. Oder an Rex Harrison, der es in „Mitternachtsspitzen" auf seine Frau Doris Day abgesehen hat. Aber ich kann noch weiter zurückgehen. Brutus zum Beispiel, ebenfalls aus bestem Haus, war mit dabei, als Caesar ins Jenseits befördert wurde.« Zweifel nickte geduldig.

»Schon gut, schon gut, Sie haben mich überzeugt.«

Er rieb die Hände aneinander. »Wir sollten uns auf morgen gut vorbereiten.«

Er warf Siebental einen langen Blick zu. »Sie werden schusssichere Kleidung tragen, Siebental. Ich möchte, dass Sie wissen, dass Sie die Aktion jederzeit abbrechen können. Niemand wird Ihnen einen Strick daraus drehen. Die Sache ist absolut freiwillig. Sie ist gefährlich. Ich will, dass Ihnen das bewusst ist.«

Sid hatte mit gesenktem Kopf zugehört. Als Zweifel schwieg, blickte er zu Melzick hinüber, die ebenfalls schwieg. Siebental stand auf und ging ans Fenster. Er lehnte seine Stirn an die Scheibe und schloss die Augen.

Zweifel und Melzick tauschten einen ratlosen Blick. »Ist Ihnen nicht gut, Siebental?«, fragte Zweifel. Sid löste seine Stirn vom Glas. Er holte ein Taschentuch hervor und versuchte, den Fettfleck abzuwischen. Dann drehte er sich um und grinste sie an.

»Ich hab nur gerade überlegt, wo ich die Handschellen am besten verstecke.« Melzick klatschte in die Hände und grinste.

»Also das ist sicher das kleinste Problem für dich. Man muss sich ja nur mal diese Aktion hier anschauen.« Sie legte ihr Handy auf den Tisch und startete ein Video. »Ich hab mir das ein paar Mal ansehen müssen, bis ich entdeckt habe, wie du ihr den Zettel untergejubelt hast.« Zweifel schaute sich den kurzen Film zusammen mit Siebental aufmerksam an.

»Sie könnten selbst bei „La Strada" auftreten«, meinte er dann. »Apropos, wir sollten uns rund um den Augustusbrunnen gut umsehen und unsere Positionen festlegen. Melzick, Sie rufen bitte nachher Grünfeld an. Ich will erstens wissen, ob er mit Carlos Gehrock schon weitergekommen ist und zweitens, ob er mit dem „Weißen Hasen" fertig ist. Da fällt mir ein, Sie haben ihm doch die

Bücher und den Besucherausweis gestern noch vorbeigebracht, Siebental?«

»Äh — ja, schon.«

»Aber?«

»Nichts. Er hat die Fingerabdrücke von Ena und Pausen bekommen.«

Zweifel warf Sid einen kritischen Blick zu. Aber er beschloss, es dabei zu belassen.

»Eines muss klar sein, wir dürfen uns morgen keinen Fehler erlauben. Das könnte sonst böse ausgehen.«

»Abgesehen davon, dass sich eine nicht genannte Person tierisch darüber freuen würde«, warf Melzick ein. Zweifel ließ das unkommentiert.

»Ach, noch eines, Siebental. Sie können mir einen großen Gefallen tun.«

Sid ließ sich auf seinen Stuhl fallen. »Besorgen Sie mir ein schönes Büro.«

Der Rest des Tages verlief unspektakulär. Zweifel traf Massimo bei der Midasana nicht an. Er war laut dem Kollegen, der ihn vertrat, »plötzlich und unerwartet nach Italien gefahren. Eine Familienangelegenheit.« Zweifel machte sich so seine Gedanken darüber. Hatte da jemand dafür gesorgt, dass der junge und hilfsbereite Mitarbeiter außerhalb seiner Reichweite war? Auch hinter dieser Abreise konnte sowohl Ena als auch Pausen stecken.

Grünfeld war mit der Arbeit im „Weißen Hasen" fertig und Zweifel konnte Gerhard Cromm die Schlüssel zurückgeben.

»Ich wüsste gern, wer für den wirtschaftlichen Schaden aufkommt, Herr Kommissar.«

»Das dürfen Sie mich nicht fragen, ich bin für die Personenschäden zuständig«, antwortete Zweifel und verabschiedete sich mit einem Lächeln.

Mit der Besichtigung von Rathausplatz, Augustusbrunnen, Perlachturm und den angrenzenden Gebäuden ließen sie sich viel Zeit. Sie mussten davon ausgehen, dass am Mittwoch bereits am späten Nachmittag tausende Schaulustige die Altstadt, den Holbeinplatz und vor allem den Rathausplatz bevölkern würden.

Etliche Arbeiter waren damit beschäftigt, Gastronomie-Pavillons und Holzbuden aufzubauen. Auf großformatigen Kreidetafeln, Flipcharts, selbst gebastelten oder professionellen Schildern war kulinarisch und musikalisch die halbe Welt vertreten, von den USA über Japan, Nepal, Indien, Arabien, die Türkei, Ungarn, Polen, Italien, Spanien bis hin zu Süddeutschland.

An einer Ecke testeten vier Didgeridoo-Profis die Akustik. Eine Sambatrommelgruppe tobte sich probeweise in der Mitte des Platzes aus.

Es war das siebzehnte Mal, dass „La Strada" stattfand und es war, professionell organisiert, ein absolutes Highlight im Augsburger Veranstaltungskalender.

Zweifel, Melzick und Siebental probierten verschiedene Standorte rund um den Augustusbrunnen herum aus. Es war unerlässlich, dass sie während der Aktion laufend Blickkontakt halten konnten. Außerdem waren sie verkabelt und prüften, wie gut die Verständigung war. Trotz des Lärms, den die Didgeridoos, die Sambatrommeln, die Straßenbahn und die Bauarbeiter auf dem Perlachturm und bei den Holzbuden veranstalteten, war Zweifel mit dem Ergebnis sehr zufrieden.

Sie standen nebeneinander vor dem Perlachturm und hatten das Gefühl, alles getan zu haben.

»Das wars für heute«, sagte Zweifel. Bevor sie auseinandergingen, musste Melzick noch etwas loswerden.

»Was ist, wenn unser Plan schiefgeht? Wenn die Nachricht, die Ena und Pausen erhalten haben, sie zum Teufel jagt, statt zu uns?«

»Daran hab ich auch schon gedacht«, sagte Zweifel. »Aber ich bin zu neunzig Prozent sicher, dass unser Angebot unwiderstehlich ist.« Sid warf Zweifel einen überraschten Blick zu.

»Fünfundneunzig Prozent«, sagte er. Melzick schnaufte.

»Vielleicht sollte ich nicht zu viel nachdenken.«

»Von mir aus können Sie damit aufhören, bis wir uns morgen treffen. Um halb zehn. Möglicherweise in meinem neuen Büro.«

Der Mittwoch begann mit böigem Wind, der sämtliche Wolken, die sich während der Nacht über Augsburg und Friedberg versammelt hatten, nach Ostfriesland jagte.

Melzick hatte die erste Nacht in Carlas Wohnung verbracht und prompt verschlafen. Der extreme Wind forderte ihr auf dem Weg mit dem Rad zum Präsidium einiges ab. Obwohl es kaum zwei Kilometer waren, kam sie verschwitzt und atemlos an. Als sie die Glastür zum Polizeipräsidium aufstieß, hörte sie eilige Schritte hinter sich.

Es war Keitel, der sich wortlos an ihr vorbeidrängte und ohne sie zu beachten im Innern verschwand. Sie lief in den dritten Stock, klopfte an Sids Tür und trat ein. Sein Büro war leer. Zurück im Flur hörte sie gedämpfte Stimmen und öffnete einfach die nächstgelegene Tür.

»Morgen Melzick«, sagte Zweifel, der neben Siebental am Fenster stand.

»Ohne Zweifel ein guter Morgen«, war ihre Standardantwort.

»Siebental hat mir gerade etwas über Keitel berichtet.«

»Der hat mich eben fast über den Haufen gerannt.«

»Aha, er ist also anwesend. Siebental, würden Sie ihn bitte anrufen? Er soll auf der Stelle vorbeikommen. Sagen Sie ihm, es wird nicht lange dauern.«

»Was ist denn los?«, fragte Melzick. »ist das Ihr neues Büro? Bisschen kahl, finden Sie nicht?«

»Sehen Sie sich den Raum genau an, Melzick. Wie wirkt er auf Sie?«

»Sie sind gut. Was gibts da anzuschauen? Sieht aus, als ob er gestrichen werden müsste.«

»Und genau deswegen steht nichts hier rum, außer uns und einem Papierkorb. Übermorgen wird er fertig sein.«

»Na herzlichen Glückwunsch.«

Siebental telefonierte im Hintergrund. »Und was ist mit Keitel?«, fragte Melzick.

»Sie werden es gleich erleben.« Sie gingen nach nebenan in Siebentals Büro. Kurz darauf trat Keitel ohne anzuklopfen ein.

»Sie können stehenbleiben, Keitel«, sagte der Kommissar, der sich neben Siebentals Schreibtisch aufgebaut hatte, »ich werde es kurz machen.«

Melzick saß neben Sid an dem winzigen Tisch, an dem sie die bisherigen Besprechungen abgehalten hatten. Keitel verschränkte die Arme und zog die Augenbrauen geringschätzig hoch. Er würdigte die beiden keines Blickes.

»Ich stelle folgende Tatsachen fest«, sagte Zweifel mit ruhiger Stimme, fast wie im Plauderton. »Sie waren gestern Morgen hier in diesem Büro, allein. Sie haben einen Plastikbeutel gefunden, der zwei Taschenbücher enthielt. Der Beutel war beschriftet, und zwar mit Siebentals Handschrift.«

Keitel hatte die Arme voneinander gelöst. Er ließ sie hängen, wie Henry Fonda bei einem Revolverduell. Seine Nasenflügel bebten. »›Fingerabdrücke Ena Brant, 26.07.17‹

stand darauf. Es waren Beweismittel, die schon längst bei Grünfeld hätten sein müssen. Sie haben dieses Büro mit den Beweismitteln verlassen. Ich habe vorhin mit Grünfeld telefoniert. Sie sind bis heute nicht bei ihm gelandet. Was sagen Sie dazu?« Keitels Miene war versteinert. Er funkelte Zweifel an. Seine Stimme vibrierte vor unterdrückter Anspannung.

»Was faseln Sie da? Lächerlich! Wie kommen Sie dazu, so etwas zu behaupten?«

»Lassen Sie das«, sagte Zweifel. »Sie wurden beobachtet. Das ist eine Tatsache. Unterschlagung von Beweismitteln. Auch eine Tatsache. Sie wissen, was das heißt. Sie sind raus aus dem Team. Sie sind raus aus dem Polizeidienst.«
Keitel ballte die Fäuste und starrte wild hinüber zu Melzick und Siebental. »Und lassen Sie mich noch eine Tatsache hinzufügen«, sagte Zweifel gelassen. »Ich kann Sie nicht ausstehen.«

Keitels Augen trafen ihn wie zwei Dolche. Das Blickduell dauerte dieses Mal nur zehn Sekunden. Wäre in dieser Zeit eine Stecknadel zu Boden gefallen, wären alle zusammengezuckt. »Ich sagte ja, es wird nicht lange dauern. Sie können die Tür von draußen zu machen, Herr Keitel.«

Keitels Lippen verzerrten sich zu einem höhnischen Grinsen. Langsam drehte er sich um und öffnete die Tür. Einen Moment sah es so aus, als überlegte er es sich anders. Doch er ging und ließ die Tür hinter sich zuknallen.

»So macht man sich Feinde«, murmelte Melzick.

33. Kapitel

Es war 17 Uhr 10 an diesem 28. Juli, dem ersten Tag des „La Strada-Festivals". In den Straßen rund um den Rathausplatz wimmelte es von Menschen. Der Wind war im Lauf des Tages noch stärker geworden. Ein warmer Hochsommerwind. Ein Wüstenwind. Papierservietten, Plastiktüten, Luftballons — alles flog, schwebte, segelte in der warmen Luft, die mit den verschiedensten Duftschwaden geschwängert war.

Sid bahnte sich, von der Steingasse kommend, mit seinem Rollstuhl einen Weg durch die Menschenmassen. Mehr als einmal hörte er böse Kommentare, weil ihn jemand übersehen hatte und ins Stolpern geraten war.

»Nächstes Mal nehme ich eine Fahrradhupe mit«, dachte er und rutschte auf seinem Sitz hin und her. Ein nächstes Mal würde es nicht geben. Die kugelsichere Kleidung schnürte ihn ein wie eine Zwangsjacke. Auf seinem Schoß lag eine schwarze Decke. Darunter hatte er das Notebook liegen. Er war schweißgebadet. Die Handschellen hatte er neben seinem rechten Oberschenkel im Sitz festgeklemmt. Sie pressten sich unangenehm gegen seine Beinmuskeln. Vor dem Spirituosen- und Pfeifenladen „Steingasse No 7" legte er eine Pause ein.

Die Uhr am Perlachturm zeigte 17 Uhr 15. Melzick entdeckte Sid von ihrer Position aus. Neben einem Pavillon, der indische Spezialitäten anbot und fast in der Mitte des Platzes lag, hatte jemand mehrere Holzpaletten aufeinandergestapelt. Ohne lange zu fragen, war sie einfach hochgeklettert und hatte nun eine sehr gute Übersicht. Es roch penetrant nach Curry. Eine der drei Inderinnen winkte regelmäßig zu ihr hoch und bot ihr verschiedene mit Sicherheit höllisch scharfe

Leckereien zum Probieren an. Melzick lehnte ab und nach dem vierten Mal wurde sie in Ruhe gelassen.

Sid kam näher gerollt und hatte nun freie Sicht auf den Augustusbrunnen. Es war der Prächtigste der drei großen Renaissancebrunnen entlang Augsburgs Prachtmeile, der Maximilianstraße. Auf dem Brunnenpfeiler beherrschte die Bronzestatue Kaiser Augustus' die Szenerie. Mit kaiserlicher Gelassenheit wies sein ausgestreckter Arm auf die gewaltige Renaissancefassade des Augsburger Rathauses. Sid sollte sich so am Brunnen postieren, dass sowohl Zweifel als auch Melzick ihn genau beobachten konnten. Melzick hatte ihre Dreadlocks unter der unauffälligen faden Strickmütze versteckt. Ihr lief der Schweiß über das Gesicht. Sie trank aus ihrer Wasserflasche und schaute hoch. Die Uhr am Perlachturm zeigte 17 Uhr 20.

Zweifel wurde schier wahnsinnig. Er stand auf der Treppe vor dem Rathaus und Kaiser Augustus deutete mit seinem jahrhundertealten Bronzefinger auf ihn. Zweifel hatte Melzick und Siebental, beide etwa dreißig Meter entfernt, gut im Blick.

Seine Kopfhaut peinigte ihn, als hätte Melzick Juckpulver einmassiert. Dabei war es nur eine blonde Perücke, zu der sie ihn überredet hatte und die in der Tat einen anderen Mann aus ihm machte.

Er beobachtete, wie der Kollege langsam zu seinem vorgesehenen Platz am Augustusbrunnen rollte. Siebental musste ein paar Mädchen verscheuchen, die sich dort niedergelassen hatten. Sie flatterten davon wie Vögel, die eine Katze anschleichen sehen.

Siebental war ein sehr fähiger, intelligenter und liebenswerter Kollege. »Mein Gott«, dachte Zweifel erschrocken über seine eigenen Gedanken, »das hört sich an wie ein Nachruf.« Ohne es zu wollen, schweifte seine Erinnerung zu der Szene im Wald zurück, die er vor nicht allzu langer Zeit hatte mit ansehen müssen. Nie würde er den Augenblick vergessen, als die Schüsse fielen. Er blickte hinüber zu Melzick, die ohne zu fackeln einen erhöhten Standpunkt ergattert hatte.

Es war nicht nur Siebental, der in Gefahr war. Wer konnte wissen, wie ein in die Enge getriebenes Tier reagierte? Die Morde an Grabinger und Carlo waren äußerst kaltblütig begangen worden. Konnte er wirklich ein solches Risiko eingehen?

Er dachte an Melzicks Worte. »Was, wenn unser Plan schiefgeht?« Siebental saß da in seinem Rollstuhl wie ein wehrloses Kaninchen. Die Uhr am Perlachturm schlug halb sechs. Er musste die Sache abblasen, sie unbedingt sofort stoppen. Da hörte er Melzicks ruhige Stimme in seinem Kopfhörer, der unter der Perücke unsichtbar war.

»Ich seh ihn, Chef, ich seh ihn.«

Ena war neugierig. Sie hatte sich dem Augustusbrunnen von der nördlichen Karolinenstraße aus genähert. Zwischen dem Brunnen und dem Perlachturm begannen zwei Diabolo-Artisten ihre Vorstellung und wirbelten in atemberaubender Geschwindigkeit mit ihren Seilen und Diabolos, wobei sie sich gegenseitig in einer fremden Sprache lautstark anfeuerten.

»Am Augustusbrunnen um 17 Uhr 30« war die Botschaft gewesen. Ena war, als sie den Zettel entdeckt hatte, schon nach kurzer Überlegung klar, dass es der Rollstuhlfahrer gewesen sein musste. Er hatte den Zettel in ihre Tasche geschmuggelt, während sie ihm die Bücher aufhob. Nun war sie da, zur rechten Zeit am rechten Ort. Sie umrundete unauffällig den Brunnen. Alle Augen klebten an den unglaublichen Kabinettstückchen der Diabolo-Artisten. Eine teuflische Kunst?

Sie ging außen an der Zuschauermenge vorbei. Da sah sie ihn in seinem Rollstuhl sitzen. Und zu ihrer größten Verblüffung sah sie noch jemanden.

Melzick hatte ihren Beobachtungsposten verlassen.

»Pausen steht jetzt bei Sid. Ich geh ran«, hörte Zweifel ihre angespannte Stimme.

»Warten Sie. Greifen Sie noch nicht ein«, sagte Zweifel, der das Geschehen von der Rathaustreppe aus beobachtete.

Sid sah Pausen erst im letzten Moment und griff instinktiv an seine Reifen. Pausen sah ihn misstrauisch an. Er ließ den Blick in die Runde schweifen. Niemand beachtete sie. Er beugte sich hinab.

Sid hatte das fast quadratische Gesicht mit den unzähligen Sommersprossen so oft auf Fotos studiert, dass Pausen ihm wie ein alter Bekannter vorkam.

»Haben Sie etwas zu verkaufen?«, fragte Pausen leise. Sid blieb beim Du wie in der Botschaft, die Pausen am Telefon zu hören bekommen hatte.

»Nur wenn du den Preis bezahlen kannst.« Melzick war noch ein paar Meter entfernt. Sie sah, wie Pausen in seine Innentasche griff und rannte los.

»Warten Sie noch, Melzick«, sagte Zweifel, der von seinem Platz aus sah, dass Pausen ein Kuvert hervorzog. Sid nickte und schlug die Decke zurück. Pausen sah das Notebook greifbar nahe vor sich.

»Wie kann ich sicher sein, dass es kein Duplikat gibt?«

Ena sah, wie Pausen sich zu dem Rollstuhlfahrer hinabbeugte. Fasziniert beobachtete sie, wie er dem Mann etwas aus seiner Jackentasche zeigte. Der Rollstuhlfahrer nickte und schlug seine Decke zurück. Pausen griff danach und sagte etwas, was sie nicht verstehen konnte.

»Du kannst überhaupt nicht sicher sein«, antwortete Sid auf Pausens Frage. Er starrte eine Sekunde lang in Pausens verwirrtes Gesicht. Dann stand er urplötzlich auf.

»Zugriff, Melzick, Zugriff!«, rief Zweifel in sein Mikrofon. Melzick war mit wenigen Schritten bei Pausen, doch Sid hatte dem völlig perplexen Mann in Sekundenschnelle die Handschellen angelegt.

»Wir haben ihn, Chef, wir haben ihn sicher«, hörte Zweifel Melzicks Stimme, jetzt auch ohne Kopfhörer. Zweifel seufzte erleichtert und riss sich als erstes die Perücke vom Kopf.

Die Zuschauer hatten von Pausens Verhaftung nichts mitbekommen. Sie waren von der Darbietung der Diabolospieler so gefesselt, dass sie keine Augen für etwas hatten, was in ihrem Rücken passierte.

Zweifel rieb mit beiden Händen über seine geplagte Glatze und ließ den Blick über die Menge schweifen.

Die Leute blickten alle in dieselbe Richtung. Nur ein Kopf nicht. Eine schwarzhaarige Frau starrte in die Richtung von Melzick, Sid und Pausen. Und kaum hatte Zweifel die Frau bemerkt, drehte sie den Kopf auch schon suchend in seine Richtung.

Ihre Blicke trafen sich. Eine Sekunde später war sie hinter dem Brunnen verschwunden. Sie musste ihn gleich erkannt haben. Zweifel reagierte sofort. Er sprang die Rathaustreppe hinunter und rannte mit Riesenschritten am Perlachturm vorbei. Sie musste rechts runter in Richtung Barfüßerstraße geflohen sein.

Melzick hatte Pausen zusammen mit Sid in sicherem Gewahrsam. Der Mann leistete keine Gegenwehr. Als sie sich nach Zweifel umdrehte, sah sie ihn in höchster Eile hinter dem Augustusbrunnen vorbeihetzen.

»Kommst du allein mit ihm klar?«, fragte sie Sid. Der steckte sein Handy ein.

»Kein Problem, hab die Kollegen schon alarmiert.«

»Das ist ein Irrtum, ein schrecklicher Irrtum«, stammelte Pausen, der kreidebleich geworden war, so dass seine Sommersprossen wie eine Hautkrankheit wirkten. Melzick lief um den Brunnen und hielt nach Zweifel Ausschau. Er war verschwunden.

Zweifel war am Perlachturm vorbei und sah die Straße hinunter, die rechts vom Rathausplatz abzweigte.

Ena war nicht zu sehen. So schnell konnte sie nicht sein. Das war unmöglich.

Er drehte sich um und blickte auf das Absperrgitter. Eine Stunde zuvor hatten Bauarbeiter es vor dem Eingang zum Perlachturm platziert, als sie Feierabend machten. Es war nicht sehr hoch. Der Turm wurde saniert. Vor allem die Treppen waren marode, deswegen war er schon seit Wochen gesperrt. Es würde Jahre dauern, bis man ihn wieder betreten durfte.

Zweifel ging näher. Er hörte, wie ein paar kleine Steinbrocken auf die Stufen des Treppenaufgangs fielen. Er schwang seine langen Beine über das Gitter und lief die ersten Stufen so leise wie möglich hoch. Über ihm waren eindeutig Schritte zu hören. Das musste sie sein.

»Sie können sich den Aufstieg sparen, Frau Brant«, rief Zweifel. Sie reagierte nicht, stattdessen lief sie eilig weiter nach oben. »Wir haben soeben Frank Pausen festgenommen«, rief Zweifel und stieg ihr nach. Der Turm war quadratisch, die Treppe lief an den Außenwänden entlang.

Nach fünfzig Stufen, etwa einem Fünftel des Aufstiegs, klingelte sein Handy. Es war Grünfeld.

»Ich hab die Fingerabdrücke von Carlos Gehrock mit den anderen vergleichen können. Tut mir leid, dass es so lang gedauert hat. Das Ergebnis ist eindeutig — Ena Brant wars.« Zweifel legte wortlos auf.

»Chef! Sind Sie da oben?«, hörte er Melzick schreien.

»Bleiben Sie, wo Sie sind, Melzick!« Er nahm die nächsten Stufen, während er Ena Brant immer höher steigen hörte. Melzick folgte ihm unbemerkt.

»Ena Brant!«, rief Zweifel so laut er konnte. »Bleiben Sie stehen. Sie haben keine …« Ein lautes Klacken ließ ihn verstummen. Es hörte sich an, als ob zwei große Kieselsteine aneinandergeschlagen würden. Zweifel erkannte das Geräusch sofort. Ena hatte geschossen. Natürlich mit Schalldämpfer. Gleich darauf fiel der zweite Schuss und Melzicks Schmerzensschrei gellte durch den Turm.

»Melzick! Verdammt, was ist? Warum sind Sie nicht unten geblie…«

Der dritte Schuss pfiff ihm um die Ohren. Er duckte sich und lief nach unten. Melzick lag zusammengekrümmt auf den Stufen, keuchte und stöhnte vor Schmerzen. »Wo?«, rief Zweifel aufgeregt, »Wo hat Sie's erwischt?« Sie umklammerte mit beiden Händen ihr linkes Bein. Ein Querschläger hatte sie knapp unterhalb des Knies getroffen. Sie blutete nicht sehr stark, soweit Zweifel das feststellen konnte.

Er forderte per Handy Verstärkung und einen Notarzt an. Dann kniete er sich neben Melzick und sah ihr ins schmerzverzerrte Gesicht. »Ganz ruhig, Melzick. Es ist nur eine Fleischwunde. Halten Sie durch?« Sie biss die Zähne zusammen und nickte.

Eine Kugel schlug in die Wand über ihnen ein, gleich darauf noch eine. War diese Irre etwa die Treppe heruntergekommen? Zum ersten Mal bereute er es, bei einem solchen Einsatz keine Waffe bei sich zu haben.

Aber sie wusste nicht, dass er unbewaffnet war. Er konnte nur versuchen, sie mit Worten zu stoppen. Er stieg vorsichtig ein paar Stufen höher. Von Ena war nichts zu sehen.

»Hören Sie! Ich werde nicht schießen! Sie wissen, dass Pausen nichts mit den Morden zu tun hat. Ich hatte von Anfang an Sie in Verdacht.«

Zweifel zwang sich, seine Stimme so klingen zu lassen, als wollte er sich mit ihr über einen Film unterhalten. »Der Nagellack. Das war das erste Zeichen. Wissen Sie, dass wir Nagellackreste im „Weißen Hasen" gefunden haben?«

Zweifel schwieg und lauschte. Solange er sie mit seinen Worten ablenkte, konnte er sie vielleicht am Schießen hindern. Er stieg langsam höher.

Auf dem nächsten Absatz sah er etwas Schwarzes liegen. Sie hatte ihre Perücke weggeworfen. »Wir haben auch Grabingers Datei gefunden«, fuhr Zweifel fort, »diese Studie, die alles zunichte machen wird. Die Zulassung des Medikaments, ihren Aufstieg in den Vorstand der Midasana, das Megagehalt. Das konnten Sie nicht zulassen. Dieser verdammte Grabinger! Er musste so rasch wie möglich ausgeschaltet werden. Carlo, dieser armselige Straßenmusiker war für Sie nur ein Kollateralschaden. Nicht weiter wichtig. Ausgerechnet er sollte zu Ihrem Verhängnis werden, denn wir haben Ihre Fingerabdrücke auf seinem Gehrock sichergestellt.«

Zweifel machte eine Pause und hielt den Atem an. Sie schien sich nicht zu bewegen. Er konzentrierte sich auf die nächsten Worte. »Aber diese Studie — wo war sie? Grabinger musste sie irgendwo versteckt haben. Sie waren in seiner Wohnung mit dieser lächerlichen Perücke hier und Sie waren bei seiner Frau. Aber gefunden haben Sie nichts. Dabei hatten Sie das Notebook vor Augen, die Grabinger hat es Ihnen gezeigt. Aber Sie haben keinen Blick für das Defekte, Kaputte, Heruntergekommene. Sie haben das übersehen, was für Sie am wertvollsten war.«

Zweifel schlich lautlos an der schwarzen Perücke vorbei und spähte nach oben.

Ena war unsichtbar. Er presste sich an die Wand und wischte mit der flachen Hand über sein Gesicht. »Und dann meldet sich Grabingers Schulfreund bei Ihnen. Ein Rollstuhlfahrer. Ein leichtes Opfer. Dieses Angebot muss Ihnen wie ein Geschenk vorgekommen sein. Eine andere Möglichkeit kam Ihnen nicht in den Sinn.«

Zweifel machte eine erneute Pause, versuchte irgendein Geräusch von ihr wahrzunehmen und nahm die nächsten Stufen. Er hatte längst aufgehört zu zählen. Die Rundbogenfenster mit den hölzernen Läden, zwei nebeneinander in jeder Wand, kamen in Sicht. Er musste in Höhe der großen Zifferblätter sein. Bis hier war immerhin kein weiterer Schuss gefallen.

Allerdings hatte Zweifel keine Ahnung, was er tun würde, wenn er ihr gegenüberstand.

Noch nie hatte er es mit einem so unberechenbaren Gegner zu tun gehabt. Und dass der Gegner eine Frau war, verdoppelte die Schwierigkeiten.

Warum drehte er nicht einfach um, und verließ mit Melzick zusammen den Turm? Er wusste, warum und darum feuerte er seine nächsten Sätze ab.

»Ich weiß nicht, wie viele Fehler Sie bisher in Ihrem Leben gemacht haben. Aber ich sage Ihnen, welche Ihre drei Größten waren. Sie haben Falk Grabinger erschossen. Sie haben Carlo erschossen. Und Sie sind vor mir in diesen Turm geflohen. Die ersten beiden Fehler sind unverzeihlich. Den Dritten werden Sie sich selbst nie verzeihen. Sie hatten viele Chancen — jetzt haben Sie keine mehr.«

Zweifel schwieg. Er wusste nichts mehr zu sagen.

Weit unten hörte er Melzick vor Schmerzen wimmern und da fühlte er, wie eine gewaltige Wut in ihm aufstieg. Er marschierte ohne nachzudenken einfach los. Nach ein paar Stufen brach die Hölle über ihn herein. Ena schoss und schoss, blindlings, fünf, sechs, sieben, acht Mal, sie ballerte ihr ganzes Magazin leer und Zweifel presste sich atemlos an die Wand und betete, dass sie nur eines hatte.

Dann war Stille. Und in diese Stille hinein schlichen die noch fernen Sirenen der Einsatzwägen.

Zweifel zögerte eine halbe Ewigkeit, dann stieg er Stufe für Stufe langsam nach oben. Ein paar Tauben gurrten hoch oben zwischen den fünfunddreißig Glocken, die in wenigen Minuten eine Melodie Mozarts über den Platz senden würden.

Er erreichte mit klopfendem Herzen den kleinen Raum unter der Aussichtsplattform. Dicht an die Wand gedrückt hörte er Schuhe, die auf dem Boden über ihm knirschten. »Frau Brant?« Keine Antwort. Lautlos und zu allem entschlossen stieg er nach oben. Eine Stufe, noch eine und noch eine. Das Adrenalin kribbelte in seinen Adern. Doch urplötzlich überkam ihn eine große Ruhe.

Irgendetwas sagte ihm, dass die Gefahr vorüber war. Sein Puls beruhigte sich. »Ena«, sagte er so sanft er konnte, »es ist vorbei. Lassen Sie uns nach unten gehen.« Wieder hörte er die Schuhe knirschen. Das Sirenengeheul war nun ganz nahe und verstummte abrupt. Zweifel nahm die letzten Stufen. Und da sah er sie.

Auf dem Rathausplatz hatte niemand etwas von den Schüssen mitbekommen. Die Diabolo-Artisten setzten zu ihrem Finale an. Sie schleuderten die Diabolos unter gegenseitigen Anfeuerungsschreien hoch und immer höher. Die Zuschauer legten die Köpfe in den Nacken, kniffen die Augen zusammen und folgten den magischen Fluggeräten, bis eine Frauenstimme wie eine Peitsche die aufgeheizte Atmosphäre durchschnitt.

»Da steht einer!«, schrie sie gellend und reckte beide Arme in Richtung der Perlachturmkuppel. »Da oben steht einer!!« Ihre Schreie fanden ein vielstimmiges, entsetztes Echo.

Ena Brant stand auf der Brüstung der Aussichtsplattform, siebzig Meter über dem Kopfsteinpflaster. Die Sicherheitsgitter waren abmontiert worden, weil sie durch neue ersetzt werden sollten. Ena hielt sich mit einer Hand am Dach fest. In der anderen hielt sie die Pistole. Sie hing schlaff herunter.

Ihre grünen Augen trafen Zweifel zum zweiten Mal an diesem Abend. Sie schienen ihn etwas zu fragen. Er fand keine Worte, um sie zurückzuhalten. Das würde er sich nie verzeihen. Stumm blickten sie einander in die Augen. Die Szene würde ihn für lange Zeit jede Nacht verfolgen. Wie ihre grünen Augen sich verdunkelten. Wie sie ihm hilflos zulächelte, als wollte sie sich entschuldigen.

»Wir sehen uns unten, Kommissar«, waren ihre letzten Worte, bevor sie ihre Hand löste und langsam nach hinten kippte. Zweifel hörte den Aufschrei der Menge, bevor er an der Brüstung war.

Er war noch nie oben auf dem Perlachturm gewesen. Sein Blick schweifte über das prächtige Rathaus von Augsburg und über die Dächer der Altstadt. Die Tauben waren davongeflogen. Er sammelte all seinen Mut und blickte nach unten.

Er sah sie liegen. Dann schloss er die Augen.

Epilog

Zwei Tage später machte Lucy es sich auf dem Rücksitz bequem.

»Ich hätte nie gedacht, dass ich mal in Ihrem Prachtstück mitfahren darf, Adam.«

Zweifel hatte seinen türkisfarbenen Cadillac in Bad Wörishofen abgeholt und dabei auch Lucy mitgenommen. Auf dem Beifahrersitz thronte Siebental. Auf der Fahrt schilderte Zweifel Lucy alle Einzelheiten seines ersten Augsburger Falles, wobei er für das Ende oben auf dem Perlachturm nur wenige Worte fand. »Der Daumenabdruck auf dieser Münze, der muss aber doch von dieser Ena gewesen sein«, sagte Lucy.

»Ja, aber wir hatten nur Fingerabdrücke von ihrer rechten Hand. Sie muss die Münze mit links in Carlos Kiste gelegt haben, weil ihre rechte Hand bereits an der Waffe war«, sagte Zweifel.

»Eins kapier ich aber nicht«, sagte sie und rückte vergeblich ihr Kopftuch zurecht, das im Fahrtwind heftig flatterte. »Wieso ist dieser Pausen überhaupt zu diesem Treffpunkt gekommen?«

»Er hatte keine Ahnung von Grabingers Studie und war einfach nur neugierig«, sagte Zweifel. »In seinem Kuvert waren Papierschnipsel, er hatte nie vor, die Datei zu kaufen. Trotzdem war er sehr nervös wegen unserer Ermittlungen.«

»Und warum solches, wenn er doch unschuldig war?«

»Unschuldig an den Morden, das ja«, sagte Zweifel und setzte den Blinker. »Aber schuldig des Ehebruchs. Es gibt da nämlich eine sozusagen unerlaubte Verbindung zu jemandem in Gerhard Cromms Büro.«

»Mein Gott«, seufzte Lucy, »was alles nicht erlaubt ist.

Wenig später standen sie im neunten Stock des Zentralklinikums um Melzicks Bett herum. Sie war bester Laune und deutete auf die Fensterbank.

»Da sind Mango-Maccadamia-Muffins drin. Mein Bruder hat sich übertroffen. Es muss aber für alle reichen«, rief sie Lucy zu, die schon auf dem Weg zu der weißen Schachtel war.

»Sid darf als erster«, verkündete Melzick.

Siebental griff zu. Lucy legte ihre Hand auf Melzicks unversehrtes Bein.

»Mel, sag mir eins, wie fühlt es sich an, von einer Kugel getroffen zu werden?«

»Ja, das wollte ich vor ein paar Jahren auch schon mal wissen und hab nachgelesen, was Getroffene so berichten. ›Die Schmerzen kommen nicht sofort, das Adrenalin betäubt, es brennt ein bisschen‹ und so weiter und so weiter. Bei mir war es umgekehrt. Es tat saumäßig weh, es hat gebrannt wie Feuer und das Adrenalin war ausverkauft.«

Sie warf Sid einen Blick zu. »Jetzt sag mal, wie hat dir denn die Fahrt in diesem Haifischflossenmonster gefallen?«, fragte sie.

Er kaute eilig und antwortete:

»Wahnsinn …, das ist …, also ich bin …, du hast einfach nur — wahnsinnig viel Platz …«

»Apropos Platz«, sagte Melzick und warf Zweifel einen ernsten Blick zu. »Ähm, Ihr neues Büro, Chef. Ich finde, das ist zu groß für Sie allein. Sid und ich würden da viel besser hineinpassen. Und Sie übernehmen einfach Siebentals Büro. Was meinen Sie?«

»Ich finde, da sollte er das letzte Wort haben«, erwiderte Zweifel.

Siebental stand mit dicken Backen da und sah sich drei fragenden Gesichtern gegenüber. Er hatte Mühe, an dem

Muffin in seinem Mund vorbeizusprechen. Trotzdem verstand ihn jeder.

»Ja …, äh …, das ist im Grunde …, ich finde …, wenn Sie …, wenn du …, dann bin ich …, gut.«

Nachbemerkung und Danksagung

Sämtliche Personen und Ereignisse in diesem Buch sind frei erfunden (mit einer Ausnahme s.u.). Ähnlichkeiten mit lebenden Personen sind zufällig.

Künstlerische Freiheit und Wunschdenken siegten in folgenden Fällen über die Realität:

Das „La Strada-Festival" habe ich ausnahmsweise schon mittwochs beginnen lassen, statt freitags, und der Perlachturm wurde erst Ende 2017 wegen der Sanierung gesperrt.

Tierversuche sind bis dato gesetzlich bei der Medikamentenzulassung vorgeschrieben

Meiner Frau Bettina bin ich von Herzen dankbar für ihre Engelsgeduld und für Ihre Idee, den Schauplatz meines dritten Krimis nach Augsburg zu verlegen.

Meiner Tochter Julia danke ich ganz herzlich für ihr sorgfältiges, kritisches und mit wertvollen Hinweisen gespicktes Lektorat.

Von meinem Sohn Adrian erhielt ich ausführliche Informationen darüber, wie man ein Notebook ruinieren und trotzdem verwenden kann. Tausend Dank dafür.

Sehr froh bin ich wie immer über die Mitarbeit von Carla, die aus meinen Schnapsideen ein tolles Cover destilliert und mit eigenen Ideen optimiert hat. Merci.

Ein ganz besonderer Dank geht an Klaus-Peter Wolf, der wahnsinnig schnell auf meine Anfrage antwortete und sich zu einem Gastauftritt in meinem Krimi verlocken ließ.

Wie sagt man in Ostfriesland — Weest bedankt!

Lagerfeuergeschichten für das Kopfkino

Was sucht ein Typ am Pol der Unerreichbarkeit? Gibt es Giraffen in New York? Was geschah in Lesleys Haus? Wen hat Rabenstein auf dem Gewissen? Was dürfen die Bewohner von Gold Point niemals tun? Verschläft Leander ein Jahrhundertbeben? Warum blieb Leas Flaschenpost ungelesen? Wer hörte den tödlichen Ruf der Tiefe? Wohin verschwand Elisa?

Neun Storys, die einen noch lange verfolgen werden. Sie sind leicht zu lesen, aber die darin beschriebenen Bilder, Figuren und Ereignisse gehen nicht mehr aus dem Kopf.

156 Seiten
Als E-Book und als Taschenbuch erhältlich

Verfolgt, verdächtigt, verwegen

Capri, Florenz, Paris — davon kann Ludwig Vonwegen mangels Knete nur träumen. Doch dann wird er zufällig Housesitter. Was als Glücksfall beginnt, entwickelt sich zur schrägen Odyssee durch halb Europa. Mit Renee, einer jungen Amerikanerin auf Europatour und Paul, einem studierten Taschendieb, entsteht ein verwegenes Trio »überwegs«.

396 Seiten
Als E-Book und als Taschenbuch erhältlich

Aufsehenerregender Augsburg-Krimi

Ein Ermordeter im Merkurbrunnen, ein Erhängter im Wittelsbacher Park — sind schwarze Mitbürger die Opfer von Rassisten? Es braut sich was zusammen. Ein makabres Video geht viral. Anschläge erschüttern das Vertrauen in die Polizei. Die Medien spielen verrückt. Der Kommissar und seine Assistentin bewegen sich bei ihrem vierten Fall auf dünnem Eis. Bei der Tätersuche begegnen Zweifel und Zick giftigen Nachbarn, geldgierigen Juristen und gerissenen Journalisten — eine explosive Mischung. Die Lage spitzt sich zu, als der ehrgeizige Polizeichef sich einmischt.

vom preisgekrönten Friedberger Autor Achim Kaul

502 Seiten
Als E-Book und als Taschenbuch erhältlich

Die Therme in Bad Wörishofen. In den Saunalandschaften wird gepflegt geschwitzt. Gänsehaut-Schreie gellen durch die aufgeheizte Luft. Gasgranaten zünden. Die Fluchtwege sind plötzlich versperrt. Die Nackten packt die nackte Panik. Chaos! Zur selben Zeit bekommt Kommissar Zweifel einen anonymen Anruf: »In der Therme ein Toter — das ist doch was für Sie«. Der Fall verspricht besonders knifflig zu werden. Wer lügt? Wer heuchelt? Wer manipuliert wen? Und vor allem: Wer ist der Tote?

Funkensprühende Dialoge, Scharfsinn und Wortwitz zeichnen Zweifel und Zick, das kongeniale Ermittlerduo aus.

Dieser Allgäu-Krimi ist ihr zweiter Fall nach
»Mord aus heiterem Himmel«

540 Seiten
Als E-Book und als Taschenbuch erhältlich

Der erste Fall für Zweifel und Zick

Ein unglaublicher Tatort. Ein wahnwitziger Todesfall. Ein wortwitziges Ermittlerduo. Ein Allgäu-Krimi der besonderen Art. Zweifel und Zick knobeln an ihrem ersten Fall.

Der Himmel ist heiter über Bad Wörishofen. Doch der Sommer wird mörderisch. Ein Kunstprofessor beendet sein wichtigstes Manuskript. Kurz darauf stürzt er mitten über dem Kurpark aus großer Höhe in den Tod. Ein rätselhafter Selbstmord? Eine luftige Art des Mordens? Kommissar Zweifel und seine junge Kollegin Zick stehen vor einem Labyrinth aus Fragen.

Bei Ihren Ermittlungen beweisen sie Spirit, Cleverness, Schlagfertigkeit und Humor.

336 Seiten
Als E-Book und als Taschenbuch erhältlich

Abenteuergeschichten von Micha Luka
alias Achim Kaul

Schon mal von der Canneloni gehört? Piratenschiff! Gehört Käpt'n Sansibo. Mit an Bord: Toby und die beiden stärksten Matrosen südlich des Nordpols. Habt ihr eine Ahnung, was denen alles passiert? Ein Vulkan beschießt sie mit glühenden Felsen. Ein uralter Spuk weht um die Segel. Eine Horde merkwürdiger Insulaner sorgt für Herzklopfen. Der heimtückische Quim will ihnen an den Kragen. Und dann die Geschichte, wie der Käpt'n an die Canneloni kam. Doch das ist erst der Anfang, denn die Abenteuer hören nicht auf.

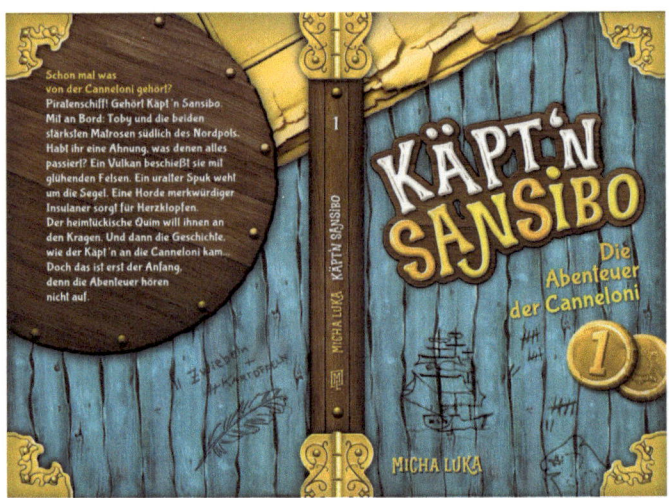

167 Seiten
Als E-Book und als Taschenbuch erhältlich

Neue Abenteuergeschichten mit der Canneloni

Käpt'n Sansibo und die beiden stärksten Matrosen südlich des Nordpols gehen einem fiesen Maharadscha in die Falle. Er lässt sie nur frei, wenn sie ihm Carlottas Juwelen bringen. Nach einem Monstersturm rollt eine rätselhafte Flaschenpost über das Deck, die sie auf die »Verbotene Insel« lockt. Werden sie dort den legendären Schatz der verrückten Carlotta finden? Bebende Berge, waghalsige Brücken, höllische Höhlen und etwas Ungeheures, das im Dschungel lauert — Käpt'n Sansibo und seine Mannschaft kämpfen mit einer bösen Überraschung nach der anderen.

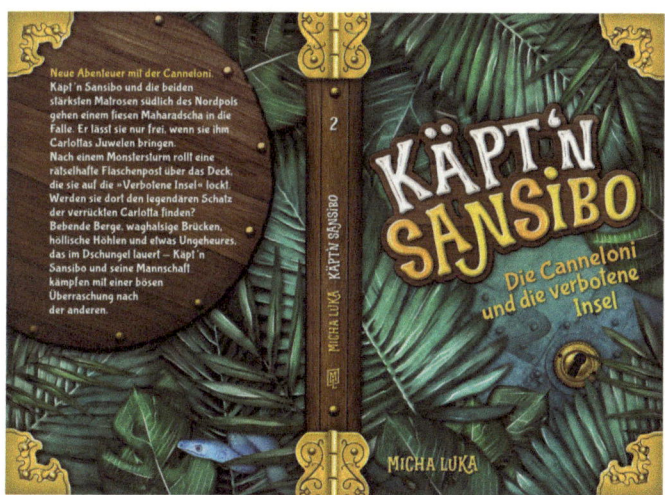

192 Seiten
Als E-Book und als Taschenbuch erhältlich

Die Canneloni-Abenteuer gehen weiter

Käpt'n Sansibo fischt einen Schiffbrüchigen aus dem Meer und was passiert? Wie aus dem Nichts tauchen Weitere auf, bis eine komplette Mannschaft das Deck der Canneloni besetzt. Einschließlich ihres frechen Kapitäns, der sogleich das Kommando übernimmt. Er setzt Toby, Kullerjan und Käpt'n Sansibo auf hoher See aus. Nur Bullerjan darf als Koch bleiben. Lest selbst, welche raffinierten Tricks Toby sich ausdenkt, um die Canneloni zurückzuerobern. Schließlich wartet noch der geheimnisvolle Leuchtturm von Barnabo auf sie. Sein Rätsel ist bis heute ungelöst.

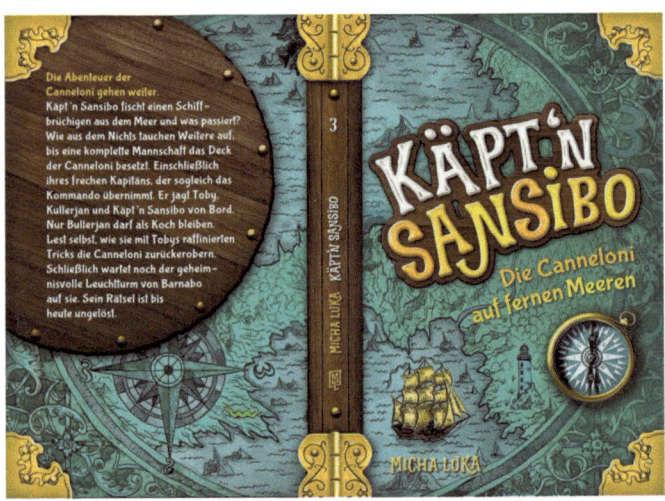

180 Seiten
Als E-Book und als Taschenbuch erhältlich